Excalibur

Herausgegeben von
Melissa Andersson
und
Gerd Rottenecker

Die Bücher der Fey bei Excalibur:

1. Die Felsenwächter (70168)
2. Das Schattenportal (70169)
3. Der Thron der Seherin (70170)
4. Die Nebelfestung (70171)
5. Der Schattenprinz (70172)
6. Die Erben der Macht (70173)
7. Die Augen des Roca (70199)
8. Im Zeichen der Schwerter (70200)
9. Die roten Klippen (70201)
10. Das Seelenglas (70202)

Weitere Bände in Vorbereitung.

Kristine Kathryn Rusch

DAS NEUNTE BUCH DER FEY

Die roten Klippen

Ins Deutsche übertragen von
Gerald Jung und Sabine Reinhardus

Knaur

Die amerikanische Originalausgabe erschien 1998
unter dem Titel »The Fifth Book of the Fey: Victory/Teil 1«
bei Bantam Spectra, London

Deutsche Erstveröffentlichung 2001

Umschlagkonzept: Melissa Andersson
Umschlaggestaltung: ZERO Werbeagentur, München
Umschlagabbildung: Richard Hescox
Lektorat: Ralf Reiter
Satz: Ventura Publisher im Verlag
Druck und Bindung: Nørhaven A/S
Printed in Denmark
ISBN 3-426-70201-0

2 4 5 3 1

Für Chris und Steve York,
denen ich für ihre jahrelange Freundschaft danke.

Danksagung

Mein Dank geht an Dean Wesley Smith, für lange Diskussionen über die Zukunft der Fey; an Kathy Oltion, für ihre grenzenlose Begeisterungsfähigkeit; an Sandy Hofsommer, die immer mit dem Unerwarteten rechnet; an Paul Higginbotham, der mich immer wieder anspornte; an Anne Lesley Groell, die einen besonders robusten Schreibtisch und die schnellsten Rückantwortszeiten im gesamten Verlagsgeschäft hat, und an alle Leser, die mir Fragen stellen, mich auf Trab halten und mir sagen, wie gut ihnen die Serie gefallen hat.

DER ANGRIFF

1

Luke kauerte in dem Gebüsch, das den Bauernhof seines Nachbarn Medes von jenem anderen Hof trennte, den sich die Fey als Stützpunkt ausgesucht hatten. Er konnte kaum etwas erkennen. Er war kurz nach Monduntergang mit seinen drei Gefährten aufgebrochen. Luke verspürte keine Nervosität, aber er hörte Jonas heftige Atemzüge, das Rascheln von Medes' Kleidern, wenn dieser sich bewegte, sowie Totles gelegentliches ängstliches Keuchen.

Keiner von ihnen hatte jemals etwas dergleichen getan. Die drei Männer und Luke waren Bauern. Sie hatten Land gerodet, bepflanzt und seit frühester Jugend hart gearbeitet. Als die Fey vor zwanzig Jahren die Insel erobert hatten, war Totle noch nicht einmal auf der Welt gewesen. Luke hatte damals gegen die Eroberer gekämpft, Jona und Medes nicht.

Dann hatten die Fey Luke gefangengenommen. Die Art und Weise, wie die Fey ihn und seinen Vater behandelt hatten, hatte Lukes Leben von Grund auf verändert.

Auch jetzt, nachdem die zweite Invasion der Fey zur Absetzung des Königs und zur totalen Zerstörung der Hauptstadt Jahn geführt hatte, wußte er nicht, wo sich sein Vater aufhielt. Außerdem waren alle Bauern und alle Inselbewohner gezwungen worden, in den Diensten der Fey zu arbeiten. Luke hatte beschlossen, nur tagsüber für die Fey zu arbeiten. Nachts hingegen wollte er alles daransetzen, ihnen zu schaden.

Die anderen hatten sich ihm angeschlossen, weil auch sie die Fey von der Insel vertreiben wollten. Sie wußten genausogut wie Luke, daß ihr Vorhaben scheitern würde und sie für ihren Mut womöglich mit dem Leben bezahlen mußten, aber sie kannten die Schwäche der Eroberer.

Diese Schwäche bestand in der Überheblichkeit der Fey, in ihrem unerschütterlichen Selbstvertrauen und dem festen Glauben an die eigene Unbesiegbarkeit. Luke hatte selbst gesehen, was mit jenen Fey geschah, die diesen Glauben verloren. Sie hatten Fehler begangen. Sie waren gestorben.

Luke hoffte, daß es ihm gelingen würde, das Selbstvertrauen seiner Feinde heute nacht bis in die Wurzeln zu erschüttern.

Er warf einen Blick auf seine Mitstreiter. Jona, der Nachbar, der ihm dabei geholfen hatte, diese kleine Kampftruppe aufzustellen, war ein gertenschlanker Mann und fast genauso alt wie Lukes Vater. Er hatte das drahtige, dünne Aussehen eines Menschen, der sein ganzes Leben lang im Freien gearbeitet hat. Obwohl Jonas Haut von all den Jahren auf dem Feld tief gebräunt war, hatte Luke darauf bestanden, daß er sich noch zusätzlich Erde ins Gesicht rieb. Jona trug die dunkelsten Kleider, die er besaß, und auch diese waren vorsichtshalber noch mit der tiefschwarzen Erde beschmiert, der die Inselbewohner ihre üppigen Ernten verdankten. Abgesehen von den hellen Augen war Jona in der Dunkelheit fast unsichtbar.

Totle war der Jüngste der Gruppe. Sein Hof lag einige Meilen entfernt von Jonas Anwesen. Luke war Totle noch nie zuvor begegnet. Er war mit Jona zusammen Lukes Aufruf gefolgt. Der junge Mann war Anfang Zwanzig und hatte den Bauernhof erst im Jahr zuvor nach dem Tod seines Vaters übernommen. Er war so mager, wie es nur sehr junge und besonders lebhafte Menschen sein können. Die Sonne hatte Totles Gesicht während der vielen Stunden, die er vor der Ankunft der Fey auf seinem Land gearbeitet hatte, dunkel verbrannt, und auf seiner linken Wange prangte eine Narbe, die er sich bei der Verteidigung seines Hofes gegen die Fey eingehandelt hatte.

Sie hatten ihn nicht getötet. Die Fey hatten große Achtung

vor den Bauern. Schließlich hatten sie die Blaue Insel aus zwei strategischen Gründen erobert: Erstens lag sie genau zwischen dem Kontinent Galinas, den die Fey bereits erobert hatten, und Leutia, dem nächsten Ziel der Fey, und zweitens war die Blaue Insel unermeßlich fruchtbar. Während sich die Fey langsam über die Welt ausbreiteten, wuchs ihr Bedarf an Nachschub und Proviant gewaltig. Bereits jetzt hatten sie den Inselbauern genaue Anweisungen erteilt, wie sich der Ernteertrag steigern ließ und wie die Erwartungen der Fey zukünftig aussahen.

Medes, das letzte Mitglied von Lukes Truppe, kauerte neben Jona. Medes war ein korpulenter Mann, dessen Arme aus gewaltigen Muskelsträngen bestanden. Da seine Beine eher dünn waren, trug er das Hauptgewicht seines Körpers im kräftigen, durch die ausgeprägten Muskelpakete beinahe rund wirkenden Oberkörper. Auch er hatte seine Haut zur Tarnung mit Erde eingerieben. Seine silbergrauen Haare hatten sich dabei als das größte Problem erwiesen. Sie hatten ganze Erdklumpen hineindrücken müssen, um die Farbe zu überdecken, und selbst jetzt warf Jona ab und zu einen Blick zu Medes hinüber, fluchte leise und rieb ihm noch mehr Lehm in den Schopf.

Sie befanden sich auf Medes' Land. Das niedrige Gebüsch diente als Windschutz zwischen Medes' Hof und jenem, den die Fey jetzt als Stützpunkt benutzten. Der Hof hatte vorher einem Mann namens Antoni und seiner Familie gehört. Die Fey hatten Luke erzählt, Antoni und seine Familie seien auf der Suche nach Arbeit in den Süden gezogen, aber gestern nacht hatte Luke etwas anderes herausgefunden.

Auf der Suche nach einer geeigneten Möglichkeit zum Angriff für seine kleine Truppe, hatte Luke die ganze Umgebung ausgekundschaftet und dabei auch die Scheune betreten. Dort hatte er diese widerlichen Beutel der Fey entdeckt, die Haut und Blut enthielten und mitunter auch Knochen von den Opfern einer Schlacht. Die Hüter benutzten sie für ihren Zauber. Die Beutel dienten noch anderen Zwecken, von denen Luke nur gehört hatte, ohne etwas davon zu begreifen.

Er hatte gefunden, was er suchte.

Er hatte auch Antoni gefunden. Luke hatte sich den Kopf an einer kleinen Lampe gestoßen, die mit einem Mal die ganze Scheune gleißend hell erleuchtete. In der Lampe befanden sich winzige Gestalten, die nur aus Licht zu bestehen schienen: Antoni und seine Familie. Ihre Seelen konnten nur dann in diesen Lampen eingefangen werden, wenn ihre Körper vernichtet waren.

Sie waren tot, ohne daß sie es begriffen hatten.

Es kam häufig vor, daß die Fey Seelen fingen und sie als Lichtquelle benutzten. Auf ihren Eroberungszügen wurde nichts verschwendet. Jeden Bestandteil ihrer Opfer benutzten sie für ihre magischen Praktiken, ebenso wie sie alle Bodenschätze eines eroberten Landes ausbeuteten, die Erträge verbesserten und nach Möglichkeit dafür einsetzten, die Macht ihres Imperiums zu vergrößern. Diese Eroberungsstrategie war, nach Lukes Ansicht, eine der vielen Ursachen für den dauerhaften Erfolg und die Macht der Fey.

Die Baumgruppe verstellte ihm den Blick auf das Haus. Im Wohnhaus selbst und auch davor hielten sich mehrere Fey auf. Die Bewachung des Hauses war eigentlich ungewöhnlich. Normalerweise sicherten die Fey ihre Gebäude durch einen Zauber, oder sie bildeten ein Schattenland, das durch einen winzigen, rotierenden Lichtkreis markiert wurde. Luke und seine Männer hofften, daß die Fey hier nur echte Wachtposten eingesetzt hatten, denn in diesem Fall waren nur wenige mit Zauberkraft begabte Fey in der Nähe. Bei Tageslicht hatten die Wachtposten jung ausgesehen. Die meisten Fey kamen erst Anfang Zwanzig in den Besitz ihrer Zauberkraft, was viele dazu zwang, während ihrer frühen Jugend in der Infanterie zu dienen, in der fast niemand über magische Fähigkeiten verfügte.

Luke vermutete, daß das Land ringsum nur von der Infanterie und nicht von hochrangigem Militär besetzt worden war, wollte sich auf diese Vermutung jedoch lieber nicht verlassen.

Er rechnete damit, bei diesem Anschlag ums Leben zu kommen.

Er würde aber mit allen Mitteln zu verhindern suchen, daß Jona, Medes und Totle das gleiche Schicksal ereilte.

Ihr eigentliches Ziel war nicht das Wohnhaus, sondern die Scheune und die magischen Beutel, die dort aufbewahrt wurden. Die Scheune war nur durch zwei Wachen gesichert, die beide in der Nähe des Eingangstores standen. Es zeigte sich wieder einmal, dachte Luke, daß die Fey, trotz all ihrer militärischen Erfahrungen und ihrer Forderungen, was Ernteerträge und Anbau betraf, von richtiger Landwirtschaft nur wenig verstanden. Letzte Nacht war er durch ein Loch in der Rückwand in die Scheune gekrochen.

Seine Gruppe würde heute nacht den gleichen Weg wählen.

Die Lichtverhältnisse waren sogar günstiger als in der Nacht zuvor, in der Vollmond gewesen war. Trotzdem blieb ihnen bis zur Morgendämmerung nicht mehr viel Zeit, um den Anschlag auszuführen.

Luke nickte seinen Gefährten zu. Totle klopfte sich auf die Seite. Er trug die mit Tüchern vollgestopften Taschen. Medes hielt ein Fläschchen mit hochprozentigem Alkohol in der Hand, von dem er behauptete, es würde ihnen helfen. In Jonas Hand lagen die dünnen Schnüre, die er von zu Hause mitgebracht hatte. Luke trug die Feuersteine, die er niemand anderem hatte anvertrauen wollen. Auch er hatte sich mit einigen Tüchern und Seilen versorgt. Seiner Meinung nach ließ sich das Vorhaben auch ohne den Alkohol ausführen.

Jetzt deutete Luke auf die Scheune. Totles Schultern hoben und senkten sich, als er tief einatmete, noch mehr in die Hocke ging und vorsichtig von dem Gebüsch wegschlich. Einen Augenblick später folgte Medes und anschließend Jona. Wie geplant bildete Luke die Nachhut. Ursprünglich hatte er eigentlich als erster gehen wollen, aber Jona hatte ihn davon abgebracht.

»Du bist der einzige von uns, der etwas über die Fey weiß«, hatte Jona gesagt. »Wenn sie uns entdecken, schnappen sie zuerst den Vordermann. Während sie ihn töten, können die anderen vielleicht fliehen..«

Luke wußte, daß das nicht zutraf. Er hatte damals bei seiner Gefangennahme in der Mitte der Angreifer gekämpft. Trotzdem stimmte er Jona zu. Luke fürchtete sich weniger vor den Fey als davor, daß seine kleine Truppe genau im falschen Augenblick die Nerven verlor. Als letzter konnte er die anderen daran hindern, kehrtzumachen, davonzurennen und die Aufmerksamkeit der Fey auf die ganze Gruppe zu lenken.

Totle war nun am ersten Heuballen angelangt. Lukes größte Sorge war, daß Totle, der das Gelände nicht kannte, die falsche Richtung einschlug. Aber bis jetzt hielt er sich peinlich genau an die Anweisungen.

Medes hatte als zweiter das Versteck verlassen und schlich ebenfalls über das Feld, aber seine massigere Gestalt war leichter auszumachen, zumindest für Luke. Er warf einen Blick in Richtung Wohnhaus. Im Unterschied zur letzten Nacht waren die Posten nicht ins Gespräch vertieft. Er konnte sie nur undeutlich erkennen.

Aber er wußte genau, daß sie da waren.

Luke hoffte inständig, daß ihr Mangel an Zauberkraft seiner Truppe zum Vorteil gereichte. Er hoffte, daß sie sich etwas zurufen oder sich irgendwie beraten würden, bevor sie die Verfolgung von Luke und seinen Männern aufnahmen.

Aber er hatte die Fey schon zu oft beim Angriff beobachtet, um es besser zu wissen. Sie verhielten sich zu Anfang immer sehr still und begannen erst später zu rufen. Vermutlich würden sie sich nicht anders verhalten, wenn sie Lukes Truppe entdeckten.

Medes hatte den ersten Heuballen erreicht und Totle war auf dem Weg zum zweiten, als Jona sich aus dem Wäldchen schlich. Luke hatte es so geplant, daß sich nur zwei Männer gleichzeitig bewegten. So würde nur die Hälfte seiner Leute gefangen werden, falls die Fey nicht besonders auf Zack waren.

Wenn sie jedoch Pech hatten, mußte die ganze Gruppe dran glauben.

Jona bewegte sich von allen am geschicktesten. Er sah aus wie ein Schatten in der Dunkelheit.

Glücklicherweise waren die Männer Bauern. Sie wußten genau, wie man sich geräuschlos über ein Stoppelfeld bewegte oder wie man es vermied, auf die abgeschnittenen Halme zu treten, die unter den Füßen knisterten. Sie wußten auch, wie man sich einem Heuhaufen näherte, ohne ihn zu bewegen.

Luke war froh, daß die drei Männer sich ihm angeschlossen hatten. Dank Jona gab es noch weitere Mitglieder in der kleinen Widerstandsbewegung, aber diese wären niemals so geschickt im Anschleichen gewesen. Jona hatte Luke wirklich überrascht: Seit er ihn ins Vertrauen gezogen hatte, hatte Jona mindestens ein Dutzend anderer Bauern darüber informiert, die ihrerseits wiederum mit einem weiteren Dutzend gesprochen hatten. Die Gruppe hatte sich bis jetzt noch nicht getroffen, und Luke zweifelte daran, ob sie sich wirklich jemals alle gleichzeitig treffen würden, aber sie wußten voneinander, und es gab bereits verabredete Signale und Treffpunkte. Luke hoffte, daß ihnen noch Zeit blieb, um ein geheimes System zu entwickeln, mit dem sie die Fey hinters Licht führen konnten, aber insgeheim hielt er es für sehr unwahrscheinlich. Im allgemeinen ließen die Fey ihren Gegnern keine Zeit, sorgfältig zu planen.

Jona hatte den Heuhaufen erreicht, und die Reihe war an Luke. Er schluckte, sein Mund war plötzlich wie ausgedörrt, und dann schob er sich langsam übers Feld.

Er wußte genau, daß er sich ähnlich bewegte wie Medes. Eher aufrecht und schnell, die Füße genau an den richtigen Stellen aufsetzend, eilte er zu dem Heuhaufen. Währenddessen warf er einen prüfenden Blick über das Feld. Im Unterschied zur gestrigen Nacht lag das Haus im Dunkeln, die Posten waren nur schwer zu erkennen. An den beiden Bäumen, die hinter dem Haus als Windschutz dienten, rührte sich kein Blatt.

Nicht einmal ein winziger Windhauch rührte sich. Luke wog schnell die Vor- und Nachteile gegeneinander ab. Es war günstig, weil die Fey keine ungewöhnlichen Gerüche bemerken würden, und schlecht, weil jedes Geräusch durch die völlige Stille verdoppelt wurde. Ein Fehltritt und die Wachen hatten sie entdeckt.

Luke erreichte den ersten Ballen, und im selben Augenblick war Medes beim nächsten Stapel angelangt. Luke sah, wie Totle Medes weiter vorn auf den Rücken klopfte.

Jona packte Luke am Arm, zog ihn dicht an sich heran und legte einen Finger auf die Lippen. Dann wies er auf die Scheune. Luke kniff die Augen prüfend zusammen, bevor er erkannte, was Jona ihm zeigen wollte.

Drei Wachtposten.

Letzte Nacht waren es nur zwei Wachen gewesen.

Damit war zumindest eine von Lukes Ängsten ausgeräumt. Da der Hof so dunkel und verlassen wirkte, hatte er bereits befürchtet, die Fey seien ohne sein Wissen und mit all ihren Beuteln weitergezogen, so daß das gesamte Unternehmen damit umsonst war.

Diese Angst war ihm genommen, aber eine andere trat an ihre Stelle. Hatte man seinen Besuch in der letzten Nacht bemerkt?

Die Fey-Lampe hatte geleuchtet. Luke hatte keinen Versuch unternommen, das Licht zu verbergen, sondern eine Latte dagegen gelehnt, damit es aussah, als sei das Licht durch den plötzlichen Stoß entzündet worden.

Vielleicht waren die Fey nicht darauf hereingefallen.

Vielleicht wußten sie, daß jemand in der Scheune gewesen war.

Aber wie?

Luke atmete tief ein, um die aufsteigende Panik zu unterdrücken. Sie waren Fey. Verfügten über andere Kräfte als er. Er brauchte sich nicht zu fragen, wie sie etwas fertigbrachten, sondern mußte es einfach als Tatsache akzeptieren.

Er mußte nur besonders vorsichtig vorgehen. Er hoffte, daß Totle sich ebenfalls vorsehen würde. Er hatte versucht, den Jungen zu warnen, aber er kannte ihn nicht gut, und das machte ihm Sorgen. Luke hatte alles nach möglichen Machenschaften der Fey überprüft, alles, wovor ihn Fledderer, der Fey-Freund seines Vaters, gewarnt hatte, aber Luke mißtraute jedem Fey.

Vielleicht gab es ein Anzeichen, von dem Fledderer nichts erzählt hatte.

Luke nickte Jona zu, während Totle sich in Richtung des dritten Heuballens davonmachte. Luke versetzte Jona einen leichten Stoß, und dieser schob sich voran, genau wie sie es besprochen hatten.

Das Feld war nicht sehr groß, aber bei dieser Art der Fortbewegung dehnte es sich um ein Mehrfaches seiner Größe aus. Die Warterei machte Luke nervös. Er warf einen beunruhigten Blick zum Himmel, suchte nach ersten Anzeichen für die Morgendämmerung.

Aber nein. Immer noch herrschte undurchdringliche Dunkelheit. Der Himmel über ihnen war bewölkt und machte das Dunkel noch schwärzer. Das Glück war auf seiner Seite, genau wie gestern nacht. Irgendein guter Geist wollte, daß Luke diese Scheune erreichte.

Er hoffte nur, daß es kein Geist der Fey war.

Totle und Jona hatten ihren jeweiligen Heuhaufen jetzt erreicht. Luke und Medes verließen ihren Posten und krochen weiter. In der Leere zwischen den Heuhaufen fühlte Luke sich wie auf dem Präsentierteller. Aber er konnte die Scheune jetzt deutlicher erkennen. Kein Fey war an der ihm zugewandten Seite des Gebäudes postiert. Zwei Fey standen an der Tür des Wohnhauses.

Nur zwei Fey.

Keiner der beiden bemerkte Luke, als er das Feld vorsichtig überquerte. Auch Medes schaffte es unbemerkt zur Scheune.

Bis jetzt war alles glatt verlaufen.

Totle machte sich daran, die lange, ungeschützte Strecke über das Feld zurückzulegen, um an die Rückseite der Scheune zu gelangen. Auch dabei konnte ihm Luke nicht helfen, konnte ihn nicht noch eindringlicher warnen, als er es bereits getan hatte, daß sich hinter der Scheune möglicherweise noch weitere Wachtposten befanden.

Er konnte ihm auch nicht erklären, wie man es fertigbrachte, die lose Latte zu finden. Luke hatte keine Ahnung, wie schwierig dieses Unterfangen in der Dunkelheit sein würde. Er wollte das Feuer mitten in der Scheune legen, nicht davor, damit die Fey die Gefahr nicht zu früh erkannten und das Feuer rechtzeitig löschten.

Luke wollte, daß im Inneren der Scheune ein großes Feuer wütete, noch bevor die Fey überhaupt etwas von der drohenden Gefahr ahnten.

Luke hatte seinen zweiten Heuballen erreicht. Jona klopfte

ihm leicht auf den Rücken. Luke lächelte und nickte. Jona schob sich zum dritten Heuhaufen, während Totle das Feld in Richtung Scheune überquerte.

Luke hielt den Atem an. Er beobachtete die Gestalt des Jungen, der sich sehr rasch kriechend über den Boden bewegte. Totle machte alles genauso, wie sie es besprochen hatten: zielgerichtet und ohne anzuhalten den nächsten Punkt erreichen und von dort aus die Lage peilen.

Das war der schwierige, der unbekannte Teil.

Luke fragte sich, ob sich sein Vater damals ähnlich gefühlt hatte, als Luke sich freiwillig am ersten Vorstoß gegen die Fey beteiligte. Als Luke darauf *bestanden* hatte, mitzugehen. Lukes Nerven waren zum Zerreißen gespannt, und dabei kannte er den Jungen nicht einmal. Was würde wohl in ihm vorgehen, wenn dieser Junge sein Sohn wäre?

Totle war jetzt hinter der Scheune verschwunden.

Luke hielt die Luft noch einen Augenblick an, vernahm aber nichts, weder Aufschrei noch Hilferuf. Kein Geräusch, das darauf hinwies, daß die Fey einen Gefangenen gemacht hatten. Nichts.

Langsam atmete Luke aus. Er registrierte, daß Jona den dritten Ballen erreicht hatte.

Immer noch war hinter der Scheune kein Laut zu hören. Vielleicht hatte ein Fey, der dort stand, Totle gepackt und eine Hand auf seinen Mund gepreßt.

Vielleicht warteten die Fey geduldig hinter der Scheune, um zu sehen, wer noch alles nachkam. Vielleicht aber hatten sie die vier Eindringlinge wirklich nicht bemerkt.

Medes warf einen Blick zu Luke hinüber, als sei er ebenfalls unsicher, wie sie weiter vorgehen sollten. Luke sah die Bewegung, wußte aber nicht, ob Medes auch ihn erkennen konnte. Trotz dieser Ungewißheit nickte er Medes zu, als wolle er ihn anweisen, weiterzuschleichen.

Medes setzte sich in Bewegung.

Luke konnte ihn nicht beobachten, da er selbst den dritten Heuballen erreichen mußte. Währenddessen sah er, daß die drei Wachen ihren Posten nicht verlassen hatten, ebensowenig wie die Wachen am Haus. Der Himmel war noch immer stockdunkel. Nur wenige Minuten waren vergangen, obwohl Luke das Gefühl hatte, er sei schon seit Stunden unterwegs.

Seit Tagen.

Er war seit langer Zeit nicht mehr so angespannt gewesen.

Er holte tief Luft und zwang sich, an etwas anderes zu denken. Während er weiterkroch, berührten seine Füße die getrockneten Grashalme. Im Schatten der Heuhaufen erschien das ohnehin dunkle Feld noch undurchdringlicher. Hinter dem Heuballen, der vor Luke lag, kauerte Jona im Schatten.

Luke hatte seine Mitstreiter über das Risiko des Unternehmens aufgeklärt. Er hatte ihnen die Gefahren nicht verschwiegen, damit sie ihre eigene Entscheidung treffen konnten.

Sollten sie ums Leben kommen, dann deswegen, weil sie sich entschieden hatten, heute nacht hier zu sein und gegen die Fey zu kämpfen.

Bei diesem Gedanken fühlte sich Luke etwas besser. Viel besser sogar. Plötzlich wich die Angst, die ihm vorhin im Gebüsch noch im Nacken gesessen hatte.

Das war gut so. Ein Anführer sollte sich nicht von Zweifeln quälen lassen, die ihn daran hinderten, den Überblick zu behalten.

Luke hatte den dritten Heuballen erreicht.

Medes verschwand hinter der Scheune.

Luke spürte, wie sich Jona neben ihm anspannte. Sie waren einander so nahe, daß Luke den Geruch der Angst, der sich mit Jonas leichtem Schweißgeruch vermischte, einsog. In diesem Augenblick war Jona genauso verängstigt wie Luke einen Moment zuvor.

Dennoch war Jona bereit, weiterzuschleichen.

Hinter der Scheune war kein Laut zu hören. Obwohl Luke die Augen zusammenkniff und in die Dunkelheit spähte, konnte er nichts erkennen. Er wollte Schatten sehen, wollte wissen, ob dort zwei Männer kämpften, ob sie Hilfe brauchten.

Als Luke vorsichtig Jonas Rücken berührte, zuckte dieser zusammen. Luke nahm den Arm des anderen und führte ihn zu seiner Taille, wo er ein Messer festgebunden hatte. Jetzt begriff Jona und nahm das Messer. Falls die anderen in Schwierigkeiten steckten, war er vorbereitet.

Er nickte Luke kurz zu und lief lautlos zur Scheune hinüber. Luke schaute ihm nach, wie er wie ein Geist über das Feld eilte.

Plötzlich ertönte ein Knacken.

Jona war auf einen dickeren Halm getreten.

Sofort warf er sich auf den Bauch und blieb regungslos liegen.

Luke biß sich auf die Unterlippe. Vorsichtig kroch er zum Rand des Heuballens und spähte zu den Wachtposten hinüber.

Sie blickten sich um, schienen aber nichts zu sehen. Schließlich lachte einer von ihnen, und die anderen stimmten ein.

War das ihr Anführer?

Oder nur jemand, der einen Witz gerissen hatte?

Luke wandte den Kopf zu Jona, der immer noch reglos am Boden lag und bis fünfzig zählte, genau wie sie es besprochen hatten. Luke blickte erneut zu den Wachen.

Keiner hatte seinen Platz verlassen.

Die Wachen vor dem Wohnhaus konnte Luke nicht erkennen.

Jona war jetzt hinter der Scheune verschwunden.

Luke hatte sich so heftig auf die Unterlippe gebissen, daß es blutete. Er nahm sein Messer in die Hand und wartete am Rand des Heuballens.

Auch er sollte jetzt bis fünfzig zählen, aber es gelang ihm nicht, sich zu konzentrieren. Er hatte bereits zweimal versucht, sein Versteck zu verlassen, aber ein Blick zu den Wachen hatte ihn davon abgehalten. Sie standen jetzt dicht beieinander, unterhielten sich aber nicht.

Vielleicht lauschten sie.

Luke mußte besonders vorsichtig sein. Alles hing von ihm ab.

Er schlich ins Freie.

Sofort sah er, warum Jona ein Geräusch verursacht hatte. Er war überrascht, daß Jona der einzige gewesen war.

Die Halme waren hier zu besonders kurzen Stoppeln geschnitten, und gleichzeitig gab es lange Halme, die nicht zusammengeharkt worden waren. Sie waren in der Dunkelheit nur schwer zu erkennen, und es war fast unmöglich, die Füße aufzusetzen, ohne sie zu berühren.

Luke bewegte sich mit äußerster Langsamkeit voran. Er wollte auf keinen Fall ein zweites Knacken verursachen und die Aufmerksamkeit der Posten auf sich ziehen, wenn das nicht sowieso schon geschehen war.

Er atmete flach, und sein Herz pochte heftig. Er lauschte angestrengt auf das geringste Geräusch, das neben den leisen Schritten seiner eigenen Füße ertönte. Jeder Laut, den er hervorbrachte, vom Rascheln seiner Kleider bis zum kaum hörbaren Ausatmen, ließ Luke erschauern. Er war überzeugt, daß die Fey ebenso angespannt lauschten wie er selbst.

Schließlich hatte er die Seitenwand der Scheune erreicht. Das Holz unter seiner Hand war rauh und warm. Er spähte um die Ecke, sah aber nichts.

Hinter der Scheune war es so finster, daß er nichts zu erkennen vermochte. Luke blinzelte, aber er konnte einfach nichts sehen. Er konnte auch nichts hören, weder Atmen noch Stöhnen, noch gedämpfte Schreie.

Falls seine Freunde von den Fey gefangen worden waren, befanden sie sich nicht mehr hier draußen. Waren sie noch frei, dann warteten sie in der Scheune auf ihn, die Feuersteine und seine Anweisungen.

Luke preßte die Hand gegen die Scheunenwand. Fast geschafft. Sie hatten es beinahe geschafft, und die Nacht war beinahe vorüber.

Bald schon würde er seine Aufgabe erfüllt haben und nach Hause gehen.

Luke spürte keine Anwesenheit eines Fremden. Sein Herz klopfte so laut, daß er befürchtete, die Fey könnten das Pochen hören. Nur mühsam gelang es ihm, seine Atmung unter Kontrolle zu bringen.

Jetzt oder nie.

Er stützte sich mit der Linken an die Scheunenwand, bog um die Ecke und schlich zur Rückwand der Scheune, wo sich die morsche Latte befand, die er in der vergangenen Nacht entdeckt hatte.

Sie befand sich ungefähr in der Mitte der Rückwand. Er kroch bis zu der Stelle, an der er die Erde ausgegraben hatte. Die Latte war gelockert worden; von einem seiner Mitstreiter, wie Luke hoffte, und nicht von den Fey.

Er zwängte sich durch das Loch im Boden und stellte fest, daß der Hundegeruch verflogen war. Er konnte auch keine Spuren von Fell entdecken. Wahrscheinlich war es von seinen Freunden abgerieben worden.

Der Verwesungsgeruch war jedoch immer noch deutlich wahrzunehmen.

Luke unterdrückte ein Niesen, während der Geruch in seine Nase und seinen Körper eindrang, ihn völlig einhüllte. Was für einen gewaltigen Unterschied ein einziger Tag doch ausmachen konnte. Diese Beutel verbreiteten einen bestialischen Gestank.

Dann war er in der Scheune.

Die Dunkelheit war immer noch so undurchdringlich, daß er nichts zu erkennen vermochte. Hier jedoch mischte sich scharfer Alkoholdunst mit dem penetrantem Verwesungsgestank.

Vertraute Hände zogen ihn hoch.

»Luke?« flüsterte Jona.

»Ja«, wisperte er. »Sind alle hier?«

»Alles klar«, erwiderte Medes leise.

»Die Beutel liegen rechts von uns«, tuschelte Luke. Das wußte er auswendig.

»Wir müssen uns beeilen«, flüsterte Jona. »Sie haben mich auf dem Feld gehört.«

»Aber sie haben nicht nachgesehen«, gab Luke zurück.

»Noch nicht«, hauchte Jona.

»Genug geredet«, flüsterte Totle. »Bringen wir's hinter uns.«

»Gut«, erwiderte Jona. »Die Lumpen sind bereits getränkt.«

»Wir haben auch diese stinkenden Beutel mit Alkohol übergossen«, flüsterte Medes.

»Die Fackeln sind hier«, fügte Jona hinzu. »Ich halte eine in der Hand.«

Sie hatten nur noch auf ihn gewartet. Luke zog die Feuersteine aus seinem kleinen Beutel. Er nahm die Hand, die sich auf seine Schulter gelegt hatte und drückte einen Feuerstein hinein. »Macht die Hände auf«, befahl er flüsternd. Zwei weitere berührten ihn, und er drückte Feuersteine in die Handflächen.

Als hätten sie sich abgesprochen, leuchteten alle Feuersteine gleichzeitig auf, und für einen kurzen Augenblick sah Luke die getränkten Lumpen und die Fackeln, die im Boden der Scheune steckten.

Dann erloschen die Funken.

Luke kroch zu der Fackel, die Jona hielt, und zündete sie an. Sie fing sofort Feuer, man hatte sie genauso präpariert wie eine Wachsfackel. Eine winzige Flamme flackerte auf, die in der Dunkelheit wie ein riesiges Feuer wirkte.

Lukes Herz hämmerte gegen seine Brust.

Totle nahm die nächste Fackel und entzündete sie, während Medes eine dritte ansteckte. Jona hob die letzte Fackel auf und ließ sie ebenfalls auflodern.

Lukes Flamme war jetzt auf den ersten alkoholgetränkten Lumpen übergesprungen und züngelte mit einem leuchtenden Blau weiter.

»Jetzt«, sagte Luke laut. Sie mußten aus der Scheune verschwinden. Er packte Totle und schob ihn zu der morschen Latte. Totle kroch durch das Loch, dicht gefolgt von Jona und Medes.

Luke warf einen Blick zurück. Alle Lumpen brannten lichterloh in hoch aufschlagenden blauen Flammen, deren Spitzen orangefarben leuchteten. Er spürte bereits die Hitze auf seinem Gesicht.

Luke warf sich in das Loch am Boden und kroch aus der Scheune. Ohne sich darum zu kümmern, ob sie Lärm verursachten, rannten seine Freunde über das Feld davon. Jetzt ertönten die ersten Rufe der Fey.

Luke richtete sich auf und sah, wie weißer Rauch durch die rissige Scheunenwand austrat. Drinnen knisterte und knackte das Feuer.

»Für die Blaue Insel!« rief er.

Dann rannte auch er los.

2

Der Mond war schon längst untergegangen, als Con den Bauernhof endlich erreichte. Obwohl der Mond nicht viel Licht gespendet hatte, war jetzt alles völlig in undurchdringliche Finsternis gehüllt. Con klopfte an die Tür, erhielt aber keine Antwort. Dann ging er zum Fenster und pochte kräftig an die Scheibe.

Es war niemand zu Hause.

Jedenfalls schien es so. Vielleicht versteckte sich jemand vor Con, obwohl er sich nicht vorstellen konnte, warum. Außerdem erweckte auch das Echo seines Klopfens den Eindruck, der Hof sei verlassen.

Con setzte sich auf die Stufe und legte das Gesicht in die Hände. Er konnte sich nicht mehr erinnern, wann er zum letzten Mal geschlafen hatte. Es mußte schon Tage her sein. Seine letzte Mahlzeit hatte er zusammen mit Sebastian in der Höhle der Rocaanisten zu sich genommen.

In der Zwischenzeit war so viel geschehen, daß Monate vergangen zu sein schienen.

Con fühlte sich Sebastian gegenüber immer noch schuldig. Sebastian, der seltsame Sohn von König Nicholas, der langsam ging und sprach und dessen Intelligenz durch sein Äußeres leicht verkannt wurde. Con hatte Sebastian aus dem Palast gerettet, nur um ihn nur wenige Wochen später wieder zu verlieren.

Die beiden hatten sich gemeinsam durch die unterirdischen Gänge geschlagen, und wenn die Strickleiter am Ausgang der Katakomben nicht verbrannt gewesen wäre, hätten sie wohl entkommen können. Sie hatten versucht, Kisten aufeinanderzutürmen, um auf diese Weise zu entkommen, aber die Fey hatten sie aufgespürt.

Sie hatten Sebastian gefangengenommen, und Con hatte sein Schwert gezückt, ein Schwert, das so mächtig war, daß es schon einmal Dutzende von Fey in wenigen Augenblicken getötet hatte. Sebastian war auf die Kisten gefallen, hatte Con darunter begraben und ihm auf diese Weise wahrscheinlich das Leben gerettet. Als es Con schließlich gelungen war, sich zu befreien, war Sebastian verschwunden.

Jetzt war Con hier angelangt, auf dem Hof, der Sebastians Freund gehörte. Lange, bevor er in die Hände der Fey gefallen war, hatte ihm Sebastian den Weg hierher beschrieben. Aber Sebastian hatte auch gesagt, er benutze für diese Wegbeschreibung das Gedächtnis eines anderen. Auf dem langen Weg von Jahn bis hierher hatte Con viel über Sebastians Worte nachgedacht.

Das Gedächtnis eines anderen.

Wessen Gedächtnis?

Con wußte nicht, ob er das jemals erfahren würde. Die Felder hier waren gut bestellt, es waren Maisfelder, an die er sich aus seiner Kindheit, die noch nicht sehr lange zurücklag, erinnern konnte. Con war erst dreizehn, aber er fühlte sich viel älter. Zehn Jahre älter, und die meisten dieser Jahre waren in den letzten zwei Wochen vergangen.

Der Rocaan, das mittlerweile verstorbene Religionsoberhaupt, hatte Con die Weisung erteilt, den König vor der Invasion der Fey zu warnen. Aber Con war zu spät im Palast angekommen; die Fey hatten ihn bereits erobert. Dann hatte er sich ein Schwert genommen, sich gerettet und ein Versteck gesucht. Als er das Schwert auf einem Steinhaufen abgesetzt hatte, hatte es mit einem Mal eine Explosion gegeben, und die Steine hatten sich zu Sebastian zusammengefügt, der nackt und weinend auf dem Boden saß. Con hatte sich für ihn verantwortlich gefühlt und ihn als Teil seiner Weisung angesehen, aber auch dabei hatte er versagt.

Jetzt befand sich Sebastian in der Gewalt der Fey. Ausgerechnet der Sohn des Königs, der eine so reine, unschuldige Seele war. Vielleicht würden die Fey ihn vernichten.

Con wollte Sebastians Freunde bitten, ihm bei der Befreiung des Königssohns zu helfen. Aber die Freunde waren nicht zu Hause, und Con wußte nicht, was er jetzt tun sollte.

Er seufzte und strich sich das Haar aus dem Gesicht. Dann ordnete er sein gestohlenes Hemd und die Hose. Er fühlte sich immer noch seltsam ohne die gewohnte Ordenskleidung. Er war Aud, einer der wenigen Überlebenden der Religion des Roca. Die Fey hatten den Tabernakel in Brand gesteckt und die letzten Rocaanisten in ihrer Zuflucht niedergemacht, kurz nachdem Con und Sebastian aufgebrochen waren.

Sebastian hatte ihm bereits zweimal das Leben gerettet. Con mußte ihm unbedingt helfen.

Deswegen mußte er zuallererst herausfinden, was sich hier auf dem Bauernhof abgespielt hatte. Der verlassene Hof beunruhigte Con viel mehr, als er sich eingestehen wollte.

Con erhob sich und klopfte erneut. Das Klopfen hallte auf dem weiten Feld wider, und verstärkte Cons Gefühl der Einsamkeit.

Dann holte er tief Luft und drückte die Klinke herunter. Die Tür ließ sich leicht öffnen. Als er eintrat, stieg ihm als erstes der Geruch nach frischgebackenem Brot in die Nase. Er stand in einer Küche, ähnlich den Küchen im Tabernakel. Es gab reichlich Platz für Vorräte und einen großen Herd. Jemand hatte Wandschränke eingebaut, etwas, wovon Con bis jetzt nur von Leuten gehört hatte, die bei den Fey gewesen waren.

Con überlief ein Schauer. Er strich mit dem Finger über eine der Arbeitsplatten. Holz, mit Sand abgeschmirgelt. Es fühlte sich kostbar an.

Kostbarer als die landesübliche Einrichtung von Bauernhofküchen. Vielleicht handelte es sich hier wirklich um Freunde Sebastians.

»Ist jemand da?« rief Con.

Der Ton verstummte jäh, wie es häufig an verlassenen Orten der Fall ist. Er war allein.

Dennoch wanderte Con durch alle Zimmer. Es gab mehr, als er erwartet hatte: ein bequem eingerichtetes Wohnzimmer, zwei Schlafzimmer, beide leer, und einen kleinen Raum, nicht viel größer als ein Wandschrank, der als Lagerraum diente.

Sebastians Freunde hatten diesen Ort verlassen, ohne etwas mitzunehmen. Die Kleider hingen noch im Lagerraum. Die Betten waren gemacht. Frischgebackenes Brot war sorgfältig eingepackt und in die Brottrommel gelegt worden.

Wer auch hier gewesen sein mochte, er hatte zweifellos vorgehabt, wieder zurückzukehren.

Aber warum sollte jemand mitten in der Nacht einfach verschwinden?

Ausgerechnet Bauern?

Con vermochte sich keinen Reim darauf zu machen.

Seine Schultern spannten sich immer mehr an, während sich sein Magen vor Hunger zusammenzog. Er nahm eine Scheibe Brot und schöpfte mit einer Tasse Wasser aus dem auf der Arbeitsplatte stehenden Wassereimer. Er würde seine Mahlzeit im Freien zu sich nehmen und hoffen, daß die Bewohner des Hauses es ihm nicht verübelten.

Con entschloß sich, die Morgendämmerung auf der Türschwelle abzuwarten. Falls niemand kam, um sich um die Felder zu kümmern, mußte er sich einen neuen Plan ausdenken. Sollten die Fey selbst die Felder bestellen, würde er die Beine in die Hand nehmen und um sein Leben rennen. Erwischten sie ihn, würde er sich verteidigen.

Er hatte ja immer noch sein Schwert.

Nach den vielen Toten, die Con bisher gesehen hatte, war er davon überzeugt, daß Gott Verständnis dafür hatte, daß er sich mit der Waffe zur Wehr setzte.

Er ließ sich auf der Stufe nieder und fröstelte in der kühlen Nachtluft. Die Tage waren heiß, aber in dieser und der letzten Nacht hatte sich die Luft merklich abgekühlt. Seit er Jahn, oder das, was davon noch übrig war, verlassen hatte, war es sogar noch kälter geworden. Die Feuer in der Stadt waren zwar erloschen, aber die Asche gab immer noch Wärme ab. Con vermutete, daß die Flammen in den niedergebrannten Vierteln bei der kleinsten Gelegenheit wieder auflodern würden.

Wenn er ehrlich war, mußte er sich eingestehen, daß er froh war, nicht mehr in Jahn zu sein. Die Stadt war ihm fremd geworden. Der Tabernakel, sein körperliches und spirituelles Zuhause, existierte nicht mehr. Die südliche Seite der Stadt, auf der der Tabernakel nahe am Fluß Cardidas erbaut worden war, bestand nur noch aus Ruinen. Lediglich eine Handvoll Gebäude am gegenüberliegenden Flußufer war unversehrt geblieben, die meisten davon in der Nähe des unzerstörten Palastes.

Dort hatten sich allerdings die Fey breitgemacht.

Con nahm einen Bissen Brot und hoffte, die Verzweiflung, die ihm den Magen zusammenzog, dadurch etwas zu lindern. Die Fey hatten die gesamte Insel erobert. Sie hatten den König aus dem Palast vertrieben und Sebastian erneut gefangengenommen. Sie hatten den Rocaanismus vernichtet. Con fragte sich, warum Gott das zuließ.

Er wußte nicht, *warum* Gott so etwas geschehen ließ. Er hatte immer geglaubt, Gott schütze sein Volk. Die Fey erkannten den Gott der Inselbewohner nicht einmal an. Wie konnte Gott dann die Fey beschützen?

Con nahm einen zweiten Bissen Brot und spülte ihn mit einem Schluck warmen Wassers hinunter.

Es mußte noch mehr dahinterstecken. Vielleicht wollte Gott sein Volk auf der Insel nur in Versuchung führen. Vielleicht ging es ja nur darum. Seit der Roca aufgenommen worden war, hatten die Bewohner der Blauen Insel ein leichtes Leben gehabt, aber diese Zeiten waren endgültig vorbei. Jetzt mußten sie zeigen, wozu sie fähig waren.

Hoffte Con.

Er erhob sich, um mehr Brot zu holen, als plötzlich ein lauter Knall ertönte. Er drehte sich um, und sah eine Stichflamme hoch in den nächtlichem Himmel schießen. Sie erleuchtete sämtliche Felder ringsumher. Con versuchte, darauf zuzugehen und herauszufinden, was in Brand geraten war, aber das war unmöglich.

Das Licht war zwar strahlend hell, aber der Gestank so durchdringend wie der Verwesungsgeruch der Leichen, die in den Katakomben unterhalb des Tabernakels lagen.

Noch nie hatte Con so hohe Flammen gesehen. Es war, als wollten sie den dunklen Himmel verschlingen. Ringsum und aus dem Inneren der Flammen sprühten Funken auf, die höher und höher sprangen und schließlich mit der Dunkelheit verschmolzen.

Mit einem Mal schlug etwas wie eine Welle über Con zusammen, eine Welle, die aus intensiven Gefühlen zu bestehen schien. Eine kribbelnde Vorahnung. Macht. Die plötzlichen Empfindungen waren so stark, daß er zurücktaumelte. Dann war es vorbei. Con drehte sich um, fragte sich, ob er die Welle sehen konnte, und für einen Augenblick, einen ganz kurzen Augenblick, sah er, wie sich etwas in der Dunkelheit zusammenzog.

Etwas, daß ebenso schnell verschwand, wie es erschienen war.

Das Feuer loderte weiter. Selbst aus dieser Entfernung hörte Con das Fauchen der Flammen. Er wandte sich wieder dem

Brand zu, hörte in weiter Entfernung Fey brüllen und sah, wie die Flammen höher und höher züngelten.

Der Brandherd bewegte sich nicht in seine Richtung. Für Con bestand keine Gefahr.

Noch nicht.

Aber etwas hatte sich verändert.

Ohne zu überlegen, berührte er das kleine Schwert an seinem Hals, das einzige Symbol seiner Religion, das er sich noch zugestand. Dann senkte er den Kopf und betete, daß die Veränderung gottgewollt sei.

Er betete, daß sie nur Gutes bringen möge.

3

Arianna war an ihrem Schlafplatz in der weit entfernten Ecke der Höhle erwacht. Jenes geheimnisvolle Licht leuchtete immer noch, und der Raum war taghell. Sie hatte sogar einen Arm über die Augen gelegt, um sie vor dem grellen Leuchten abzuschirmen. Ihr Magen knurrte, aber es war nicht der Hunger, der sie aus dem Schlaf gerissen hatte.

Arianna gegenüber hatte sich ihr leiblicher Bruder Gabe ebenfalls auf seinem Nachtlager aufgesetzt. Er runzelte die Stirn, als habe auch ihn etwas aufgeschreckt. Der Blick aus seinen nach wie vor verstörend wirkenden hellblauen Augen traf den Ariannas. Sie legte einen Finger an die Lippen.

Gabe nickte.

Jetzt rührte sich auch Coulter. Er schlief neben Adrian, der fast ebenso alt war wie König Nicholas, Ariannas Vater. Der König hatte seine Schlafstatt hinter dem Brunnen eingerichtet, und Arianna glaubte, beim Einschlafen sein leises Lachen gehört zu haben.

Seit Arianna in dieser Höhle, der Zufluchtsstätte ihres sonderbaren Exils, wieder zu sich gekommen war, benahm sich der König seltsam. So viel war geschehen, seit der Schwarze König in ihren Geist eingedrungen war. Arianna hatte den Berghang verlassen, war in dieser Höhle erwacht und hatte feststellen müssen, daß die Schamanin tot war.

Sie litt deshalb unter heftigen Schuldgefühlen. Sie verstand nicht, warum die Schamanin gestorben war. Ihr Vater, der versprochen hatte, ihr alles später zu erklären, schwieg noch immer, und Arianna vermutete, daß es mit ihr selbst zu tun hatte. Die Schamanin hatte Arianna retten wollen, aber nicht sie war die eigentliche Retterin gewesen.

Coulter hatte sie gerettet.

Arianna warf einen Blick zu ihm hinüber. Auch er hatte sich aufgesetzt. Mit seinem struppigen Blondschopf und den schläfrigen Augen sah er aus wie ein typischer Inselbewohner. Noch nie war Arianna einem so gutaussehenden Mann begegnet. Über seinem eigentlichen Gesicht lag jenes Bild, das er mit ihr geteilt hatte, als er über Nicholas' Verbindung in Ariannas Gedanken eingedrungen war, um sie zu retten.

In diesem Augenblick war ihr Coulter wie die gelungene Kreuzung zwischen einem Inselbewohner und einem Fey erschienen. Seine Haut war hell, die Augen blau und das Haar blond, aber die Ohren liefen spitz zu, und die Wangenknochen lagen besonders hoch. Außerdem war er der größte Mensch gewesen, den sie je erblickt hatte. Hier, in der Wirklichkeit, war Coulter kleiner als Arianna.

Nur Arianna, Coulter und Gabe waren aufgewacht. Leen, eine Fey, von der Gabe behauptete, sie sei noch nicht im Besitz ihrer Zauberkräfte, schlief am Fuß der Treppe. Das letzte Mitglied der Gruppe, Fledderer, eine Rotkappe und ein Fey ohne jede magische Fähigkeit, schlief so tief, daß er schnarchte.

Dennoch hatte sich etwas Wichtiges verändert.

Ein Schauer überlief Arianna. Obwohl ihr Vater versichert hatte, hier sei sie in Sicherheit, war sie sich dessen nicht sicher. Die Schamanin hatte kurz vor ihrem Tod behauptet, dies sei ein Ort der Macht, den Gabe entdeckt habe. Der Ort hatte sich als mit den Kultgegenständen der Inselreligion angefüllte Höhle entpuppt: Fläschchen mit Weihwasser, das auf die Fey und wahrscheinlich auch auf Arianna selbst wie Gift wirkte; Kelche, die Arianna zu berühren vermied, auch wenn sie laut Adrian leer waren; Schwerter, die so scharf waren, daß Adrian sich beinahe geschnitten hätte; Wandteppiche, die den Zugang zu Gängen bedeckten, die tiefer in das Höhleninnere führten. Ariannas Vater hatte versprochen, daß sie die Gänge auskundschaften würden, aber erst, wenn Arianna wieder bei Kräften war.

Die schwere Prüfung am Berghang hatte offenbar ihre restliche Energie verbraucht. Noch nie zuvor war Arianna so erschöpft gewesen.

Ihr Urgroßvater, der Schwarze König, war über Sebastians Verbindung in Ariannas Geist eingedrungen. Sebastian war ihm gefolgt und hatte den Schwarzen König vertrieben. Solange der Schwarze König in ihr gewesen war, hatte Arianna ihn nur dadurch in Schach gehalten, daß sie sich ununterbrochen in jede denkbare Gestalt verwandelt hatte. Im Unterschied zu ihr war der Schwarze König kein Gestaltwandler, obwohl er Visionär war. Er wußte nicht, wie man Gestaltwandlungen kontrollieren oder die Gestalt benutzen konnte, in die der Gestaltwandler sich gerade gewandelt hatte.

Auf diese Weise hatte Arianna den Schwarzen König in sich eingeschlossen, bis Sebastian erschien, der an seiner Verbindung mit Arianna entlanggereist war. Er hatte den Schwarzen König weggelockt, war aber bei dem Versuch, ihn zu töten, erneut zersprungen und hatte Arianna dadurch in ihren eigenen Geist zurückgeschleudert. Dort hatte sie nicht mehr herausgefunden, bis Coulter gekommen war.

Coulter.

Er lächelte sie jetzt etwas unsicher an. Keiner der drei machte Anstalten, sein Lager zu verlassen. Es war, als befände sich das, was sie aufgeweckt hatte, außerhalb der Höhle.

Als sei es von einem anderen Ort hierhergekommen.

Arianna überlief eine Gänsehaut, obgleich es in der Höhle keineswegs kalt war. Sie schob das Kleid, das ihr als Decke gedient hatte, beiseite und stützte sich mit einer Hand an der Wand ab. Sie war so schwach, daß ihr schon das Stehen schwerfiel. In den letzten Tagen hatte sie derart viel Gewicht verloren, daß sich ihre Knochen deutlich unter der Haut abzeichneten. König Nicholas versuchte verzweifelt, sie mit Essen vollzustopfen, aber sie konnte nicht so schnell essen, wie er es wünschte.

Ihr Vater wollte, daß sie sofort wieder zu Kräften kam, als befürchte er, sie würde ihre Kraft schon bald benötigen und sei dann nicht ausreichend gewappnet.

Davor hatte Arianna ebenfalls Angst.

Gabe hatte sich erhoben und erneut den Finger an die Lippen gelegt. Er war hoch aufgewachsen und schlank und ähnelte Sebastian, seinem Wechselbalg. Normalerweise handelte es sich bei einem Wechselbalg um ein Wesen, das nur wenige Tage existieren konnte, aber in diesem Fall hatte es sich zu einem mächtigen Golem entwickelt. Sebastians Körper war voller Risse und Spalten, und er bewegte sich sehr langsam. Gabes Bewegungen waren geschmeidig, seine Gedanken von quecksilbriger Lebhaftigkeit, als verändere er sich von einem Augenblick zum anderen.

Außerdem hatte Gabe blaue Augen.

Coulter sagte, er sehe aus wie eine männliche Ausgabe von Arianna.

Auch Arianna selbst mußte sich widerwillig diese Ähnlichkeit eingestehen. Es bestand kein Zweifel an ihrer engen Verwandtschaft. Alles, was sie taten, schien sich zu gleichen. Arianna wußte, daß sie dieselbe anmutige Eleganz ausstrahlte wie ihr Bruder, und das gefiel ihr ganz und gar nicht.

Im Augenblick schien es jedoch, als würden sie zusammenarbeiten, als triebe sie und ihren Bruder der gleiche Gedanke voran. Trotz seiner Angeberei, trotz der Tatsache, daß Gabe ein richtiger Fey war, entsetzten ihn die Veränderungen in seinem Leben nicht minder als Arianna.

Diese Erkenntnis traf Arianna wie ein Schlag. Sie schüttelte unwillig den Kopf und versuchte, den Gedanken zu verscheuchen. Gabe, der offenbar dachte, sie sei wieder einmal anderer Meinung als er, blickte sie stirnrunzelnd an. Arianna legte daher ebenfalls einen Finger an die Lippen und nickte.

Jetzt erhob sich Coulter. Er berührte Gabes Arm, aber Gabe machte eine abwehrende Bewegung. Die beiden hatten ein seltsames Verhältnis. Arianna verstand nicht, was zwischen ihnen vor sich ging. Weder Gabe noch Coulter hatten bis vor zwei Tagen in ihrem Leben eine Rolle gespielt, und plötzlich war ihre Gegenwart so intensiv, daß sie sich nicht vorstellen konnte, warum sie ihnen so lange aus dem Weg gegangen war.

Coulter kam jetzt zu Ariannas Schlafstatt und machte dabei einen Bogen um den schnarchenden Fledderer, der sich grunzend auf die andere Seite drehte. Er schlief ohne Decke auf dem kalten Marmorboden. Coulter sah grinsend auf ihn hinunter und ging dann neben Arianna in die Hocke.

»Alles in Ordnung?« flüsterte er fragend.

Arianna nickte. Er strich ihr über die Finger. Ein Schauer durchfuhr sie. Es gefiel ihr, wie seine Hände sich anfühlten, warm und kräftig zugleich. Alles an ihm gefiel ihr. Am Nachmittag hatte sie das ihrem Vater gegenüber erwähnt, und König Nicholas hatte eine besorgte Miene aufgesetzt.

Das kommt sicher daher, daß er dir das Leben gerettet hat, mein Kleines, hatte er geantwortet.

Daran hatte Arianna auch schon gedacht. Aber irgendwie war es nicht die richtige Erklärung. Ihre Erfahrungen mit den beiden anderen Menschen, die in ihren Geist eingedrungen waren – ihr Urgroßvater und Sebastian –, hatten genau den Erfahrungen entsprochen, die sie im wirklichen Leben mit ihnen gemacht hatte. Beide waren genauso gewesen wie in der Wirklichkeit, nur etwas ausgeprägter, reiner, wie auf das wahre Wesen ihrer Persönlichkeit konzentriert. Warum sollte es mit Coulter anders sein?

»Weißt du, was geschehen ist?« flüsterte sie.

Coulter schüttelte den Kopf. »Nein, aber irgend etwas hat uns geweckt.«

»Nur wir drei verfügen über magische Kräfte«, sagte Arianna.

Er nickte. Daran hatte er offenbar auch gedacht. Ariannas Magen zog sich zusammen. Sie war noch nicht für etwas Neues bereit. Sie hatte sich noch nicht ausgeruht und fühlte sich noch immer sehr schwach.

Coulter nahm ihre Hand und legte die seine darüber. »Dir wird nichts geschehen«, versicherte er. »Ich verspreche es.«

Konnten Zaubermeister Gedanken lesen? Davon hatte sie noch nichts gehört, aber so sehr viel verstand sie auch nicht von Magie. Ihr Vater hatte versucht, ihr etwas darüber zu erzählen, aber er verfügte selbst über keinerlei magische Kräfte. Die Schamanin hatte keine Anstalten gemacht, Ariannas Unwissenheit zu beseitigen, aber immerhin hatte sie einige ihrer Fragen beantwortet. Solanda, die Gestaltwandlerin, die Arianna erzogen hatte, hatte versucht, ihr etwas über Magie beizubringen, aber damals hatte Arianna sich meist geweigert zuzuhören.

Aus lauter Trotz.

Jetzt wünschte sie, sie hätte zugehört.

»Ich mache mir keine Sorgen um mich«, erwiderte sie, obwohl das nicht ganz aufrichtig war. Sie sorgte sich sehr wohl auch um sich. Aber nicht weniger beunruhigt war sie wegen ihres Vaters, seiner Niederlage und des Schicksals der Blauen Insel.

Und wegen Sebastian.

Wenn er schon einmal zersprungen war und sich anschließend zusammengefügt hatte, konnte es auch diesmal wieder so sein? War er immer noch beim Schwarzen König, oder war der Schwarze König tot?

Hatte Sebastian ihn getötet?

Arianna wußte es nicht, und sie konnte auch nicht losziehen, um es herauszufinden. Coulter hatte ihr gezeigt, wie sie die Zugänge zu ihren eigenen Verbindungen schließen mußte, und er hatte sie aufgefordert, sie geschlossen zu halten, damit niemand mehr in sie eindringen konnte. Arianna hatte seinen guten Rat angenommen und war der Aufforderung nachgekommen.

Sie war allein und geschützt in ihrem eigenen Geist.

Coulter drückte ihr die Hand. »Bleib hier«, wisperte er. »Ich gehe mit Gabe.«

»Sei vorsichtig«, flüsterte sie.

Er nickte und lächelte sie an. Er hatte ein wundervolles Lächeln, das sein ganzes Gesicht erstrahlen ließ. Arianna erwiderte das Lächeln.

Durch Coulter waren die letzten Tage erträglich gewesen. Er hatte dafür gesorgt, daß die Zankereien mit Gabe nicht ausuferten. Coulter hatte ihr außerdem erklärt, sie müsse ihrem Vater ein wenig Zeit zugestehen und darauf vertrauen, daß König Nicholas ihr gewiß bald die Ursache seines sonderbaren Benehmens erklären würde.

Coulter war es gewesen, der Arianna gestützt hatte, als sie eine improvisierte Zeremonie für die verstorbene Schamanin abhielten. Sie konnten die Leiche nicht so bestatten, wie die Fey es getan hätten, aber ihr Vater hatte auf eine plötzliche Eingebung hin, deren Quelle er nicht preisgeben wollte, die Leiche tiefer in die Höhle getragen.

Als er zurückkam, hatte er um Jahre älter ausgesehen. Außerdem hatte er verängstigt gewirkt.

Arianna war nicht daran gewohnt, daß ihr Vater Angst hatte. Sie hatte niemals daran gedacht, daß auch er verletzbar war. Ihn, der immer so stark und sicher gewirkt hatte, hatte der Tod der Schamanin tief erschüttert.

Ebenso ging es Arianna.

Coulter durchquerte leise den Raum und blieb neben Gabe stehen. Gabe warf einen Blick über die andere Schulter, als erwarte er, dort jemanden zu sehen. Arianna konnte niemand entdecken, aber sie hatte Gabe und ihren Vater schon den ganzen Tag bei dieser Geste ertappt.

Vielleicht hatte es etwas mit den männlichen Nachfahren des Roca zu tun. Diese waren die direkten Stammhalter des Religionsgründers der Insel, jenes Mannes, den die Inselbewohner den Gottgefälligen nannten. Vielleicht konnten nur die männlichen Mitlieder der Familie Dinge sehen, die mit der Religion in Verbindung standen. Letztendlich war das auch nicht merkwürdiger als alles, was Arianna bisher über die Magie der Fey gehört hatte.

Dabei hatte sie noch nicht einmal herausgefunden, wie es Coulter gelungen war, diese Magie für sich zu nutzen. Arianna hatte danach gefragt, aber alle hatten ihr geantwortet, man würde es ihr später erklären. Sie hatten sie dazu überredet, sich erst einmal auszuruhen, und sie hatte weitaus länger geschlafen, als sie ursprünglich vorgehabt hatte.

Ihr Körper hatte ihr den Schlaf abgerungen.

Genau wie ihr Körper jetzt von ihr forderte, stillzusitzen, solange nichts Schlimmes passierte. Etwas, auf das sie möglichst schnell und effektiv reagieren mußte.

Coulter war einen halben Schritt hinter Gabe zurückgeblieben, und nun erklommen sie gemeinsam die Treppenstufen. Dort oben befand sich der Eingang zur Höhle, den Arianna von ihrem Platz aus nicht sehen konnte.

Gabe hielt ein Messer umklammert.

Arianna hatte keine Ahnung, wie er in dessen Besitz gekommen war, obwohl sie einen bestimmten Verdacht hegte. Fledderer hielt irgendwo einen umfangreichen Vorrat an Waffen versteckt, die er von draußen mit hereingeschleppt hatte. Sie waren übereingekommen, daß kein Fey diese Waffen berühren durfte.

Keiner wußte, welche Folgen eine Berührung haben konnte.

Plötzlich spürte Arianna erneut jenes Seltsame, das sie aufgeweckt hatte. Es war jetzt viel kraftvoller, wie zu einem heftigen Wind angeschwollen, der fast die Wucht eines Sturms besaß. Es blies mit solcher Kraft in die Höhle hinein, daß die Fläschchen an der Wand zu klirren begannen. Der Brunnen hinter Arianna spritzte plötzlich hoch auf, als sei jemand hineingefallen.

Dieser sonderbare Wind war voller Magie, einer Magie, die Arianna nicht kannte. Er zitterte, als er durch sie hindurchwehte, und sie fühlte dabei undeutlich eine eigenartige Macht. Eine Macht, die sich allmählich auflöste, nachdem sie sich über viele Meilen hinweg ausgebreitet hatte. Arianna spürte beinahe, woher diese Macht kam. Sie sah das Bild einer brennenden Scheune vor sich, sah davonlaufende Inselbewohner, eine explodierende Feylampe und lodernde Haufen aus Haut und Knochen.

Dann sah sie nichts mehr.

Gabe war wie erstarrt stehengeblieben. Langsam drehte er sich zu Arianna um, als wolle er sie fragen: *Hast du das auch gesehen?* Sein Gesicht war aschfahl, die Augen weit aufgerissen. Er machte gerade den Mund auf, um etwas zu sagen ...

... als Coulter rückwärts die Stufen hinunterstürzte.

4

Threem haßte es, in seiner Fey-Gestalt zu gehen. Er kämpfte sich den gewundenen Bergpfad hinauf. Seinen Karren hatte er, von seiner Frau bewacht, zurückgelassen. Anschließend hatten Threem, der Zaubermeister Boteen, der Schreiber (dessen Namen Threem immer wieder vergaß) und Caw, die Möwenreiterin, den Fluß überquert und waren zum Fuß der Berge vorgedrungen, die die Inselbewohner als Blutklippen bezeichneten.

Threem sah sofort, warum man die Bergkette so nannte. Die rote Färbung des Gesteins schien bis tief unter die steinerne Oberfläche zu dringen, und die lose, bis in den weit unterhalb dahinströmenden Cardidas rutschenden Brocken färbten das Flußwasser tiefrot. Im Tageslicht hatte es ausgesehen, als sei das Flußbett mit Blut gefüllt. Ein Anblick, der Threem völlig kaltließ. In seinen Jahren als Fey-Krieger hatte er schließlich schon merkwürdigere Dinge gesehen, aber es war seiner Aufmerksamkeit keineswegs entgangen.

Es war schwer, den Cardidas zu überqueren. Caw hatte fast den ganzen Tag gebraucht, um eine Furt zu finden, und die restlichen Stunden des Tages waren die vier dorthin gewandert. Dann hatte Threem erst Boteen und anschließend den Schreiber auf seinem Rücken ans andere Ufer tragen müssen, was eine äußerst unwürdige Beschäftigung war. Pferdereiter ließen für gewöhnlich niemanden auf ihrem Rücken reiten. Zum einen war es unbequem, schließlich trug der Reiter bereits seinen eigenen Fey-Oberkörper, und zum anderen war es entehrend. Gab es etwa noch andere Tierreiter, die als Lasttiere mißbraucht wurden? Threem hatte sich damit abgefunden, Karren zu ziehen, aber einen Kutscher hatte er niemals akzeptiert, und an Reiter konnte er sich einfach nicht gewöhnen.

Damit nicht genug, hatte Threem sowohl den Schreiber als auch Boteen durch die Furt tragen müssen. Das Wasser war eiskalt und die Strömung, ungeachtet der seichten Stelle, äußerst kräftig. Ohne seine vier Beine hätte die Strömung Threem und seine Passagiere gewiß mit sich gerissen.

Aber davon hatte er natürlich kein Sterbenswörtchen erwähnt. Er hatte erst Boteen hinübergetragen und anschließend den Schreiber, der sich ununterbrochen beklagt hatte. Anschließend hatte sich Threem auf Boteens Drängen wieder in seine Fey-Gestalt zurückverwandelt. Seine Pferdegestalt war so lange geschrumpft, bis sie wieder in seine Fey-Haut paßte, dann hatten sich Hüften, Beine und Füße ausgebildet. Er war nackt und hatte auch keine Kleider bei sich, da er fest damit gerechnet hatte, während der gesamten Reise in Pferdegestalt zu bleiben. Glücklicherweise waren seine Fußsohlen ebenso hart wie Pferdehufe, sonst hätte er sich an den Felsen verletzt. Threems Körper war auch dichter behaart als der anderer Fey und hielt ihn einigermaßen warm. Aber er war fest entschlossen, so schnell wie möglich wieder in seine Pferdegestalt zu wechseln.

Später, als sie dem Pfad schon eine ganze Weile gefolgt waren, begriff Threem plötzlich, warum Boteen darauf bestanden hatte, daß er sich verwandelte. Es wäre unmöglich gewesen, als Pferd diesem steilen, schmalen Pfad zu folgen, aber das änderte nichts daran, wie erniedrigend es war.

Threem hatte Boteen aus den Augen verloren. Der Zauberer ging so schnell, als erwarte ihn etwas sehr Wichtiges auf dem Gipfel. Der Schreiber war immer weiter zurückgefallen, von Caw ermutigt oder von ihren unfreundlichen Kommentaren angetrieben. Nachdem Boteen sich geweigert hatte anzuhalten, kletterten sie auch im Dunkeln weiter. Threem machte sich seine eigenen Gedanken dazu. Vielleicht waren ja der Inselkönig oder dessen Kinder auf dem Gipfel, aber Boteen wollte diese Überlegungen weder bestätigen noch abstreiten.

Threem hatte Gaze, die Irrlichtfängerin, bei der Rückkehr von ihrem Erkundungsflug beobachtet. Sie hatte entsetzt ausgesehen, offensichtlich erschüttert von dem, was sie gesehen hatte. Sie hatte darauf bestanden, allein mit Boteen zu sprechen. Threem hatte seinen Pferdekopf weggedreht, doch mit dem Augenpaar seines Fey-Kopfes hatte er Boteens aufgeregte Gesten registriert und gesehen, wie der Zaubermeister Gaze einen freundlichen Klaps auf die Schulter gab, bevor er sie wegschickte. Sie war mit den Windströmungen geflogen, wie man es ihr während der militärischen Ausbildung beigebracht hatte, um wichtige Nachrichten so schnell wie möglich zu übermitteln.

Es gab nur einen einzigen Mann, auf den Boteen hörte: den Schwarzen König.

Was Gaze dort oben in den Bergen auch entdeckt haben mochte, es beunruhigte Boteen schon seit der vergangenen Nacht. Er hatte die anderen gefragt, ob ihnen ein diamantförmiger Lichtstrahl aufgefallen sei, und hatte Gaze auf die Suche danach geschickt.

Offenbar hatte sie etwas ausfindig gemacht.

Threem durchforstete den ganzen Tag über sein Gedächtnis nach irgend etwas in den traditionellen Gebräuchen der Fey, das einen diamantförmigen Lichtstrahl erklären konnte, aber es wollte ihm nichts einfallen. Threem wußte, daß Boteen Dinge sah, die kein anderer wahrnahm. Vielleicht handelte es sich hierbei um ein Zeichen, das ausschließlich Boteen verstand.

Vielleicht ein Zeichen des Schwarzen Throns.

Threem wußte es nicht, und es bot sich auch keine Gelegenheit, Gaze danach zu fragen. Nachdem sich die Irrlichtfängerin auf den Weg gemacht hatte, war Boteen zur Gruppe zurückgekehrt, hatte ein paar scharfe Worte mit der Hexerin Ay'Le gewechselt und die kleine Truppe noch weiter aufgespalten. Ay'Les Aufgabe bestand darin, die Fußtruppen zu der kleinen Stadt zu führen, die am Fuß der Blutklippen lag. Sie hatte gegen diesen Befehl protestiert und eingewandt, sie sei Diplomatin, keine Kriegerin, aber Boteen hatte auf seiner Forderung bestanden. Dann hatte er Threems Frau bei der Kutsche zurückgelassen und Ay'Le die zweite Kutsche samt Pferdereitern als Begleittruppe mitgegeben. Der Schreiber, ein völlig unnützer Fey, dessen einzige magische Fähigkeit darin bestand, Unterhaltungen wie ein kreischender Papagei wiederzugeben, sollte Boteen begleiten.

Seit sie sich auf den Weg gemacht hatten, hätte Threem dem Schreiber liebend gerne schon mindestens hundertmal den Hals umgedreht. Ein so pausenloses Gejammer hatte er in seinem ganzen Leben noch nicht vernommen. Hoffentlich würde es für den Rest seines Lebens auch so bleiben.

Von frühester Jugend an hatte man Threem eingeschärft, daß ein Fey sich niemals beklagte. Auch dann nicht, wenn er andere Fey auf dem Rücken tragen mußte oder gezwungen war, viermal einen reißenden Strom zu durchqueren und er Hufe wie Eisklumpen bekam, nachdem er durchs eiskalte Wasser getrabt war. Wenn Threem all das ohne eine Wort der Klage überstand, konnte der Schreiber doch wohl auch einfach auf einen Berg klettern. Das war schließlich nicht zuviel verlangt.

Es war jedenfalls einer der Gründe, warum Threem dem Schreiber voranging. Der andere Grund war, daß er Boteen nicht aus dem Blick verlieren wollte.

Im Unterschied zu Boteen, der in der Kutsche gesessen hatte, während sie sich den Bergen näherten, hatte Threem sein Ziel ganz genau in Augenschein genommen. In der letzten Nacht hatte er auf einem kleinen Felsplateau Feuerkugeln gesehen. Die Kugeln hatten wie von Fey hergestellte, künstliche Feuerbälle ausgesehen, und sie hatten ein kleines Stück des Bodens verbrannt. Threem glaubte auch, daß er über das Brüllen des Flusses hinweg Rufen, Schreien und die laute Stimme eines Mannes vernommen hatte.

Threem glaubte, daß Boteen von alledem nichts bemerkt hatte, war sich jedoch nicht sicher. Da Boteen der Anführer der Gruppe war, wagte Threem es nicht, ihn danach zu fragen.

Er wußte einfach nur, daß es ein gefährlicher Ort war.

Dieses Gefühl verstärkte sich, je höher er kletterte. Erst später hatte ihn plötzlich ein heftiges Zittern befallen, eine Empfindung, die er seit seiner Kindheit nicht mehr gehabt hatte, als die Hüter mit einem Deckenzauber experimentierten, der ein ganzes Gebiet in undurchdringlichen Nebel gehüllt hatte. Er erinnerte sich, wie es gewesen war, in diesen Zauber hineinzugehen. Als berührte man eine magische, lebendige Mauer, die das eigene Verhalten beeinflußte. Es war ihm damals gelungen, dieses Gefühl abzuschütteln, weil Tierreiter über einen mächtigen Zauber verfügten, aber die Anstrengung hatte ein heftiges Zittern in Threem ausgelöst.

Er stieg langsam und gleichmäßig den Pfad hinauf, als ihm plötzlich kalt wurde und er heftig zitterte, genauso wie damals als Junge. Es war zwar nur ein kurzer Augenblick, aber als es vorüber war, wußte Threem, daß etwas durch ihn hindurchgegangen war.

Etwas Bedeutungsvolles.

Zuerst wollte er Boteen eine Warnung zurufen, aber dann sagte er sich, daß dieser Zauber schneller war als jede Stimme. Er konnte nur weiterklettern.

Boteen hatte kleine Lichtmarkierungen auf dem Pfad hinterlassen, wie es Zauberer häufig während eines Kampfes zu tun pflegten. Die Markierungen erloschen, sobald die Truppe sie passiert hatte. Sie waren hübsch anzusehen, da sie die tiefe

Dunkelheit erträglicher machten. Threem wußte sie besonders deshalb zu schätzen, weil er als Pferd sicherer zu Fuß war als in Feygestalt. Dem steilen Pfad in dieser völligen Finsternis zu folgen wäre verhängnisvoll gewesen.

Er hielt sich an den Felsbrocken links und rechts des Pfades fest, um nicht das Gleichgewicht zu verlieren. Von weiter unten hörte er, wie Caw mit ihrem krächzenden Keifen den Schreiber vorantrieb. Für einen kurzen Augenblick empfand Threem Mitleid mit dem Schreiber, doch dann erinnerte er sich an dessen unaufhörliches Gejammer, und das Gefühl verflog.

Threem zwängte sich jetzt durch eine enge Wegbiegung zwischen den Felsen. Dort, wo einst Gras gewachsen war, erblickte er verbrannte Stellen. Er spürte, wie sich sein Haar sträubte. Hier hatte der Angriff der Feuerbälle stattgefunden. In der Luft hing noch ein leichter Rauchgeruch.

Threem bog eilig um den Felsen und zog sich an einem steilen Abhang hoch. Die Lichter, die Boteen hinterlassen hatte, leuchteten immer noch. So weit war der Zauberer also zumindest gekommen.

Threem schritt schneller aus.

Er erreichte flaches Gelände, auf dem ebenfalls Gras und Gestrüpp verbrannt waren. Zwischen zwei Findlingen steckte der Rest einer Fackel, und der Boden war aufgewühlt, als hätten sich hier zahlreiche Menschen aufgehalten. Zwei der Lichtzeichen erhellten den Pfad, doch dann verschwanden die Markierungen.

Threem sah auf und entdeckte etwas weiter oben einen abgeflachten Felsen mit natürlichen Säulen. Offensichtlich handelte es sich dabei um ein Versteck. Aber Threem fand die Stille beängstigend.

Ebenso wie den Mangel an Licht.

Threem wußte nicht recht, ob er rufen sollte. Er hatte keine Ahnung, was sie dort oben erwartete.

Er hob eines der Lichtzeichen auf. Der Stab fühlte sich kühl an.

Prüfend musterte Threem das Gelände. Er suchte nach einer Spur von Boteen oder von jemand anderem. Plötzlich fiel sein Blick auf ein Paar Füße, das in Fey-Stiefeln steckte. Threem eilte darauf zu. Boteen lag zwischen zwei Felsbrocken und hielt einen nicht verzauberten Lichtstab in Händen.

Threem hielt seinen eigenen Stab über den Zauberer. Boteen war einer der längsten und dünnsten Fey, die Threem je gesehen hatte. Jetzt lag er mit grauem Gesicht flach auf dem Rücken und hatte die Augen fest geschlossen.

Abgesehen von dem frischen Glanz seiner Haut glich Boteen einem Leichnam.

»Boteen?« flüsterte Threem ungläubig.

Der Zauberer rührte sich nicht. Threem sah sich mißtrauisch um. Er wollte wissen, was diesen Unfall verursacht hatte. Vielleicht war Boteen einfach nur gestrauchelt, hingefallen und hatte sich den Schädel angeschlagen. Dann aber erinnerte sich Threem an die plötzliche Kälte, die ihn vorhin erfaßt hatte.

Er legte eine Hand auf Boteens Schulter. Der Zaubermeister bewegte sich unruhig. Zumindest war er noch am Leben.

»Boteen!« wiederholte Threem und schüttelte den Mann vorsichtig.

Boteen stöhnte.

»Wach auf«, sagte Threem.

Boteens Lider zuckten. Er wimmerte leise auf. »Magische Veränderungen«, stammelte er.

Threem wußte nicht recht, ob es sich bei dieser Bemerkung um eine Beobachtung, einen Befehl oder einen geistesabwesenden Kommentar handelte. »Wie bitte?« fragte er.

»Hast du es nicht gespürt?« Boteen hielt sich den Kopf und ließ den Lichtstab fallen. Mühsam zog er sich auf, bis er saß, stöhnte erneut und neigte dann den Kopf. »Bei allen Mächten, ich bin völlig leer.«

»Leer?« fragte Threem verständnislos.

»Was war das?« erkundigte sich Boteen.

»Was denn?« Threem hatte langsam das Gefühl, als führten sie zwei Einzelgespräche.

»Es war eine plötzliche Woge«, sagte Boteen wie zu sich selbst. »Eine magische Welle ... die über die gesamte Insel ... rollte. Aber was hat sie verursacht?«

»Diese Kälte?«

»Also hast du es auch gespürt?«

»Mir wurde auf einmal kalt. Aber es dauerte nur einen kurzen Augenblick«, erwiderte Threem.

»Natürlich«, entgegnete Boteen nachdenklich. »Du verfügst über Zauberkraft. Alle Fey müssen diese Woge gespürt haben.« Er rutschte ein Stück nach hinten, bis er sich an den Felsen lehnen konnte. »Alle Fey haben es gespürt und ähnlich wie du darauf reagiert. Woran hast du gedacht?«

Threem erzählte Boteen von dem Deckenzauber, mit dem die Hüter experimentiert hatten, als er noch ein Junge war.

»Ja«, sagte Boteen mit leiser Stimme. »Ich verstehe, daß es ein ähnliches Gefühl war. Aber was hast du *empfunden?«*

»Kälte«, antwortete Threem.

»Nein«, erwiderte Boteen. »War die Erinnerung angenehm oder nicht? Was hattest du für ein Gefühl dabei?«

Threem runzelte die Stirn. Gefühl? Er war schon so lange Krieger, daß er nicht mehr über Gefühle nachdachte. Es kam nichts dabei heraus.

»Als Kind«, sagte er schließlich langsam, »haben mich diese Zauber stark beeinflußt. Ich fühlte mich tagelang schmutzig, als sei etwas mit mir nicht in Ordnung.«

»Nicht in Ordnung mit dir«, wiederholte Boteen. »Eine

Welle der Kälte, die in allen mit Magie begabten Menschen unangenehme Empfindungen auslöst.«

»Dir ging es genauso?«

Boteen schüttelte den Kopf. »Diese Welle hat mir alle Energie entzogen«, erklärte er. »Meine Reserven sind erschöpft. Ich habe keine Zauberkraft mehr.«

»Du hast keine Zauberkraft mehr?«

»Momentan jedenfalls nicht.« Boteens Stimme zitterte leicht. »Aber sie wird zurückkommen. Nachdem ich mich ausgeruht habe.« Er blickte die Bergwand hinauf.

Threem fühlte eine Kälte in sich aufsteigen. »Hast du so etwas schon einmal erlebt?«

»Nein«, antwortete Boteen. »Nicht auf diese Art. Ich habe zu Beginn des Feldzugs gegen die Nye meine Kräfte erschöpft, aber sie sind mir noch nie so entrissen worden wie eben.«

Threem erinnerte sich noch gut an den Feldzug gegen die Nye. Die Nye hatten sich auf den Angriff der Fey vorbereitet. Sie hatten ihre Grenzen so gut wie möglich befestigt und gehofft, die Fey dadurch abwehren zu können. Rugad hatte Boteen befohlen, seine ganzen Zauberkräfte zur Verwirrung, Vernichtung und zum allgemeinen Schaden der Nye einzusetzen. Er hatte Erfolg gehabt. Boteens Zauber hatte die Nye zurückgedrängt und es den Fey möglich gemacht, eine Bresche in die Befestigung zu schlagen. Es hatte zwar länger als geplant gedauert, das ganze Land zu erobern, aber Boteen hatte mit seinem Zauber viele Fey gerettet.

Threem fiel jetzt auch wieder ein, daß Boteen anschließend mehrere Tage das Bett gehütet hatte und Rugad die besten Domestiken zu ihm schickte, weil ihm Boteens vollständige Erschöpfung große Sorgen bereitete.

»Es hat dir deine Kräfte genommen?«

»Meine *Reserven*«, gab Boteen unwirsch zurück. »Meine

Kräfte bleiben mir. Ich habe nur keine Energie mehr. Ist dir das noch nie passiert?«

»Meine Zauberkräfte sind anderer Natur«, erwiderte Threem. »Sie sind ein unzerstörbarer Teil von mir. Man muß mich schon töten, wenn man mich daran hindern will, sie zu nutzen.«

»Da hast du Glück gehabt«, entgegnete Boteen und schloß die Augen. »Viel Glück sogar.«

Threem schüttelte den Zauberer. »Du kannst hier nicht einfach einschlafen.«

»Ich schlafe nicht ein«, antwortete Boteen. »Aber laß uns auf die anderen warten. Ich muß erst einmal herausfinden, was sich weiter oben befindet.«

»Ich glaube nicht, daß wir weitergehen sollten, solange es dir so schlechtgeht.«

»Aber ich muß unbedingt sehen, was dort oben ist«, gab Boteen zurück. »Ich muß hinauf.« Er legte sich eine Hand über das Gesicht, als ermüde ihn bereits ein einfaches Gespräch.

»Warte auf den Schwarzen König. Laß ihn hinaufsteigen«, schlug Threem vor.

Boteen ließ die Hand sinken. In seinen tiefliegenden Augen blitzte das altbekannte Feuer. Ein grimmiger Zorn. Threem kannte diese Miene nur zu gut. Boteen geriet häufig in Wut.

»Du hast gelauscht.«

»Ich habe alles beobachtet«, sagte Threem. »Du hättest Gaze nicht so schnell weggeschickt, wenn es nicht um Rugad ginge. Was ist dort oben?«

»Genau das muß ich herausfinden«, antwortete Boteen.

»Laß mich gehen«, schlug Threem vor.

Boteen schüttelte den Kopf. »Du bist kein Zaubermeister.«

»Muß das denn sein?«

»Ich sehe Dinge, die du nicht einmal bemerkst.«

Threem wußte, daß Boteen recht hatte. Aber er wußte auch,

daß Zauberer mitunter Aufgaben übernahmen, für die andere Fey besser geeignet waren.

»Vielleicht möchte Rugad, daß du wartest«, gab Threem zu bedenken.

»Rugad«, erwiderte Boteen, »könnte sterben, wenn ich mich irre.«

Threem sah den steilen Hang hinauf. Er konnte überhaupt nichts erkennen. »Hast du das verbrannte Gras und das Gestrüpp bemerkt?«

Boteen nickte. »Die Lichtspuren sind unglaublich kräftig.«

»Was ist dort passiert?«

Boteen hob den Kopf, eine Bewegung, die ihn offenbar einige Mühe kostete. »In der letzten Nacht sind sich hier zwei Zaubermeister begegnet.«

»Zwei ...?« Damit hatte Threem nicht gerechnet. »Ich dachte, wir hätten alle Versager getötet.«

Versager wurden alle Fey genannt, die an der ersten Invasion teilgenommen hatten und von den Inselbewohnern besiegt worden waren. Rugad hatte angeordnet, sie zu töten, da er befürchtete, sie könnten mit den Inselbewohnern gemeinsame Sache gegen den Schwarzen König machen. Er hatte ihnen nicht einmal die Möglichkeit eingeräumt, sich zu verteidigen.

»Das haben wir auch«, bestätigte Boteen. »Es handelt sich um Inselbewohner.«

»Das ist unmöglich«, sagte Threem.

»Vielleicht warten noch mehr Überraschungen auf dich«, erwiderte Boteen. »Die Antwort liegt dort oben.«

Wieder blickte Threem den Berg hinauf, aber es war zu dunkel, um etwas zu sehen. »Kannst du gehen?« fragte er.

»Vielleicht«, sagte Boteen. »Wenn ich ganz vorsichtig bin.«

Das war keine befriedigende Antwort, und sie wußten es beide. Threem seufzte. »Ich kann dich auf dem Rücken tragen, wenn der Pfad nicht zu steil ansteigt.«

»Und wenn er zu steil wird, stürzen wir uns beide zu Tode?«

»Ich gehe voran«, schlug Threem vor. »Ich sehe mich dort oben um und komme dann zurück. Aber ich muß wissen, wonach ich suchen soll.«

Boteen seufzte, als wisse er, daß ihm keine andere Wahl blieb. »Dort oben ist eine Höhle«, sagte er. »Bewacht von riesigen Inselschwertern. Dorthin müssen wir gehen.«

»Und in der Höhle sind Inselbewohner?«

»Wahrscheinlich«, erwiderte Boteen.

»Was ist so wichtig an dieser Höhle?« fragte Threem.

»Das weiß ich noch nicht«, antwortete Boteen sehr leise.

»Leuchtet dieser Stab auch, wenn ich mich von dir entferne?« fragte Threem.

Boteen nickte schwach. »Ich ruhe mich aus, während du weg bist.«

»Sorge dafür, daß die anderen hier warten«, sagte Threem.

»Natürlich«, gab Boteen zurück. Er schloß die Augen, sein Atem ging regelmäßig. Er war eingeschlafen.

Threem warf einen letzten Blick auf den Zaubermeister und erschauerte. Etwas sehr Mächtiges hatte sie berührt. Rechnete man dann noch die beiden Zauberer, die auf diesem Berg gegeneinander gekämpft hatten, und die Höhle hinzu, die dort oben lag und von riesigen Inselschwertern beschützt wurde, gab es für Threem keinen Zweifel, daß er es hier mit unvorstellbarer Magie zu tun hatte.

Er atmete tief durch. Zunächst mußte er lediglich überprüfen, ob dieser Pfad zu steil für Pferd und Reiter war. Dann würde er umkehren. Er würde niemandem begegnen und, mit ein wenig Glück, auch niemanden sehen.

Er packte seinen Lichtstab und marschierte in die Dunkelheit hinein.

5

Matthias lag auf dem Küchenfußboden. Die Decke über ihm drehte sich, die Mauersteine hatten sich zu einem Muster zusammengefügt, das in der Luft zu schweben schien. Sein Hinterkopf schmerzte. Sein ganzer Körper schmerzte.

Außerdem war es dunkel. Sehr dunkel.

Wie eine Antwort auf seine letzte Feststellung glomm ein Kerzenlicht in der Dunkelheit. Marly trug die Kerze durch die Tür und stellte sie auf dem Tisch über Matthias ab.

»Alles in Ordnung?« erkundigte sie sich. Sie hatte sich schnell ein Kleid übergeworfen, um ihren nackten Körper zu bedecken.

»Ich glaube schon.« Seine Stimme war nicht lauter als ein schwaches Flüstern. Matthias fühlte sich völlig ausgepumpt, als habe ihm jemand sämtliche Energie ausgesaugt.

»Hätten wir nit machen sollen, weiß schon«, sagte Marly und kauerte neben ihm. »Warst müde von deiner Reise, ich hätt's besser wissen müssen ...«

Matthias hob eine zitternde Hand an Marlys Mund und berührte sie leicht. Als er von seiner schweren Prüfung in den Bergen zurückkehrte, war sie zu ihm ins Bett gekrochen und hatte ihn an sich gedrückt. Die Zärtlichkeit, mit der sie ihn umfaßte, hatte sich schließlich in Leidenschaft verwandelt, und Matthias hatte es geschehen lassen. Das hatte ihm seine restlichen Kräfte geraubt, aber auf eine gute, erholsame Weise.

Nicht wie das hier.

Noch nie hatte er sich so gefühlt.

»Wahrscheinlich hast du noch nie dein Gelöbnis gebrochen«, murmelte Marly, den Mund an Matthias' Finger gedrückt. »Vielleicht is das jetzt Gottes Strafe.«

»Nein«, erwiderte Matthias. Er verschwieg Marly, daß es nicht zum ersten Mal passiert war. Nach seinem Rücktritt als Rocaan hatte es für kurze Zeit eine Frau in seinem Leben gegeben, hauptsächlich weil er wissen wollte, was ihm entgangen war. Es war eine angenehme Erfahrung gewesen, aber nichts, was er dauerhaft hätte fortsetzen wollen.

Es war ganz anders gewesen als heute nachmittag. Bei Marly fühlte er sich zum ersten Mal geliebt.

»Gott bestraft mich nicht«, erwiderte er. »Jedenfalls nicht für dich.«

Vielleicht für Jewel, dachte Matthias. Sein Hals schmerzte immer noch vom Würgegriff ihrer Finger. Ihr Schatten, ihr Geist oder irgend etwas, das genauso ausgesehen hatte wie sie, hatte versucht, ihn umzubringen, als er die Höhle erreicht hatte. Die Schamanin der Fey hatte ihn hinausgeschoben und ihm das Leben gerettet.

Matthias wußte nicht, warum sie das getan hatte. Er hatte auch keine Gelegenheit mehr gehabt, sie danach zu fragen. Denl, Jakib und Tri hatten ihn hierhergebracht, und Marly hatte ihn ins Bett gelegt. Nachdem sie sich geliebt hatten, war er eingeschlafen und erst vor kurzem wieder aufgewacht, weil er sich so sonderbar fühlte. Er war aufgestanden, um der Sache auf den Grund zu gehen, und dann plötzlich zu Boden gestürzt, schwächer als je zuvor in seinem Leben.

»Was is es denn dann?« wollte Marly wissen.

Matthias wußte es nicht. Wußte nicht einmal, wie er es ihr erklären sollte. In den letzten zwei Tagen war so viel mit ihm geschehen. Er hatte festgestellt, daß er über ungeahnte Kräfte verfügte. Er war beinahe gestorben. Und nun dies.

»Irgend etwas ist gegen mich geprallt«, sagte er, » und dann hat es mir ...«

Matthias verstummte. Was hatte es ihm genommen? Etwas

Wichtiges, das aber ersetzt werden konnte. Als sei er ein Becher voll Wasser, der mit einem Mal leer war.

»Was denn?« fragte Marly.

»Ich weiß es nicht«, antwortete Matthias. »Es hat mir etwas Wichtiges genommen.«

Marly legte ihm die Hand auf den Rücken und stützte ihn, als er sich aufsetzte. Alle Verletzungen der letzten beiden Wochen fühlten sich an, als habe er sie sich erst gestern zugezogen. Die Schnitte, die vom Kampf mit den Fey auf der Brücke in Jahn in seinem Gesicht zurückblieben waren, die Wunden an seiner Kehle, die vom Aufstieg ermüdeten Muskeln, alles schmerzte so heftig wie frische Verletzungen.

»Bist du gegen irgendwas gestoßen?« Vorsichtig berührte Marly seinen Hinterkopf. Matthias stöhnte auf, als sie eine wunde Stelle berührte.

»Tut's da weh?« fragte sie.

»Ja«, erwiderte Matthias.

»Da ist eine Beule.« Marly half ihm in einen Stuhl. »Du steckst viel weg. Deine Verletzungen würden jedem anderen Mann schwer zusetzen. Oder ihn umbringen.«

Aber Matthias war kein anderer Mann. Das hatten ihn die brennenden Fingerspitzen gelehrt. Der junge Coulter hatte ihm gezeigt, daß Inselbewohner über dieselbe Macht verfügten wie die Fey. Pausho, die Frau vom Rat der Weisen, hatte es bestätigt und gesagt, daß manche Inselbewohner über Fähigkeiten und Kräfte verfügten, die andere nicht hatten. Die Weisen brachten jedes Kind um, das Anzeichen für den Besitz dieser Kräfte aufwies. Damals hatte man auch versucht, Matthias zu töten, und ihn als Neugeborenes in den Bergen ausgesetzt. Aber seine spätere Ziehmutter hatte ihn gefunden und gerettet. Jedes Kind, das diesem sicheren Tod entrann, hatte ein Recht zu leben.

Widerwillig hatte Pausho Matthias' magische Kräfte bestätigt, die er selbst erst in der vergangenen Nacht an sich entdeckt hatte.

Seither schienen Tage vergangen zu sein.

»Was is los?« fragte Marly erneut.

»Ich bin ... etwas ist ... anders«, antwortete Matthias.

Sie lächelte, während der warme Kerzenschein ein weiches Licht auf ihre Züge warf. Marly war eine der schönsten Frauen, die Matthias je gesehen hatte. Sie war hochgewachsen wie er, was nahelegte, daß auch sie hier geboren war, aber sie sprach den Dialekt der Kenniland-Sümpfe. Ihr rotes Haar schimmerte im Kerzenlicht, und ihre grünen Augen waren voller Wärme und Mitgefühl.

Noch nie hatte sich jemand so sehr um ihn gesorgt.

»Ich weiß, daß du anders bist«, sagte Marly.

Matthias schüttelte den Kopf, und ein leichtes Schwindelgefühl überkam ihn. »Nein«, entgegnete er, »es bedeutet, daß ich gewisse Fähigkeiten habe.«

»Denl sagt, du hattest eine lange Unterhaltung mit Pausho und dem sonderbaren Mann auf dem Berg.«

»Ja«, erwiderte Matthias.

»Vielleicht erklärt das einiges, was dir in letzter Zeit zugestoßen ist«, meinte Marly.

»Vielleicht.« Mehr konnte er ihr nicht erzählen. Er wollte, aber er konnte einfach nicht. In der Vergangenheit hatte die Freundlichkeit immer dann ein Ende gehabt, sobald er preisgegeben hatte, was für ein Mensch er war.

»Irgend etwas hat mich gerade aufgeweckt«, sagte Matthias. »Hast du es auch gespürt?«

»Mir wurde kalt.« Marly lächelte. »Wahrscheinlich weil ich dich vermißt habe.«

Matthias erwiderte Marlys Lächeln und streichelte ihr über das Gesicht. Er war erschöpft, verletzt und leer, aber er wollte sie trotzdem berühren.

»Ach Marly«, gab er schließlich zurück. »Du weißt gar nicht, auf was du dich mit mir eingelassen hast.«

»Es ist jedenfalls bestimmt besser als das, was ich zuvor hatte«, erwiderte sie.

»Ich hoffe es.«

»Ich bin mir ganz sicher.« Ihrer Stimme war voller Gewißheit. »Du wirst ganz blaß, je länger du hier sitzt. Mußt wieder zurück ins Bett.«

Matthias lächelte noch mehr. »Du wirst noch einmal mein Tod sein, Frauenzimmer.«

Er versuchte erfolglos, allein aufzustehen. Was war nur geschehen? Dieses merkwürdiges Gefühl ... »Ich glaube, du hast recht«, sagte er.

Er hatte gehofft, daß er sich an diesem Morgen besser fühlte. Er brauchte Tris Hilfe, um das Original der Geschriebenen und Ungeschriebenen Worte zu finden. Pausho hatte gesagt, die Schriften befänden sich in einem Gewölbe unterhalb von Constantia. Matthias wollte wissen, ob es in den Büchern einen Hinweis darauf gab, wer er war. Vielleicht würde ihm das weiterhelfen.

Er mußte noch einmal zu der Höhle zurück. Er mußte sich der Höhle und dem, was sich darin befand, stellen.

Aber zuerst mußte er genau wissen, über welche Kräfte er verfügte und wie er sich ihrer bedienen konnte.

Er mußte wissen, wie er gegen die Fey kämpfen konnte.

»Denkst ja gar nit an mich?« sagte Marly in neckendem Ton. Er hatte sich mit seinem ganzen Gewicht auf sie gestützt, während sie ihn zum Bett schleppte.

»Nein«, erwiderte Matthias.

»Du mußt ausruhen. Hast alles gemacht, was du konntest«, fuhr sie fort, ganz Entschlossenheit und Kraft.

»Nein«, widersprach Matthias. »Das habe ich nicht.«

»Wenn du mehr machst, dann wird's dich umbringen.«

Vielleicht, dachte Matthias. Aber das verschwieg er Marly. Sie hätte sich dagegen gesträubt, und er hätte ihr Mißfallen nicht ertragen können. Nicht jetzt. Die Fey waren ganz nahe. Er spürte sie, und er war der einzige, der über die Macht und die Kraft verfügte, gegen die Fey zu kämpfen. Er war der einzige Mensch, der eine Chance hatte, sie zu besiegen.

»Marly«, sagte Matthias leise. »Du mußt zu Denl gehen. Er soll das Haus durchsuchen.«

»Wieso?« fragte sie.

»Fey«, flüsterte Matthias. Der Gedanke war ihm vor wenigen Sekunden gekommen. »Vielleicht befinden sie sich ganz in der Nähe. Vielleicht fühle ich mich aus diesem Grund so sonderbar.«

»Glaubst du, das is einer von ihren Zaubertricks?«

»Vielleicht«, gab Matthias zurück.

»Denl soll überall nachsehen«, antwortete Marly und half ihm dann durch das dunkle Zimmer bis an sein Bett.

»Sag ihm, er soll vorsichtig sein.«

»Ich werd's ihm ausrichten«, entgegnete Marly. Sie deckte ihn sorgfältig mit der Decke zu, die noch nach ihnen beiden roch. »Mach dir keine Sorgen.«

Aber Matthias sorgte sich. Alles veränderte sich, und er wußte nicht, ob ihm genug Kraft blieb, diese Veränderungen aufzuhalten.

Er brauchte Kraft.

Er war die letzte Hoffnung der Blauen Insel.

6

Im Palast herrschte Chaos. Die Fey wankten wie betäubt durch die Korridore und versuchten herauszufinden, woher die Störung kam, die alle der Magie Fähigen aus dem Schlaf gerissen hatte.

Rugad, der Schwarze König und Herrscher über das Reich der Fey, erklomm die Stufen zum höchsten Aussichtspunkt des Palastes, einem verglasten Zimmer im Nordturm. Hier hatten seine Leute König Nicholas, dessen Tochter und den Golem während des Angriffs auf Jahn aufgespürt. Einige Scheiben waren zerbrochen, doch das kam Rugads Absichten sogar entgegen. Er trug eine Fey-Lampe und ließ die Fragen seiner Leute unbeantwortet, während er an ihnen vorbeiging. Wenn sie reif und erwachsen genug waren, würden sie selbst auf die richtige Antwort kommen. Falls nicht, mußten sie eben warten, bis er Zeit für sie hatte.

Er hatte die magische Welle gespürt und wußte, was es war. Die Fey um ihn herum waren zutiefst erschüttert in Schreie ausgebrochen, als sie von der fremden Macht berührt wurden, die Zorn, Angst oder Schmerz mit sich brachte. Rugad achtete nicht auf sie. Irgendwann würde er seine Leute beruhigen müssen, aber als erstes wollte er herausfinden, woher diese Woge kam.

Rugad wußte, wodurch sie ausgelöst worden war. Er spürte es nicht zum ersten Mal. Zu Beginn des Feldzugs gegen Histle war er noch ein Junge gewesen. Der Feind hatte ein geheimes Versteck der Hüter entdeckt, in dem die Beutel verwahrt wurden, und hatte es zerstört, woraufhin die magischen Kräfte der Fey sehr beeinträchtigt worden waren. Auch Rugad hatte es gespürt, obwohl er damals noch nicht im Vollbesitz seiner magischen Kräfte gewesen war. Ein Zaubermeister, der sich in nächster Nähe des Verstecks aufgehalten hatte, war sogar gestorben.

Rugad nahm vier Stufen auf einmal. Seine neue Adjutantin, die Hexerin Selia, konnte bei diesem Tempo kaum mithalten. Die Welle hatte ihr Tränen in die Augen getrieben und sie mit einer so tiefen Traurigkeit erfüllt, daß Rugad sie beinahe spürte. Er hatte ihre Reaktion nicht kommentiert, sondern nur gewartet, bis sich ihre Blicke trafen. Dann hatte er ihr befohlen, ihn zu begleiten.

Der Befehl riß sie offenbar aus ihrer Trance. Aber ringsum lehnten die Fey an den Wänden oder preßten die Hände auf die Herzen, Köpfe oder Leiber, als habe die Welle sie krank gemacht. Beim Verlassen seines Quartiers schickte Rugad einen Wachtposten der Infanterie, den die Ereignisse unberührt ließen, weil er noch nicht in den Besitz seiner magischen Kräfte gekommen war, zu einem der Generäle, um in Erfahrung zu bringen, wo genau die Beutel gelagert worden waren.

Die ganze Geschichte würde ihn Zeit und Energie kosten, und von beidem besaß er viel zuwenig. Er mußte dringend zu den Bergen im Nordosten der Insel aufbrechen. Am Morgen war eine Irrlichtfängerin eingetroffen und hatte berichtet, Boteen bestehe darauf, daß Rugad ihnen so schnell wie möglich in die Berge folgte. Rugad hatte die Irrlichtfängerin dazu gebracht, auch das zu berichten, was Boteen verschwiegen hatte, nämlich daß Rugads Urenkel und Urenkelin sich dort gemeinsam mit ihrem Vater in einer Höhle versteckten.

Zuerst mußte Rugad einen Rundgang durch die Stadt machen. Er hatte den ganzen Tag damit zugebracht, das Vertrauen der Truppen in seine Fähigkeiten als Anführer wiederherzustellen, und gegen Abend sofort damit begonnen, seine Reise in die Berge vorzubereiten. Er war gerade mit den letzten Absprachen beschäftigt gewesen, als diese Woge über sie hinwegrollte.

Sie hatte unbändigen Zorn in Rugad ausgelöst, und den konnte er jetzt sehr gut brauchen. Außerdem hatten sich seine Verletzungen wieder entzündet. Nicht die Halswunde, die ihm König Nicholas mit seinem Schwert beigebracht hatte, die Wunde, die ihn beinahe getötet und seiner Stimme beraubt hätte. Diese Wunde war schon fast verheilt und fühlte sich auch jetzt nicht verändert an. Rugad bediente sich immer noch der künstlichen Stimme, die ihm die Heiler gegeben hatten, und dabei würde es wohl, da er seine echte Stimme verloren hatte, für den Rest seines Lebens bleiben.

Nein, es waren die Schnittwunden, die durch die zweite Explosion des Golems verursacht worden waren, die sich jetzt aufs neue entzündeten. Rugad hatte sich bei diesem Ereignis in nächster Nähe befunden und war zu Boden gestürzt. Das Behältnis, das seine echte Stimme enthalten hatte, war zerbrochen und die Stimme in alle Himmelsrichtungen verweht. Beim Fallen hatte Rugad sich an einem Stuhl verletzt, und die abgesprengten Teile des Golems hatten sich auf dem harten Boden in seine Haut gebohrt. Die Heilerin Seger hatte die Stückchen entfernt, aber vielleicht hatte sie doch ein paar davon übersehen. Nachdem die Woge verebbt war, bemerkte Rugad, daß alle Schnittwunden geschwollen und unnatürlich rot aussahen und obendrein schmerzten.

Die Treppen wanden sich bis zur Tür des Nordturms hinauf. Die Tür stand offen, und eine sanfte, kühle Brise wehte herein. Es herrschte immer noch tiefe Nacht, und das Zimmer war so dunkel wie der nächtliche Himmel. Die Fey-Lampe erhellte den Raum, der sich nicht verändert hatte, seit die Fey vor etwas mehr als zwei Wochen den Palast erobert hatten.

Die Bediensteten bezeichneten dies als den Raum des Bauernaufstands. Er war quadratisch und erstreckte sich über das gesamte obere Geschoß des Nordturms. Überall an den steinernen Wänden standen Stühle, und in der Mitte des Zimmers hatte man einen steinernen Tisch gebaut. Kräftige, kunstvoll bearbeitete Steinsäulen, die Rugad sich noch nicht genauer hatte betrachten können, stützten das Dach. Auf dem Boden lagen immer noch Glasscherben von dem Angriff, der zur Festnahme des Inselkönigs geführt hatte. Auch das zerbrochene Fenster war noch nicht repariert worden. Das Zimmer war ein glanzvolles Zusammenspiel aus Architektur und ausgesuchter Inneneinrichtung. Von hier aus ließen sich die ganze Stadt und weite Teile des dahinter liegenden Landes überblicken.

Rugad wußte genau, wonach er Ausschau halten mußte. Man konnte einen magischen Beutel nur zerstören, indem man ihn verbrannte. Ein gewaltiges Feuer, das bis zum Himmel loderte, mußte von diesem Raum aus zu sehen sein.

Falls man die Beutel in der Nähe verbrannt hatte.

Es störte Rugad, daß der Raum immer noch so dunkel war. Er hatte gehofft, das Feuer sofort sehen zu können. In einer Höhle nahe dem Fluß befand sich ein kleinerer Beutelvorrat. Dort hatten die Rotkappen an den Leichen der Schwarzkittel gearbeitet und die Beutel für die Hüter gestapelt, die noch nicht zu einem der großen Lager der Insel transportiert worden waren.

Rugad ging zur Fensterfront an der Nordseite. Die Dunkelheit deckte die kläglichen Überreste von Jahn gnädig zu. Sogar die Feuer, die auf Rugads Befehl gelegt worden waren, um die Stadt vollends zu zerstören, waren erloschen. Der Rauchgeruch, der sich hartnäckig hielt, war zwar noch nicht verflogen, aber schal geworden, anders als der überwältigende Geruch lodernder Brände.

Rugad hängte die Fey-Lampe an einen Fackelhalter und durchwanderte den Raum.

»Wonach suchst du denn?« fragte Selia, immer noch ein wenig außer Atem. Offensichtlich war sie gerade erst hier oben angekommen.

Er wandte sich ihr zu. Im schwachen Licht wirkte ihr Gesicht grau, aber auf den Wangen prangten zwei rote Flecken. Ihre hellen Augen sahen immer noch verstört und unglücklich aus.

»Feuer«, erwiderte Rugad. »Ich halte nach einem riesigen Feuer Ausschau, das bis zum Himmel lodert.«

»Ist das die Ursache?«

Rugad nickte. »Irgendwo.«

Selia ging zum Südfenster, während Rugad unruhig auf und ab schritt. Im Osten war nichts zu sehen. Er hatte heimlich gehofft, etwas in östlicher und nördlicher Richtung zu entdecken, etwas, das er auf seiner Reise zu dem Gebirgszug, der von den Einwohnern Blutklippen genannt wurde, aufsuchen und wieder ins Lot bringen konnte.

»Rugad?« ertönte plötzlich Selias leise Stimme. »Könnte es das sein?«

Sie drückte den ausgestreckten Zeigefinger gegen das wellige Glas. Rugad kniff prüfend die Augen zusammen. Von seinem Standpunkt am Ostfenster konnte er nichts erkennen.

Er durchquerte das breite Zimmer. Glasscherben knirschten unter seinen Sohlen. Als er neben Selia stand, konnte er immer noch nichts entdecken. »Wo?« fragte er.

»Dort ist ein schwacher Lichtschein«, erwiderte sie. »Fast wie die Morgendämmerung. Aber es ist nicht die Sonne.«

Rugad hatte noch keinerlei Anzeichen von Dämmerung im Osten bemerkt. Selia hatte recht. Das Licht am südlichen Horizont war schwach goldfarben.

Feuer.

Rugad legte die Hände auf den Rücken und starrte in Richtung Süden. Das Feuer war nicht mehr als ein zartes Leuchten.

Man konnte es nur in der völligen Dunkelheit sehen, die kurz vor Anbruch der Dämmerung herrschte.

Es mußte ungefähr ein Zwei-Tages-Marsch von Jahn entfernt sein, vielleicht sogar noch weiter.

Rugad mußte irgendein widerwilliges Geräusch von sich gegeben haben, zwar nicht mit seiner falschen Stimme, die ihn sonst zu sehr geschmerzt hätte, aber vielleicht hatte er durch die Nase geschnaubt. Vielleicht hatte er auch nur seine Haltung verändert, jedenfalls starrte ihn Selia entsetzt an.

»Herr?« fragte sie.

»Laß mir einen Augenblick Zeit«, entgegnete Rugad, ohne seine Adjutantin zu beachten. Er konnte sie auch so genau aus den Augenwinkeln sehen. Er hatte sie völlig verängstigt, aber sie bemühte sich verzweifelt, ihre Panik zu verheimlichen. Er hatte sie als Nachfolgerin von Weißhaar ausgewählt, nachdem dieser ihn hintergangen hatte. Am Tag, als Rugad Selia zu seiner rechten Hand ernannt und kurz bevor er ihr seine Entscheidung mitgeteilt hatte, hatte er ihr befohlen, dabei zuzusehen, wie einer der Fußsoldaten Weißhaar die Zunge herausriß. Dies war die schrecklichste Strafe für einen Hexer, schlimmer noch als der Tod. Die Magie eines Hexers bedurfte seiner Fähigkeit zu Sprechen, er war darauf angewiesen, andere durch seine Wortgewandtheit von seinen Ansichten zu überzeugen. Visionäre wie Rugad waren gegen den Zauber eines Hexers immun, deshalb waren Hexer so gute Adjutanten. Sie konnten alle überzeugen außer ihrem eigenen Vorgesetzten.

Rugad neigte den Kopf ein wenig. Wenn er die Augen zusammenkniff, konnte er die gezackten Umrisse des Feuers erkennen, in dem tatsächlich etwas verbrannte. Sein anschließender Seufzer zeugte von abgrundtiefer Abscheu.

Diese Welle war sehr mächtig gewesen, mächtiger, als Rugad erwartet hatte. Für Inselbewohner hätte es eigentlich unmöglich sein müssen, das Versteck zu entdecken und zu zerstören. Rugad hatte vor jedem Versteck Wachen postiert, ein normaler Routinevorgang.

Wachen.

Infanterie. Der Magie unkundig.

Rugad preßte die Hände zusammen. Natürlich. Diese Anordnung hatte er deswegen gegeben, weil er sich aus seinen Kindertagen daran erinnerte, daß die Beutel zaubermächtige Benutzer verletzen konnten, insbesondere die Ausgebildeten unter ihnen, wie die Hüter oder Hexer. Infanteristen hingegen waren nicht gefährdet, weil sie noch nicht im Besitz ihrer Zauberkräfte waren.

Seinen Leuten war also nichts zugestoßen.

Nur das Lager war vernichtet.

Glücklicherweise hatten die Inselbewohner keine Ahnung, was sie da angerichtet hatten, sonst hätten sie das Chaos ausgenutzt und den Palast angegriffen. Sie hätten versucht, irgendwie zum Schwarzen König vorzustoßen und ihn gefangenzunehmen.

Alle Truppen, die Rugad auf der Insel stationiert hatte, befanden sich zu dieser Stunde im Zustand der Verwirrung. Gleich den Wellen, die der Sturz eines Felsbrockens in einen stillen Teich auslöst, hatte sich die Woge ausgebreitet. Jedenfalls war es beim letzten Mal so gewesen. Die Wellen waren immer flacher und ihre Abstände voneinander immer länger geworden, je weiter sie sich vom Ausgangsort entfernten, aber alle Fey auf Galinas hatten die Auswirkungen gespürt.

Die Fey auf der Blauen Insel würden es ebenfalls spüren.

Derjenige, der diese Woge ausgelöst hatte, hatte einen größeren Schaden angerichtet, als er ahnte.

Rugad fluchte leise. Selia stand starr und seiner Befehle harrend neben ihm, als könne sie durch ihre aufmerksame Haltung seine Stimmung verbessern.

Eigentlich hatte Rugad vorgehabt, sämtliche verfügbaren Truppen zu den Blutklippen zu schicken. Er hatte bereits eine Einheit der Infanterie dort stationiert, aber die Hexerin, die sie führte, hatte er angewiesen, es zunächst einmal mit Diplomatie zu versuchen. Sollte ihr dies nicht gelingen, was Rugad nicht einschätzen konnte, hatte die Infanterie anzugreifen. Er hatte gehofft, selbst mit einer gewaltigen Verstärkungstruppe dazuzustoßen und den Inselkönig und seine Familie aufzufordern, sich zu ergeben.

Er konnte sie natürlich nicht töten. Das würde den Terror des Blutes über alle bringen. Wenn Schwarzes Blut gegen Schwarzes Blut die Hand erhob, brachen Chaos und Wahnsinn aus, eine Katastrophe, die sich nicht einmal Rugad vorzustellen vermochte. Es war bereits einmal geschehen, vor langer Zeit, als sich das Reich der Fey noch nicht über die halbe Weltkugel erstreckt hatte. Schwarzes Blut hatte sich gegen sich selbst im Kampf erhoben, die Fey waren wahnsinnig geworden und hatten wahllos jeden, der ihnen entgegentrat, niedergemetzelt, ohne vor dem eigenen Volk haltzumachen.

Nur ein Fey unter zehn war damals mit dem Leben davongekommen. Fey oder ein anderes Volk, es spielte keine Rolle. Auf einen Überlebenden kamen neun Tote.

Damals waren nur dreitausend gestorben. Passierte so etwas jetzt noch einmal, mußten Millionen von Menschen mit dem Leben bezahlen.

Rugad hatte gehofft, Nicholas so entschlossen und unbarmherzig nachzusetzen, daß dem Mann keine andere Möglichkeit bliebe, als sich zu ergeben. Rugad hatte die Truppen auf der Blauen Insel verstärkt. Seine Armee war so gewaltig, daß auch nach der Eroberung der Insel noch genügend Truppen übrig sein würden. Jetzt stellte Rugad fest, daß er eine noch größere Armee hätte gebrauchen können. Erst gestern war einer seiner Kapitäne in See gestochen, um den Fey auf

Nye den Befehl zur Entsendung weiterer Truppen zu überbringen, aber es würde einige Zeit dauern, bis die Verstärkung eintraf.

Viel zuviel Zeit.

Momentan blieb Rugad nichts anderes übrig, als Truppen zu den Aufständischen zu schicken und die Lage dort unter Kontrolle zu bekommen. Das bedeutete, er mußte mit einer noch kleineren Truppe gegen Nicholas ziehen.

Rugad begriff nicht, wie die Inselbewohner es fertigbrachten, seine Handlungen zu beeinflussen, obwohl sie nicht über die Fähigkeiten der Fey verfügten. Seit er in Jahn angekommen war, hatten ihm die Inselbewohner immer wieder Niederlagen beigebracht.

Seine Truppen waren geschlagen worden, und obgleich sie zum Gegenangriff angesetzt und den Inselkönig gefangengenommen hatten, hätte Nicholas Rugad beinahe getötet. Sobald Rugad sich erholt hatte, hatte er versucht, die Kontrolle über seine Urenkelin zu erlangen, und war dabei fast ein zweites Mal gestorben, als der Golem, von dem die Inselbewohner behaupteten, er sei ein Teil der königlichen Familie, ihn angegriffen hatte.

Gestern war es Rugad gelungen, sich die Unterstützung und das Vertrauen seiner Truppen zu sichern, aber schon heute wurden seine Anstrengungen durch diese neuerliche Katastrophe unglaubwürdig gemacht.

Es war mehr als achtzig Jahre her, seit es einem Feind gelungen war, ein Lager mit Beuteln zu zerstören.

Rugad war einfach nicht aufmerksam genug. Jedesmal, wenn er sich umdrehte, übersah er etwas.

Jetzt sollte er Boteen an diesem Ort in den Blutklippen treffen. Falls der Zaubermeister die Woge überlebt hatte. Zauberer und Hüter waren besonders gefährdet, da sie über sämtliche magischen Fähigkeiten der Fey verfügten. Diejenigen mit konzentrierter Magie, etwa Visionäre und Hexer, spürten nur eine kurze Störung.

Sie zumindest waren in Sicherheit.

Aber Rugad schwebte vielleicht in Gefahr. Er konnte nicht weiter vorgeben, es handele sich hier nur um eine ganz normale Eroberung. Dafür waren die Inselbewohner zu mächtig. Er mußte unbedingt erfahren, was Boteen dort entdeckt hatte. Er mußte diese Inselbewohner gefangennehmen, aber er durfte nicht selbst gehen.

Er war der Anführer der Fey, und diese entsetzliche Woge hatte ihn daran erinnert, in welche Schwierigkeiten er noch geraten konnte.

»Hol meine Generäle her!« befahl er Selia.

Er brauchte so schnell wie möglich einen neuen Schlachtplan.

Jetzt war die Zeit gekommen, die Blaue Insel ein für allemal in seine Gewalt zu bringen.

7

Luke umklammerte sein Messer und rannte so schnell er konnte zum Maisfeld hinüber. Sein eigenes Maisfeld. Er wußte nicht, wo er sonst hingehen sollte.

Sieben Fey waren ihm auf den Fersen. Es gab keine Tricks und keine Magie, nein, sie rannten ihm einfach nur auf fey fluchend hinterher. Luke hatte nicht damit gerechnet, daß die Fey so viele Leute hier stationiert hatten. Beim nächsten Mal – falls es noch ein nächstes Mal geben sollte – würde er als erstes die Truppenstärke im weiteren Umkreis auskundschaften.

Zumindest hatte er die Fey von den anderen abgelenkt. Nur einmal hatte er kostbare Sekunden vergeudet, als er sich umgedreht und einen Blick auf seine Verfolger geworfen hatte. Die anderen Fey waren damit beschäftigt, zu retten, was von der Scheune noch zu retten war.

Das Feuer loderte hoch in den nächtlichen Himmel und explodierte schließlich mit solcher Gewalt, daß Luke ins Straucheln geriet, als ihn die Druckwelle erreichte. Gerade noch rechtzeitig fand er sein Gleichgewicht, was ihm einen beachtlichen Vorsprung vor seinen Verfolgern verschaffte. Er hatte lange genug gewartet und sie abgelenkt, um Medes, Totle und Jona die Flucht zu ermöglichen. Sie waren auf dem Weg zum Treffpunkt, und Luke wollte unter allen Umständen vermeiden, daß die Fey ihnen dorthin folgten.

Er würde sie zu sich nach Hause locken und dann weitersehen. Er hatte die unbestimmte Hoffnung, daß sein Vater und Coulter inzwischen wieder zurückgekehrt waren und ihn retten würden, aber insgeheim wußte Luke genau, daß diese Hoffnung sich nicht erfüllen würde.

Also rannte er geräuschvoll weiter und blieb so sichtbar

wie möglich. Kein anderer Fey hatte die Verfolgung seiner Freunde aufgenommen. Sie waren in Sicherheit. Wenn sie sich entschlossen, ihren Widerstand gegen die Fey auch nach seiner Verhaftung fortzusetzen, um so besser, aber das war ihre eigene Entscheidung, nicht seine. Sie mußten dann ihr eigenes Leben für das riskieren, woran sie glaubten, genau wie Luke es jetzt tat.

Er spurtete über den leeren Nachbarhof und stürmte in sein Maisfeld. Er zuckte innerlich zusammen, als die Halme unter seinem schweren Schritt knickten und brachen. Raschelnd schlossen sich die hohen Stauden um ihn. Die Ernte in diesem Teil des Feldes war damit verdorben, aber darauf kam es jetzt nicht an.

Er hatte es geschafft.

Er hatte die Beutel verbrannt, die Quelle so mancher Zauber der Fey, und das war nicht ohne Wirkung geblieben. Luke hatte nicht mit einer so heftigen Explosion gerechnet. Auch die Reaktion der Fey hatte ihn reich für alles, was er aufs Spiel gesetzt hatte, entschädigt. Die Wut, die Schreie und das Entsetzen waren das Risiko wert gewesen.

Vielleicht sogar den Einsatz seines Lebens.

Es wäre ein Vorteil, wenn die Fey erkannten, daß die Inselbewohner sich nicht kampflos ergaben. Die Inselbewohner würden sich zur Wehr setzten, und ihre Chancen standen, im Unterschied zu den armen Seelen auf Galinas, gar nicht so schlecht.

Der Mais verströmte einen frischen, appetitlichen Geruch. Die Halme drosselten Lukes Tempo. Die dicken Blätter schlugen ihm ins Gesicht, und mehr als ein unreifer Maiskolben stieß ihm gegen den Kopf, und er hieb sich mit dem Messer einen schmalen Pfad durch das Feld. Dadurch kam er noch langsamer voran. Für die Fey war die Verfolgung hier viel einfacher. Obwohl Luke zwischen den von ihm selbst angepflanzten Reihen ging, hinterließ er doch eine deutliche Spur, erweiterte die Abstände zwischen den Stauden und machte es seinen Verfolgern leicht, ihm nachzusetzen, da er auch für sie alle Hindernisse beseitigte.

Luke hatte Angst, lebend in die Hände der Fey zu fallen. So war es seinem Vater ergangen. Orth ebenfalls. Sie hatten es auch Luke selbst vor zwanzig Jahren angetan, und Jewel – dieselbe Jewel, die König Nicholas später geheiratet hatte – hatte sie alle hinters Licht geführt. Sie hatte es zugelassen, daß Orth eines grausamen Todes starb, und Luke gedroht, er werde auf dieselbe Art sein Leben lassen. Schließlich hatte sie bekommen, was sie wollte: Lukes Vater, Adrian, wurde ihr Gefangener, blieb den Launen der Fey ausgeliefert und war dazu verpflichtet, ihnen dafür, daß sie Lukes Leben schonten, alles über die Blaue Insel zu erzählen, was er wußte.

Aber wahrscheinlich war es ohnehin Jewels Absicht gewesen, Luke eines Tages freizulassen. Sie brauchte ein Werkzeug in der Welt der Inselbewohner und wollte ihn für ihre Zwecke einsetzen. Jemand hatte Luke verhext. Dann sollte der Zauber aus der Entfernung wirksam gemacht werden, damit Luke einen Mord für die Fey beging. Glücklicherweise war der Mordversuch gescheitert.

Als Lukes Opfer hatten die Fey den Einundfünfzigsten Rocaan ausgesucht, der Weihwasser neben seinem Bett stehen hatte. Als der Rocaan Luke mit diesem Wasser bespritzte, war der Zauber gebrochen, und Luke kam zu sich. Aber er hatte sich die Tat niemals vergeben können.

Bis heute nicht.

Heute nacht hatte er sich gerächt.

Luke stieß gegen Maiskolben. Er hatte ganz vergessen, wie groß das Feld war. Vielleicht kam es ihm auch nur so vor, weil er so in Eile war und tausend Gedanken gleichzeitig durch seinen Kopf schwirrten.

Endlich hatte er den Rand des Maisfeldes erreicht und torkelte ins Freie.

Ein junger Mann stand vor Lukes Eingangstür.

Luke war ihm noch nie begegnet. Der Mann war offenbar ein Inselbewohner. Er trug Kniebundhosen und Fey-Stiefel, und als er Luke erblickte, duckte er sich und hielt plötzlich ein Schwert in der rechten Hand.

Sein eigenes Messer zückend, taumelte Luke auf ihn zu. »Bist du Fey?« fragte er.

Der Mann griff sich an den Hals, zog eine Kette aus dem Ausschnitt und zeigte ein kleines Zierschwert. Es war das gleiche Schwert, das auch die Rocaanisten zu tragen pflegten.

Kein Fey würde dieses Schwert je berühren.

»Und du?« fragte der Mann. Als Luke seine Stimme hörte, war ihm plötzlich klar, daß es sich keineswegs um einen Mann, sondern nur um einen Jungen handelte. Eine Junge, dessen Stimme durch die Anspannung hoch und gebrochen klang.

»Nein«, erwiderte Luke. »Aber sie sind hinter mir her. Wer zum Teufel bist du denn?«

»Ich heiße Con«, antwortete der Junge. »Ich bin ein Freund von Sebastian.«

Sebastian? Der Sohn des Königs? Der angebliche Golem, über den Gabe und Coulter in Streit geraten waren?

Luke hatte keine Zeit zum Nachdenken. Er hörte, wie sich die Fey durch das Maisfeld näherten. Das Rascheln der niedergetrampelten Maisstauden wurde immer lauter.

»Wie viele Fey sind es denn?« wollte der Junge wissen.

»Sieben«, sagte Luke. »Jedenfalls im Augenblick.«

»Geh ins Haus.«

»Niemals. Du kannst doch nicht allein sieben Fey töten.«

»Vertrau mir«, entgegnete der Junge.

Aber das konnte Luke nicht. Er wandte sich um und zog

kampfbereit das Messer. Sie würden zusammen so viele Fey erledigen, wie sie konnten, und notfalls mußten sie eben sterben.

Hinter dem Maisfeld loderte das Feuer jetzt so hoch auf, daß Luke nicht einmal erkennen konnte, wo die Flammen endeten. Es sah aus wie eine Feuerwand, die gelegentlich fauchend aufflackerte, als sei noch mehr Brennstoff in der Luft.

Was war bloß in diesen Beuteln gewesen?

Die Fey stürmten durch das Maisfeld. Der Himmel wurde lichter, nicht allein durch das Feuer. Während er die nahenden Fey beobachtete, wurde Luke plötzlich klar, daß die Sonne aufging. In der zartgrauen Dämmerung erkannte er zuckende Halme und sich bewegende Blätter.

Die Fey waren jetzt ganz in der Nähe.

Luke umklammerte sein Messer mit feuchten Händen. »Für die Insel«, flüsterte er leise.

Der Junge war an ihm vorübergeeilt und baute sich jetzt mit gezücktem Schwert unmittelbar hinter der zweiten Reihe von Maisstauden auf. Er hielt das Schwert wie einen Schlagstock, und als sein Ärmel zurückrutschte, war sein magerer Arm deutlich zu sehen. Er schien überhaupt keine Muskeln zu haben.

Glaubte er allen Ernstes, er könne sieben Fey allein töten?

Jetzt brach der erste Fey aus dem Maisfeld. Der Junge ließ das Schwert auf den Arm des Angreifers niedergehen und trennte ihn vom Körper des Fey. Der Arm fiel ins Feld, Blut spritzte, und der Fey schrie ebenso schockiert wie überrascht auf.

Luke trat einen Schritt zurück. Er hatte nicht geahnt, daß der Junge so stark war. Er hatte den Arm des Fey so mühelos durchschnitten, als bestünde er aus Erde.

Der verletzte Fey taumelte zu Luke, der ihn mit einer Hand

festhielt und dann das Messer bis zum Heft in Richtung des Herzens unter die Rippen bohrte.

Der Fey schrie erneut auf und stürzte vornüber, als Luke das Messer herausriß.

Die Haut des Fey bestand keineswegs aus Erde. Das konnte Luke bezeugen. Er hatte seine ganze Kraft zusammennehmen müssen, um das Messer in den Fey hineinzustoßen und wieder herauszuziehen.

Der Junge wirkte ganz frisch. Wieder hatte er sein Schwert wie einen Schlagstock erhoben. Blut tropfte von der Klinge. Er hatte versucht, das Blut von seinem Gesicht abzuwischen, es jedoch nur noch mehr verschmiert.

Die anderen Fey waren etwas langsamer vorangekommen. Der Mais wogte immer noch hin und her, also hatten sie die Schreie des Anführers nicht gehört. Luke stieß den Toten mit dem Fuß beiseite und schöpfte zum ersten Mal in dieser Nacht Hoffnung.

Jetzt stürzte der nächste Fey aus dem Feld und wurde sofort von dem Jungen angegriffen. Er war kleiner, und das Schwert des Jungen schlitzte ihn seitlich auf. Der Fey griff überrascht nach den herausquellenden Eingeweiden. Luke trat vor, stieß den Verletzten beiseite und ließ ihn auf seinen Kameraden fallen. Dieser Fey mußte nicht mehr getötet werden. Er würde ohnehin gleich sterben.

Der Junge hatte sich unterdessen nicht von der Stelle gerührt und umklammerte sein Schwert mit blutigen Händen. Wieder tauchte eine Fey auf, und mit einem Hieb trennte der Junge der Angreiferin den Arm vom Körper. Während ein hoher Blutstrahl aus der Wunde schoß, sah Luke den vierten und fünften Fey ins Freie stürmen.

Aber Luke blieb keine Zeit, den Jungen zu warnen. Die einarmige Fey hatte ihn bereits mit zuckenden, wie rasenden Bewegungen erreicht. Sie schrie und schwang das Schwert mit ihrer einen Hand. Genau so stellte sich Luke eine typische Fey vor. Nicht als Opfer, sondern bis zum letzten Blutstropfen kämpfend.

Sie hieb mit dem Schwert in Lukes Richtung, und als er sich duckte, hörte er die Waffe über seinen Kopf zischen. Vor ihm schrie ein anderer Fey auf, aber Luke konnte nicht erkennen, was der Junge getan hatte. Lukes Angreiferin schien das Gemetzel ringsum nicht zu bemerken. Abermals versuchte sie, Luke mit dem Schwert zu treffen, und als er sich mit einem seitlichen Sprung in Sicherheit bringen wollte, packte der aufgeschlitzte Fey seinen Fuß. Luke strauchelte und ging zu Boden.

Er landete schmerzhaft auf einem Knie. Über ihm stand die Frau, deren Haut vom Blutverlust bereits grau zu werden begann. Luke stach ihr das Messer ins Bein, und sein Arm zitterte, als er Muskeln und Knochen traf. Sie führte das Schwert nach unten, und Luke rollte auf den Fey, der ihn eben zu Fall gebracht hatte. Er hatte kein Messer mehr.

Wieder ertönte der Schrei eines Fey, und Luke hörte, wie Klingen klirrend aufeinanderstießen. Das metallene Geräusch hallte weithin. Der Boden war blutgetränkt. Der erste Fey war tot. Der Griff des zweiten Fey um Lukes Knöchel lockerte sich. Luke betastete den Körper des ersten Fey und stöhnte leise auf, als er die weiche, blutüberströmte Haut berührte. Schließlich fand er ein Schwert. Er stieß den zweiten Fey, dessen Augen gebrochen waren, mit dem Fuß beiseite und erhob sich. Keuchend beobachtete ihn die Frau. Als er aufstand, hob sie ihr Schwert, holte zum Schlag aus und fiel dann plötzlich rücklings auf den Boden.

Die Blutung an ihrem Armstumpf hatte beinahe aufgehört.

Sie war verblutet.

Ein weiterer Fey lag mit durchschnittener Kehle auf der Erde. Drei andere krümmten sich leblos zu Füßen des Jungen.

Sieben.

In nur wenigen Augenblicken hatte dieser Junge sieben Fey getötet.

Er war über und über mit Blut besudelt. Nur durch seine Größe war er noch als Inselbewohner zu erkennen. Von seiner Gestalt tropfte Blut auf den Mais.

»Sind noch mehr da?« fragte er.

»Noch nicht«, antwortete Luke. »Aber ich habe ziemlich deutliche Spuren hinterlassen. Sobald sie nicht mehr mit dem Feuer beschäftigt sind, nehmen sie garantiert die Suche nach mir auf. Dann finden sie auch das hier.«

Luke blickte auf das Schlachtfeld. Keine Möglichkeit, es zu säubern und die Leichen wegzuschaffen. Sein Anschlag war erfolgreich gewesen. Aber er würde einen hohen Preis dafür zahlen.

»Dann müssen wir von hier verschwinden«, sagte der Junge.

Luke nickte. Aber wohin sollten sie gehen? Seit seiner Geburt war dieser Hof sein Zuhause gewesen. Es gab keinen anderen Ort, wohin er hätte gehen können. Vielleicht kehrte sein Vater wieder hierher zurück. Oder Coulter, oder Fledderer.

Irgendwann mußten sie einfach zurückkommen.

Luke hatte sich vorgenommen, auf sie zu warten.

»Wo hast du das gelernt?« fragte Luke den Jungen.

Con schüttelte den Kopf. »Ich habe gar nichts gelernt. Es liegt an dem Schwert. Ich habe es im Palast gefunden. Als ich zum ersten Mal damit kämpfte, habe ich auf kleinstem Raum noch viel mehr Fey damit getötet.«

Gegen Ende der kurzen Rede brach die Stimme des Jungen. Offenbar litt er unter dem Gemetzel.

»Du hast mir das Leben gerettet.«

»Ich weiß«, antwortete der Junge. Er schluckte, wischte sich mit dem blutgetränkten Ärmel über das blutige Gesicht und schüttelte dann den Kopf. »Ich weiß.«

Luke ließ den Blick über das Feld wandern. Das Feuer schien noch höher zu brennen. Im Maisfeld war kein Laut zu hören.

»Uns bleibt ein kurzer Augenblick zum Verschnaufen«, sagte Luke. »Wir müssen uns waschen. Dann entscheiden wir, wie es weitergeht.«

»Da gibt's nicht viel zu entscheiden«, erwiderte der Junge. »Ich bin gekommen, um dich zu holen. Sebastian hat mich geschickt.«

»Das hast du schon einmal gesagt. Aber ich habe den Sohn des Königs noch nie getroffen.«

»Er hat gesagt, du seist ein Freund.«

Luke schüttelte den Kopf. »Ich bin seinem Vater einmal begegnet. Er war ein guter Mann, trotz seiner seltsamen Heiratsbräuche.«

Wieder wischte sich der Junge über das Gesicht. »Du kennst Sebastian gar nicht?«

Das entsprach nicht ganz der Wahrheit. Er kannte den wahren Prinzen der Blauen Insel. Luke kannte Gabe. Aber dieses Eingeständnis hätte es erforderlich gemacht, dem Jungen, den Luke trotz seiner Heldentaten eigentlich noch gar nicht kennengelernt hatte, die ganze verzwickte Lage zu erklären.

»Bist du sicher, daß er dich hierhergeschickt hat?«

»Und ob.« Der Junge zitterte plötzlich am ganzen Leib. Er sah aus, als würde er jeden Moment ohnmächtig. »Ich habe mich genau an Sebastians Anweisungen gehalten. Er hat mir diesen Ort beschrieben, mit dem Maisfeld und allem anderen. Er hat gesagt, er sei vor zwei Wochen hier gewesen.«

»Er war noch nie ...« Abrupt hielt Luke inne. Gabe war vor zwei Wochen hier gewesen. Er war böse auf Coulter geworden, weil dieser eine »Verbindung« unterbrochen hatte. Eine Verbindung mit Sebastian? Damals hatte Luke die Einzelheiten nicht verstanden, aber jetzt beschlich ihn eine dunkle Ahnung davon. »Warum hat er dich zu mir geschickt?«

»Weil die Fey ihn gefangengenommen haben. Und ich habe es zugelassen.« Die Stimme des Jungen klang immer schriller, und mit einem Mal sah er wirklich so aus, als würde er gleich zusammenbrechen.

Luke legte ihm die Hand auf den Arm. »Ich war auch einmal ein Gefangener der Fey. Glaub mir, das läßt man nicht zu. Es geschieht einfach. Du hast uns beide gerettet.«

»Sebastian hat mich gerettet«, sagte der Junge und atmete tief durch. »Deswegen bin ich auch hier. Wir wollten beide hierher, um herauszufinden, ob wir hier Unterschlupf finden könnten. Aber jetzt brauche ich deine Hilfe. Der Schwarze König hält ihn gefangen, und Sebastian ist so wehrlos. Der König kann mit ihm machen, was er will. Wir wollen doch nicht, daß unsere Leute denken, Sebastian habe sich auf die Seite des Schwarzen Königs geschlagen.«

Luke runzelte die Stirn. Er erinnerte sich an Gabe, an dessen unbeugsame Willenskraft. Jewel war genauso, und auch König Nicholas, wenn auch auf etwas bedachtere Weise. Änderte sich das, wenn ein Geschöpf Zauberkraft besaß? »Könnte der Schwarze König denn so etwas tun?«

»Sebastian spricht sehr langsam«, erwiderte der Junge. »Selbst wenn er etwas abstreiten möchte, dauert es Ewigkeiten, bis er es ausgesprochen hat. Der Schwarze König kann mit ihm machen, was er will.«

»Und wie kann ich dir dabei helfen?« erkundigte sich Luke.

Der Junge schluckte. Wieder wischte er sich über das Gesicht, diesmal allerdings, ohne viel Blut zu verschmieren. Offenbar trocknete es bereits. Sie mußten sich unbedingt waschen, bevor sie aufbrachen, sonst war es für die Fey ein Kinderspiel, sie zu schnappen.

»Ich hatte gedacht, ihr wärt viel mehr. Wenn Sebastian von euch sprach, hörte es sich an, als lebte eine Familie hier.«

»Das war auch so«, sagte Luke, ohne weitere Erklärungen hinzuzufügen. Dieser Junge brauchte nicht mehr zu wissen. Zumindest nicht im Augenblick.

»Ich dachte, wir könnten Sebastian mit einer kleinen Truppe und diesem Schwert retten. Die Fey lassen sich einfach überrumpeln, wenn sie überrascht sind.«

»Ich weiß«, bestätigte Luke und sah zum Feuer hinüber. Er machte sich Sorgen, was geschehen würde, wenn die erste Überraschung verflogen war. »Aber das wird vermutlich nicht lange vorhalten. Die Fey sind sehr listig.«

Der Junge nickte.

Luke runzelte die Stirn. Das Grau der Morgendämmerung hatte sich zu einem fahlen Weiß aufgehellt. Luke blickte erst in den Himmel, dann auf das Maisfeld. Immer noch herrschte Stille. Die Feuersbrunst wütete, aber die Flammen, die zum Himmel aufloderten, breiteten sich nicht aus.

Er legte dem Jungen die Hand unter das Kinn und zog das Gesicht in den Lichtschein.

»Öffne deine Augen so weit du kannst«, sagte Luke etwas unfreundlicher, als er vorgehabt hatte.

Der Junge zitterte, als habe Lukes Bewegung ihn verängstigt, tat aber wie ihm geheißen. Seine Augen waren von einem so sanften Blau wie der frühe Morgenhimmel. In der Nähe der Pupille, die schwarz, geweitet und ohne goldene Flecken war, vertiefte sich das Blau ein wenig. Kein Flecken, nichts Auffälliges.

Luke ließ das Kinn des Jungen los.

Con rieb sich die Stelle, als habe Luke ihm weh getan. »Wozu war das gut?«

»Manchmal können Fey wie Inselbewohner aussehen. Nur an den goldenen Sprenkeln in der Pupille erkennt man, daß es sich in Wirklichkeit um Fey handelt.«

»Ich habe keine Goldflecken«, erwiderte der Junge. »Ich bin ein Inselbewohner wie du.«

Luke nickte. »Ich weiß. Du bist einfach nur in einem verdächtig passenden Augenblick aufgetaucht.«

»Glaubst du, ein Fey würde seine eigenen Leute umbringen?«

»Wenn er damit einen bestimmten Zweck verfolgt, ja«, antwortete Luke.

Der Junge stieß einen tiefen Seufzer aus und fuhr sich mit der Hand durch das blutverklebte Haar. Er wirkte jetzt noch zerbrechlicher, aber vielleicht hatte Luke es vorhin auch nicht bemerkt.

»Wann hast du zum letzten Mal gegessen?« erkundigte sich Luke.

»Heute morgen«, gab der Junge zurück. »Etwas Brot.«

»Jedenfalls bestimmt nicht genug«, sagte Luke abschließend. »Wir werden dich erst einmal waschen und füttern.«

»Wir müssen verschwinden«, widersprach der Junge. »Auch wenn du mir nicht helfen willst, Sebastian zu retten, werden die Fey in Kürze hier sein. Sie werden sehen, was ich getan habe«, wieder brach seine Stimme, »und sie werden dich jagen.«

Der Junge war eine interessante Mischung aus Verletzlichkeit und Stärke. »Wie alt bist du?« fragte Luke.

»Dreizehn.«

»Und wer bist du?«

»Ich heiße Constantin«, antwortete er. »Nach dem alten König.«

»Es gab verschiedene Könige mit diesem Namen«, berichtigte Luke. »Aber jetzt weiß ich trotzdem noch nicht, wer du bist und wie du den Sohn des jetzigen Königs so gut kennengelernt hast, daß du ihn beim Vornamen nennst.«

»Die Leute sagen Con zu mir«, erwiderte der Junge. »Ich bin ..., ich war ..., also ich war ein Aud. Im Tabernakel.«

»Du trägst nicht die Kleidung eines Aud«, wandte Luke ein.

»Ich weiß«, sagte der Junge, atmete rascher und brach plötzlich in Tränen aus. Ein tiefes, bebendes Schluchzen, wie Luke es noch nie gehört hatte. Überrascht legte er die Arme um den Jungen, und Con lehnte sich gegen ihn und weinte so heftig, daß sein ganzer Körper zitterte. Was hatte dieser Junge nur alles allein durchgemacht? Wie war es ihm gelungen zu überleben? Er lag so zerbrechlich in Lukes Armen, sein verspannter Körper schien nur aus Haut und Knochen zu bestehen.

Über Cons Kopf hinweg blickte Luke zum Maisfeld. Immer noch rührte sich nichts. Vielleicht war das ein gutes Zeichen, aber er mißtraute den Fey zu sehr, um an solche Zeichen zu glauben. Er musterte den Himmel. Das Feuer brannte am Horizont, seine flackernde Spitze schien den Himmel zu berühren. Keine Vögel flogen darüber hinweg, keine Funken sprühten.

Im Moment waren sie in Sicherheit.

»Komm mit«, sagte Luke. »Erst versorgen wir dich, dann machen wir uns aus dem Staub. Einen Plan denken wir uns unterwegs aus.«

Der Junge atmete keuchend und löste sich aus Lukes Armen.

Tränen, die ihm jetzt in wässerigem Rosa vom Kinn tropften, hinterließen helle Streifen auf seinen verschmierten Wangen.

»Wir sind aber nur zu zweit«, wandte der Junge ein.

»Im Augenblick noch«, entgegnete Luke. Als er sah, daß diese Antwort den Jungen nicht beruhigte, fügte er hinzu: »Vielleicht genügt es, wenn wir zu zweit sind. Du hast es allein bis hierher geschafft. Wir haben sieben Fey getötet. Ich habe das Feuer mit nur vier Männern gelegt. Die Fey rechnen immer mit Armeen, niemals mit Einzelkämpfern. In Situationen wie dieser hier kann ein einzelner stärker sein als zehn Mann.«

Der Junge blickte ihn an und auf seinem ausgezehrten, schmutzigen Gesicht flackerte ein Hoffnungsschimmer auf. »Wirklich?«

»Wirklich«, bestätigte Luke und führte den Jungen ins Haus. Luke glaubte beinahe an seine eigenen Worte. Beinahe. Denn ein einzelner konnte lange Zeit durchhalten, aber am Ende waren es doch die Armeen, die siegten. Der zahlenmäßig Stärkere behielt letztendlich immer die Oberhand. In der Vergangenheit waren es mehr Inselbewohner als Fey gewesen. Jetzt war der Schwarze König eingetroffen, dem die unerschöpflichen Reserven eines riesigen Reiches zur Verfügung standen. Wurde eine Armee vernichtet, mußte er nur nach der nächsten schicken.

Die Sache war hoffnungslos, aber das brauchte der Junge nicht zu wissen. Nicht an diesem Morgen. Zuerst mußte Luke diesem Jungen Kleider, Essen und Hoffnung geben.

Luke blickte noch einmal zum Feuer hinüber und lächelte.

Kleine Siege.

Mehr war nicht nötig.

Kleine Siege.

Er hatte zwei Siege errungen: die Scheune zerstört und seine Verfolger getötet.

Das war ein Anfang.

Ein guter Anfang.

Aber was er damit ausgelöst hatte, wußte Luke noch nicht zu sagen.

8

Coulter lag am Fuß der Marmortreppe, mit dem Kopf auf dem Boden, Hüften und Beine quer über die Stufen verdreht. Er hatte die Augen geschlossen, und sein bleiches Gesicht war von gespenstischem Weiß.

Er war mit einem dumpfen, schrecklichen Laut am Fuß der Treppe aufgeschlagen, aber er hatte nicht einmal aufgeschrien.

Gabe stand mitten auf der Treppe, an der Stelle, an der er gestanden hatte, als ihn die Woge, die Vision oder der Zauber getroffen hatten. Er hatte eine Scheune gesehen und Luke, der flüchtete, verfolgt von Fey. Unmittelbar darauf spürte er eine heftige Explosion, die magische Erschütterungen auslöste. Gabe wußte nicht, wo diese Explosion stattfand, aber er wußte, daß die Scheune weder Luke noch Adrian gehörte.

Arianna war von ihrem Lager aufgestanden und zu Coulter gerannt. Sie war so dürr, daß sich ihre Knochen unter der Haut abzeichneten. Ihr schwarzes Haar schwang hin und her. Bevor sich Gabe noch rühren konnte, kauerte sie bereits neben Coulter.

Gabe war sich immer noch nicht sicher, ob er Coulter helfen wollte.

Seiner Meinung nach trug Coulter die Schuld an vielem, wenn Gabe inzwischen auch wußte, daß Sebastian vielleicht noch lebte.

Aber das kam ihm beinahe noch schrecklicher vor – Sebastian, allein und verängstigt, in den Klauen des Schwarzen Königs.

»Ich kann ihn nicht aufwecken«, sagte Arianna in Inselsprache. Sie forderte ihn auf. Das hatte sie noch nie getan.

Seit Coulter sie gerettet hatte, hatte sie kaum ein Wort mit Gabe gewechselt.

Gabe sah die Stufen hinauf, das Messer immer noch fest in der Hand.

»Mach schon«, drängte Arianna. »Er ist dein Freund.«

»Nein«, widersprach Gabe, »das ist er nicht.«

»Na ja, irgend etwas bedeutet er dir jedenfalls«, sagte seine Schwester. »Er braucht deine Hilfe.«

Sogar in Panik hörte sie sich noch königlich an. Daran gewohnt, ihren Willen durchzusetzen. Gewohnt, daß alle ihr gehorchten.

»Ich glaube, ich sollte eher herausfinden, was diese Erschütterung verursacht hat«, entgegnete Gabe.

»Das *weißt* du doch genausogut wie ich«, gab Arianna zurück. »Es kam von weit weg.«

Gabe wußte es tatsächlich. Ebenso wie er wußte, daß es gefährlich war, zum Eingang der Höhle zu gehen. Aber so war sein ursprünglicher Plan gewesen, den er nicht ändern wollte. Das wäre dem Eingeständnis gleichgekommen, daß Coulter etwas zugestoßen war.

Ein Gedanke, der schlagartig blankes Entsetzen in Gabe hervorrief.

Mit einem unterdrückten Ausruf eilte er die Stufen hinunter und kniete sich neben Arianna. Coulters Haut war noch warm. Er war nicht tot, aber er lag völlig reglos da. Arianna berührte ihn wie eine Liebende, dabei hatte sie ihn vor vierundzwanzig Stunden noch nicht einmal gekannt. Die Zuneigung zwischen den beiden machte Gabe schier verrückt. Gabes abweisende Haltung schien Coulter Arianna näherzubringen.

Unterdessen war Leen erwacht. Sie setzte sich auf und starrte Gabe an, als wisse er die Antwort auf alle Fragen, die sie noch gar nicht gestellt hatte.

»Was ist los hier?« fragte die Rotkappe neben ihnen. Erst in diesem Augenblick fiel Gabe auf, daß Fledderers durchdringendes Schnarchen verstummt war.

Auch Adrian hatte sich aufgesetzt. »Hat Jewel etwas damit ...?«

»Nein«, erwiderte Gabe barsch, der Adrian zum Schweigen bringen wollte. Arianna ahnte bis jetzt noch nichts von ihrer Mutter. Sie wußten nicht, wie sie es ihr sagen sollten. Gabes Vater hatte Angst, Arianna könne es nicht verkraften, aber Gabe war sich sicher, daß es noch einen anderen Grund für Nicholas' Sträuben gab.

Er wollte sie nicht verletzen.

Er beschützte sie, wie er es schon immer getan hatte.

Als wüßte er, daß Gabe an ihn dachte, trat König Nicholas plötzlich hinter dem Brunnen hervor. Seine Kleider waren verrutscht, das Haar zerzaust. Er versuchte, es mit den Händen zu glätten, bevor er zu Coulter ging.

»Was ist geschehen?« fragte Gabes Vater.

»Hast du es nicht gespürt?« fragte Gabe. »Diese Welle?«

»Nein«, erwiderte König Nicholas. Bevor er noch mehr sagen konnte, fiel ihm Arianna ins Wort.

»Es war magisch«, sagte sie. »Etwas ist geschehen, etwas hat sich verändert, und eine magische Woge rollte durch diese Höhle. Während Gabe und ich«, bei diesen Worten blickte sie, wie um Bestätigung heischend, nach ihrem Bruder, »die Woge spürten, stürzte Coulter rückwärts die Treppe hinunter. Es hat ihn einfach umgehauen.«

Nicholas warf Gabe einen Blick zu. Noch mehr war geschehen. Etwas, das sein Vater ihnen nicht mitteilen wollte. Gabe fand es erstaunlich, wie gut er diesen Mann verstand, dem er doch nie zuvor in seinem Leben begegnet war und den er eigentlich gar nicht kannte.

»Hat er sich am Kopf gestoßen?« fragte Nicholas.

»Ich weiß es nicht«, erwiderte Gabe.

»Natürlich«, sagte Arianna. »Er ist mit dem Kopf aufgeschlagen.«

»O Gott«, hauchte der König leise, fast so, als sei ihm nicht bewußt, daß er gesprochen hatte. Vorsichtig berührte er Coulter.

»Er lebt«, bemerkte Gabe. »Er atmet noch.«

Adrian war näher gekommen und blieb neben Arianna stehen. Adrian war Coulters Ziehvater. Er hatte zu verstehen gegeben, daß er Gabes Schwester und dessen Vater ebenso achtete wie fürchtete. Adrian kannte Nicholas nur als König, nicht als normalen Menschen, und Arianna war für ihn die Thronfolgerin.

Außerdem haßte Adrian Gabes Mutter. Das hatte sich in den letzten Tagen bestätigt. Gabe war deswegen sehr beunruhigt.

»Wir müssen ihn wecken«, sagte Adrian.

»Ich möchte mehr über diese Welle wissen«, schaltete sich Fledderer ein. »Ich habe nicht das geringste gespürt.«

»Nur diejenigen, die über Zauberkraft verfügen, haben etwas gespürt«, sagte Gabe. Jetzt war nicht der Augenblick, um auf Empfindlichkeiten Rücksicht zu nehmen. Er blickte zu König Nicholas und sah sich dann suchend nach Jewel um. Sie war unsichtbar. Fragend kehrte sein Blick wieder zu seinem Vater zurück.

Nicholas zuckte mit den Achseln.

»Wir müssen ihm irgendwie helfen«, drängte Adrian und legte Coulter die Hand auf die Schulter. Fledderer schlug die Hand weg.

»Du darfst ihn nicht berühren«, sagte die Rotkappe. »Du darfst ihn auch nicht bewegen. Auf keinen Fall. Wenn er verletzt ist, könnte das alles nur noch schlimmer machen.«

»Was sollen wir sonst tun?« widersprach Arianna. »Ihn einfach so liegenlassen ...?«

»Vertrau ihm«, unterbrach Gabe seine Schwester. »Er weiß über vieles Bescheid.«

»Beispielsweise über diese Welle«, sagte Fledderer. »Erzählt mir davon.«

»Zuerst müssen wir Coulter helfen«, protestierte Adrian. Er blickte auf Arianna. »Kannst du ihm nicht nachgehen, so wie er es bei dir getan hat?«

»Wir wissen ja nicht einmal, ob es daran liegt«, wandte die Rotkappe ein.

Auch Leen hatte sich zu der Gruppe gesellt und legte Gabe eine Hand auf die Schulter, der sich sofort gegen ihren warmen Körper drängte. Leen schien seine Gefühle zu verstehen. Wenn Coulter starb ...

Gabe brachte es nicht über sich, den Gedanken zu Ende zu denken. Seit Wochen haderten sie miteinander, aber sie hatten sich noch nie getrennt.

»Er ist nicht tot«, sagte Gabe. »Wenn er tot wäre oder im Sterben läge, dann wäre ich krank.«

Alle blickten auf ihn. Sein Vater und Arianna sahen verwirrt aus. Adrian lächelte. »Stimmt. Ihr habt einen Bund geschlossen. Was Coulter auch getan hat, ihr seid verbunden.«

»Einen Bund?« fragte Arianna, nicht ohne scharfen Unterton.

Gabe streichelte Coulters Wange, ohne ihr zu antworten.

»Coulter hat Gabe damals, als sie noch Kinder waren, das Leben gerettet«, erklärte Fledderer. »Als Gabes Mutter im Sterben lag. Coulter hat einen Bund zwischen sich und Gabe geschlossen, aber er hat dabei einen Fehler begangen. Er hat beide für ein ganzes Leben verbunden. Wenn einer stirbt, so muß auch der andere sterben.«

»Wenn einer verletzt ist ...?« fragte Nicholas.

»Verliert auch der andere seine Kraft«, sagte Fledderer. »Es handelt sich also nicht um ein körperliches Problem. Es ist irgend etwas anderes.«

»Der Schwarze König?« fragte Gabes Vater.

»Nein«, antworteten Gabe und Arianna gleichzeitig. Gabe musterte seine Schwester, die ihn ebenfalls prüfend anblickte. Ihr Gesicht ähnelte seinem eigenen zu sehr. Ihre Stimme klang wie seine, nur ihre Aussprache war anders. Ihre Muttersprache war die Inselsprache. Seine Muttersprache war Fey.

»Was ist es dann?« fragte Nicholas in die Stille hinein.

»Das sollten wir jetzt herausfinden, oder?« erkundigte sich Fledderer. »Sag mir ...«

In diesem Augenblick stöhnte Coulter auf. Er faßte sich langsam mit der Hand an den Kopf und fuhr sich mit den Fingern durch den blonden Schopf.

Gabe verspürte eine so heftige Erleichterung, daß er zu zittern begann und sich abwandte. Es wollte ihm einfach nicht gelingen, Coulter aus seinem Herzen zu verbannen, sosehr er es auch versuchte. Coulter war sein ganzes Leben lang dort gewesen. Coulter hatte ihn gerettet.

Coulter hatte Sebastian geopfert, um Gabe zu retten.

Die allzu vertraute Wut mischte sich in die Erleichterung, aber Gabe ließ sich nicht davon überwältigen. Sebastian war für Coulter ein Unbekannter. Coulter hatte ihn nicht geliebt.

Er liebte Gabe.

Gabe hätte sich in derselben Situation ebenso verhalten wie Coulter.

Er drehte sich um.

Coulters Augen waren geöffnet, aber er sah nicht Gabe, sondern Arianna an. Gabe kannte diesen Gesichtsausdruck. Coulter hatte ihn oft genug auf diese Art angeblickt. In dem Blick lag eine Offenheit, Wärme und Zuneigung, von der Gabe geglaubt hatte, Coulter könne sie nur für ihn empfinden.

Jetzt aber bedachte er Gabes verwöhnte Schwester damit, ohne Gabe überhaupt zu bemerken.

Coulter versuchte, Ariannas Gesicht zu berühren. Sie ergriff seine Hand. König Nicholas sah aus, als habe er in eine Zitrone gebissen. Offenbar war es auch den anderen nicht entgangen, was sich hier anbahnte, und Gabe war keineswegs der einzige, dem es nicht gefiel.

Die Rotkappe achtete nicht auf das kleine Intermezzo. Er ließ seine Hand auf Coulters Schulter liegen. »Beweg dich nicht«, ordnete Fledderer an. »Sag mir, wo du dich verletzt hast.«

»Ich habe mir den Kopf angeschlagen«, sagte Coulter.

»Ganz offensichtlich.« Adrian kniete neben Coulter nieder. Sein Gesicht war so bleich, daß er krank aussah. Gabe hatte kaum auf Adrian geachtet. Er war der Älteste in der Gruppe gewesen und mitunter die Stimme der Weisheit, aber bis jetzt hatte Gabe ihn noch nicht als Menschen wahrgenommen.

Adrian liebte Coulter über alles, sogar so sehr, daß er seinen eigenen Sohn verlassen hatte, um auf seinen Ziehsohn aufzupassen. Auch Adrian war ein Teil von Gabes Kindheit, aber eher als Kuriosum. Er war der Vorzeigegefangene Rugars gewesen, ein Wesen, das sich stets zurückhielt und sonderbar aussah.

»Was noch?« fragte die Kappe. »Du mußt mir erst alles aufzählen, bevor ich dich aufstehen lasse.«

»Mir geht's gut«, sagte Coulter. Trotz Fledderers Worten rutschte er die Stufen hinunter und setzte sich am Ende der Treppe herausfordernd auf. Arianna stützte ihn, König Nicholas berührte ihn jedoch nicht.

Coulter stöhnte leise auf, als er sich bewegte, ließ Arianna los und bedeckte das Gesicht mit den Händen. »Aah, mir tut alles weh.«

»Was ist passiert?« platzte Adrian heraus, außerstande,

diese Frage noch länger zu unterdrücken. »Was ist mit dir geschehen?«

Coulter sah zu Gabe, aber seinem Blick fehlte die vertraute Wärme. Es war eher eine Frage. Dachte er, Gabe habe ihn hinuntergestoßen? Oder bat er um stumme Erlaubnis, von der seltsamen Magie zu berichten?

»Wir haben ihnen von der Woge erzählt«, sagte Gabe.

»War es das?« fragte Coulter. »Es fühlte sich an wie eine Mauer aus lauter Stimmen, die jeden Zauber aus mir riß, an den ich je gedacht hatte. Meine Zauberkraft ist verschwunden.«

»Verschwunden?« wiederholte Fledderer mit panischem Unterton.

Coulter schüttelte den Kopf. »Das ist das verkehrte Wort. Ausgepumpt, vermute ich. Entleert. Als hätte man mich beraubt.«

»Jewel«, keuchte Adrian, und Gabe hörte den Haß in seiner Stimme. Auch Nicholas hatte es vernommen.

»So etwas würde sie nicht tun«, sagte Gabes Vater.

»Wieso reden wir von meiner Mutter?« wollte Arianna wissen.

Es wurde plötzlich ganz still. Gabe warf seinem Vater einen Blick zu, doch Nicholas schüttelte fast unmerklich den Kopf.

»Jewel ist seit unserer Ankunft hier«, erklärte Adrian. »Sie wollen es dir nicht sagen, aber ich sage es dir. Ich habe kein Vertrauen zu deiner Mutter. Sie hat einen Freund von mir getötet, sie hat mich gefangengenommen und beinahe das Leben meines Sohnes zerstört. Wer weiß, was sie jetzt für Pläne schmiedet?«

»Das war nicht Jewel«, widersprach Coulter. »Jewel fühlt sich ganz anders an.«

»Meine Mutter?« fragte Arianna. Sie blickte zuerst zu Gabe und dann auf ihren Vater. Seine zerknitterte, hastig übergeworfene Kleidung und das zerzauste Haar entgingen ihrem aufmerksamen Blick nicht. »Warum hat mir das niemand gesagt?«

»Es ist ziemlich kompliziert«, sagte Gabe vorsichtig.

»Ich glaube, ich habe ein Recht darauf zu wissen, ob meine Mutter hier ist«, entgegnete Arianna und straffte sich. Ihr Gesicht war so schmal, daß es viel scharfkantiger wirkte als sonst. Sie sah genauso aus wie ihre Mutter. *Gabe* sah ebenfalls aus wie Jewel, nur waren seine Züge etwas runder, wie die von Nicholas.

»Sie ist nicht hier«, wiederholte Coulter, der erschöpft klang. »Momentan nicht.«

Gabe schaute sich in der Höhle um. Er hatte seine Mutter nicht gesehen, sich aber nichts dabei gedacht. Seit Nicholas' Ankunft war sie bei ihm, also nahm Gabe ihre Abwesenheit einfach hin. Obwohl sie nicht von seiner Seite gewichen war, als er ankam.

Es war merkwürdig. »Woher weißt du das?« fragte Gabe.

»Ich kann sie nicht spüren«, erklärte Coulter. »Vorhin konnte ich das.«

»Was willst du damit sagen, spüren?« forschte Arianna.

»Ist sie weg?« Fragend blickte Gabe zu Nicholas, der verstört aussah. Deshalb wirkte er so verändert, abgesehen von seiner unordentlichen Kleidung. Er sah aus, als habe er seinen kostbarsten Besitz verloren.

»Ja«, bestätigte sein Vater. »Sie verschwamm vor meinen Augen und war plötzlich verschwunden, wie ein Kerzenlicht, das ein Windhauch auslöscht. Dann hörte ich, wie Coulter auf der Treppe stürzte.«

»Meine Mutter ist nicht tot?« fragte Arianna.

»Sie ist tot«, ertönte Leens Stimme, die hinter der Gruppe stand. »Sie ist nur zurückgekehrt.«

»Menschen kehren nicht von den Toten zurück!« Ariannas

Stimme wurde immer schriller und kam jetzt einem Kreischen gefährlich nahe. »Sie erscheinen nicht einfach!«

»Man nennt es ein Mysterium.« Gabe trat neben Arianna. Zum ersten Mal empfand er Schuld. Ihre Mutter war nur ihm und ihrem Vater erschienen, nicht aber Arianna. Gabe wußte nur zu gut, was es bedeutete, nicht dazuzugehören, verlassen zu sein und sich ungeliebt zu fühlen. Er sah die Ungläubigkeit im Gesicht seiner Schwester, den Schock, und er sah, wie verletzt sie war.

Er reichte ihr die Hand, auf die sie nur abwesend starrte. »Ist das eine Besonderheit der Fey?« fragte sie mit zitternder Stimme.

Gabe nickte.

»Warum habe ich sie nicht gesehen?«

»Weil sie nur dreien von uns erscheinen darf«, erwiderte Gabe mit sanfter Stimme.

»Dir, mir und Vater«, sagte Arianna.

Gabe schüttelte den Kopf. »Die Magie der Fey ist nicht so einfach.« Noch nie zuvor hatte er Mitgefühl mit diesem Mädchen empfunden, hatte sie noch nie als verletzlich empfunden. Auch als sie bewußtlos dalag, als Coulter sie gerettet hatte, hatte Gabe gedacht, sie sei stark.

Jetzt machte sie keinen starken Eindruck mehr.

»Erzähl mir alles«, bat sie. Sie blickte ihren Vater nicht an. Sie hatte nur Augen für Gabe.

Er holte tief Luft. »Sie konnte den Menschen erscheinen, die sie am meisten liebte«, fing er an. »Also ...« Er sah zu seinem Vater und wußte nicht, wie er ihn nennen sollte. Gabe hatte einen Vater gehabt, einen Adoptivvater namens Wind, den er Papa genannt hatte und der jetzt nicht mehr am Leben war. Gabe hatte noch nicht einmal Zeit gehabt, ihn zu betrauern. Diesen Mann dort Papa zu nennen war irgendwie nicht richtig, aber es war genauso verkehrt, Nicholas zu ihm zu sagen.

»Papa, ich verstehe schon«, ergänzte Arianna barsch. Ihr Tonfall mochte gefaßt sein, aber ihre Augen, in denen Tränen standen, sprachen eine andere Sprache. »Wen noch?«

»Denjenigen, den sie am meisten haßte. Das war der Mann draußen, für den die Schamanin gestorben ist.«

»Meine Mutter hat die Schamanin getötet?«

»Außerdem«, fuhr Gabe fort, der sich nicht in umständliche Erklärungen dieser komplizierten Vorgänge verwickeln lassen wollte, »konnte sie noch eine weitere Person auswählen. Sie hat sich für mich entschieden.«

»Für dich?« Ariannas Unterlippe zitterte. »Warum ausgerechnet für dich?«

Gabe hörte den restlichen Satz so deutlich, als habe sie ihn tatsächlich ausgesprochen: *Warum nicht mich? Hat sie mich nicht geliebt?* Er wußte genau, wenn er ihr jetzt die falsche Antwort gab, würden er und seine Schwester für immer Feinde sein

»Ich glaube«, erwiderte er, »sie mußte sich im Augenblick ihres Todes entscheiden.« Das mußte er noch besser ausdrücken. »Ich glaube, daß sie dachte, du würdest zusammen mit ihr sterben. Und erst in diesem Augenblick begriff sie, daß ich am Leben war.«

Mit weit aufgerissenen Augen starrte Arianna erst Gabe, dann ihren Vater an. Er sah verstört aus, als treffe ihn der neuerliche Verlust seiner Gattin und der Zorn seiner Tochter besonders schwer. Coulter stützte sich auf Adrian, während langsam wieder Farbe in sein Gesicht zurückkehrte. Adrian verfolgte das Zwischenspiel aufmerksam, sein sonst stets frohgemutes Gesicht hatte einen ernsten Ausdruck angenommen. Fledderer hatte die Arme vor der Brust verschränkt und schüttelte leicht den Kopf, als könne er nicht glauben, was ihm da zu Ohren kam. Leen musterte die ganze Gruppe. Sie hielt das Messer gezückt, als erwarte sie immer noch, daß etwas oben an der Treppe erschien, das sie töten mußte.

Arianna blickte Gabe erneut an. *Ist das wirklich wahr?*

Hatte sie gesprochen, oder hatte er die Frage nur gefühlt? Gabe war sich nicht sicher. Aber er wußte ganz genau, daß dies ihre Gedanken gewesen waren.

Er nickte, obwohl er log. Seine Mutter hatte ihm erklärt, sie habe ihn deswegen gewählt, weil Arianna Nicholas habe. Aber das brauchte seine Schwester nicht zu wissen. In ihrem Zustand hätte sie die Wahrheit jetzt nicht verkraftet.

Es hätte Gabe zerstört.

Dann ergriff ihn seine zornige, schwierige Schwester bei der Hand. Ein Strahl der Energie, von Wärme erfüllt, schoß plötzlich zwischen den Geschwistern hin und her. Es war, als habe Gabe seine andere Hälfte berührt, als habe er sein ganzes Leben lang auf diesen Augenblick gewartet. Ariannas schlanke Finger schlossen sich um seine, und ihre Augen weiteten sich.

Sie spürte es ebenfalls.

Einen Augenblick glaubte Gabe, sie werde die Hand zurückziehen. Dann begriff er plötzlich, daß sie auf seine Reaktion wartete. Er zog sie näher an sich heran und legte die Arme um sie. Sie war dünn, viel dünner, als er erwartet hatte. Er spürte jede Rippe und jeden Knochen. Arianna brauchte Essen, Ruhe und Zuneigung.

Ihr Vater konnte ihr nicht alles geben.

Gabe wußte nicht, woher diese Gedanken kamen, aber er spürte, daß es gute und richtige Gedanken waren. Konnte Arianna ihn auf dieselbe Weise spüren? Sie stand reglos, ihr Kopf ruhte auf seiner Schulter. Da sie beide gleich groß waren, mußte sie sich dabei ein wenig nach vorne beugen.

Leen kniff die Augen zusammen, und Coulter runzelte die Stirn. Gabes Vater stierte immer noch abwesend vor sich hin.

»Ist ja alles sehr hübsch und rührend anzusehen«, meldete sich jetzt Fledderer, »aber während ihr meint, jetzt sei der richtige Zeitpunkt für die große Familienkrise gekommen, ist das mächtigste Mitglied dieser Gruppe soeben zu Boden gegangen.«

Ohne den Kopf zu heben, löste sich Arianna aus der Umarmung und wischte sich so unauffällig die Tränen aus den Augen, daß Gabe es gar nicht bemerkte hätte, wäre er ihr nicht so nahe gewesen.

»Tut mir leid«, sagte sie. »Tut mir leid.«

Sie hörte sich völlig zerknirscht an. Gabe stellte überrascht fest, das Arianna über eine ganze Skala von Empfindungen verfügte, genau wie Sebastian es ihm immer versichert hatte.

Vielleicht hatte er nur das gesehen, was er sehen wollte.

»Ich glaube, Jewel ist an allem schuld«, ließ sich Adrian hören.

»Bei allen Mächten, kann keiner von euch diesen Trottel zum Schweigen bringen?« erklang eine Stimme hinter Gabe. Er und sein Vater drehten sich um. Jewel saß auf den Stufen. Sie trug immer noch Wams und Hose, das Haar war zu einem langen Zopf geflochten. Sie sah etwas älter aus, mit Fältchen im Gesicht und grauen Strähnen im Haar.

Gabe runzelte die Stirn.

Er konnte durch Jewel hindurchsehen.

»Mutter?« fragte er im selben Augenblick, als sein Vater keuchte. »Jewel?«

»Wo?« sagte Arianna.

»Ach, Kleine«, seufzte Jewel und warf einen Blick auf Arianna. »Es tut mir so leid.«

»Sie kann dich nicht hören«, bemerkte Gabe.

Seine Mutter lächelte. »Das weiß ich.«

»Sie kann mich nicht hören?« wollte Arianna wissen.

»Nein«, erwiderte Gabe. »Ich habe mit unserer Mutter gesprochen. Sie hat sich bei dir entschuldigt.«

»Was ist geschehen, Jewel?« fragte Nicholas, und trat neben sie. Als er versuchte, Jewel zu berühren, ging seine Hand durch sie hindurch. Überrascht blickte er sie an.

»Sagt dem Idioten, er soll aufhören, mich zu beschuldigen, und statt dessen das Verdienst seinem Sohn anrechnen«, gab Jewel zurück.

»Luke?« sagte Gabe überrascht. Er zog nachdenklich die Augenbrauen zusammen. Er hatte Luke kurz gesehen, wie er von einer brennenden Scheune weglief.

»Was hat sie ihm diesmal angetan?« fuhr Adrian auf. Er machte Anstalten näher zu kommen, aber Coulter packte ihn und hielt ihn fest. Die Bewegung wirkte schwach, als bereite sie Coulter Schmerzen.

»Sie hat nichts getan«, antwortete Gabes Vater, ohne Adrian anzusehen. »Sie ist anders, als du denkst.«

»Dasselbe könnte ich zu dir sagen«, erwiderte Adrian.

Jewel schnaubte leise und funkelte Adrian böse an. »Dieser Mann versteht nichts von Kriegsführung. Ich habe ihm einen Gefallen getan. Normalerweise hätten wir alle drei Gefangenen langsam und qualvoll getötet.«

Nicholas rückte näher an Jewel, berührte sie aber nicht. Er sah nicht mehr so verstört aus, und Gabe bemerkte, mit welch angespannter Aufmerksamkeit der König seine Frau beobachtete. Arianna war das Verhalten ihres Vaters offenbar auch nicht entgangen.

»Was geht hier vor?« wollte sie wissen.

»Mein Sohn«, erkundigte sich Adrian beinahe gleichzeitig, »geht es ihm gut?«

»Ja«, sagte Jewel. König Nicholas schwieg. Gabe seufzte leise. Dann beschloß er, den Übersetzer für seine Mutter zu spielen.

»Es geht ihm gut«, beruhigte Gabe.

Adrian sank vor Erleichterung ein wenig in sich zusammen und mußte sich an Coulter festhalten.

»Er hat viele magische Beutel verbrannt«, erklärte Jewel. Gabe übersetzte, ohne die Bedeutung ihrer Worte zu erläutern. Schließlich hatte Adrian fünf Jahre bei den Fey gelebt. »Er hat eine ganze Scheune entdeckt, in der sich ein großes Lager befand, und er hat sie verbrannt. Das hat eine gewaltige Explosion verursacht, die die Magie der Insel durcheinanderwirbelte. Alle Arten von Magie. Hüter und Zaubermeister sind in solchen Fällen immer besonders gefährdet.« Sie nickte Coulter zu. »Er hat Glück gehabt, daß er hier war. Hätte er sich in der Nähe der Scheune aufgehalten, dann wäre er jetzt tot.«

Als Gabe ihre Worte wiederholte, hob Coulter eine Hand zum Kopf. »Die Kraft war hier abgeschwächt?« erkundigte er sich.

»Ja«, bestätigte Jewel.

»Bedeutet das, wir haben gesiegt?« wollte Adrian wissen. »Hat Luke den Fey geschadet?«

Gabes Mutter nickte. »Auf mehr als eine Weise«, entgegnete sie. »Einige davon haben wir noch nicht einmal verstanden.«

»Und er ist noch am Leben?«

»Ja, er lebt«, erwiderte Jewel.

Arianna beobachtete die Unterhaltung und drehte den Kopf zwischen Gabe und den anderen Sprechern hin und her. Als eine kurze Stille eintrat, fragte sie leise: »Kann ich Jewel denn nicht sehen?«

»Nein, Kleine«, entgegnete Jewel.

Gabe übersetzte nicht, er wollte den eben erst geschlossenen Waffenstillstand zwischen sich und Arianna nicht aufs Spiel setzen.

Aber es war auch gar nicht nötig, daß er etwas sagte. Ariannas Unterlippe zitterte, und ihr Mal am Kinn, das sie als

Gestaltwandlerin auswies und von Gabe unterschied, bewegte sich heftig.

»Kann sie nicht noch einmal mit den Mächten verhandeln?« bohrte Arianna. »Kann sie nichts verändern? Derjenige, den sie haßt, ist nicht mehr hier, oder?«

»Aber er lebt noch!« sagte Jewel derart aufbrausend, daß Gabe erschrak. Sein Vater runzelte die Stirn, und auf seinen Zügen sah Gabe denselben Haß auf jenen Mann, den man den Einundfünfzigsten Rocaan nannte.

»Was ist?« fragte Arianna ungeduldig, und Gabe fiel erst jetzt auf, daß er zu übersetzen aufgehört hatte. Er beantwortete ihre Frage.

»Aber wenn er so ist wie Coulter«, äußerte König Nicholas, »dann ...«

»Sind seine Zauberkräfte jetzt ebenfalls erschöpft. Ebenso wie die von Rugads Lieblingszaubermeister. Das sind die Vorteile«, erwiderte Jewel. Gabe wiederholte ihre Worte und versank in Gedanken.

»Woher weiß sie das alles?« flüsterte Arianna.

»Die Mysterien und die Mächte bringen uns Visionen«, erklärte Gabe.

Arianna sperrte überrascht den Mund auf und schloß ihn dann wieder, als sei nichts geschehen. Vom überlieferten Wissen der Fey hatte sie offenbar keine Ahnung. Nicht, daß Gabe sich besonders gut ausgekannt hätte, aber er wußte mehr über die Mysterien als seine Schwester.

Viel mehr.

»Was ist mit dir geschehen?« fragte Nicholas leise. Die Frage war nur für Jewel bestimmt, aber jeder schien sie gehört zu haben. Coulter setzte sich aufrecht hin, als warte er selbst auf die Antwort.

Jewel nahm Nicholas' Gesicht zwischen die Hände. Es war eine zärtliche Geste, und einen Moment lang glaubte Gabe, sie würde ihn küssen. Dann fiel ihm ein, daß er ja durch sie hindurchsehen konnte, und obwohl sie offenbar versuchte, Nicholas zu berühren, war es ihr einfach nicht möglich.

»Das ist schwer zu erklären«, erwiderte sie. »Aber wenn man sich Magie als eine Art Luft vorstellt, die alles umgibt und durchdringt ...«

»Dann kann sie auch aus allem ausströmen«, vervollständigte Nicholas. »Genau wie es bei Coulter passiert ist.«

»So wird es auch bleiben, bis er wieder ›Atem‹ holt«, fuhr Jewel fort. »Aber zuerst einmal muß er atmen können. Im Augenblick ist die Magie dieser Insel, die Luft, von einem heftigen Wind aufgewühlt. Große Winde zerstören manches, aber auf andere Dinge haben sie keine dauerhafte Auswirkung.«

»Dann geht es also vorüber?« fragte König Nicholas.

»Für uns alle«, entgegnete Jewel. »Auf unterschiedliche Weise. Einige der Veränderungen können auch bleiben.«

»Welche Veränderungen meinst du?«

»Rugads Leute sind es nicht gewohnt zu verlieren«, sagte Jewel. »Überhaupt nicht. Das ist euer Vorteil.«

»Das war schon damals unser Vorteil«, erwiderte Gabes Vater.

Seine Mutter lächelte. »Und er hat sich ausgezahlt.«

»Teilweise«, korrigierte Nicholas. »Wir einigten uns auf einen Kompromiß.«

»Den Jewel ohne zu zögern mißachtet hätte«, warf Adrian ein. »Ich kann nicht verstehen, daß Ihr ihr vertraut.«

Bisher hatte Gabe die Antworten seiner Mutter laut übersetzt. Jetzt hielt er plötzlich inne. Adrian zitterte, während Coulter ihn immer noch mit einer Hand zurückhielt.

»Ich war fünf Jahre lang mit ihr verheiratet«, sagte Gabes Vater. »In dieser Zeit faßt man Vertrauen zu jemandem. Man weiß, wozu der andere fähig ist. Jewel hat mich niemals belogen. Durch unsere Heirat wurde die Blaue Insel dem Reich der

Fey zugeschlagen. Das war unvermeidlich. Aber wir waren auf dem besten Wege, unabhängig zu werden. Es gab keine Pläne für eine Invasion. Der Mord an ihrem und meinem Vater hat diese Vereinbarung zunichte gemacht. Ich bedauere das, was Jewel dir und deiner Familie angetan hat, aber damals war sie noch keine Allianz mit mir eingegangen. Und jetzt hat sie sich entschlossen, zu mir und meiner Familie zurückzukehren. Sie will jetzt mit uns gemeinsam gegen den Schwarzen König kämpfen. Das mußt du dir immer vor Augen halten.«

Adrian schüttelte den Kopf. »Du darfst niemals vergessen, wie listig sie ist. Sie versprach meinem Sohn die Freiheit. Stattdessen aber hat sie ihn verhext. Er hätte beinahe den Einundfünfzigsten Rocaan umgebracht.«

»Als das passierte, war Jewel schon tot. Jemand anders hat diesen Befehl gegeben«, widersprach Nicholas.

Gabe lauschte aufmerksam. Er hörte zum ersten Mal von diesen Ereignissen. Arianna ging es offenbar genauso, denn sie starrte ihren Vater fassungslos an.

»Es wäre besser gewesen, Matthias wäre damals gestorben«, sagte Jewel. Diesen Satz wiederholte Gabe nicht.

»Du kannst nicht alles entschuldigen, was sie getan hat«, entgegnete Adrian.

»Das tue ich auch nicht«, antwortete Nicholas. »Aber sie ist meine Frau. Sie ist gekommen, um uns gegen die Magie der Fey, die Mächte dieser Höhle oder die Kombination von beidem beizustehen, ich weiß es nicht genau. Wir brauchen ihre Hilfe. Dringend. Ich kann es einfach nicht zulassen, daß du ihr ständig widersprichst und ihre Autorität untergräbst.«

»Also heißt es sie oder ich?« fragte Adrian. Gabe blickte ihn ungläubig an. Wo war nur Adrians Ehrfurcht geblieben? Noch vor wenigen Stunden war er stolz darauf gewesen, in der Nähe des Königs zu sein. War die Ehrfurcht in dem Augenblick verschwunden, als er dachte, Jewel hätte versucht, Coulter zu töten?

»Wenn du es so weit kommen lassen willst«, erwiderte Gabes Vater. »Offen gesagt brauche ich, brauchen wir alle, Jewel nötiger als dich.«

»Adrian«, bat Coulter. »Hör auf. Bitte.« Die Worte waren nicht lauter als ein Hauch.

Adrian schüttelte eigensinnig den Kopf. »Fünf Jahre Gefängnis. Nie habe ich die Sonne gesehen. Nie den Wind auf meinem Gesicht gespürt. Ich war ein Ausgestoßener, und ich tat es für etwas, woran ich glaubte, für eine hinterlistige Lüge, die sie mir erzählt hatte.«

»Aber wenn du nicht bei den Fey gewesen wärst, wäre ich jetzt nicht hier«, gab Coulter zu bedenken.

Adrian sah ihn einen Augenblick an, als habe er daran noch gar nicht gedacht. Dann schloß er die Augen und senkte den Kopf. Es war das Zeichen, daß er nachgab, und alle wußten es.

Gabes Vater stieß einen verhaltenen Seufzer aus und richtete erneut seine gesamte Aufmerksamkeit auf Jewel. Arianna beobachtete immer noch Adrian, als habe er etwas gesagt, das sie nicht erwartet hatte. Was hatte sie bisher von ihrer Mutter gehört? Was wußte sie von ihr? Nur das, was Nicholas ihr erzählt hatte, sonst so gut wie nichts. Gabe hatte von den Fey viel über seine Mutter erfahren. Er wußte alles, aber über die Liebe zwischen seinen Eltern hatten sie geschwiegen.

Wie sonderbar, wie einzigartig mußte es gewesen sein, sich mitten im Krieg kennenzulernen. Während Gabe, ebenso wie alle anderen Fey, immer vermutet hatte, es hätte sich bei dieser Heirat um eine reine Vernunftehe gehandelt, war es in Wirklichkeit eine Liebesbeziehung zwischen zwei gleich starken Partnern gewesen.

Von dieser Verbindung und der Hoffnung auf Frieden waren nur zwei Menschen übriggeblieben: Gabe und Arianna.

Gabe fragte sich, ob Arianna erst jetzt begriff oder ob sie schon immer gewußt hatte, wie wichtig sie war.

Kein Wunder, daß Nicholas den Schwarzen König so erbittert bekämpfte. Er versuchte nicht nur, sein Land und seine Kinder, sondern auch jenen Traum zu retten, den er gemeinsam mit einer Frau geträumt hatte, die bis vor wenigen Tagen eine lange Zeit tot gewesen war.

»Also diese Veränderungen«, sagte Nicholas jetzt leise zu Jewel, »diese Veränderungen in der Luft, in der Magie, haben dich angegriffen?«

Er klang sehr verwundbar, und nicht zum ersten Mal fragte sich Gabe, was die beiden hinter dem Brunnen getan hatten. Jewel war in dieser Höhle körperlich anwesend. Hatten sie etwa ...?

Gabe schüttelte den Gedanken ab. Er wollte nicht weiter darüber nachdenken.

»Ja«, entgegnete Jewel.

Arianna gab Gabe einen kleinen Schubs. Er wurde rot, weil er schon wieder vergessen hatte zu übersetzen, und nickte dann.

»Aber es hat mich nicht verletzt«, fuhr Jewel fort. »Ich existiere nicht richtig. Es hat nur meine Fähigkeit, mich körperlich zu zeigen, beeinträchtigt.«

Gabes Vater nickte, als bedürfe es keiner weiteren Erklärungen. Gabe hätte gerne noch mehr erfahren, aber er würde seine Fragen zu einem günstigeren Zeitpunkt stellen.

»Du hast gesagt«, begann Gabe, der ein peinliches Gefühl dabei hatte, das Zwiegespräch seiner Eltern zu unterbrechen, obwohl er für sie übersetzt hatte, »dieser ... Wind brächte auch Vorteile mit sich.«

Jewel wandte sich ihm zu, und ihr Gesicht strahlte vor

Stolz. Gabe wurde ganz warm ums Herz, und leichte Röte stieg ihm in die Wangen.

»Ja«, bestätigte Jewel, »die gibt es. Einen habe ich schon genannt. Ein weiterer Vorteil besteht darin, daß alle Magie für kurze Zeit schwach oder gar wirkungslos wird. Wie lange das dauert, kann ich allerdings nicht sagen. Aber wir können das Beste daraus machen.«

»Gibt es noch mehr Veränderungen zu unseren Gunsten?« fragte Nicholas, während Gabe übersetzte.

»Wahrscheinlich schon«, entgegnete Jewel. »Aber die müssen wir erst noch herausfinden.«

Gabe brachte es mittlerweile fertig, gleichzeitig zu übersetzen und zuzuhören.

»Wenn wir es herausgefunden haben«, fragte Arianna, »weiß dann der Schwarze König nicht auch schon Bescheid darüber?«

Jewel blickte ihre Tochter einen Augenblick lang an. Gabe sah deutlich die Sehnsucht auf ihrem Gesicht. Dann wandte sich Jewel mit einem traurigen Lächeln zu Nicholas, und Gabe erkannte all die verlorenen Jahre, all die verlorene Liebe. Daran trug sein Großvater die Schuld.

Rugar und der Einundfünfzigste Rocaan. Der Mann, der seine Mutter getötet hatte.

»Vielleicht«, antwortete Jewel endlich. »Aber er handelt nach anderen Grundsätzen. Er weiß, wie sehr es den Fey geschadet hat. Dein Sohn«, während sie sprach, sah sie Adrian an, und Gabe folgte ihrem Blick, »hat die Fey schwer getroffen. Diese Beutel werden für alle möglichen magischen Zwecke benötigt.«

»Aber es gibt doch sicher noch andere Vorratslager«, sagte Fledderer.

Jewel nickte zustimmend. »Aber die Lager werden an strategisch günstigen Orten eingerichtet, wo die Beutel zu hohen

Stapeln aufgetürmt liegen. Seit Rugad hier angekommen ist, haben deine Leute eine beachtliche Menge Arbeit in diese Scheune gesteckt.«

Die Kappe zuckte zusammen, als Jewel von ›seinen‹ Leuten sprach. Er funkelte Gabe so böse an, als habe dieser bei der Übersetzung einen Fehler begangen. Gabe zuckte die Achseln, um anzudeuten, daß er schließlich nur Jewels Worte wiedergab.

»Also«, sagte Coulter, dessen Stimme vor Schmerz und Erschöpfung ganz heiser klang, »Luke hat also eine ganze Menge Waffen zerstört.«

»Mehr oder weniger«, stimmte Jewel zu. »Eher mehr, meiner Ansicht nach.«

»Ich hoffe, daß auch andere darüber Bescheid wissen und die günstige Gelegenheit nutzen«, äußerte Nicholas.

»Wir haben keine Zeit, um uns jetzt darüber Sorgen zu machen«, warf Gabes Mutter ein. »Wir müssen unsere eigenen Pläne schmieden, und zwar so schnell wie möglich. Rugad weiß, daß unsere Kinder hier sind.«

»Wird er uns bis hierher verfolgen?« fragte Arianna. Anscheinend erinnerte sie sich kaum noch an die Diskussion, die stattgefunden hatte, als sie gestern das Bewußtsein wiedererlangte.

»Allerdings«, sagte Jewel, »er wird hier auftauchen, so oder so. Er wird gleich drei wertvolle Schätze vorfinden: dich, deinen Bruder und diese Höhle.«

»Seine Streitkräfte sind uns zahlenmäßig überlegen«, wandte Adrian ein.

»Natürlich«, stimmte Jewel zu. »Aber hat dein Sohn nicht gerade bewiesen, was vier Männer und entschlossener Mut ausrichten können?«

»Noch nie hat jemand das Reich der Fey gestürzt«, beharrte Fledderer.

»Ich sage ja auch nicht, daß wir es stürzen sollen«, entgegnete Jewel. Dann lächelte sie. Das Lächeln verlieh ihren Zügen einen besonderen Glanz. Gabe begriff plötzlich, wie schön seine Mutter war.

»Wir brauchen das Reich der Fey«, fuhr Jewel fort. »Wir brauchen es für unsere Kinder.«

Sie machte eine dramatische Pause, obwohl nur Gabe und Nicholas ihre Worte hören konnten.

»Wenn es uns gelingt, Rugad zu stürzen«, sagte sie, und ihre Augen trafen sich mit denen ihres Sohnes, »dann übernimmst du gemeinsam mit deiner Schwester den Thron.«

Gabes Magen krampfte sich zusammen. Er wollte nicht der Herrscher des Fey-Imperiums sein. Er war nicht dafür ausgebildet.

Er war nicht verschlagen und rücksichtslos genug.

Er blickte Arianna an. Sie sah fahl aus.

Sie verfügte über diese Eigenschaften. Vielleicht war sie sogar zu verschlagen und rücksichtslos.

»Wieso denn?« fragte Gabe. »Deine Brüder sind alle noch am Leben.«

»Bridge?« erkundigte sich Jewel. »Er ist der Tüchtigste unter meinen Brüdern, und trotzdem taugt er nichts. Wenn er in der Lage wäre, die Nachfolge anzutreten, hätte ihn Rugad mit hierher genommen. Nein, Rugad ist um euretwillen gekommen, und das hat er allen Fey deutlich gemacht. Sein Volk weiß, daß meine Kinder ihm eines Tages auf den Thron folgen werden. Wir müssen jetzt nur dafür sorgen, daß es schneller geht, als Rugad geplant hat.«

»Aber ich weiß nichts über die Fey«, wandte Arianna ein.

»Ich bin nicht zum Herrscher erzogen worden«, sagte Gabe.

Seine Mutter zuckte die Schultern. »Aber ich«, sagte sie und war verschwunden.

9

Laute Stimmen weckten ihn auf.

Boteen fuhr hoch. Er stellte angewidert fest, daß er neben einem großen Felsbrocken auf einem Büschel verbrannten Grases eingeschlafen war. Er fühlte die Nachwirkungen der geschändeten Magie sowie den Zorn, die Macht und die Furcht, die damit verbunden waren.

Zwei Zaubermeister waren hier, einer davon befand sich sogar ganz in seiner Nähe, und er war einfach eingeschlafen.

Diese Feststellung munterte Boteen nicht gerade auf.

Er legte eine Hand auf den Kopf und setzte sich vorsichtig auf. Dieser unangenehme Schreiber und die Möwenreiterin, deren Namen er immerzu vergaß, erklommen den Berg. Der Schreiber war der Ältere und ein notorischer Jammerlappen. In der letzten Nacht hatte er obendrein bewiesen, daß er keinerlei Ausdauer besaß.

Boteen vernahm jetzt die Stimme des Schreibers, der sich mit der Möwenreiterin darüber stritt, ob sie wohl bald am Ziel angekommen waren.

Die Möwenreiterin antwortete nicht.

»Ich höre dich seit einer Stunde«, log Boteen, dessen Stimme bereits kräftiger geworden war, seit Threem ihn gefunden hatte.

Threem. Boteen hatte das Gefühl, als sei eine halbe Ewigkeit vergangen, seit sich der Pferdereiter an den Aufstieg gemacht hatte. War es ein Fehler gewesen, ihn allein hinaufzuschicken?

Der Schreiber trat jetzt zwischen zwei Felsblöcken hervor. Er hielt einen Lichtstock, der seine asketischen Züge beleuchtete. Er sah mager und erschöpft aus und bewegte sich so mühsam, als schmerze jeder einzelne Muskel seines Körpers.

Hinter ihm tauchte die Möwenreiterin auf. Sie war nackt und hatte eine Hand auf den Magen gelegt. Ihr weißes, gefiedertes Haar war so lang, daß es den ganzen Rücken bedeckte. Sie schien sich ebenso elend zu fühlen wie Boteen.

»Was ist mit dir passiert?« fragte sie den Zaubermeister mit heiserer Stimme, die sich wie der abgerissene Schrei einer Möwe anhörte.

»Dasselbe wie mit dir, vermute ich«, entgegnete Boteen. »Es gab ein magisches Ereignis.«

»Du meinst diese Woge?«

»Woge, Wind, nenn es wie du willst.« Boteen lehnte sich gegen den Stein. Der größte Teil seiner Zauberkraft war noch verschwunden, aber er spürte schon wieder eine schwache Ahnung dieser Kräfte in seinem Innersten aufflackern. Zehrte er sie auf, war seine restliche Energie vollständig erschöpft. »Hast du deine Fey-Gestalt unwillkürlich angenommen oder dich dafür entschieden?«

Die Möwenreiterin lächelte. Obwohl sie keinen Lichtstab trug, konnte Boteen ihre Züge klar erkennen. Die Morgendämmerung brach an.

»Nun ja, sagen wir mal, ich entschied mich lieber dafür, statt wie eine Bleiente abzustürzen.«

»Sie kam mehrmals ins Trudeln«, sagte der Schreiber. »Achtmal, um genau zu sein, und sie verfehlte mich jedesmal, aber es sah immer so aus, als wollte sie mich zu Boden werfen. Zuerst duckte ich mich ...«

»Verstehe«, sagte Boteen kurz angebunden. Wenn er den Redefluß des Schreibers jetzt nicht eindämmte, würde er stundenlang weiterplappern und alles bis ins kleinste Detail schildern. »Du hast vermutlich nichts gespürt.«

»Einen Augenblick lang kam es mir vor, als könnte ich mich an kein einziges Wort mehr erinnern«, erwiderte der Schreiber. »Das war äußerst beängstigend.«

»Kann ich mir gut vorstellen«, antwortete Boteen.

»Glücklicherweise war es nur ein sehr kurzer Augenblick«, fügte die Möwenreiterin hinzu. Sie zitterte. »Ich kann meine andere Gestalt nicht annehmen. Außerdem schmerzt mein ganzer Körper. Was war das nur?«

»Jedenfalls war es sehr mächtig«, sagte Boteen. Daß er beinahe seine gesamte Zauberkraft eingebüßt hatte, behielt er vorerst lieber für sich.

»Ob es etwas mit dem Ort zu tun hat, zu dem wir unterwegs sind, Boteen?« fragte die Möwenreiterin.

»Nein«, entgegnete Boteen. »Es kam aus der Inselmitte.«

»Soll das heißen, daß wir noch weiter gehen müssen?« erkundigte sich der Schreiber. »Ich dachte, wir wären am Ziel.« Er blickte sich um und verzog angewidert das magere Gesicht. »Irgend etwas ist hier passiert, nicht wahr? Es riecht immer noch nach Rauch.«

»Du bleibst hier«, befahl Boteen, der die Frage des Schreibers nicht beantworten wollte. Seit gestern war der Kerl immer gesprächiger geworden, als benutzte er zum ersten Mal seine eigene Stimme. Er stellte diese Fragen aber nur aus taktischen Gründen. Er wollte verhindern, daß die Gruppe weiterging.

»Threem ist vorausgegangen. Er sieht nach, wie steil der Weg noch wird.«

Die Möwenreiterin setzte sich. Eine dünne Haarsträhne, die einer Feder glich, löste sich aus ihrem Schopf. Sie seufzte und sank in sich zusammen. Feines Haar bedeckte ihren gesamten Körper und machte sie viel blasser als einen normalen Fey. Ihre Hände waren wie Krallen gekrümmt, die Füße mit den schuppigen Sohlen länger als die Boteens.

»Wollte er den Weg in Pferdegestalt zurücklegen?« fragte sie. »Nach allem, was passiert ist?«

»Er wirkte nicht so angeschlagen wie du«, gab Boteen zurück.

»Oder wie du, offensichtlich«, entgegnete sie.

Boteen fragte sich, ob die Zauberkraft eines Möwenreiters die eines Pferdereiters überstieg, aber das ergab keinen Sinn. Schließlich gehörten sie der gleichen Gattung an, und ein Pferd war größer. Vielleicht war Threem einfach kampferprobter, besser auf Veränderungen und Schwierigkeiten eingestellt.

»Ist das dein erster Feldzug?« wollte Boteen wissen.

»Der fünfte«, erwiderte sie. »Aber ich habe nur an wenigen Kämpfen teilgenommen.«

Damit war seine Frage beantwortet. Sie war noch nie aus der Fassung gebracht worden, hatte noch nie mit unvorhergesehenen Veränderungen, Verletzungen oder Schwierigkeiten fertig werden müssen.

Dazu bot sich ihr als Möwenreiterin natürlich auch nur wenig Gelegenheit. Während sich Pferdereiter immer mitten im Schlachtgetümmel befanden, flogen Möwenreiter darüber hinweg. Auf diese Weise konnten sie allen gefährlichen Waffen, vom Bogen bis zu den Schwertern, aus dem Weg gehen.

»Ich habe keinerlei Kampferfahrung«, ließ sich der Schreiber überflüssigerweise vernehmen.

Boteen funkelte ihn böse an. Hinter sich hörte er ein Scharren. Er wandte sich nicht um. Ein vertrautes Gefühl ging von dem Herannahenden aus, aber Boteen wußte nicht, ob es sich um Threem handelte. Es interessierte ihn auch nicht sonderlich. Im Augenblick konnte er nicht viel mehr tun, als sich durch geschicktes Reden über Wasser zu halten.

Das Scharren kam näher, und schließlich war Threem in Sichtweite. Er war immer noch in Fey-Gestalt. Als er die beiden anderen bemerkte, nickte er ihnen zu.

»Es ist genauso, wie du gesagt hast, Boteen«, sagte Threem. »Die Schwerter sind allerdings viel größer, als ich dachte. Es muß unglaubliche Kraft gekostet haben, sie an diesen Stellen zu befestigen.«

»Oder unglaubliche Magie«, erwiderte Boteen.

Threem lächelte.

»Der Pfad ist steil«, fuhr er fort, »aber nicht zu steil für mich. Auf dem letzten Teil gibt es Stufen, die sehr alt aussehen. Dort scheint es mir am gefährlichsten zu sein. Vielleicht zerbrechen die Stufen unter unserem Gewicht.«

»Sind sie aus Holz?« fragte die Möwenreiterin.

»Sie bestehen aus dünnem Stein, der alt und porös ist«, sagte Threem. Er atmete schwer. »Ich bin nicht ganz bei Kräften. Wir müssen langsam gehen, aber ich bin zu einem Versuch bereit, wenn ihr mich begleitet. Ich will, daß noch jemand sieht, was ich da oben gefunden habe.«

Normalerweise hätte sich Boteen geweigert, einen Berg auf dem Rücken eines Pferdereiters zu erklimmen, aber jetzt blieb ihm nichts anderes übrig. Er hatte keine Ahnung, wann er wieder bei Kräften sein würde.

»Hast du jemanden gesehen?«

»Dafür bin ich nicht nahe genug herangegangen«, sagte Threem. »Wachtposten habe ich jedenfalls nicht entdeckt. Ich habe auch nach allem Ausschau gehalten, das weniger auffällig ist, Irrlichtfänger beispielsweise oder Schattenländer, aber ich habe nichts bemerkt.«

»Glaubst du, daß wir unentdeckt hinauf- und wieder hinunterkommen?«

»Ich weiß nicht, ob jemand da ist, der uns sehen könnte. Falls überhaupt, dann sind sie in der Höhle und müssen erst einmal herauskommen. Ich glaube, daß uns ausreichend viel Zeit zur Flucht bleibt.«

Vorausgesetzt, keiner der Inselzaubermeister verfügte über Zauberkraft und befand sich ausgerechnet dort oben. Boteen wußte nicht genau, ob er hier unten sicherer war, wo die langsam verlöschenden Rauchsäulen Zeugnis von dem Kampf des anderen Zaubermeisters ablegten.

Er nickte. »Wir wagen einen Versuch«, beschloß er. »Helft mir beim Aufstehen.«

Der Schreiber und die Möwenreiterin eilten herbei. Die Hand des Schreibers war knochig und schwach, die der Möwenreiterin hart und kalt. Boteen benutzte sie hauptsächlich, um sich zu stützen.

Threem trat von der Gruppe zurück, ballte die Fäuste und schloß die Augen. Ein Pferdekopf schob sich aus seinem Bauch, langsamer als sonst, fast widerwillig. Einen Augenblick lang dachte Boteen, der Kopf des Tieres würde wieder in Threems Haut zurückgleiten, aber der Kopf wuchs immer weiter, während sich der untere Teil von Threems Körper verlängerte. Seine beiden Beine wurden zu Hinterhänden, dann bildeten sich die Vorderbeine aus. Das Pferd war jetzt zu seiner vollen Höhe aufgeschossen. Es schüttelte den Kopf und wieherte. Threem, dessen Rumpf, Arme und Kopf sich auf dem Rücken des Pferdes befanden, wirkte dagegen klein. Hätte er Beine gehabt, wäre er von einem normalen Reiter nicht zu unterscheiden gewesen.

Vor Anstrengung war sein Gesicht grau geworden. Threems magische Kräfte waren offensichtlich ebenfalls in Mitleidenschaft gezogen. Aber er hatte mehr als Boteen, und das mußte für den Augenblick genügen.

»Auf meinem Rücken ist nur wenig Platz«, sagte Threem. »Du mußt dich festhalten.«

»Ich habe das schon einmal gemacht«, erwiderte Boteen. Aber das war schon sehr, sehr lange her.

Der Schreiber und die Möwenreiterin führten ihn zu Threem. Das dunkle Fell des Tieres glänzte wie frisch gestriegelt. Threem war ein großes Pferd. Boteen konnte kaum über seinen Rücken sehen.

Boteen fragte sich, ob er genügend Kraft zum Aufsitzen hatte. Weder der Schreiber noch die Reiterin konnten ihm dabei helfen. Vogelreiter hatten keine Kraft in den Armen, und der Schreiber hatte schon den ganzen Tag über bewiesen, wie außerordentlich nutzlos er war.

Threem beugte sich herab und umfaßte Boteens Handgelenk. Unaufgefordert formte die Möwenreiterin mit den Händen eine Leiterstufe. Boteen schob den Fuß hinein und fühlte ihre scharfen Krallen durch die Sohlen seiner Stiefel dringen, während er sich von Threem auf dessen Rücken ziehen ließ.

Threems Oberkörper nahm den meisten Platz ein, verschmolz dann jedoch mit dem Rücken, so daß Boteen die Beine ausstrecken konnte. Er war gezwungen, sich an Threems Oberkörper zu lehnen.

»Schling die Arme um mich«, sagte Threem. »Der Aufstieg hat's in sich.«

Boteen folgte der Aufforderung. Diesen Teil hatte er ganz vergessen: wie es war, auf einem Menschen zu sitzen, den er respektierte, und ihn zu reiten, als sei er nur ein gewöhnliches dummes Tier. Threem warf den Pferdekopf zurück, als wolle er keinen Zweifel an seinem Stolz aufkommen lassen, und trabte dann in Richtung auf den schmalen Pfad.

Boteen warf einen letzten Blick auf den Schreiber und die Möwenreiterin. »Ihr bleibt hier, bis wir wieder zurückkommen«, ordnete er an.

Der Schreiber nickte. Die Möwenreiterin verschränkte die Arme. Sie würde so lange bleiben, wie sie es für nötig hielt, soviel wußte auch Boteen. Dann würde sie ihnen folgen. Zu

Anfang, als die Kutsche auf der Straße angehalten hatte, hatte sie ihn gereizt, aber mittlerweile wuchs sein Respekt für sie.

»Halt dich fest«, rief Threem und machte sich an den Aufstieg. Sofort wurde der Winkel, in dem Boteen auf dem Pferderücken saß, schräg und unbequem. Boteen hatte das Gefühl, von Threems Rücken abzurutschen.

Er umklammerte Threems Taille, schloß die Augen und wünschte, er wäre stark genug, den Weg aus eigener Kraft zu bewältigen. Schutzlos näherte er sich einem gefährlichen Ort. Er konnte sich nur damit trösten, daß jedermann von dieser Woge getroffen worden war. Jedem anderen Zauberkundigen in der Nähe, die anderen Zaubermeister eingeschlossen, mußte es ebenso ergangen sein wie ihm. Das hoffte er jedenfalls, aber letztendlich konnte er nicht sicher sein, ob sich Fey-Magie und Insel-Magie wirklich so ähnlich waren.

Es war keine sehr logische Annahme, das wußte Boteen. Aber er mußte einfach wissen, womit sie es zu tun hatten. Threem hatte nichts gesehen, und wenn die Inselbewohner angreifen wollten, hätten sie Threem angegriffen, solange er allein gewesen war.

Vielleicht ging es ihm besser, sobald sie bei der Höhle angekommen waren. Er brauchte nur einen einzigen Blick darauf zu werfen, um Bescheid zu wissen. Wenn Rugad ankam, würde Boteen ihm das Kostbarste zeigen können, was es gab: einen Ort der Macht.

10

Licia saß auf dem steinernen Bergkamm, während das erste Morgenlicht über den Bergen aufleuchtete. Der Himmel wurde heller und nahm dasselbe glühende Rot an wie am Tag zuvor. Sie mochte weder den Himmel noch die Blutklippen noch die rötliche Farbe der Felsen und des Flusses, der sich durch das Tal schlängelte. Der gleiche Fluß hatte in Jahn ein bräunliches Grau angenommen, war tief und zahm. Hier oben in den Bergen aber schäumte er rot und flach dahin und war so ungebändigt wie die Siegesfeiern der Fey.

Licia haßte dieses Land.

Sie hatte Galinas durchquert, Rugad dabei geholfen, den letzten Teil des Kontinents zu erobern, hatte in Wind, Staub und Hitze gekämpft und noch nie, niemals, einen Ort so sehr verabscheut wie diese Berggegend hier. Es war eine ganz instinktive Empfindung. Wenn sie einem Hüter oder Zauberer begegnete, hatte sie genau dasselbe Gefühl. Haß, in den sich Verachtung mischte.

Auf den die anderen natürlich reagierten. Licia war eine Befehlshaberin der Infanterie und verfügte nur über geringe Zauberkräfte, eben genug, um die Soldaten, die noch nicht in den Besitz ihrer Zauberkraft gekommen waren, bei der Stange zu halten. Sie hatte keine anderen nennenswerten Begabungen außer ihren kümmerlichen Visionen und den womöglich noch weniger beeindruckenden Fähigkeiten zum Hexen.

Abgesehen von ihrer reichlichen Kampferfahrung, die sie sich in zahllosen Feldzügen erworben hatte. Rugad, wohl wissend, daß es zu einem Kampf kommen konnte, hatte ihr den Oberbefehl über die Truppen erteilt, und sie hatte ihn mit Freude angenommen. Licia saß nicht gerne müßig herum.

Hätte es Rugad erlaubt, wäre sie bereits bei der ersten Invasionsarmee, den Versagern, dabeigewesen. Licia verstand jetzt, warum Rugad damals nicht an dieser Invasion hatte teilnehmen wollen. Es war von Anfang an seine Absicht gewesen, daß sein Sohn Rugar scheiterte und hier starb, damit Rugad den Thron für seine Enkelin Jewel freigeben konnte.

Er hatte nicht damit gerechnet, daß auch die Enkelin auf der Blauen Insel sterben würde.

Genausowenig wie Licia. Sie war eine der ersten Lehrerinnen von Jewel gewesen. Jewels Fähigkeiten hatten denen ihres Großvaters in nichts nachgestanden – sie war nicht minder gerissen, resolut und unbeirrbar. Mit ausreichender Erfahrung und genügend Zeit hätte Jewel eine der großen Herrscherinnen der Fey werden können.

Statt dessen war sie im Kindbett gestorben, wie jedenfalls die offizielle Version lautete. Licia hatte das unbestimmte Gefühl, daß noch mehr hinter Jewels Tod steckte, viel mehr, als man öffentlich zugeben wollte.

Ihr Tod stand in unmittelbarem Zusammenhang mit diesem Ort, mit der Insel. Licia würde nur zu froh sein, wenn die Insel sich endlich in Händen der Fey befand und sie mit Rugad nach Leutia weiterziehen konnte.

Aber heute morgen lag eine andere Aufgabe vor ihr. Sie kniff die Augen zusammen und ließ den Blick über das weiter unten liegende Tal schweifen. Rugad hatte sie ermahnt, sich alles besonders aufmerksam anzusehen.

Was auf den ersten Blick so einfach erscheint, hatte er gesagt, *ist vermutlich der schwierigste Feldzug deines Lebens.*

Was Licia dort unten sah, machte keineswegs einen schwierigen Eindruck, sondern wirkte wie eine besonders leichte Beute, insbesondere wenn sie daran dachte, wie ungeübt die Inselbewohner der Kenniland-Sümpfe im Kampf gewesen waren. Nur ein Teil der Einheimischen hatte zeitweilig zu den Waffen gegriffen, und einige von ihnen hatten sich auch mit verbissener Wut zur Wehr gesetzt, aber viele hatten die Waffen niedergelegt und ihre Loyalität gegenüber jedermann erklärt, der König Nicholas' Familie entthronte.

Licia blickte auf eine kleine Stadt, eher ein Dorf, hinunter, die vollständig aus Stein erbaut war. Dieser Stein, aus dem die Häuser bestanden, war grau, obwohl der Stein der umliegenden Berge rot war. Noch nie in ihrem Leben hatte Licia so hohe Berge gesehen, nicht einmal in den Eccrasischen Bergen, der Wiege der Fey. Auch das gab ihr zu denken.

Die Inselbewohner verfügten über mehr Macht als die Völker anderer Länder, gegen die Licia bisher gekämpft hatte.

Das hatte etwas zu bedeuten, ebenso wie die sonderbaren Berge und jenes Gefühl, das kurz vor Sonnenaufgang von ihr Besitz ergriffen hatte. Es war, als habe sie ein jäher, bösartiger Wind durchweht, ein Wind, der die Saat der Zerstörung in sich trug. Ein eiskalter Hauch hatte Licia überlaufen und eine Stelle in ihr berührt, an der ihre Zauberkraft verborgen war, eine Stelle, an die sie sonst nie dachte. Dann war der eigenartige Wind wieder verschwunden.

Seither saß sie auf diesem Berggrat und wartete auf die Morgendämmerung, um eine endgültige Entscheidung zu treffen.

Zu ihrer Linken, auf der anderen Seite des Flusses und in einiger Entfernung von der Anhöhe, auf der sie stand, hatte jemand ein Loch in die Bergwand gegraben. Man hatte eine tiefe Grube ausgehoben, eine Art Steinbruch, aus dem die Inselbewohner sich offensichtlich mit den Steinen versorgten, mit denen sie ihre Häuser bauten. Der Rand des Steinbruchs war ebenso grau wie die Häuser, wohingegen das Innere rot leuchtete. Es schien, als würde die Farbe aus dem Stein auslaufen, sobald man ihn aus der Felswand herausgebrochen hatte.

Licias Nackenhaare sträubten sich.

Sollte das der Wahrheit entsprechen, dann hatten diese Berge eine noch tiefere Bedeutung, als sie angenommen hatte. Sie mußte besonders vorsichtig sein. Vorsichtig, entschlossen und listig. Die List war wahrscheinlich ihre wichtigste Waffe.

Licia erhob sich und klopfte sich den Schmutz von der Hose. Darüber trug sie nichts als ein Wams, das sie in ihrer Bewegungsfreiheit am wenigsten einschränkte. Ihr schwarzes Haar war zu einem Zopf geflochten, der mittlerweile so lang war, daß sie mit dem Gedanken spielte, ihn einmal um ihren Kopf zu schlingen, damit er sie nicht störte.

Licia hatte genügend Soldaten, um bei Tageslicht anzugreifen. Trotzdem beschlich sie ein merkwürdiges Gefühl. Rugad hatte darauf bestanden, daß Ay'Le, die Hexerin, mit den Inselbewohnern sprach, damit sie sich von selbst ergaben.

Aber Ay'Le war Rugads Befehl nicht nachgekommen. Offenbar hatten sie und Boteen eine kleine Kampfeinheit von Inselbewohnern getroffen, die sie aufgefordert hatten zu verschwinden, und die Hexerin hatte Boteen das Reden überlassen. Es war ein offenes Geheimnis, daß Zaubermeister nur wenig von Hexerei verstanden und ihre geringen Kenntnisse obendrein häufig ungeschickt einsetzten. Alles war anders verlaufen, als Rugad geplant hatte, und das war die dritte Sache, die Licia ärgerte.

Man hatte sie gebeten, den Angriff zu planen, und das würde sie auch tun. So gut sie es unter den schwierigen Umständen eben vermochte.

Es verlangte ja niemand von ihr, daß sie an den schwierigen Umständen Gefallen fand.

Unten im Tal wurde es langsam lebendig. Die Städter erwachten früh zum Leben und gingen ihren Geschäften nach. Licia sah winzige Gestalten der Stadtmitte zustreben, wo sich die eng bebauten Straßen zu einem großen Platz hin öffneten.

Sie war zu weit entfernt, um sehen zu können, was dort geschah.

Aber das würde sie noch früh genug herausfinden.

Bei einem normalen Feind wäre dies ein einfacher Angriff gewesen. Sie hätte erst die Infanterie und anschließend die Fußsoldaten über den Kamm ins Tal vorstoßen lassen und eine kleine Vorhut von Vogelreitern eingesetzt, um die Aufmerksamkeit der Inselbewohner von den herannahenden Streitkräften abzulenken.

Aber hier handelte es sich um keinen normalen Feind, und wenn sie einfach nur Rugads Vorgaben ausführte, würden sich innerhalb kürzester Zeit Probleme mit dem üblichen Angriffsplan einstellen. Zuerst würden sie beispielsweise in dem schmalen Paß steckenbleiben, der zum Tal führte.

Licia mußte diesmal bei ihrem Angriff mit etwas mehr Phantasie vorgehen.

Die Truppen hielten sich in einem kleinen Tal hinter dem Hügelkamm verborgen. Es waren insgesamt fünfhundert Männer, zweimal soviel, wie Licia unter normalen Umständen für ein Gebiet dieser Größe für nötig gehalten hätte, und wieder ein Beweis dafür, wie vorsichtig Rugad sich verhielt. Licia warf einen letzten Blick auf das Städtchen. Es würde schwierig sein, Häuser aus Stein abzubrennen. Dort unten lebten viele Menschen, und dann war da noch dieser eigenartige Wind.

Licia fröstelte erneut und machte sich auf den Weg zu ihren Truppen.

Der Grasteppich war dicht und von einem grünlichen Blau. Noch nie zuvor hatte sie solches Gras gesehen. Aber schließlich hatte sie auch noch nie rote Berge oder einen Fluß gesehen, der wie Blut aussah. Diese Gegend hatte wirklich etwas Besonderes.

Licia überquerte tief in die Erde eingesunkene Felsbrocken

und folgte den Windungen des Hügelkamms, bis sie die Straße erreicht hatte, die in das Tal führte. Bis jetzt hatten die Inselbewohner die Truppen der Fey noch nicht entdeckt. Darin lag immer die größte Gefahr für eine große Armee, die dadurch den Vorteil der Überraschung einbüßte.

Noch bevor sie die Truppen sah, hörte Licia das leise Stimmengewirr und runzelte ob dieses undisziplinierten Verhaltens die Stirn. Die Soldaten hätten sich nicht unterhalten dürfen, sondern schweigend auf ihre Rückkehr warten müssen.

Jetzt bog sie in die Talmulde ein. Oben auf den Hängen, die das Tal von allen Seiten umschlossen, standen Späher, während die Soldaten unten auf der kleinen Wiese warteten. Die Späher verhielten sich untadelig. Licia hatte die erstklassig ausgebildeten Leute selbst ausgewählt. Soweit sie erkennen konnte, waren es Fußsoldaten, kleinere Tierreiter und einige Befehlshaber, die sich aus der vorgeschriebenen Wartestellung gelöst hatten und sich ungeniert unterhielten. Die Infanterie stand in feierlicher Stille und beobachtete die anderen mit Gesichtern, in denen sich Sorge und Verachtung mischten. Licias Magen zog sich zusammen.

An Disziplin hatte es den Fey noch nie gemangelt.

Niemals.

Sie eilte den Abhang hinunter und hielt Ausschau nach Ay'Le. Endlich entdeckte sie die Hexerin, die mit geschlossenen Augen an einem Felsen lehnte und die Hände gegen den Leib drückte.

Licia marschierte direkt auf sie zu. »Bezeichnest du das als Truppenführung? Was ist los mit dir? Ich konnte unsere Leute schon vom Hügelkamm aus hören.«

Ay'Le war nicht so groß wie Licia und wirkte durch ihre vornübergebeugte Haltung jetzt sogar noch kleiner. Ihr Haar hatte sich aus dem Zopf gelöst, das Gesicht war aschfahl. Sie starrte Licia mit weit aufgerissenen Augen an. »Hast du es nicht gespürt?« hauchte sie. Dann blinzelte sie, als habe sich der Nebel in ihrem Kopf plötzlich gelichtet. »Nein, natürlich nicht. Du gehörst ja zur Infanterie.«

»Was gespürt?« fragte Licia barsch, obwohl sie recht gut wußte, worüber Ay'Le sprach.

»Die Woge, diese magische Welle. Sie war plötzlich da, und ...«

»Ich habe sie sehr wohl gespürt«, schnitt ihr Licia das Wort ab. »Ich bin eine Visionärin zweiten Ranges, falls du das vergessen haben solltest. Es war störend. Aber nicht mehr. Kein Grund für diese Disziplinlosigkeit.«

Ay'Le machte eine abwehrende Bewegung mit der Hand. »Es tat höllisch weh«, sagte sie. »Ich habe es im ganzen Körper gespürt.«

Licia packte Ay'Les Hand und drückte sie auf dem Felsen so weit nach hinten, daß die Hexerin aufschrie. »Wenn du dich jetzt nicht zusammenreißt, dann wirst du bald mehr Schmerzen haben als in deinem ganzen bisherigen Leben. Ich bin versucht, dich bei Rugad als Versagerin zu melden, aber das würde jetzt zuviel Zeit in Anspruch nehmen. Wir haben hier etwas zu erledigen.«

Ay'Le schüttelte den Kopf. »Ich ...«

Licia drückte Ay'Les Hand noch weiter nach hinten. Die Unterlippe der anderen Frau zitterte. »Du reißt dich jetzt zusammen und bringst deine berühmten Hexenkünste zur Anwendung, um deine Truppen zur Ordnung zu rufen. Meine Infanterie steht tadellos.«

»Deine Truppen besitzen keinerlei Magie«, entgegnete Ay'Le. »Das spüre ich. Ich weiß nicht, ob mir noch etwas von meinen Hexenkräften geblieben ist.«

Licia ließ Ay'Les Arm los. Ay'Le schrie leise auf und drückte den Arm vorsichtig gegen den Unterleib. Sie stand reglos.

Licia spuckte direkt neben Ay'Les Stiefeln auf den Boden. »Kein Wunder, daß Boteen deine Aufgabe übernommen hat. Du bist es nicht wert, eine Fey genannt zu werden.«

Sie ließ Ay'Le bei dem Felsen stehen, umrundete ihn und stand den Truppen gegenüber.

Noch niemals in all ihren Jahren als Befehlshaberin hatte sie ein so chaotisches Durcheinander gesehen. Es war, als stünde sie nicht den Truppen der Fey, sondern einer Armee von Inselbewohnern gegenüber. Der größte Teil der Fußsoldaten hatte die Hände unter die Achselhöhlen gesteckt, meist ein Zeichen von Blutdurst, aber sie sahen alles andere als blutdurstig aus. Sie machten vielmehr den Eindruck, als krümmten sie sich vor Schmerzen. Die Tierreiter in Fey-Gestalt preßten sich die Hände auf die Mägen oder legten wie trostsuchend ihre beiden Köpfe aneinander. Ringsum erklangen überall unfreiwillige Laute, Schmerzensschreie, Stöhnen und leises Jammern, das, was Licia zuerst für Geplauder gehalten hatte.

Besonders das Jammern fiel ihr auf die Nerven.

Licias Truppen ging es nicht anders. Sie standen noch genauso da, wie Licia sie zuvor verlassen hatte, aber an den leicht verschobenen Reihen erkannte man deutlich, daß sich die Soldaten unsicher hin und her bewegt hatten.

Abgesehen von den Befehlshabern niederen Ranges, die über keine Magie verfügten, wirkten alle anderen Führer so verstört wie die Fußsoldaten. Im Gegensatz zu diesen versuchten sie jedoch, Fassung zu bewahren, ihre Einheiten um sich zu scharen und die allgemeine Verwirrung zu beenden. Leider erfolglos.

Ja, auch Licia hatte den Wind, oder die Woge, wie Ay'Le es genannt hatte, gespürt und es hatte sie unangenehm berührt, aber ihre Reaktion war nicht so heftig gewesen wie die ihrer Truppen. Kam es daher, daß diese Truppen noch jung und wenig abgehärtet waren? Viele der Soldaten hatten bisher nur auf der Insel gekämpft. Rugad hatte sie hierhergeschickt, weil sie jung und kräftig waren. Die Kämpfer mit mehr Erfahrung hatte er zur Bewachung der Insel zurückgelassen, weil er sie für befähigter hielt, die Inselbewohner zu kontrollieren.

War das etwa auch eine falsche Annahme gewesen?

Aber das spielte für Licia momentan keine Rolle. Sie mußte ihre Leute auf die bevorstehende Aufgabe einschwören, und sie mußte es jetzt tun. Es war auch vollkommen gleichgültig, ob sie dabei laut war, denn die Truppen machten bereits einen solchen Lärm, daß sie jedermann von der Straße aus hören konnte.

Licia verfluchte leise Ay'Le, deren Hexenkünste jetzt so nützlich gewesen wären, aber sie wußte genau, daß die Kräfte der Frau im Augenblick erschöpft waren. Ay'Le würde dafür zur Rechenschaft gezogen werden, selbst wenn sie die einzige sein sollte. Dafür würden Licia und Boteen sorgen.

Licia klatschte in die Hände.

Sofort richteten sich die Augen der Soldaten auf ihre Anführerin. Nacheinander hoben auch die Fußsoldaten den Kopf. Viele der Tierreiter reagierten jedoch nicht.

Licia klatschte erneut in die Hände und gab lautstark den Befehl, Haltung anzunehmen.

Diesmal verstummte das Stimmgewirr. Alle blickten sie an.

»So reagiert ihr also auf unbekannte Magie?« rief sie so laut, daß alle es hören konnten. Die Talmulde warf das Echo der Stimmen zurück, was Licia jetzt zu ihrem eigenen Vorteil ausnutzte, um sich Gehör zu verschaffen. »Ihr rümpft die Nasen und jammert und krümmt euch zusammen, genau wie das Volk, das wir erobern wollen?«

Volltönend klang ihr die eigene Stimme in den Ohren wider. Es war absolut still geworden.

»Fußsoldaten, die vor Schmerzen weinen? Tierreiter, die

weniger mutig handeln als die Tiere, die sie in sich tragen? Seid ihr wirklich Fey? Oder hat die Insel aus euch etwas Geringeres als Fey gemacht? Seid ihr womöglich alle zu Versagern geworden?«

Die Fußsoldaten hatten Habachtstellung eingenommen, die Arme lagen eng und gerade an den Seiten. Die Tierreiter hielten sich immer noch den Leib, aber die anderen Reiter lösten die Köpfe voneinander. Alle beobachteten Licia mit gespannter Aufmerksamkeit.

»Es ist mir gleichgültig, wieviel Schmerzen ihr habt«, sagte sie. »Es kümmert mich nicht, ob eure Zauberkraft beeinflußt wurde, auch wenn das wahrscheinlich eine neue Erfahrung für euch war. Eure persönliche Reaktion auf dieses sonderbare Ereignis hat keine Bedeutung für mich. Ihr seid Soldaten. Ihr seid Fey. Habt ihr das vergessen?«

Sie spuckte verächtlich aus. Eine Fußsoldatin in Licias Nähe jammerte leise auf.

»Man hat uns eine Aufgabe zugeteilt, aber euer Verhalten macht es unmöglich, diese Aufgabe auszuführen.« Während Licia sprach, sah sie Ay'Le, noch immer eine Hand gegen den Leib gepreßt, hinter ihrem Felsen hervorkommen. »Ich kann nicht mehr sicher sein, daß ihr euch im entscheidenden Moment wie Fey verhaltet.«

Licia machte einen Schritt auf die Soldaten zu.

»Ich bin eine Visionärin zweiten Ranges. Auch ich habe diese Welle gespürt, aber für mich war sie eher wie ein Windhauch. Ein böser Wind natürlich, aber eben nur ein Wind. Er blies durch mich hindurch und an mir vorbei, und ich kehrte kampfbereit in dieses Tal zurück. Hier jedoch finde ich nur heulende Feiglinge vor, zu Tode erschrocken darüber, daß irgend etwas ihre Zauberkraft berührt hat.«

Die Fußsoldaten hatten sich mittlerweile kerzengerade aufgerichtet, die Tierreiter die Arme an die Seiten gelegt. Die

Infanterie beobachtete sie aufmerksam. Sie waren die einzigen, die unbeweglich stehengeblieben waren.

»Bevor ihr Nye verlassen habt, hat man euch gewarnt, daß es auf der Blauen Insel so manche merkwürdigen Besonderheiten gibt. Schon einmal ist ein Heer der Fey auf dieser Insel geschlagen worden.« Licia stemmte die Arme in die Hüften und ballte die Fäuste. »Ich habe immer gedacht, diese Fey hätten versagt, weil ihre Anführer versagt hatten. Ich habe Rugar kennengelernt, und obwohl er ein mächtiger Kämpfer war, mangelte es ihm als Anführer an wirklicher Kraft. Ich dachte, Rugad würde uns zu einem triumphalen Sieg führen. Jetzt muß ich erkennen, wie naiv ich war.«

Sogar die Soldaten der Infanterie hoben bei diesen Worten die Köpfe. Licia beleidigte alle, und jeder einzelne von ihnen wußte es. Ay'Le stützte sich mit einer Hand auf dem Felsen ab.

»Rugar war ein besserer Führer, als ich dachte. Vielleicht steckte er in Schwierigkeiten, aber ich habe jetzt erst begriffen, daß meine eigenen Leute im Angesicht einer unbekannten magischen Kraft zu ebenso willensschwachen Feiglingen werden wie die Leute, die wir normalerweise besiegen.«

»Licia«, sagte Ay'Le. Ihr Ton war kurz angebunden und vorwurfsvoll.

Licia gebot ihr mit erhobener Hand Schweigen. Das letzte, was sie jetzt brauchte, war eine Hexerin, die ihr widersprach.

»Ich habe den Befehl über alle Truppen hier«, fuhr Licia fort. »Ich bin verantwortlich für die Fußsoldaten, die Tierreiter und die Infanterie. Ay'Le ist ebenso wie ihr von der fremden Magie geschwächt und in ihren Fähigkeiten beeinträchtigt. Ich aber habe alles unbeschadet überstanden. Ich war in der Lage, dieses Ereignis hinter mir zu lassen und voranzuschreiten. Das hättet ihr alle tun sollen.«

Ay'Le trat einen weiteren Schritt vor. »Rugad sagte ...«

»Rugad würde euch für eure Schwäche umbringen«, erwiderte Licia barsch. »Halt den Mund und laß mich meine Arbeit tun.«

Ay'Le hob den Kopf. »Ich bin die Anführerin dieser Truppe.«

»Nun, du hast dich wahrlich nicht wie eine Anführerin verhalten«, widersprach Licia. »Außerdem hast du noch niemals Truppen dieser Größenordnungen im Kampf geführt. Dir fehlt es an Visionen, mir nicht. Du kannst dich um den diplomatischen Teil kümmern, weiter nichts. Sogar das ist im Moment zuviel ...«

»Du hast kein ...«

»Noch ein Wort«, entgegnete Licia drohend, »und ich bringe dich eigenhändig um.«

Als das Echo sie erreichte, vernahm sie die Kraft ihrer eigenen Stimme. Im Tal herrschte Stille. Selbstmitleid und Furcht waren verschwunden.

Der böse Wind hatte Licia nicht aus der Fassung bringen können; die Kämpfer reagierten auf ihre Stärke.

Wieder richtete sie ihre ganze Aufmerksamkeit auf die kleine Armee, die vor ihr stand. »Da ich kein Zutrauen mehr zu unseren Zauberkundigen habe, ist der Schlachtplan entsprechend geändert worden. Ich habe die kleine Stadt dort unten gesehen, die auf uns zu warten scheint. Ich kenne die Eigenheiten unseres Standortes jetzt genau und weiß, was wir für eine erfolgreiche Eroberung benötigen. Ich werde nur mit der Infanterie angreifen. Diese Soldaten können durch die Magie der Berge nicht beeinflußt werden. Wir werden den Angriff übernehmen.«

Die Fußsoldaten scharrten mit den Füßen, während leises Murmeln aus den Reihen der Tierreiter zu vernehmen war. Licia vermied es absichtlich, auf diese Reaktion einzugehen.

»Den Fußsoldaten ist es gestattet, die Säuberungsarbeiten auf dem Schlachtfeld durchzuführen. Demzufolge werden die

Soldaten der Infanterie nicht jeden Inselbewohner töten, der ihnen in die Hände fällt, sondern einige Opfer für die Fußsoldaten zurücklassen.«

Alle Augen in der Senke waren auf Licia gerichtet. Die Gefühle, die sich darin widerspiegelten, waren elementar – eine Mischung aus Zorn und Furcht. Sie spürte, wie die Soldaten von ihren eigenen Reaktionen beinahe überwältigt wurden.

»Was die Tierreiter betrifft«, fuhr Licia fort, »werdet ihr euch diesmal etwas anderen Pflichten als sonst stellen müssen. Die Vogelreiter beziehen Beobachtungsposten in der Luft und warnen uns vor herannahenden Inselbewohnern oder sonstigen Veränderungen, die sich plötzlich während des Kampfes abzeichnen. Die Tiere, die am Boden bleiben, bewachen Pässe und Straßen und hindern jeden daran, in das Gebiet einzudringen oder zu fliehen. Habe ich mich verständlich ausgedrückt?«

»Ja, Herrin!« brüllten die Truppen wie ein Mann zurück.

»Wer ist die Kommandantin dieser Truppe?«

»Du, Herrin!

»Gut«, sagte Licia. »Nachdem das geklärt ist, will ich nur noch eines hinzufügen.«

Es handelte sich um das Wichtigste, das, was diese Truppen hier beinahe vergessen hätten. Licia würde dafür sorgen, daß es nicht noch ein zweites Mal geschah.

»Ihr seid Fey!« rief sie und fühlte die Kraft des Rufes in ihrer Kehle. »Was ihr auch seht, was ihr auch fühlt, was euch auch zustoßen mag, ihr werdet immer Fey sein. Wir sind Krieger. Wir kämpfen auf Leben und Tod. Auch dann, wenn wir uns mächtigeren Feinden gegenübersehen. Auch dann, wenn wir es mit Zauberkraft zu tun haben, die sich von der unseren unterscheidet.«

Sie musterte ihre Soldaten eindringlich, um sicherzugehen, daß ihre Worte nicht ungehört verhallten. »Sollte ich noch einmal einen Fey so reagieren sehen, wie ihr heute reagiert habt, dann werde ich diesen Fey mit eigenen Händen töten und dafür sorgen, daß er und seine Familie für alle Zeiten zu Versagern erklärt werden. Verstanden?«

»Jawohl, Herrin!« Die Kämpfer klangen unterwürfig.

»Ausgezeichnet!« brüllte Licia. »Und jetzt nehmt die Kampfaufstellung ein. Ich führe euch zum Hügelkamm. Von dort aus greifen wir die Stadt im Tal an. Rugad möchte die Blutklippen sichern und bis zum Einbruch der Nacht in Händen der Fey wissen. Ich beabsichtige, diesen Befehl auszuführen, koste es, was es wolle.«

Sie trat von ihrem Platz zurück und baute sich vor Ay'Le auf. »Du wirst mir nie mehr widersprechen und nie wieder ohne meine Erlaubnis das Wort an diese Truppe richten.«

»Du hast einen niedrigeren Rang als ich«, entgegnete Ay'Le.

»Nicht mehr«, gab Licia zurück. »Ich übernehme das Kommando, das dir im Namen des Imperiums der Fey übertragen wurde. Du hast dich selbst und dein Reich heute entehrt. Das kann ich nicht zulassen.«

»Du bist nichts als eine kleine Führerin der Infanterie«, sagte Ay'Le.

»Die nicht die Nerven verliert, wenn es um unbekannte Magie geht«, versetzte Licia. »Du bleibst hier und hältst den Mund. Solltest du auch nur den kleinsten Versuch unternehmen, die Kontrolle über die Truppen zu bekommen, mußt du sterben.«

»Warum bringst du mich nicht auf der Stelle um?« fragte Ay'Le.

»Vielleicht kann ich deine Beredsamkeit noch brauchen«, antwortete Licia. »Sie wird dich entweder retten oder umbringen. Es liegt ganz bei dir.«

»Willst du mich Rugad als Versagerin melden?«

»Nur, wenn du mir nicht zuhörst«, erwiderte Licia. »Wenn

du mit mir zusammenarbeitest, könnte ich den Zwischenfall unter Umständen aus meinem Gedächtnis streichen.«

»Was ist mit den anderen?« Ay'Le nickte in Richtung Truppe.

»Die werden tun, was man ihnen befiehlt«, beschied Licia. »Wie steht es mit dir?«

Ay'Le sah sie einen Augenblick lang durchdringend an und nickte dann.

»Gut«, sagte Licia. Dann wandte sie Ay'Le den Rücken zu und bereitete sich für die Schlacht vor. Rugad wollte die Klippen bis heute abend in den Händen der Fey wissen, und Licia würde tun, was sie konnte, um dem Wunsch des Schwarzen Königs nachzukommen.

Sie war eine Fey, und die Fey waren allen anderen Völkern dieser Erde überlegen.

Das würde sie heute beweisen.

11

Rugad starrte, die Hände auf dem Rücken übereinandergelegt, auf das Feuer, das in einigen Meilen Entfernung immer noch unkontrolliert brannte. Die aufgeworfene Glasscheibe verzerrte die Sicht. Rugad hatte das Gefühl, als winkten ihm die Flammen zu, als loderten sie gerade so weit auf, um ihn sehen zu können.

Es würde so lange lodern, bis die gesamte Magie verbrannt war, und das würde noch einige Zeit in Anspruch nehmen. Tage, vielleicht sogar Wochen, je nachdem, wieviel Beutel man dort gelagert hatte und wie frisch die konservierten Hautstreifen gewesen waren. Wollte man Schlüsse aus der Heftigkeit der ersten Woge ziehen, so mußten es viele Beutel mit vielen frischen Hautstreifen gewesen sein.

Rugad hoffte, daß das Feuer mittlerweile alle Beutel vernichtet hatte. Als kleiner Junge hatte er schon einmal das gleiche erlebt, und damals war ein zweiter Stapel Beutel tagelang vom Feuer verschont geblieben, bis die Flammen am Ende schließlich doch darauf übergesprungen waren.

Obgleich die zweite Woge weniger gewaltig als die erste gewesen war, hatte sie verheerende Auswirkungen auf die bereits geschwächten Fey gehabt.

Auch für diesen Fall mußte er vorbereitet sein.

Während Rugad den glutrot erleuchteten Himmel betrachtete, trafen seine Generäle ein. Er hörte, wie Stühle hin und her geschoben wurden, vernahm gedämpftes Murmeln hinter sich.

Rugad hatte beschlossen, die Versammlung im Nordturm einzuberufen. Er wollte das Feuer im Auge behalten und beobachten, ob sich irgendwo Streitkräfte der Inselbewohner zusammenzogen, um aus der Situation ihren Vorteil zu ziehen und den Palast anzugreifen.

Bis jetzt gab es dafür noch keine Anzeichen, aber seit dem Angriff waren erst wenige Stunden vergangen. Rugad vermutete, daß die Angreifer einfach Glück bei der Auswahl ihres Ziels gehabt hatten. Sicher war er sich jedoch nicht.

Auf dieser verdammten Insel konnte er sich keiner Sache sicher sein.

Der Himmel hellte sich zusehends auf, nicht nur vom Schein des Feuers, sondern auch durch die anbrechende Dämmerung. Rugads Schnitte schmerzten ihn bis auf die Knochen. In den letzten zwei Tagen hatte er nur wenig geschlafen, dabei mußte er sich immer noch von der Verletzung erholen, durch die er seine Stimme eingebüßt hatte. Mit seinen zweiundneunzig Jahren war Rugad ein energischer, starker Mann, aber er erholte sich nicht mehr so schnell wie früher. Wäre er erst dreißig Jahre alt, hätte er die Folgen der Verletzung wohl schon längst überwunden.

Wenn er gewußt hätte, wieviel persönliche Unannehmlichkeiten die Eroberung der Blauen Insel mit sich brachte, hätte er mit seinem Angriff nicht zwanzig Jahre gewartet.

Andererseits waren diese Jahre nötig gewesen, um seine Macht auf Galinas zu festigen. Er hatte vor seiner Abreise sicherstellen müssen, daß der Kontinent auch während der Abwesenheit des Schwarzen Königs in den Händen der Fey blieb und keine Unruhen auf Nye ausbrachen, ganz gleich, was sein törichter Enkel dort anstellte.

Das war ihm gelungen, aber der Preis dafür war hoch. Erst nachdem er hier angekommen war, hatte er begriffen, wie hoch.

Rugad drehte sich um. Seine Generäle hatten sich um den runden Tisch versammelt. Sie sahen aus wie Krieger aus vergangenen Zeiten, als gehörten sie eher auf die Blaue Insel statt nach Galinas.

Gut so.

Sehr gut sogar.

Es bedeutete, daß die Blaue Insel ihm gehören würde.

Rugad musterte seine Männer mit raschem, durchdringendem Blick. Die neun Männer waren seine wichtigsten Berater und treuesten Verbündeten. Am Tag zuvor hatte er sich ungefähr zur gleichen Zeit mit ihnen getroffen, nur war am Vortag noch Quata, einer seiner Schiffskapitäne, mit von der Partie gewesen. Derselbe Quata befand sich jetzt auf dem Weg zu den südlichen Bergen der Insel, wo er auf die restliche Flotte stoßen und eines der Schiffe nach Nye senden würde, um Verstärkung zu holen.

Rugad ballte die Fäuste. Verstärkung, die er schon jetzt brauchen könnte.

Die Generäle sahen erschöpft aus, und Landre, sein führender Zauberhüter, machte sogar einen kranken Eindruck. Er hockte in sich gekehrt auf seinem Stuhl, die Haut so grau wie Stein, die Augen blickten leer. Eine Haarsträhne hing ihm nachlässig aus dem zusammengebundenen Schopf.

»Wo sind die anderen Hüter?« fragte Rugad.

»Am Leben«, entgegnete Landre. Er sprach im Flüsterton, nicht mit der trockenen, etwas spöttischen Stimme, die Rugad sonst von ihm gewohnt war.

Rugad nickte kurz. Entgegen seinen Erwartungen waren sie alle noch am Leben.

»Ich möchte offen mit euch reden«, sagte er mit rauher, aber kräftiger Stimme. Das Sprechen fiel ihm zwar nicht leicht, aber die Schmerzen waren erträglich. »Obwohl diese Versammlung so kurz wie möglich dauern soll. Unsere Pläne von gestern sind hinfällig. Wir müssen uns zu anderen Aktionen entschließen.«

Schlächter, der Fußsoldat, hatte die Hände unter die Achseln gesteckt. Er machte jedoch keinen blutrünstigen Eindruck, sondern schien eher unter Schmerzen zu leiden. Er drehte seinen Stuhl mit den Füßen hin und her, und das begleitende Geräusch zerrte an Rugads ohnehin bereits zum Zerreißen gespannten Nerven.

Er warf Schlächter einen wütenden Blick zu, woraufhin der Fußsoldat die nervöse Bewegung unterdrückte.

»Zunächst einmal werde ich eine Erklärung für all diejenigen abgeben, die noch nicht alt genug sind, um beim letzten Ereignis dieser Art dabeigewesen zu sein, was für alle außer Kendrad zutrifft, glaube ich.« An dieser Stelle nickte er seiner Generalin der Infanterie zu, die ebenso unbeeindruckt wirkte wie Rugad selbst. Sie saß kerzengerade auf ihrem Stuhl, der muskulöse Körper wirkte entspannt, während das frühe Morgenlicht die ersten grauen Strähnen in ihrem Zopf anstrahlte. »Bei dieser merkwürdigen magischen Woge handelte es sich um einen Angriff der Inselbewohner.«

Dimar, der Doppelgänger und derzeitige Chefkoch, warf den Kopf zurück. Seine Haut, unter der sich hoch angesetzte Wangenknochen abzeichneten, war zu dunkel für einen Inselbewohner. »Ich habe nichts davon bemerkt«, sagte er.

»Es hat auch nicht viel mit dem Palast zu tun«, erwiderte Rugad. Er wies auf das Feuer am Horizont. »Dort liegt unser Problem. Einige Inselbewohner haben eines unserer Lager zerstört, in dem wir die magischen Beutel aufgewahrt haben.«

»Es war ein besonders großes Lager«, ergänzte Kendrad leise.

»Groß genug, um Auswirkungen auf die gesamte Insel zu haben«, bestätigte Rugad.

»Du meinst, andere haben dasselbe gespürt wie wir?« fragte Frad'l. Frad'l war der Anführer von Rugads Spitzeln, und zum ersten Mal seit Jahren sah Rugad die Umrisse von Frad'ls wirklichem Gesicht. Er hatte ein markantes, spitz zulaufendes Kinn und durchdringende Augen. Ein einprägsames Gesicht. Für gewöhnlich ließ Frad'l seine Talente als Spitzel spielen und verlieh sich ganz und gar unauffällige Züge, an die man sich nur schwer erinnern konnte.

»Ja, aber das ist jetzt vorbei«, erwiderte Rugad. »Diese Woge hat sich schnell über die gesamte Insel ausgedehnt. Sie könnte schon jetzt Galinas erreicht haben.«

»Hoffentlich nicht«, warf Schwarzhaut, der Befehlshaber der Traumreiter, ein. Er klammerte sich an seinen Stuhl, als sitze er besonders unbequem darin. Rugad fragte sich, ob Schwarzhaut womöglich in seiner Schattengestalt erschienen war. Es hatte tatsächlich den Anschein, als reflektierte dieser Mann, der von allen Fey am dunkelsten und erschreckendsten aussah, ein wenig von dem Licht, das auf ihn fiel.

»Die Woge ist dort bei weitem nicht mehr so kraftvoll«, beschwichtigte Rugad. »Ihre Wirkung läßt mit der Entfernung nach.«

»Willst du damit sagen, wir hätten etwas noch Heftigeres spüren können?« fragte Ife mit bebender Stimme. Er war der Kommandeur der Irrlichtfänger und nur noch für den Innendienst zu gebrauchen. Seit er sich bei einer Schlacht den Flügel verletzt hatte, konnte er nicht mehr fliegen. Der verletzte Flügel lag zusammengefaltet auf seinem Rücken. Der andere Flügel, normalerweise glatt und gut geformt, hatte sich, wie aus Mitgefühl, ebenfalls ein wenig eingerollt. Vielleicht hatte Ife aber auch an dieser Stelle den Schmerz der Woge empfunden.

»Allerdings«, sagte Rugad. »Ich habe als Junge schon einmal so etwas erlebt. Bei dem Angriff verloren wir damals einen Zauberer und mehrere Hüter.«

»Der Vorfall scheint dich nicht sonderlich zu beunruhigen«, sagte Landre leise.

»Seither sind achtzig Jahre vergangen«, gab Rugad zurück. »Ich bin alles andere als ruhig. Wir wollten unsere gesamten Kräfte auf die Blutklippen konzentrieren. Das ist jetzt nicht mehr möglich. Wir müssen unsere Streitkräfte in drei Säulen aufteilen.«

»Glaubst du, die Truppen an den Blutklippen sind von der Woge besonders schwer getroffen worden?« wollte Onha wissen. Sie war Befehlshaberin der Tierreiter, und einige Mitglieder ihrer Truppe befanden sich in der Nähe der Blutklippen. Sie beugte sich fragend vor, eine Hand auf den Magen gepreßt. In Tiergestalt war sie eine Bulldogge, in Feygestalt hatte sie eine lange Nase, kurzes, stacheliges Haar und zu eng beieinander liegende Augen. Sie bewegte sich auffallend kraftvoll, hatte aber, sogar als Fey, eine gewisse Ähnlichkeit mit einem Hund.

»Sie haben es garantiert auch gespürt«, bestätigte Rugad. »Aber da sie etwas weiter entfernt waren, sind sie wohl glimpflicher davongekommen.«

»Die meisten Infanteristen sind noch nicht im Besitz ihrer Zauberkraft«, warf Kendrad ein.

»Aber sie werden von einer Hexerin angeführt«, hielt Onha dagegen. »Eine Hexerin muß diese Woge doch spüren, oder etwa nicht?«

»Ja«, sagte Rugad. »Aber ich bin sicher, daß jemand sie ersetzen kann, falls unvorhergesehene Probleme auftauchen.«

Er blickte erst auf das Feuer, dann richtete er die Augen wieder auf seine Generäle. Auch sie schienen von der Welle etwas verstört, waren aber zu erfahren, um sich etwas anmerken zu lassen.

»Wir brauchen drei Heere«, wiederholte Rugad. »Eines zur Bewachung des Palastes, eines, das wie geplant zu den Klippen aufbricht, und ein weiteres, das den Aufstand im Zentrum der Insel erstickt.«

»Hast du denn Informationen darüber, daß es sich um einen Aufstand handelt?« fragte Frad'l. Er klang verblüfft, und das mit gutem Recht. Normalerweise wurden derartige Informationen ausschließlich über sein Netzwerk weitergeleitet.

»Nur das, was ich sehen kann«, antwortete Rugad und wies zum Fenster. »Kein Fey würde je diese Beutel berühren, geschweige denn sie zerstören. Das ist für Fey ein absolutes Tabu. Außerdem kann jeder magisch begabte Fey sterben, sobald er sich in deren Nähe begibt. Es handelt sich hier ganz offensichtlich um einen Angriff der Inselbewohner.«

»Wußten sie, was sie taten?« fragte Ife, dessen gesunder Flügel jetzt eng am Rücken anlag.

»Davon müssen wir ausgehen«, entgegnete Rugad. »Ich möchte diese Leute auf keinen Fall unterschätzen. Sie haben meinen Sohn und meine Urenkelin besiegt, und sie haben sich bisher beachtlich gegen uns zur Wehr gesetzt.« Er berührte seine Kehle, um diesen Worten größeren Nachdruck zu verleihen. Normalerweise vermied er es, die Aufmerksamkeit auf seine Verwundung zu lenken, aber jetzt war es unbedingt nötig. Seine Generäle durften nicht vergessen, daß sogar der Schwarze König eine schwere Niederlage durch die Inselbewohner hatte hinnehmen müssen.

Aus der Hand des Inselkönigs, auf den Rugad gleich zu sprechen kommen wollte.

»Derjenige, der sich diese Attacke ausgedacht hat, war ein schlauer Fuchs«, sagte Rugad. »Seit die Beutel vor achtzig Jahren zerstört wurden, haben wir immer nur Infanterie oder Rotkappen mit der Bewachung beauftragt.«

»Abgesehen von Rugar«, murmelte Schlächter.

Rugad hatte den leisen Kommentar gehört und quittierte ihn mit einem angespannten Lächeln. »Mein Sohn hat sich bei der Einschätzung der Lage häufig geirrt«, gab er zu. »Es ist ein Glück, daß er den ersten Feldzug gegen die Blaue Insel leitete.«

Sollten sie sich doch auch daran erinnern, daß es Rugads Idee gewesen war, Rugar zur Blauen Insel zu schicken. Um seine Ziele zu erreichen, schreckte Rugad nicht einmal davor zurück, den eigenen Sohn zu töten, auch wenn er dabei mit Mittelsmännern arbeitete, um nicht Schwarzes Blut gegen Schwarzes Blut zu hetzen. Wer den eigenen Sohn aus dem Weg räumte, beseitigte auch ohne Zaudern einen General.

»Die Beutel waren streng bewacht. Vielleicht ist das Lager frontal angegriffen worden, aber ich habe meine Zweifel. Unsere Infanteristen hätten in diesem Fall den Aufmarsch der Inselbewohner bemerkt und den Angriff vereitelt.« Rugads Kehle schmerzte. Er sprach länger, als er ursprünglich vorgehabt hatte. »Die Inselbewohner haben wahrscheinlich eine Guerilla-Taktik angewandt.«

»Die Fey sind keine Neulinge auf dem Gebiet von Guerilla-Kriegen«, gab Dimar zu bedenken. »Jedes Land, das wir erobert haben, hat versucht, sich auf diese Weise zu wehren, aber wir haben sie immer besiegt.«

»Die Infanterie hat Schwierigkeiten mit Guerilla-Angriffen«, widersprach Kendrad. »Sie verfügen über keine Zauberkraft.«

»Kein Zaubermächtiger darf sich in der Nähe der Beutel aufhalten«, sagte Schwarzhaut, als verstünde er plötzlich, worauf Rugad hinauswollte.

»Ich glaube, es gibt auch andere Bereiche, in denen wir angreifbar sind«, äußerte Rugad. »Wir können uns nur dann schützen, wenn wir unsere Schwächen kennen. Das ist einer meiner Aufträge an euch alle: Überprüft eure jeweiligen Zuständigkeiten und überlegt, wie sich die Inselbewohner dort einen Vorteil verschaffen könnten. Sie sehen vielleicht aus wie ein schwacher Feind, aber sie sind es nicht. Sie sind listig, und an listige Feinde sind wir nicht gewöhnt. Wir kennen nur Feinde, die uns im offenen Kampf die Stirn bieten und uns an Kräften unterlegen sind. Falsche Erwartungen können unangenehme Folgen haben. Seht zu, daß ihr eure Truppen auf alle Gefahren hinweist.«

Die Generäle nickten einmütig. Diese Rede hatte er ihnen schon einmal gehalten, und wahrscheinlich würde er es auch noch ein drittes Mal tun müssen. Es konnte nicht schaden, sie immer wieder daran zu erinnern.

Es schadete auch nicht, sich selbst daran zu erinnern.

Rugad faltete entschlossen die Hände hinter dem Rücken. Er stand so hoch aufgereckt, wie es ihm möglich war. Heute morgen kam alles auf sein entschlossenes, militärisch straffes Auftreten an.

Alles.

»Aber das ist nur ein Gesichtspunkt«, fuhr er fort. »In der Hauptsache geht es um unsere Politik auf der Blauen Insel. Bisher haben wir dieses Land nicht anders behandelt als andere Länder: leichte Beute, die wir rücksichtsvoll erobern, um das Land für unsere Zwecke zu erhalten. Mit der Rücksicht ist es jetzt vorbei. Die Inselbewohner nutzen unsere Großzügigkeit schamlos aus. Wir werden ab sofort mit einer Taktik vorgehen, die ich noch nie angewendet habe. Greift man uns an, schlagen wir mit doppelter Kraft zurück. Das ist die Taktik meines Vorgängers. Er bezeichnete sie als Totale Zerstörung, und dieser Name sagt eigentlich alles. Wir vernichten jeden, der sich uns entgegenstellt. Ausnahmslos jeden, mitsamt seiner Familie und seinen Nachbarn.«

Für einen Augenblick standen seine Worte im Raum. Dann beugte sich Kendrad, deren fortgeschrittenes Alter sie als einzige zum Sprechen berechtigte, leicht nach vorn.

»Verzeih, Rugad«, begann sie, »ich dachte, wir erobern die Blaue Insel ausschließlich wegen ihres Wohlstands.«

»Ich bin hergekommen, weil meine Urenkel hier sind«, erwiderte Rugad. »Mein zweiter Grund, diese Insel zu erobern, war ihre strategisch günstige Lage. Der dritte Grund ist ihr Reichtum. Aber der läßt sich wieder aufbauen. Der Reichtum der Insel besteht in ihrem fruchtbaren Boden, dem frischen Wasser und unterschiedlichen Klima. Dieser Reichtum wird eine Politik der Zerstörung überleben, es wird eben nur länger dauern, bis wir ihn nutzen können.«

»Ich habe von dieser Taktik gehört«, ließ sich Schwarzhaut vernehmen. »Aber wie sollen wir hier vorgehen?«

Rugad lächelte ihm zu. Auf diese Frage hatte er gewartet. »Das ist eigentlich recht einfach«, antwortete er. »Als erstes sehen wir uns in der direkten Nähe der Scheune um. Jeder Bauernhof im näheren Umkreis wird zerstört, alle Familien getötet, Männer, Frauen *und* Kinder, die Felder werden abgebrannt. Inselbewohner, die sich zur Wehr setzen, bezahlen dafür mit dem Leben. Jeder Inselbewohner, der sich zur falschen Zeit am falschen Ort befindet, wird getötet. Sollte es noch einmal zu einem ähnlichen Angriff kommen, werden die Eindringlinge und alle in der näheren Umgebung auf dieselbe Weise getötet. Unsere Taktik wird ausschließlich durch unsere Handlungen erklärt. Ist deine Frage damit beantwortet?«

»Ja«, sagte Schwarzhaut.

»Ausgezeichnet«, erwiderte Rugad. »Onha, du bist für die Koordination des Angriffs verantwortlich. Nimm dir Traumreiter mit. Töte die Inselbewohner, wenn sie schlafen, oder sorge dafür, daß sie im totalen Chaos erwachen. Ich will jeden Überlebenden lehren, was es heißt, sich so sehr zu fürchten, daß man sich nur auf eine Art retten kann: durch absoluten Gehorsam den Fey gegenüber.«

»Wer außer meinen eigenen Leuten und den Traumreitern steht mir noch zur Verfügung?« fragte Onha.

»Du bekommst sie nicht alle«, beschied Rugad. »Du bekommst die Hälfte der einsatzfähigen Traumreiter, ein Drittel der wildesten Tierreiter, die du auftreiben kannst, und die Infanterie, die sich hier zusammengezogen hat.«

»Die Versager, die den Heuschuppen bewacht haben?«

»Nein«, entgegnete Rugad. »Verfahre mit ihnen, wie du willst, aber verlasse dich bei deinem Urteil nur auf deinen Verstand. Der Fall ist vielleicht nicht ganz so offensichtlich, wie er auf den ersten Blick erscheint. Die Infanteristen kommen aus der nahe gelegenen Garnison, die Fußsoldaten aus dem umliegenden Gebiet. Nimm Rotkappen mit. Wir müssen unseren Vorrat an Beuteln wieder auffüllen.«

»Wird gemacht«, sagte Onha zufrieden. Für sie ging nichts über eine ordentliche Schlächterei. Sie war eine seiner besten Generäle und obendrein besonders blutrünstig. Vor zwei Wochen hatte sie den Angriff auf den Tabernakel geleitet, der die Inselbewohner auf jener Seite des Flusses demoralisiert hatte. Rugad hoffte, daß sie ihre jetzige Aufgabe ebensogut, wenn nicht noch besser erledigte.

»Zweitens«, fuhr er fort, »brauchen wir hier Wachen, ausreichend viele Wachtposten, um alle Eingänge, von den unterirdischen bis zu den in der Luft gelegenen, zu bewachen. Ich möchte, daß die Hüter im Palast arbeiten. Ich will Leute mit den unterschiedlichsten magischen Fähigkeiten um mich haben. Ich brauche eine zuverlässige Infanterie, Fußsoldaten und alle Tierreiter, die sich einfach kontrollieren lassen. Außerdem eine Truppe Irrlichtfänger sowie fast alle Heiler und Domestiken. Eines der nahe gelegenen Gebäude richten wir als Krankenhaus für unsere verletzten Soldaten ein. Verwundete Inselbewohner müssen sterben.«

»Wie steht es mit Doppelgängern?« fragte Dimar.

»Doppelgängern und Spitzeln werden besondere Aufgaben zugeteilt. Ich will, daß sie die gesamte Bevölkerung der Blauen Insel unterwandern. Irgend jemand hat diesen Gegenangriff geplant, und wenn er schlau war, hat er sich aus dem Staub gemacht. Das bedeutet, daß uns der Schuldige entwischen kann, selbst wenn wir noch so viele Inselbewohner töten. Ich will den Täter aber unter allen Umständen haben. Ich will, daß ihr seine Gesinnungsgenossen ausfindig macht. Es ist die Pflicht der Doppelgänger und Spitzel, die Aufständischen aufzuspüren, sie zu isolieren und mir über sie Bericht zu erstatten. Dann kümmert sich einer unserer Mörder um sie.«

Dimar nickte.

»Nun«, fuhr Rugad fort, »kommen wir zum schwierigen Teil. Ich hatte die Absicht, mich selbst zu den Blutklippen zu begeben. Unter den Bedingungen eines normalen Feldzugs würde ich das jetzt auch tun. Es gibt dort etwas, das ich mir näher ansehen muß. Ich werde jedoch erst aufbrechen, wenn dieses Gebiet hier gesichert ist. Wie bereits gesagt, befindet sich eine unserer Abteilungen bereits an Ort und Stelle, aber wir benötigen mehr Soldaten. Ich habe allen Grund anzunehmen, daß sich König Nicholas in den Klippen aufhält. Er mag sterben, aber wenn seine Kinder bei ihm sind, dürfen sie keinesfalls getötet werden. Man muß sie schonen, koste es, was es wolle. Jeder Fey, der unwissentlich ihren Tod verschuldet, wird als Versager gebrandmarkt, sein Tod wird ein besonderes, öffentliches Ereignis sein. Habe ich mich deutlich genug ausgedrückt?«

Die Generäle nickten einmütig.

»Nicholas ist der verschlagenste Feind, den wir je hatten. Er hat meine Enkelin verführt und hätte beinahe mich getötet. Er ist mächtig, auch wenn er seine wahre Macht hinter der Demut eines Inselbewohners verbirgt. Ihr dürft ihn niemals unterschätzen.«

Wieder nickten Rugads Zuhörer.

»Nicholas' Kinder werden an seiner Seite kämpfen. Ihr könnt sie nicht mit Reden über den Schwarzen Thron oder den Ruhm des Fey-Reiches für euch gewinnen. Sie sind schon zu lange mit Nicholas zusammen. Sie müssen gefangengenommen werden, und zwar lebend.«

»Rugad«, gab Kendrad mit leiser Stimme zu bedenken, »jeder kann während eines Kampfes sterben. Du weißt doch, wie es zugeht. Man könnte sie mit jemand anderem verwechseln. Oder, noch schlimmer, sie könnten zufällig von ihren eigenen Leuten getötet werden, die sie für reine Fey halten. Ich weiß nicht, ob es klug ist, jemand anderem als dir selbst die Verantwortung für diese Kinder zu übertragen.«

Rugad lächelte sie an. »Ausgezeichneter Einwand, Kendrad«, sagte er. »Daran habe ich auch schon gedacht. Es besteht nur geringe Aussicht, daß unsere Leute diese Kinder gefangennehmen. Beide sind Visionäre und das Mädchen obendrein noch Gestaltwandlerin. Ich halte es für wahrscheinlicher, daß die beiden in eine Falle tappen, aus der wir sie dann zum gegebenen Zeitpunkt befreien.«

»Hast du das gesehen?« erkundigte sich Kendrad.

»Nein«, entgegnete Rugad. »Aber ich weiß, daß ich augenblicklich nicht zu den Blutklippen gehen darf. Alle rechnen damit. Jedesmal, wenn ich mich so verhalten habe, wie alle es erwarteten, war das auf dieser Insel ein Fehler.«

»Aber die Kinder sind von größter Wichtigkeit«, beharrte Kendrad.

Rugad schüttelte den Kopf. »Sie sind unser wichtigstes Ziel. Wenn wir dieses Ziel nicht erreichen, haben wir trotzdem nicht verloren. Dann muß ich nur das Erbe des Schwarzen Throns neu bedenken. Ich bin zwar kein junger Mann mehr, aber ich liege auch noch nicht in den letzten Zügen. Wenn nötig, kann ich immer noch Kinder zeugen, und es bleibt mir genügend Zeit, um sie auszubilden. Trotzdem wäre es mir lieber, es käme anders.«

Kendrad nickte mit gesenktem Kopf. Rugad wußte genau,

daß sie nicht seiner Meinung war, es aber für sich behalten würde. Sie war eindeutig der Ansicht, genug gesagt zu haben.

Rugad musterte seine Generäle, die seinen Blick erwiderten, und in den meisten Gesichtern spiegelte sich dieselbe Einstellung, die Kendrad gerade an den Tag gelegt hatte. Keiner seiner Leute wollte für die Zukunft des Schwarzen Throns verantwortlich sein. Wer dabei einen Fehler beging, den mußte Rugad unweigerlich so furchtbar strafen, daß nicht einmal der Schwarze König selbst wußte, wie diese Strafe aussehen sollte.

»Kendrad führt die Truppen zu den Blutklippen. Ich möchte, daß ein komplettes Heer die Berge erobert. Die Inselbewohner dort sind die größten, die unsere junge Irrlichtfängerin Gaze jemals gesehen hat, und sie hat auch auf einige andere Besonderheiten dieses Gebiets hingewiesen.«

»Auch ich habe gehört, wie sich die Inselbewohner Geschichten über die Gegend erzählten«, berichtete Dimar. »Zwischen den dort lebenden Inselbewohnern und der Familie des Königs kam es zum Bruch. Sonderbar, daß er sich jetzt ausgerechnet dort versteckt hält.«

»Nicholas ist klug. Er weiß genau, daß wir von diesem Bruch gehört haben und es daher für unwahrscheinlich halten, daß er sich dorthin zurückzieht«, erklärte Rugad.

»Ich glaube«, ließ sich Dimar vernehmen, »er riskiert dabei sein Leben.«

»Willst du damit sagen, die Leute von den Blutklippen könnten unsere Verbündeten werden?«

»Unter Umständen schon«, erwiderte Onha. »In den Sümpfen ist es ja auch so gekommen.«

»Nein«, widersprach Dimar. »Ich halte es für unwahrscheinlich, daß sich diese Leute mit irgend jemandem verbünden. Die Inselbewohner halten sie für einen sonderbaren Menschenschlag, und über die Führer, eine Gruppe mit dem

Namen ›die Weisen‹, redet man auf der Insel nur mit einer Mischung aus Angst und Ehrfurcht.«

»Was weißt du noch?« fragte Rugad. Doppelgänger waren häufig gute Informationsquellen. Man behandelte sie wie Mitglieder des Volkes, dessen Äußeres sie angenommen hatten; außerdem hatten sie Zugang zum Gedächtnis ihres Wirtskörpers.

»Nicht viel mehr«, erwiderte Dimar. »Die meisten Inselbewohner haben noch niemals jemanden getroffen, der von den Blutklippen stammt. Abgesehen ...«, er hob eine Hand, schien einer inneren Stimme zu lauschen und nickte dann. Rugad sah es nicht zum ersten Mal, daß ein Doppelgänger sich auf diese Art verhielt, während in ihm die Erinnerung seines Wirts aufstieg, »... von einigen Leuten, die im Lauf der Jahre von den Klippen geflüchtet sind und sich geweigert haben, über ihre Heimat zu reden. Inselbewohner, die von dem Ort wissen, fürchten sich davor.«

Rugad seufzte. Also war sein Instinkt richtig gewesen. Wenn die Inselbewohner sich fürchteten, mußte dort auch etwas sein, etwas, das er noch nicht einzuordnen vermochte.

»Wie soll meine Armee aussehen?« wollte Kendrad wissen.

»Du bekommst die volle Truppenstärke zugeteilt«, erwiderte Rugad. »Alles, was an Infanterie, Fußsoldaten und Tierreitern noch übrig ist. Boteen ist bereits dort, bediene dich seiner Zauberkräfte. Nimm nur einige Spione mit, nicht viele, und alle anderen Zauberkundigen, die du finden kannst, die Domestiken eingeschlossen. Denk immer daran, welche Ziele wir uns gesetzt haben.«

»Verstehe ich dich richtig: Es handelt sich um einen Zerstörungsfeldzug?«

»Erst nachdem du dich persönlich vergewissert hast, wo sich Nicholas und seine Kinder aufhalten. Sobald das feststeht, will ich, daß nichts von diesen merkwürdigen Blutklippenbewohnern übrigbleibt.«

Kendrad nickte mit zusammengepreßten Lippen. Der Befehl widerstrebte ihr offenbar ebenso wie die Verantwortung, die sie übernehmen sollte, aber sie wußte genau, worum es ging. Deswegen hatte Rugad sie zum Oberbefehlshaber dieser Truppen gemacht. Er konnte ihr uneingeschränkt vertrauen. Sie würde seine Befehle ausführen und den Sieg erringen.

Kendrad war sich aber auch darüber im klaren, welche Gefahr ihr drohte.

»Ife«, fuhr Rugad fort. »Ich brauche deinen schnellsten Irrlichtfänger. Schick ihn mir zusammen mit Gaze her. Ich muß mit beiden reden.«

Ife nickte.

»Ich will, daß sich die Truppen ab sofort über die Insel verteilen. Die Inselbewohner, besonders die in der Mitte des Landes, sollen so schnell wie möglich unseren Zorn zu spüren bekommen. Onha, du schickst Irrlichtfänger zur bereits stationierten Infanterie, um diese über die neuen Anweisungen zu informieren. Sie sollen sofort mit der Vernichtung beginnen.«

Onhas schmale Augen wurden zu Schlitzen. Sie lächelte. Je weiter die Planung des Angriffs voranschritt, desto mehr hob sich ihre Laune.

Rugad sagte: »Die Wachen im Palast sollen Posten beziehen, die Spitzel und Doppelgänger ausschwärmen, sobald diese Versammlung beendet ist. Auf mein Zeichen hin muß die Truppe für einen Marsch zu den Klippen vorbereitet sein. Habe ich mich klar und deutlich ausgedrückt?«

Die Generäle nickten. Sie schienen nur noch auf Rugads Befehl zum Abtreten zu warten.

Aber so weit war er noch nicht.

»Noch ein letztes Wort: Ich betrachte die nächsten Tage als entscheidend in unserem Kampf um die Blaue Insel. Gelingt es uns nicht, diese Insel innerhalb einer Woche zu erobern, Nicholas' Kopf auf einer Lanze aufzuspießen und jeden Widerstand zu ersticken, ist unser gesamtes Imperium in Gefahr. Ohne die Blaue Insel können wir nicht nach Leutia weiterziehen. Dies ist die schwierigste Schlacht, die wir je geschlagen haben, mein Leben und das Kendrads eingeschlossen. Ich dulde kein Versagen, der Sieg wird um jeden Preis erzwungen. Habt ihr mich verstanden?«

»Ja«, sagte Kendrad, und es bestand kein Zweifel daran, daß sie für alle sprach.

»Ausgezeichnet«, stellte Rugad fest. »Abtreten.«

Sie erhoben sich. Stühle wurden quietschend über den Boden geschoben.

»Kendrad, bleib noch einen Moment. Ife, bring die Irrlichtfänger her.«

»Ja, Herr«, sagte Ife, schon auf dem Weg zur Tür.

Kendrad war neben ihrem Stuhl stehengeblieben. Rugad wartete, bis alle anderen den Raum verlassen hatten, bevor er zu ihr hinging. Mißtrauisch blickte er sich um. An der Tür standen zwei Wachtposten.

»Befehl zum Abtreten«, sagte Rugad kurz.

Sie deuteten ihre Verbeugungen an und verließen das Zimmer.

»War das klug?« fragte Kendrad leichthin. Seit sie beide Jugendliche gewesen waren, stellte sie sein Urteil in Frage, und Rugad hatte es immer zugelassen. Ihr Urteil war häufig klug und besser als seines, obwohl ihr die große visionäre Kraft des Schwarzen Königs fehlte.

Er lächelte. »Du hast keine Goldflecken in den Augen.«

»Inselbewohner haben diese Begabung nicht.«

»Ach, wirklich?« fragte Rugad. »Sonst fehlt es ihnen ja an fast nichts.«

»Da hast du recht«, stimmte Kendrad zu.

Rugad trat ans Fenster. Das Feuer brannte immer noch. Gelegentliche Stichflammen ließen die Flammen hoch aufzüngeln, bevor sie wieder in sich zusammenfielen.

»Wenn du die Blutklippen erreichst, müßten die Kämpfe dort bereits im Gange sein«, sagte er.

»Ich weiß.« Kendrad trat neben ihn ans Fenster und spähte mit zusammengekniffenen Augen zum weit entfernten Feuer.

»Als erstes mußt du Boteen ausfindig machen«, mahnte Rugad. »Er hat eine Irrlichtfängerin geschickt, um mir von meinen Urenkeln zu berichten, aber die Botin hat noch etwas anderes gesehen. Boteen hat ihr verboten, darüber zu reden.«

»Worum handelt es sich deiner Meinung nach?« fragte Kendrad. Das war der zweite Grund, aus dem er zu den Blutklippen hatte gehen wollen, und aus demselben Grund hatte Rugad heute morgen, nachdem die Welle über sie hinweggezogen war, beschlossen zu bleiben.

»In dieser Gegend sind die Felsen hoch, und es existiert dort jede Menge wilde Magie. Meine Urenkel sind mächtiger als alle Fey vor ihnen.«

»Ich dachte, das käme daher, daß sich Fey-Blut mit fremdem Blut vermischt hat«, entgegnete Kendrad. »Das hat uns seit jeher stärker gemacht.«

»Aber es macht uns nicht zu anderen Fey«, wandte Rugad ein. »Meine Urenkelin besitzt zwei magische Fähigkeiten. Sie ist Visionärin und Gestaltwandlerin zugleich. Außerdem gibt es einen Inselbewohner – Boteen sagt, es könnten sogar zwei sein – die über die Macht eines Zaubermeisters verfügen.«

»Offenbar soll ich jetzt daraus denselben Schluß ziehen wie du«, erwiderte Kendrad trocken.

Rugad nickte kurz. »Boteens Irrlichtfängerin hat meine Urenkel in einer Höhle entdeckt. Sie wollte mir nicht mehr darüber erzählen, weil Boteen sie darum gebeten hat. Er hat ihr nur aufgetragen, mir zu berichten, er würde diese Höhle erforschen.«

»Die Höhle?« Kendrads Stirnrunzeln wurde immer nachdenklicher.

»Boteen ist der Ansicht, daß meine Kinder diesen Ort nicht verlassen werden.« Rugad wiegte sich auf den Fersen, während sein Herz merkwürdig heftig pochte. Es war schwierig, offen zu reden. Wenn er sich täuschte, würden sich alle über ihn lustig machen. »Ich glaube, daß sie sich an einem Ort der Macht versteckt halten.«

Kendrad drehte sich so schnell zu ihm um, daß sie ein wenig schwankte. »Ich dachte immer, die beiden anderen Orte der Macht seien nichts als Legenden.«

Rugad lächelte. »Wieso denn? Warum sollten die Fey einmalig sein? Es wäre doch sehr überheblich, so zu denken.«

»Aber wenn sie einen Ort der Macht haben, sind sie uns ebenbürtig.«

Rugad nickte. »Aber das wissen sie nicht. Vieles von ihrer Zauberkraft liegt im verborgenen. Ich glaube, sie wurde vom Tabernakel gehütet, und wir haben den Tabernakel zerstört.«

»Das würde beispielsweise das Weihwasser erklären«, überlegte Kendrad.

»Ja«, bestätigte Rugad. »Nicholas ist ein direkter Abkömmling des Roca, der die Inselreligion begründete. Ich glaube, daß dieser Roca den Ort der Macht entdeckt und sich seiner bedient hat.«

»An einem Ort der Macht sind sie unerreichbar für uns«, sagte Kendrad. Sie war niemals in den Eccrasischen Bergen gewesen, aber wie alle großen Militärführer der Fey wußte sie über die Stärken und Schwächen eines solchen Ortes Bescheid.

»Natürlich können wir an sie herankommen«, widersprach

Rugad. »Vorausgesetzt sie wissen nicht, über welche Macht sie verfügen.«

»Und wenn doch?«

»Deswegen schicke ich dich hin.«

»Besten Dank«, gab Kendrad trocken zurück. Aber Rugad wußte, daß sie seine Beweggründe verstand. Er wagte es nicht, einen Ort der Macht aufzusuchen, wenn dort jemand wußte, wie man diesen Ort benutzte. Ein solches Risiko durfte er nicht eingehen.

»Behalte dieses Gespräch für dich«, bat Rugad. »Alle Versuche, unseren Ort der Macht einzunehmen, waren erfolglos, aber dieser Ort auf der Insel wird nicht von Fey bewacht. Wir laufen womöglich Gefahr, unsere Truppen in zwei Lager zu spalten.«

»Glaubst du wirklich, jemand könnte diesem Ort soviel Macht entnehmen, um die Schwarze Familie herauszufordern?« wollte Kendrad wissen.

Rugad sah sie nicht an. Er wagte es nicht. Ebensowenig wie er es wagte, ihre Frage ehrlich zu beantworten.

»Ich glaube, die Magie dafür ist seit langem verloren«, antwortete er.

Kendrad schwieg. Unwillkürlich nahm sie Rugads Haltung an, der immer noch die Hände hinter dem Rücken verschränkt hielt und auf die Feuersbrunst starrte. Die aufgehende Sonne schien auf Kendrads glatte Züge. Sie sah nicht mehr aus wie ein junges Mädchen, sondern wie eine reife Frau von zeitloser Schönheit. Ihre Haut war vom Wetter rauher, ihre Züge härter geworden. Rugad fragte sich plötzlich, warum er sie nicht zur Frau genommen hatte.

Wahrscheinlich, weil er sie als vertrauenswürdige Freundin weitaus nötiger brauchte. Er wollte ihre Loyalität nicht verlieren.

»Zwei Orte der Macht«, wiederholte sie. »Glaubst du, es gibt noch einen dritten?«

»Ja«, bestätigte er.

»Sobald wir zwei haben, finden wir auch den dritten«, sagte sie langsam. Seit Generationen war dies der Wunsch der Fey. »Dann halten wir das Magische Dreieck in Händen.«

»Und haben damit die Mittel, die gesamte Welt zu verändern«, ergänzte Rugad leise.

Kendrad sah ihn an. »Hast du schon immer an die beiden Orte der Macht geglaubt?« fragte sie.

Rugad zuckte die Achseln. »Ich habe ihre Existenz jedenfalls nicht abgestritten.«

»Und seit wann hegst du den Verdacht, sie könnten sich hier befinden?«

»Als ich von meinen Urenkeln erfuhr. Als ich begriff, daß weder Jewel noch Rugar diesen Platz besetzen konnten. Als ich erfuhr, daß es auf der Insel einen Zaubermeister gibt, der kein Fey ist.«

Kendrad atmete leise aus. »Das ändert so einiges. Alles.«

»Ja,« stimmte Rugad zu. »Alles.«

»Wir kämpfen gegen Ebenbürtige.«

»Nein.« Rugad lächelte sie an. Deswegen war er der Schwarze König und sie nicht mehr als eine mäßig begabte Visionärin. Trotz ihrer guten Ratschläge war sie nicht in der Lage, die gesamte Situation zu überblicken. Das war nur sehr wenigen gegeben. »Wir haben unsere Magie angenommen. Wir haben sie benutzt, bearbeitet, entwickelt. Die Inselbewohner dagegen haben versucht, ihre Magie zu kontrollieren. Sie haben sie vergraben, sich von ihr distanziert und sie den Schwarzkitteln überlassen, von denen nur die wenigsten über wahre Magie verfügten. Selbst König Nicholas hat trotz seiner körperlichen Tapferkeit bisher keinerlei Anzeichen magischer Fähigkeiten erkennen lassen.«

»Ganz im Gegensatz zu seinen Kindern.«

»Man muß ihm zugute halten, daß er ihre Begabung nicht

unterdrückt hat. Trotz der Mißbilligung seines Volkes. Es gibt auf der Insel sogar einen Namen für alle, die sich dieser verachteten Magie bedienen.« Rugad löste die Hände. Was er ihr zu erzählen hatte, bereitete ihm zu viel Vergnügen, um ruhig stehenzubleiben. »Man bezeichnet sie als *Dämonenbrut*. Es gibt keine genau Übersetzung in Fey, aber man hat es mir beschrieben als die Nachkommen einer dunklen Magie.«

»Dunkle Magie?«

»Die Magie, die wir Kriegszauber nennen. Sie denken, es seien böse Machenschaften, und halten es für einen Mißbrauch.«

Kendrad blickte ihn ungläubig an. »Sie haben ihre Magie begraben.«

»Wie ein Kind, das ein Schwert besitzt. Vielleicht ist es von Natur aus ein besserer Kämpfer als andere, aber ohne Übung können sich seine Talente nicht entwickeln.«

»Aber all diese Angriffe auf uns«, sagte Kendrad. »Hältst du sie für reine Glückstreffer?«

»Nein«, entgegnete Rugad. »Ich glaube, daß der Ort der Macht der Grund dafür ist. Aber ich glaube auch, daß die Inselbewohner nichts mit ihrer Magie anzufangen wissen. Wir hingegen schon.«

»Wir können also ihre eigenen Kräfte gegen sie richten«, schlußfolgerte Kendrad.

Rugad lächelte. »Ganz genau.«

12

Nicholas würde sich niemals daran gewöhnen, daß Jewel auf diese Weise kam oder ging. Jedesmal, wenn sie verschwand, war er so traurig, als sei sie eben erst gestorben.

Erneut gestorben.

»Wohin ist sie gegangen?« fragte Gabe. Er stand in der Nähe der Treppe und sah ebenso unglücklich aus wie Nicholas.

»Ich weiß nicht«, antwortete Nicholas. »Aber sie kommt zurück.«

Er klang überzeugt, war es jedoch keineswegs. Er wußte nicht, wie weit die Macht seiner Frau reichte, und als sie hinter dem Brunnen gewesen waren, hatte er sie nicht danach gefragt. Er hatte sie nur im Arm gehalten, sie geliebt und ihr gezeigt, wie sehr er sie vermißt hatte.

Jeden einzelnen Tag seines Lebens hatte er sie vermißt.

»Hättet ihr mir jemals davon erzählt?« Das war Ariannas Stimme. Gabe sah auf und begegnete ihrem Blick. Sie war immer noch so mager, und die furchtbare Begegnung mit dem Schwarzen König hatte tiefe Ringe unter ihren Augen hinterlassen. Mit den vorstehenden Wangenknochen und dem schmalen Gesicht sah Arianna aus wie ihre Mutter.

Genau wie Gabe.

Nicholas stellte jetzt erst fest, wie sehr sich seine Kinder ähnelten. Sebastian, mit seiner grauen Haut und dem von Rissen überzogenen Gesicht, war in dieser Hinsicht ein armseliger Ersatz gewesen.

»Wovon erzählt?« fragte Nicholas, obwohl er genau wußte, was Arianna meinte. Er wußte, warum sie zornig war.

»Daß meine Mutter hier war? Daß sie nur für dich und ... und ... Gabe zu sehen war?«

Da. Sie hatte ihn beim Namen genannt. Ohne verachtungsvollen Unterton. Gabes Mitgefühl hatte ihre Beziehung also verbessert.

Seine Lüge.

»Ja«, erwiderte Nicholas. »Irgendwann.«

»Wann?«

»Wenn es an der Zeit gewesen wäre. Du brauchst Ruhe, Ari.«

»Ich brauche Ruhe«, gab sie barsch zurück. »Und Vertrauen.«

»Ich vertraue dir.« Er warf einen Blick über Ariannas Schulter. Die anderen beobachteten das Gespräch. In Coulters Wangen kehrte langsam etwas Farbe zurück, aber er stützte sich immer noch auf Adrian. Fledderer hatte die Arme verschränkt und schüttelte den Kopf. Er schien Arianna nicht besonders zu mögen. Leen war dichter zu den anderen getreten. Gabe beobachtete alles mit demselben intensiven Blick, den Nicholas sonst nur von Arianna kannte.

Nicholas wünschte, sie würden sich nicht vor den anderen streiten, aber er konnte sie nicht einfach zur Seite nehmen. Es gab in dieser Höhle keine Möglichkeit, ungestört miteinander zu reden. Hinter den Brunnen, wo er mit Jewel zusammengewesen war, konnte er Arianna nicht bringen. Er wußte nicht genau, ob es sich um Weihwasser handelte oder nicht.

»Dann hättest du es mir erzählt«, entgegnete sie.

Nicholas seufzte. »Arianna, ich wußte doch genau, was dabei herauskommt. Ich wußte genau, du würdest zornig sein ...«

»Daher wolltest du es vor mir geheimhalten?«

»Nein«, widersprach Nicholas. »Ich wußte im voraus, wie du reagieren würdest. Ich wollte noch einen Tag warten, bis es dir bessergeht.«

»Also, ich bin mal wieder an allem schuld«, gab Arianna zurück. »Wegen meiner Reaktionen.«

»Ari...«

»Soviel Temperament!« sagte Jewel plötzlich hinter ihm. Er drehte den Kopf. Sie war wieder zurück und sah jünger aus, als käme sie wieder zu Kräften. Er konnte zwar immer noch durch sie hindurchsehen, aber sie war nicht mehr ganz so durchsichtig. »Du mußt ihr wirklich ein bißchen mehr Disziplin beibringen, Nicholas.«

»Das habe ich doch getan«, erwiderte er. »Sonst wäre sie noch viel schlimmer.«

»Wo warst du?« fragte Gabe, während er sich seiner Mutter vorsichtig näherte.

»Ist sie wieder da?« fragte Arianna. Sie starrte auf die Stelle neben Nicholas, als könnte sie Jewel sehen. »Bist du hier?«

»Ja«, antwortete Nicholas. »Sie ist zurückgekommen.«

»Ich will jetzt einiges klarstellen«, wandte sich Jewel an die Gruppe. »Rugad befindet sich noch im Palast. Vielleicht wird er sogar dort bleiben. Er ist auf jeden Fall sehr wütend.«

Gabe wiederholte Jewels Worte für die anderen: Das ständige Übersetzen zerrte an Nicholas' Nerven, auch wenn er wußte, daß es nötig war.

»Weiß er, was geschehen ist?« fragte Nicholas.

»Ich bin mir ziemlich sicher«, erwiderte Jewel. »Ich bin aber nicht lange genug geblieben, um es mit Sicherheit herauszufinden. Ich wollte nur wissen, wieviel Zeit uns bleibt.«

»Zeit wofür?«

»Bis seine Armee hier eintrifft.«

»Er hat eine Armee hierhergeschickt?« Ariannas Stimme klang gereizt. Das ganze Mädchen verhielt sich gereizt. Sie stand mit verschränkten Armen und blitzenden Augen vor ihnen, als wollte sie alles abstreiten, was man ihr erzählte.

Nicholas unterdrückte einen Seufzer. Diese Angewohnheit kannte er von ihr bereits aus frühesten Kindertagen, aber in schwierigen Zeiten hatte sie sich noch nie so verhalten.

»Rugad weiß, wo wir sind«, erklärte Coulter gelassen. »Wir müssen in der Lage sein, diesen Ort hier zu verteidigen.«

Auch wenn Nicholas fest entschlossen war, diesen Jungen, der Arianna viel zu eindringlich und gefühlvoll ansah, nicht zu mögen, konnte er nicht anders, als ihn sympathisch zu finden. Coulter hatte einen klaren Verstand und ein freundliches Wesen.

»Ja«, gab Arianna zynisch zurück. »Die unerschrockenen Sechs, die Verteidiger der Insel.«

»Nicholas«, sagte Jewel, »bring Arianna und mich an ein ruhiges Plätzchen.«

Gabe, offenbar unsicher, ob er Jewels Worte wiederholen sollte, warf Nicholas einen hilfesuchenden Blick zu. Nicholas zuckte die Achseln. Am liebsten hätte er selbst ein ruhiges Plätzchen aufgesucht. Dann nickte er Gabe zu.

Gabe wiederholte, was Jewel gesagt hatte.

»Nein«, widersetzte sich Arianna. »Worüber kann *sie* schon mit mir sprechen wollen?« Nicholas spürte, wie verletzt Arianna war. Sie hatte Gabes Erklärungen verstanden, war aber dennoch zutiefst getroffen. Wenn Arianna verletzt war, versuchte sie, andere ebenfalls zu verletzen.

»Wir müssen deinen Zorn aus der Welt schaffen«, erklärte Jewel und sah ihre Tochter an. »Er ist unpassend und kann uns bei dem, was wir vorhaben, sehr schaden. Wir brauchen dich auf unserer Seite. Du sollst uns nicht vom Wesentlichen ablenken.«

Gabe blickte seine Mutter an und biß sich dann auf die Unterlippe. Undeutlich murmelnd protestierte er: »Das kann ich ihr nicht sagen.«

»Doch, das kannst du«, rief Arianna. »Erzähl schon.«

Gabe seufzte, Er saß in der Falle. Schließlich wiederholte er Jewels Worte.

»Unpassend?« entrüstete sich Arianna. »Es ist unpassend, daß ich nicht weiß, daß mein Vater und mein sogenannter Bruder ...«

Nicholas und Gabe stöhnten beide gleichzeitig auf. Nicholas musterte seinen Sohn. Er schien noch verletzlicher zu sein, als Nicholas angenommen hatte.

»... den Rat von einer Frau annehmen, die vor fünfzehn Jahren gestorben ist. Falls du überhaupt jemals gelebt hast.«

»Sie lebt jetzt«, sagte Nicholas leise.

»Nicht für mich, soviel steht fest«, gab Arianna grob zurück.

»Ari, wir haben jetzt keine Zeit ...«, begann Nicholas, aber seine Tochter fiel ihm in die Rede.

»Ihr könnt doch von diesem Wesen keinen Rat annehmen!« empörte sich Arianna. »Ich kann einfach nicht glauben, daß ihr diesem Ding euer Vertrauen schenkt.«

»Ich glaube, daß es Jewel ist«, sagte Coulter. »Obwohl ich sie nicht sehen kann.«

»Würdest du die Mysterien verstehen, würdest du es ebenfalls wissen«, sagte Fledderer.

»Als ob du sie verstündest!« fuhr ihn Arianna an. »Du verfügst nicht einmal über magische Kräfte!«

Fledderer erhob sich. »Und du bist nicht besser als jede andere Fey, die mir über den Weg gelaufen ist. Du gibst deiner Arroganz den Vorrang vor deiner Intelligenz.«

»Und genau deshalb müssen wir sie beruhigen, Nicholas«, sagte Jewel. »Sonst zwingt sie uns alle dazu, unsere Zeit nur mit ihr zu verbringen.«

Das war ihm auch bewußt, aber er konnte nur zu gut nachempfinden, was Arianna fühlte, wie verletzt sie war, wie erschöpft, und wie sie unter ihrem Verlust litt.

Auch er hatte das alles verloren.

»Ari«, sagte er.

»Ich höre dir nicht mehr zu!« rief sie. »Du vertraust mir nicht!«

»Ari...«

»Dann wird sie auf mich hören.« Jewel stand auf, als könnte Arianna sie sehen. »Und du bist mein Dolmetscher, Gabe, so wie du es eben schon getan hast.«

»Na schön«, meinte er so erschrocken wie verunsichert, tat aber, was sie von ihm verlangt hatte.

Jewel ging auf Arianna zu. Gabe beobachtete sie dabei, ebenso wie Coulter, obwohl er sie eigentlich nicht sehen konnte. Er hatte behauptet, ihre Energie zu spüren, und wahrscheinlich orientierte er sich danach.

Nicholas saß mit gefalteten Händen und trockenem Mund auf der Treppe. Er hatte seine Frau schon wütend erlebt, und er kannte auch den Jähzorn seiner Tochter. Wenn irgend möglich, wollte er sich aus einem Disput der beiden heraushalten.

»Du bist eine Schande für die Fey!« fauchte Jewel.

Gabe übersetzte mit einer kleinen Verzögerung.

»Ich bin keine Fey«, konterte Arianna.

»Du bist sehr wohl eine Fey, und es war ein Fehler, dich nach den Maßstäben der Inselbewohner zu erziehen.«

»Meine Lehrerin war eine Fey.«

»Wer?«

»Solanda.«

»Und wo ist sie jetzt?«

Arianna stiegen Tränen in die Augen. Sie sah zu ihrem Vater hinüber. »Das wissen wir nicht«, sagte er, »aber wir glauben, daß sie bei der zweiten Invasion ums Leben kam.«

»Eine Gestaltwandlerin«, sagte Jewel.

»Eine Gestaltwandlerin wie ich«, sagte Arianna.

»Du bist auch Visionärin. Visionäre sind Anführer. Sie sind keine Spalter. Wenn sie verwirrt sind, sind auch ihre Truppen verwirrt. Du kannst keine solchen Zweifel säen und trotzdem Kriegerin sein.« Jewel warf Nicholas einen wütenden Blick zu. »Hast du ihr denn gar nichts beigebracht?«

»Ich bin kein Fey«, erwiderte er leicht tadelnd.

»Aber du bist ein Kämpfer. Du hättest es ihr beibringen müssen. Kannst du mit einem Schwert umgehen, Kleine?«

Arianna schüttelte den Kopf.

»Mit einem Messer?«

»Jeder kann mit einem Messer umgehen.«

»Mit Pfeil und Bogen, der Lieblingswaffe der Inselleute?«

»Nein«, sagte Arianna. »Und ich weiß auch nicht, was daran so wichtig sein soll. Ich bin Herrscherin, keine Soldatin.«

Jewel stemmte die Hände in die Hüften und sagte an Nicholas gewandt: »Aha, du bist also doch noch der Inselphilosophie zum Opfer gefallen: Frauen kämpfen nicht.«

»Nein«, antwortete er und preßte die Hände fest zusammen. Er wußte, daß er diesbezüglich bei Ariannas Ausbildung versagt hatte, aber er hatte es absichtlich getan, weil er der Meinung gewesen war, sie könne sich mit Hilfe ihrer Verwandlungsgabe jederzeit in Sicherheit bringen.

»Warum hast du es dann getan? Ich habe dich doch vor Rugad gewarnt. Du wußtest, daß er eines Tages kommt. Hast du wirklich geglaubt, du könntest dieses Kind vor dem mächtigsten Krieger der Fey beschützen?«

»Nein«, sagte Nicholas und schluckte. Alle Augen ruhten auf ihm. Die seiner Frau, seiner Tochter, seines Sohnes – den er soeben erst kennengelernt hatte – und die der anderen. Er mußte sie anführen, durfte keine Schwäche zeigen. »Ich dachte, ihre anderen Fähigkeiten reichten dafür aus.«

»Er ließ mich nie ohne eine Eskorte aus dem Palast gehen. Ständig gab es jemanden, der auf mich aufpaßte«, sagte

Arianna und sah ihn an. »Wenn ich sie überlisten wollte, mußte ich mich verwandeln.«

Jewels Blick wurde sanfter. Sie verstand ihn. Sie hatte ihn immer verstanden. Sie kannte den wahren Grund. Er hatte sie, Jewel, verloren und wollte nicht auch noch Ari verlieren.

»Sie ist keine Fey-Kriegerin«, sagte Nicholas. »Sie wurde als Inselkind erzogen.«

Jewel schloß die Augen und schüttelte den Kopf, wie um ihm diese Illusion ein für allemal auszutreiben. Dann wandte sie sich wieder an Arianna.

»Aber du bist doch dazu erzogen worden, dein Volk zu regieren?« fragte Jewel.

»Selbstverständlich.«

»Trotzdem sorgst du dich mehr um dich als um sein Wohlergehen. Hast du denn nichts gelernt? Weißt du nicht, was du an diesem Ort mit deinem lächerlichen Zorn anrichtest?«

Arianna reckte das Kinn, auf dessen blasser Haut sich das Muttermal deutlich abzeichnete. Offensichtlich war sie sensibel genug, um nicht zu antworten.

Nicholas beobachtete die beiden aufmerksam. Auch das hatte ihm in den vergangenen Jahren gefehlt: ein Gegengewicht. Jewel hätte Arianna Stärke vermittelt, ohne ihr zu gestatten, daß ihr Eigensinn Gewalt über sie erlangte. Dazu war er nicht in der Lage gewesen.

Eigentlich hatte er es nie richtig versucht.

»Bis ich etwas anderes sage, konzentrieren wir uns darauf, diesen Ort der Macht zu retten, dich und Gabe von meinem Großvater fernzuhalten und die Blaue Insel in der Hand der Familie zu belassen. Deine Gefühle zählen dabei nicht. Du bist nicht die einzige, die etwas verloren hat«, sagte Jewel. »Gabe hat seine Adoptivfamilie verloren, seine ganze bisherige Welt. Du hast immer noch deinen Vater. Er hingegen ist einsamer, als du es dir jemals vorstellen kannst. Du hast eine Chance, erwachsen zu werden, eine Chance, die Frau herauszukehren, die du sein kannst, und diese Chance ist jetzt, Arianna. Das Leben ist voller Verluste. Aber es ist auch reichhaltig. Ohne die Erfahrung des Verlusts weiß man seine Reichhaltigkeit jedoch nicht zu schätzen.«

»Weiß ich.« Arianna klang eine Spur gereizt.

Nicholas preßte die Hände fester zusammen. Er wollte seine Tochter verteidigen, wollte Jewel untersagen, sie weiterhin so anzufahren, obwohl er wußte, daß Jewel recht hatte. War das der Grund dafür, daß Ari so oft über die Stränge schlug? Weil er es zugelassen hatte? Weil er sich nicht traute, sie zu disziplinieren?

Weil er zu viel Angst davor hatte, sie zu verletzen? Sie zu verlieren?

»Dann weißt du wohl auch, daß eine Herrscherin nicht an sich denkt, sondern stets daran, was für das Volk, das sie beherrscht, das Beste ist«, fuhr Jewel fort.

Nicholas hob den Kopf. In diesem Moment hörte sie sich wie sein Vater an. Diese ganze Diskussion glich, wenn man ein gutes Stück Leidenschaft wegließ, den Diskussionen, die er während der ersten Invasion der Fey mit seinem Vater geführt hatte.

»Willst du damit sagen, daß ich nichts von dir wissen darf?« fragte Arianna mit zitternder Stimme.

»Momentan nicht, nein«, antwortete Jewel. »Nun hast du es aber trotzdem versucht. Du hattest recht, das alles in Frage zu stellen, aber nicht vor allen anderen. Indem du das tust, untergräbst du die Autorität deines Vaters.«

Gabes Gesicht war rot angelaufen. Es sah aus, als seien ihm die Worte, die er zu wiederholen gezwungen war, äußerst unangenehm. Jedenfalls war Nicholas froh, daß nicht ihm diese Aufgabe zugefallen war.

»Ich wollte es wissen«, sagte Arianna. »Ich hatte das Recht dazu.«

»Diesbezüglich hattest du keinerlei Recht«, erwiderte Jewel. »Das ist eine Sache zwischen Gabe, Nicholas und mir. Sie haben darüber zu entscheiden, ob meine Anwesenheit publik gemacht wird oder nicht.«

»Aber du bist meine Mutter!« Ariannas Ausruf endete in einem Klagelaut. Ihre Augen schwammen in Tränen.

»Richtig«, sagte Jewel. »Und es tut mir so leid, daß alles so kommen mußte. Es tut mir leid, daß ich nicht auch für dich sichtbar sein kann, es tut mir leid, daß ich dich nicht berühren kann. Es tut mir leid, daß wir keine Zeit miteinander verbringen konnten, richtige Zeit, so wie Mutter und Tochter. Aber ich glaube, es gibt etwas, was dir dein Vater nicht erzählt hat.«

Arianna warf ihm eine kurzen Blick zu. Nicholas spürte, wie sich sein Magen zusammenzog. Was wollte Jewel jetzt schon wieder enthüllen? Mußte er sich das gefallen lassen?

»Ich vermute, daß du, wäre ich am Leben geblieben, keine Chance gehabt hättest«, sagte Jewel. »Ich habe nie zuvor einen Gestaltwandler zur Welt gebracht, und auch keine der Hebammen von der Insel hat Erfahrung darin. Du wärst wahrscheinlich gestorben, bevor wir überhaupt gewußt hätten, was wir tun sollen.«

»Willst du damit sagen ...« Ariannas Atem stockte in der Kehle und hörte sich beinahe wie ein Schluchzen an. »... daß wir ohnehin nicht gemeinsam hätten leben können? Warum?«

»Weil die Mächte es so wollen«, antwortete Jewel leise. »Sie geben einem etwas und nehmen einem dafür etwas anderes weg. Für gewöhnlich ist das Geschenk wertvoller als das, was man dabei verliert.«

»Aber du hast doch gesagt, ich sei es nicht wert, eine Fey zu sein«, sagte Arianna.

»Dafür mache ich ausschließlich deinen Vater verantwortlich.« Bei diesen Worten zuckte Nicholas zusammen. »Andererseits hatte er nicht die Möglichkeiten, aus dir eine Fey zu machen. Ich fürchte, du mußt noch ein paar Nachhilfestunden bei mir nehmen, in denen du hauptsächlich zuhören wirst. Du kannst hier nicht im Mittelpunkt des Interesses stehen. Falls du trotzdem darauf bestehst, müssen die anderen womöglich alle sterben. Du mußt mit ihnen zusammenarbeiten und deinem Vater die Entscheidungen überlassen. Stell ihn nicht zu sehr in Frage, zumindest nicht in der Öffentlichkeit.«

Bei dem letzten Satz senkte Gabe den Kopf, um zu unterstreichen, wie ernst es Jewel damit war. Arianna blinzelte mehrere Male und nickte dann. Nicholas atmete erleichtert aus.

Arianna sah ihn an. Die Tränen standen ihr immer noch in den Augen, aber sie waren nicht herausgerollt. »Haßt du mich?« flüsterte sie mit aller Melodramatik, die er inzwischen mit ihr verband. Von Kindesbeinen an hatte sie auf ihrer Gefühlsskala die Extreme bevorzugt. Er hatte das immer Solanda zugeschrieben, aber womöglich war er selbst schuld daran, weil er niemals den Mut aufgebracht hatte, so mit ihr zu reden, wie es Jewel soeben getan hatte.

»Nein«, antwortete er und streckte ihr die Hand entgegen. Sie kam auf ihn zu, nahm die Hand und setzte sich neben ihn, wobei sie ihr Gesicht in seinem Ärmel verbarg. Vorsichtig nahm er den Arm zur Seite, zog sie näher an sich, damit sie sich an ihn kuscheln konnte.

Sie war so zerbrechlich. So dünn. So müde.

Jewel betrachtete ihn amüsiert. »Die Fey haben nicht viel dafür übrig, ihre Kinder zu verzärteln«, sagte sie, aber er erkannte, daß ihre Reaktion nicht einem Tadel, sondern ihrer Zuneigung entsprang.

»Ich weiß«, sagte er. »Deshalb hast du ja auch Sebastian so verhätschelt.«

Ihr Lächeln ließ kaum merklich nach. Dann warf sie einen raschen Blick nach hinten zu Gabe. Er lächelte überhaupt nicht. Er beobachtete sie. Alle wußten, daß Sebastian seinen Platz eingenommen hatte. Aber wie man es auch betrachtete, wie sehr sie ihn auch geliebt haben mochten – Sebastian war niemals der Thronfolger gewesen. Sebastian war ihr Kind, wenn auch nicht das Kind, das ihnen geschenkt worden war.

»Wir müssen herausfinden, wie wir uns diesen Ort zunutze machen können«, sagte Nicholas und ging damit wieder zur Tagesordnung über. »Vielleicht hilft er uns dabei, Rugad aufzuhalten.«

Er mußte nach diesen Worten schwer schlucken. Als er den Leichnam der Schamanin tiefer in die Höhle getragen hatte, dorthin, wo kein Licht mehr hindrang, hatte er gespürt, daß noch jemand, noch etwas anwesend war. Er hatte sich neben die Schamanin gekniet, sie für sein Verhalten in der vergangenen Nacht um Vergebung gebeten und ihr gesagt, daß er sie vermisse. Dann versprach er ihr, daß man sie wie eine Fey begraben würde, sobald ihm das möglich war. Er war noch eine Weile neben ihr sitzen geblieben und hätte gern noch mehr für sie getan; er hätte gern mehr verhindert. Aber das hatte er nicht. Sie war tot, und sie hatte es sich so ausgesucht.

Aber, wie Jewel gesagt hatte, für gewöhnlich ist das Geschenkte wertvoller als das, was man verliert. Er hatte seine Frau zurückbekommen – zumindest für eine gewisse Zeit. Und er wußte, daß das genug war.

Diesmal würden sie sich wenigstens voneinander verabschieden können.

Bei diesem Gedanken wurde ihm das Herz schwer. Er wollte sich nicht von ihr verabschieden. Niemals.

Aber er würde es tun, wenn es sein mußte.

Er warf einen Blick zu der Stelle hinüber, an die er die Schamanin gebracht hatte. Er hatte geglaubt, er habe sich dort lange aufgehalten, aber als er zurückkam, hatten ihm sowohl

Fledderer als auch Adrian versichert, er sei nur wenige Sekunden weg gewesen.

Man hatte ihn davor gewarnt, daß die Zeit an diesem Ort anders verrann.

»Wie geht es ihm?« fragte Jewel mit einem Blick zu Coulter. Ihre Stimme riß Nicholas aus seinen Tagträumen.

»Ich weiß es nicht.« Gabe ging neben Coulter in die Hocke. Die Antipathie, die bei Nicholas' Ankunft zwischen Coulter und Gabe geherrscht hatte, schien allmählich abzuklingen. »Coulter! Geht's dir wieder besser?«

Arianna hob den Kopf. Tränen schimmerten auf ihrem Gesicht, ihre Wangen waren verschmiert, Haare klebten daran fest. Sie hatte geweint, und Nicholas hatte es nicht einmal gemerkt.

Als Coulters Name fiel, sah sie auf.

»Ja, etwas«, murmelte Coulter. »Aber verlang bloß nicht, daß ich auch nur einen kleinen Funken entzünde.«

»Ist deine Zauberkraft dahin?« erkundigte sich Adrian.

Coulter schüttelte den Kopf. »Sie kommt wieder. Teilweise ist sie schon wieder da. Aber nur unwichtige Bereiche.«

Nicholas sah von ihm weg. Seine Tochter hingegen starrte ihn an. Sie schien von ihm fasziniert zu sein. Bei all der Arbeit, die für die Verteidigung der Höhle auf sie zukam, würde ihr keine Zeit bleiben, ihrer Faszination näher auf den Grund zu gehen.

Dafür war Nicholas dankbar. Allmählich wurde ihm bewußt, wieviel Schaden er damit angerichtet hatte, daß er seine Tochter von allem abgeschottet hatte. Er wollte nicht, daß sie sich in den erstbesten Mann, der ihr außerhalb des Palastes über den Weg lief, verliebte – wie zaubermächtig er auch sein mochte.

Nicholas holte tief Luft. Er hielt Arianna weiterhin fest im Arm, aber jetzt war es höchste Zeit, weiterzumachen, so wie er es angekündigt hatte. »Jewel, weißt du, wozu all die Gegenstände in dieser Höhle gut sind?«

Sie schüttelte den Kopf. »Es ist ein Inselort mit religiösen Symbolen und Gegenständen der Inselbewohner. Davon verstehe ich nichts.«

»Trotzdem bist du hier erschienen«, sagte Coulter. Obwohl er behauptete, sie nicht sehen zu können, schaute er mit erstaunlicher Zielsicherheit in ihre Richtung.

»Wir befinden uns an einem Ort der Macht«, sagte sie. »Ich hätte den drei Personen meiner Wahl ebensogut am Ort der Macht in den Eccrasischen Bergen erscheinen können.«

Gabe übersetzte, so gut es ging, aber die feinen Nuancen bekam er nicht immer richtig hin. Nicholas war früher nie aufgefallen, wieviel von Jewels Wesen in ihren Betonungen, in der Kraft ihrer Stimme lag, einer Kraft, die Gabe nicht zu besitzen schien.

»Dann könntest du also auch zum dritten gehen«, sagte Arianna.

»Wenn es einen dritten gibt«, warf Nicholas ein.

»Erst dann, wenn mich jemand dort hinzieht«, sagte Jewel. »Wenn dein Vater sich dort aufhält, kann ich auch dorthin.«

Arianna holte abgerissen Luft und sagte an Nicholas gewandt: »Darf ich noch eine Frage stellen?« Ihre Haut war von den Tränen fleckig und feucht. »Sie erklärt sich teilweise selbst, teilweise aber auch nicht.«

Er warf Jewel einen kurzen Blick zu. Sie zuckte die Achseln.

»Nur zu, meine Liebe.«

»Wenn einem deiner drei etwas zustößt, beispielsweise demjenigen, den du haßt, kannst du dann auch jemand anderem erscheinen?« Aus ihrer Stimme war die Sehnsucht herauszuhören, und sie errötete ein wenig, als sei ihr die Frage peinlich.

Nicholas sah seine Frau an. Jewel schloß einen Moment die Augen, bevor sie leise sagte: »Nein.«

Gabe wiederholte ihre Antwort ebenso rücksichtsvoll.

Arianna nickte und lehnte ihren Kopf wie hilfesuchend an Nicholas. Nicholas betrachtete Jewel noch einige Sekunden länger. Sie hob ihre herrlichen, aufwärts geschwungenen Brauen, als wollte sie ihm etwas mitteilen, ihm ein Zeichen geben; dann seufzte sie.

Wenn Jewel davon ausging, daß Arianna wie eine Fey dachte, konnte sie die Frage nicht anders beantworten. Wenn sie ihre Mutter wirklich zu sehen wünschte, würde ein Ja als Antwort auf diese Frage bedeuten, daß das Leben von Nicholas und Gabe in Gefahr war.

Arianna würde wohl nichts gegen ihren Vater unternehmen, und inzwischen hatte sie wohl auch ihre Lektion hinsichtlich des Schwarzen Blutes gelernt. Nicholas war davon überzeugt, daß sie nun daran glaubte.

Er küßte seine Tochter auf den Scheitel, entließ sie langsam aus seinen Armen und stand auf. Ihr Zaubermeister war verletzt, und ihre Streitmacht war nur sehr klein. Aber sie hatten Jewel.

Und diese Gerätschaften der Rocaanisten. Hunderte davon. Glasfläschchen voller Weihwasser, Wandteppiche, Schalen, genug Schwerter, um damit eine ganze Armee auszurüsten, die Kelche und den Brunnen. Er wußte, daß weiter hinten in der Höhle noch mehr davon zu finden war.

»Was hast du?« fragte Arianna mit heiserer Stimme und sah zu ihm auf.

»Es gibt etwas im Rocaanismus«, erwiderte er und dachte dabei angestrengt nach, »das sich ›die Geheimnisse‹ nennt. Nur der Rocaan kennt sie.«

»Der Rocaan ist tot«, sagte Arianna.

Nicholas schenkte ihrem Einwand keine Beachtung. Soviel

wußte er auch. Beinahe wäre er selbst in den Besitz der Geheimnisse gekommen, kurz nach Jewels Tod, als er Matthias bedroht hatte. Nicholas hatte damit gedroht, sowohl über den Tabernakel als auch über das Land zu herrschen. Wie vorauszusehen war, ließ sich Matthias nicht auf seinen Vorschlag ein.

»Die Geheimnisse beinhalten zum Beispiel die Prozedur zur Herstellung von Weihwasser.« Er sah zu den Fläschchen hinüber.

»Na und?« sagte Gabe.

»Weihwasser tötet die Fey«, erläuterte Arianna. Sie stand neben ihm und legte dann eine Hand auf Nicholas' Arm, um nicht das Gleichgewicht zu verlieren. Auch wenn sie es nicht zugab, sie war wirklich sehr geschwächt.

»Glaubst du ... daß auch die anderen Dinge ...?« fragte Coulter.

»Wonach sieht es hier denn aus?« Nicholas blickte um sich. »Nicht nach einem religiösen Andachtsraum. Hier gibt es weder Sitzgelegenheiten noch Möglichkeiten zur stillen Einkehr. Es ist eher ein Ort, der sich leicht verteidigen läßt.«

»Ein Waffenlager?« Fledderer war ebenfalls aufgestanden. »Glaubt Ihr, es ist ein Waffenlager?«

»Ich weiß es nicht«, antwortete Nicholas. »Aber ich weiß genau, daß der Tabernakel von der Existenz dieser Höhle nichts wußte, andernfalls hätte der Rocaan, jeder einzelne von ihnen, auf mehr Präsenz in diesem Landstrich gedrängt. Der Fünfzigste Rocaan rief seine Auds nach einem besonders üblen Zusammenstoß mit den Einheimischen sogar von hier zurück.«

»Das würde niemand tun, der weiß, daß sich in diesen Bergen etwas Wichtiges verbirgt«, sagte Jewel. Sie stand jetzt wieder neben ihm und lächelte ihn an. »Nicht einmal ein Inselbewohner.«

»Du hast recht«, nickte Nicholas. »Entweder ist diese Höhle vergessen worden, oder sie diente einem anderen Zweck.«

»Oder sie wurde von den Einheimischen genutzt«, gab Adrian zu bedenken. »Ich habe gehört, daß einige Gruppierungen hier nicht gut auf den offiziellen Rocaanismus zu sprechen sind. Überall haben sich Splittergruppen gebildet. Vielleicht hat eine davon diese Höhle eingerichtet.«

»Möglich«, meinte Nicholas, schien jedoch nicht sehr von der Idee überzeugt. »Einige Dinge in unserer Religion sind mir schon seit jeher merkwürdig vorgekommen. Auch du hast dich immer über sie gewundert, Jewel.«

»Als ich dir einmal davon erzählte, hast du mich fürchterlich angeschnauzt.«

Nicholas zuckte die Achseln. »Der Roca wurde in die Hand Gottes aufgenommen, aber wir haben nie erfahren, was aus den Soldaten des Feindes wurde. Wäre er ein Doppelgänger gewesen ...«

»Dann hätte es tatsächlich so ausgesehen, als wäre er absorbiert worden«, ergänzte Adrian den Satz. Er hielt Coulter immer noch im Arm, der aufmerksam zuhörte. »Und er hätte den Soldaten befehlen können, sich zurückzuziehen.«

»Genau«, pflichtete ihm Nicholas bei.

»Was redet ihr da?« wollte Gabe wissen. »Ich verstehe kein Wort.«

»Du bist ein Abkömmling des Roca«, antwortete Nicholas, ohne sich umzudrehen. Es war erstaunlich, was seine Kinder alles nicht wußten. »Seine Ahnenreihe bildet die Grundlage unserer Monarchie. Noch nie saß jemand auf dem Thron, der nicht direkt von ihm abstammte.«

»Der Rocaanismus lehrt«, fuhr Adrian fort, als Nicholas eine Pause machte, »daß der Roca sein Volk gegen fremde Soldaten führte, in einen Krieg, den er nicht gewinnen konnte. Er stellte sich den Soldaten, die in den Worten als die Soldaten des

Feindes bezeichnet werden, säuberte sein Schwert auf zeremonielle Weise und richtete es dann gegen sich selbst, woraufhin er in die Hand Gottes aufgenommen wurde. Was mit den Soldaten geschah, wird nicht gesagt, auch nicht, was genau mit dem Roca geschah, nur daß er dann in der Hand Gottes saß, um seinem Volk von dort aus besser zur Seite zu stehen.«

»Oder etwas in der Art«, bemerkte Nicholas. Es war deutlich, daß keiner von ihnen in letzter Zeit an einem Gottesdienst teilgenommen hatte. Bei Nicholas war es zu der Zeit gewesen, als die Fey auf die Insel kamen, bei Adrian war es ungefähr ebenso lang her. Etwas an Adrians Nacherzählung stimmte nicht, aber Nicholas kam nicht darauf.

Das wurmte ihn.

»Hört sich nicht wie ein Doppelgänger an«, sagte Jewel.

»Du hast doch immer gesagt, es höre sich ganz danach an, als sei Magie im Spiel gewesen«, sagte Nicholas.

»Genau. Mir kommt es immer noch so vor.«

»Und jetzt haben wir alle diese Dinge hier.«

»Aber wie sollen wir sie ausprobieren?« Die Frage kam von Arianna. Sie hakte ihren Vater unter. »Du hast mich nie auch nur in die Nähe dieser religiösen Gegenstände gelassen. Ich wundere mich, daß wir uns jetzt hier drinnen aufhalten.«

»Die Zauberhüter stellen Magie mit Hilfe der Blutbeutel fest«, sagte Jewel.

»Wir sind keine Zauberhüter«, erwiderte Nicholas.

»Und wir können es schlecht an uns selbst ausprobieren«, stellte Fledderer mit leicht zitternder Stimme klar und schob trotzig das Kinn vor. Er schien zeigen zu wollen, daß er nicht daran glaubte, sie wollten ihn als Versuchskaninchen benutzen, obwohl er offensichtlich jederzeit damit rechnete, daß jemand diesen Vorschlag machte.

»Das würden wir niemals tun«, beruhigte ihn Nicholas. Er

schluckte. Er konnte selbst nicht glauben, was er als nächstes vorschlug. »Adrian, wir beide müssen uns diese religiösen Utensilien näher ansehen.«

»Das halte ich nicht für klug«, widersprach Gabe. »Sie könnten euch etwas antun.«

Nicholas drehte sich ein wenig zur Seite. Jewel hatte sich Gabe bereits zugewandt und schien sich darüber zu wundern, daß er so etwas sagte. Nicholas zumindest wunderte sich sehr. Sein Sohn war umsichtig und hatte mit seiner Umsicht mehr als recht.

Er schien das Gegenteil von seiner Schwester zu sein.

»Für mich besteht ein geringeres Risiko als für jeden von euch«, sagte Nicholas. »Ich bin ein Inselbewohner, und in meinen Adern fließt das Blut des Roca.«

»Glaubst du wirklich, daß diese Höhle etwas mit dem Roca zu tun hat?« fragte Adrian.

»Ich habe Geschichten über ihn und seinen Aufenthalt in den Blutklippen und den Schneebergen gehört«, erwiderte Adrian. »Schwer zu sagen, was davon der Wahrheit entspricht. Aber wenn diese Sachen hier, wie es den Anschein hat, zum Rocaanismus gehören, ist es sehr wahrscheinlich, daß sie keine schädlichen Auswirkungen auf mich haben.«

»Um das herauszufinden, bleibt dir nicht viel Zeit«, gab Jewel zu bedenken. »Der Schwarze König ist unterwegs und wird schon bald mit seiner Armee hier eintreffen.«

»Das weiß ich.« Nicholas mußte diesen Teil der Unterhaltung beenden. Er zog Ari an sich und küßte sie auf die Stirn. »Du mußt dich hinlegen. Ruh dich aus.«

»Ich bin schon müde vom ständigen Ausruhen«, gab sie zurück.

Er sah sie an und lächelte. Sie hatte sich nicht verändert. Sie funkelte ihn an, und nur allmählich verwandelte sich ihr wütender Blick in Resignation.

»Darüber habt ihr also geredet, was?« sagte sie. »Das zu tun, was für die anderen das Beste ist.«

»In diesem Fall ist es auch für dich das Beste«, sagte er.

Sie seufzte, ließ es aber dabei bewenden und ging, nachdem sie Coulter einen schmachtenden Blick zugeworfen hatte, zu ihrem Lager zurück. Er lächelte und nickte ihr aufmunternd zu. Gabe, der die Szene genau beobachtet hatte, verzog das Gesicht. War er auf Coulter eifersüchtig?

Nicholas wußte es nicht, und er hatte auch nicht genug Zeit, um es herauszufinden. Er ging die Treppe hinauf. »Adrian?«

»Schon unterwegs«, sagte Adrian und löste sich vorsichtig von Coulter. Coulter stützte sich auf einen Ellbogen und zeigte damit schon mehr Energie als zuvor. Er sah Adrian nach, der drei Stufen auf einmal nahm, bis er zu Nicholas aufgeschlossen hatte.

»Wißt Ihr eigentlich, wonach wir suchen?« fragte Adrian leise.

»Wie gut kennst du dich im Rocaanismus aus?«

»Ziemlich schlecht«, erwiderte Adrian. »Ich habe nur so viel gelernt, um durchzukommen.«

Nicholas seufzte. Auch er war nicht gerade der gelehrigste Religionsschüler gewesen. Wieder hörte er seinen Vater, wenn er sich mit ihm stritt und Nicholas behauptete, sein Wissen in religiösen Belangen habe nichts mit seiner zukünftigen Aufgabe als König und Herrscher der Insel zu tun.

Wir sehr er sich doch getäuscht hatte. Seine Kenntnis in religiösen Belangen könnte jetzt den Ausschlag darüber geben, ob er die Blaue Insel retten konnte oder sie dem Schwarzen König überlassen mußte.

»Na, dann wollen wir mal hoffen, daß unser gemeinsames Wissen ausreicht«, brummte Nicholas.

»Vielleicht sollten wir beten«, schlug Adrian vor. Seine Stimme war frei von jeglichem Sarkasmus.

Nicholas warf ihm einen verdutzten Blick zu. Adrians Wangenmuskeln waren gespannt, seine Augen weit aufgerissen. Ihm war ebenso bewußt wie Nicholas, wie wichtig ihre Aufgabe war.

»Vielleicht hast du sogar recht«, antwortete Nicholas und wünschte, es könne daran glauben, daß Beten ihnen bei ihrer Aufgabe hilfreich sei.

13

Sie hatten sich in einer kleinen Kapelle ein Stück nördlich des Hofes verabredet. Luke hatte diesen Ort teilweise deswegen ausgewählt, weil er davon überzeugt war, daß die Fey ihn mieden. Die Invasoren hatten die Kirche damals heimgesucht, den Daniten gezwungen, das Weihwasser, das Schwert und die anderen religiösen Utensilien zu entfernen, und dann hatten sie ihn getötet. Luke glaubte nicht, daß sie die Kirche selbst jemals betreten hatten.

Noch immer schwebte Asche von dem Feuer in der Luft. Das Feuer hatte einen eigenartigen Geruch ausgestoßen. Der beißende Rauch war mit dem Geruch von verbranntem Fleisch und etwas beinahe Angenehmem, einem scharfen, aromatischen Gewürz angereichert, das Luke an einige der besten Rezepte seines Vaters erinnerte. Bei diesem Gedanken revoltierte Lukes Magen, und er mußte sich am Straßenrand übergeben.

Con war noch immer bei ihm. Nachdem der Junge sich gesäubert hatte, sah er sogar noch jünger als zuvor aus. Jünger und hübscher. Er hatte runde blaue Augen mit langen Wimpern, ein perfektes Gesicht, so wie es sich Eltern immer wünschten, mit pausbäckigen Wangen und von goldenem Haar eingefaßt. Die Augen waren durch den Schlafmangel tiefer in die Höhlen gesunken und wirkten irgendwie gehetzt, als hätte der Junge mehr gesehen, als er verkraften konnte.

Als er sauber war, hatte auch der Weinkrampf endlich nachgelassen. Es war, als hätte er die ganze Zeit über stark sein müssen, stärker als jemals zuvor, und jetzt, nachdem er jemanden gefunden hatte, der ihm zur Seite stand, hatte er die Kontrolle über sich verloren. Luke wußte genau, wie man sich dabei fühlte. Er hatte sich damals, als junger Mann, auch oft so gefühlt, während der Gefangenschaft seines Vaters. Nur hatte er nicht geweint, als sein Vater nach Hause zurückgekehrt war. Dafür war es damals für ihn zu spät gewesen.

Sie gingen eilig weiter auf der Straße entlang. Bis jetzt waren ihnen noch keine Fey gefolgt, was Luke jedoch eher beunruhigte als in Sicherheit wiegte. Die Fey schienen die Anführer des Überfalls vergessen zu haben, und das entsprach nicht ihrem normalen Verhalten.

Doch das Feuer loderte noch immer sehr stark hinter ihnen, eine riesige Flammenwand, bei der nichts darauf hinwies, daß sie so bald aufhören würde. Nach seinem Blick ins Innere der Scheune hätte Luke niemals mit einer solchen Reaktion gerechnet, hätte nie geglaubt, daß das Feuer so wütend, so stark und so lange brennen würde.

Sie verließen die Straße und schlugen sich quer über eine Wiese, wobei sie im taubedeckten Gras eine schmale Spur zurückließen. Luke wußte, daß sie keine Zeit hatten, um sie zu verwischen, also versuchte er es nicht erst. Er wußte nicht, ob die anderen noch auf ihn warteten; er hatte sie angewiesen, die Kapelle vor Mittag zu verlassen.

Nach Cons Auftauchen und dem Tod der Fey hatte Luke jegliches Zeitgefühl verloren. Eigentlich hatte er nicht erwartet, so weit zu kommen. Er hatte damit gerechnet, daß ihn die Fey töteten, nachdem er sie von seinen Gefährten abgelenkt hatte.

Vermutlich hielten sie ihn ebenfalls für tot.

Con stieß einen leisen Schrei der Erleichterung aus. Luke sah sich mißtrauisch um. Er war diesen Weg schon so oft gegangen, daß er ihn mit geschlossenen Augen fand. Das Feld war von einer wild wuchernden Wiese bewachsen; der Bauer hatte es in diesem Jahr brachliegen lassen. Schon vor langer

Zeit hatten die Inselbewohner gelernt, ihre Felder hin und wieder ruhen zu lassen, bevor sie überhaupt nichts mehr hergaben. Luke bezweifelte, daß die Fey in Zukunft einen derartigen Luxus zuließen.

Doch nicht das grasbewachsene Feld hatte Cons Aufmerksamkeit erregt.

Er hatte die Kapelle erblickt.

Die Kapelle sah aus wie viele andere, die überall auf der Blauen Insel verstreut waren, ein kleines, weißgetünchtes Gebäude mit nur einem einzigen Raum. Ihr Anblick vermittelte einen Ausdruck ärmlicher Bescheidenheit. In dieser Hinsicht war sie das genaue Gegenteil des Tabernakels, einem Ort, an dem Prunk im Übermaß regiert hatte.

Con eilte ihm voran, doch Luke hielt ihn am Arm fest. »Sie erwarten mich«, sagte Luke leise.

Con nickte und hielt sich hinter Luke. Am offenen Eingang angekommen – die Fey hatten die Tür herausgerissen –, spähte Luke vorsichtig in die Kapelle.

Er wußte selbst nicht genau, was er eigentlich erwartete. Vielleicht einen grausigen Anblick ... seine niedergemachten Gefährten, ebenso geschlachtet, wie er und Luke die Fey geschlachtet hatten ... überall Blut, eine grausame und gnadenlose Vergeltungsaktion.

Es war jedoch dunkel in der kleinen Kirche, und nachdem sich seine Augen an die Dunkelheit gewöhnt hatten, sah er Medes, Totle und Jona, die so weit hinten kauerten wie möglich. Niemand, der nicht direkt nach ihnen suchte, hätte sie dort entdeckt.

Luke ging hinein. Der Lehmboden war schon lange nicht mehr gefegt worden, und die hölzerne Plattform, die einst der Altar gewesen war, war nackt und leer. Von den Wänden waren sämtliche religiösen Symbole verschwunden, und die Gebetsstühle – das Kirchlein war zu klein für größere Bankreihen – lagen kreuz und quer im Raum oder waren wie Feuerholz in einer Ecke gestapelt.

»Ich habe einen der unseren mitgebracht«, erklärte Luke vorsichtig. »Er ist ein Aud.«

»Bist du sicher?« fragte Jona.

»Ja«, antwortete Luke. »Er hat mir das Leben gerettet. Und er hat die Fey getötet, die hinter mir her waren.«

Er winkte Con herein. Con verneigte sich, als er über die Schwelle trat, und murmelte etwas, das sich wie ein Segen anhörte. Dann hob er den Kopf und stöhnte auf.

»Was ist denn hier passiert?« flüsterte er.

»Die Fey«, erwiderte Totle. »Was sonst?«

»Habt ihr das Feuer gesehen?« erkundigte sich Luke.

»Da war Zauberei mit im Spiel«, sagte Medes. »Was haben wir da bloß angestellt?«

»Weiß ich auch nicht so genau«, sagte Luke, »aber ich glaube, wir haben mehr Schaden als erhofft angerichtet.«

»Wahrscheinlich suchen sie überall nach uns.«

»Ganz bestimmt«, sagte Luke. »Spätestens, sobald das Feuer aus ist. Ich glaube, sie dachten, die Fey, die mir auf den Fersen waren, diejenigen, die Con getötet hat, würden ausreichen.«

»Du siehst nicht so aus, als könntest du Fey töten«, sagte Totle und musterte Con skeptisch.

»Er kann hervorragend mit dem Schwert umgehen«, sagte Luke, der nicht näher auf das Vorgefallene eingehen wollte. Er wollte nicht, daß sie davon erfuhren. Schon vor langer Zeit hatte er die Erfahrung gemacht, daß je mehr Informationen im Umlauf waren, desto einfacher konnten sie andere zu ihrem Vorteil nutzen.

»Sehr gut«, brummte Mendes und hob die Augenbrauen, als schenkte er Lukes Worten keinen rechten Glauben.

»Wir können hier nicht länger bleiben«, meinte Luke.

»Was sollen wir tun?« fragte Jona.

»Nichts«, antwortete Luke. »Nach diesem Feuerwerk erwarten die Fey wahrscheinlich nicht noch mehr.«

»Wir können doch nicht einfach herumsitzen«, knurrte Jona. »Ich dachte, wir wollten die Fey aufhalten.«

»Es geht darum, ihr Selbstbewußtsein zu erschüttern und sie zu schwächen«, widersprach Luke. »Und dabei müssen wir äußerst klug vorgehen. Wenn wir geschnappt werden, ist niemandem geholfen.«

»Wenn der Junge die Fey umgelegt hat, die dich verfolgt haben, dann wissen die Fey auch, wer das getan hat«, sagte Medes.

»Sie wissen von mir«, erwiderte Luke. »Aber sie haben keine Ahnung, wer mir dabei geholfen hat.«

»Was willst du jetzt tun?« fragte Totle.

»Con hat mich um Hilfe gebeten. Wir machen uns auf den Weg nach Jahn.«

»Nach Jahn?« entfuhr es Medes.

Luke nickte. »Wenn du mitkommen willst, bist du herzlich eingeladen.«

»Was habt ihr denn dort vor?« wollte Jona wissen.

»Wir versuchen, den Sohn des Königs zu retten«, sagte Luke. »Con weiß, wo er ist.«

»Nur ihr zwei?« fragte Medes. »Das ist doch verrückt! Die Fey haben Jahn doch eingenommen.«

»Das weiß ich auch«, entgegnete Luke. »Aber jemand muß es versuchen.«

»Warum ihr?« fragte Jona.

Con setzte zu einer Antwort an, aber Luke kam ihm zuvor. »Wir haben einen gemeinsamen Freund, der ihn hierhergeschickt hat.« Er holte tief Atem. »Wenn einer von euch mitmachen will ...«

»Nein danke«, sagte Jona. »Ich habe Familie. Ich bleibe hier.«

»Mir gefällt das nicht«, meinte Medes. »Du hast gesagt, wir arbeiten zusammen, und zwar ziemlich lange noch.«

Luke nickte. »Ich habe nicht mit einer derart gewaltigen Explosion gerechnet. Ich dachte, wir brennen die Scheune nieder, erledigen in den kommenden Wochen ein paar Wachtposten, schlagen an einigen strategisch wichtigen Stellen zu und bringen sie einfach ein wenig durcheinander. Mit dem Ergebnis von heute morgen habe ich nicht im Traum gerechnet.«

»Das ist kein Grund, unseren Plan jetzt zu verraten«, sagte Totle.

Lukes Mund war trocken. Er hatte den Eindruck, als hielten sie sich schon viel zu lange in der kleinen Kapelle auf, wünschte, sie hätte Fenster, durch die er nach draußen schauen und sehen konnte, was dort vor sich ging. »Hat einer von euch vielleicht einen Platz, an dem er mich verstecken kann, solange die Fey nach mir suchen?«

»Woher wollen die wissen, daß du es warst?« fragte Jona. »Diejenigen, die dich verfolgt haben, sind doch tot, oder nicht?«

»Sie liegen auf meinem Hof«, erwiderte Luke nickend.

»Du könntest einfach behaupten, jemand sei angerannt gekommen und hätte sie niedergemacht«, schlug Totle vor.

»Würdest du das glauben?«

Die anderen senkten die Blicke. Con schienen die gleichen Bedenken zu plagen wie Luke, denn sein Blick wanderte zum wiederholten Male zur Tür.

»Ich muß los«, sagte Luke. »Ich nehme jeden von euch, der mit will, gerne mit.«

Jona schüttelte den Kopf. »Ich muß an meine Töchter denken.«

»Ich habe meinen Hof noch nie verlassen«, brummte Medes.

Totle richtete sich auf und sah plötzlich wie ein Soldat aus.

»Wir können den Kampf hier auch ohne dich fortsetzen«, sagte er.

»Allerdings«, nickte Luke. »Aber eines Tages steckt ihr dann vielleicht in der gleichen Klemme wie ich jetzt.«

»Oder in einer schlimmeren«, ergänzte Con.

Die anderen starrten ihn an, als sei er ein Eindringling, ein Vertreter der Fey, jemand, dem sie nicht über den Weg trauten. Auch Luke hatte ihm anfangs nicht getraut, doch jetzt kam es ihm vor, als kenne er Con schon mindestens so lange wie Medes.

»Schlimmer?« fragte Totle.

»Es kann gut sein, daß die Fey Vergeltung üben«, sagte Con.

»Das werden sie nicht tun.« Medes schüttelte den Kopf. »Sie brauchen das Land, und sie brauchen Leute, die es bewirtschaften. Wenigstens diesen Schutz haben wir noch.«

Con legte den Kopf kaum merklich zur Seite, als versuchte er, sich davon abzuhalten, den Kopf zu schütteln.

»Medes hat recht«, sagte Luke. »Die Fey haben keinen Zweifel daran gelassen, daß sie die Insel ihrer natürlichen Reichtümer wegen haben wollen. Das werden sie nicht aufs Spiel setzen.«

»Sie wollen die Ernteerträge hochfahren«, sagte Jona. »Das geht wohl schlecht, wenn sie die jetzige Ernte vernichten.«

»Oder die Bauern umbringen«, meinte Totle.

»Paßt auf euch auf«, sagte Luke. »Wartet einen oder zwei Tage ab und sucht euch das nächste Ziel mit Bedacht aus. Versammelt euch nirgends, außer nach einem Anschlag, um durchzuzählen, so wie wir es hier getan haben. Wahrscheinlich braucht ihr auch einen neuen Anführer.«

»Das übernehme ich«, sagte Medes. »Meine Familie ist daran gewöhnt, daß ich zu den ungewöhnlichsten Stunden komme und gehe.«

Luke spürte, wie mit einem Mal Traurigkeit in ihm aufstieg, als wäre ein Teil seines Lebens soeben zu Ende gegangen, ohne daß er es bemerkt hatte. »Denkt dran«, sagte er, »immer nur kleine Anschläge.«

Medes nickte. »Wir kommen schon zurecht.«

Luke atmete tief durch. Con schaute schon wieder zur Tür hinaus. Da er nichts sagte, hatte er wohl nichts gesehen.

»Das wär's dann«, sagte Luke. »Viel Glück.«

»Euch auch«, sagte Totle.

Jona sah ihn ernst an. »Du weißt doch, daß du von diesem Unternehmen vielleicht nicht mehr zurückkommst?«

»Ich weiß«, erwiderte Luke und fuhr sich mit der Hand durchs Haar. »Hört mal, wenn mein Vater zurückkommt, sagt ihm, er soll sich vom Hof fernhalten. Könnte sein, daß die Fey auch ihn dafür verantwortlich machen, schon gar, wenn sie seine Geschichte kennen.«

»Wir passen auf ihn auf«, versicherte ihm Medes.

Mehr konnte Luke nicht tun, auf mehr durfte er nicht hoffen. Innerhalb weniger Stunden hatte sein Leben abermals eine neue Richtung eingeschlagen.

Sie blickten sich noch einige Sekunden in die Augen, und Luke hatte den unbestimmten Eindruck, daß er diese Männer, diese Kirche und diesen Teil des Landes überhaupt nie wiedersehen würde. Dann winkte er ihnen zu und schob sich hinaus. Con folgte ihm.

Sie machten sich auf den Weg nach Jahn, um einen jungen Mann zu retten, der weder Inselbewohner noch Fey war, der wie der leibliche Sohn des Königs aussah, aber nicht sein leiblicher Sohn war.

Womöglich würden sie bei dem Versuch, ihn zu retten, ihr Leben lassen.

Aber sie mußten es versuchen. Für Luke war es nur ein weiterer Schritt in seinem persönlichen Kampf gegen die Fey.

Er warf noch einen Blick zurück auf den Brand, den er verursacht hatte.

Einen Sieg hatte er errungen; zwei, wenn er die toten Fey mitzählte.

Vielleicht gewährte ihm Gott noch einen dritten.

14

Licia stand auf der Anhöhe und beobachtete, wie die Truppen Aufstellung nahmen. Noch war die Morgensonne nicht ganz über die Berggipfel gestiegen, aber man spürte bereits, daß es ein warmer Tag werden würde.

Der Marsch über den Paß war zumindest für Licias Einheit ohne Probleme verlaufen. Die Vogelreiter waren vorausgeflogen, um sie vor Inselbewohnern oder anderen Anzeichen von Gefahr zu warnen, aber nichts war geschehen.

Licia hatte die Truppen über den Paß bis zu dieser Stelle geführt. Noch immer trafen weitere Kompanien ein und stellten sich entlang des Hügelkamms auf. An einem so traditionellen Angriff hatte Licia seit den letzten Tagen des Feldzugs gegen die Nye nicht mehr teilgenommen, in denen die Nye fest mit magischen Angriffen gerechnet hatten. Deshalb hatten die Fey wie immer das Unerwartete getan und die Nye auf ganz konventionelle Art und Weise überrumpelt.

Es hatte hervorragend funktioniert.

Licia sah auf das morgendliche Treiben der Stadt zu ihren Füßen hinab und machte mehr Menschen in den Straßen aus als beim ersten Mal. Es schien ein geschäftiger kleiner Ort zu sein. Licia fragte sich, was alle diese Menschen wohl umtrieb. Handelsgeschäfte mit Nachbarstädten konnten es nicht sein.

Eine kleine Gruppe Inselbewohner erklomm den steilen Bergpfad, der zum Steinbruch führte. Licia hatte beschlossen, sie unbehelligt zur Arbeit gehen zu lassen, denn auf diese Weise verließen zahlreiche kräftige Männer die Stadt. Ein Steinbruch war nicht schwer zu erobern. Seine glatten Wände und die kesselartige Anlage verhießen einen kurzen Kampf und einen sicheren Sieg. Falls die Fey die Arbeiter wider

Erwarten nicht im ersten Anlauf besiegen konnten, brauchten sie den Steinbruch nur zu umzingeln und zu belagern. Mitten im Gebirge gab es bestimmt weder ausreichend Wasser noch andere Vorräte.

Eine Reihe Soldaten hatte sich bereits mit gezückten Schwertern und Messern der Stadt zugewandt aufgebaut. Die zweite Reihe ging gerade dahinter in Stellung. Licia hatte genug Infanterie zur Verfügung, um mit sieben Angriffswellen über die Stadt herzufallen.

Sie würde die Reihen nacheinander losschicken, die Inselbewohner ins Gefecht verwickeln und dann, sobald die Inselbewohner alle Hände voll zu tun hatten, die nächste Welle abkommandieren. Ihre Zählung der Gebäude in der Stadt hatte ergeben, daß die Fey den Einwohnern zahlenmäßig überlegen sein mußten.

Licia hoffte, daß die Inselbewohner spätestens beim Erscheinen der vierten Welle von der Unerschöpflichkeit der Fey-Streitmacht überzeugt waren.

Wieder kreisten Vogelreiter am Himmel. Sie schienen immer noch von dem gescheiterten frühmorgendlichen Angriff verunsichert zu sein, aber Licias Ansprache hatte sie beschämt. Es war ihnen zwar nicht leichtgefallen, aber sie hatten auf ihren Befehl hin die Gestalt gewechselt. Danach hatte Licia ihnen ihren Plan erläutert, und sie hatten gehorcht.

Jetzt breiteten die Vogelreiter die Flügel aus und ließen sich von Fallwinden ins Tal tragen, wo sie herabstießen und für ihre Kommandantin Informationen sammelten. Die übrigen Tierreiter folgten der letzten Truppeneinheit und sollten den Paß anschließend auch bewachen. Die Fußsoldaten und Ay'Le dagegen sollten im Lager bleiben, bis Licia sie rufen ließ. Und das würde sie erst tun, nachdem die Stadt bereits in ihrer Hand war.

Ein Spatzenreiter kreiste kurz über Licias Kopf und ließ sich dann tiefer sinken. Licia streckte die Hand aus. Auf früheren Feldzügen hatte sie gelernt, daß Vogelreiter während einer Schlacht nicht gern die Gestalt wechselten. Sie behaupteten, das schwäche ihre Magie.

Der Spatzenreiter landete auf Licias rechtem Zeigefinger und hielt sich mit seinen kleinen Krallen fest.

Licia blinzelte, dann erkannte sie Shweet. Er hatte schon in Nye mit ihr gekämpft. Sein Name war genauso alt und ehrwürdig wie seine Herkunft. Er stammte aus einem Geschlecht von Spatzenreitern, dessen männliche Nachfahren alle Shweet hießen, seit bei den Fey darüber Aufzeichnungen existierten.

»In der Stadtmitte befindet sich ein ständiger Markt«, verkündete der Vogelreiter ohne große Vorrede. Licia mußte sich vorbeugen, um seine schwache Stimme zu verstehen, denn sein Fey-Kopf und -Körper waren sehr klein, und sein Vogelkopf versperrte ihr die Sicht.

Licia hob die Hand, um sein Gesicht besser sehen zu können. »Sind sie alle dahin unterwegs, so früh am Morgen?«

»Ja«, bestätigte Shweet. »Am Fuß des Berges haben sie kleine Gärten und Felder angelegt. Die Besitzer verkaufen ihre Ernte auf dem Marktplatz. Außerdem verschwinden einige von ihnen in den umliegenden Häusern und kommen mit anderen Waren wieder heraus. Entweder befinden sich in diesen Gebäuden große Lagerräume, oder die Stadt ist untertunnelt.«

»So wie Jahn«, bemerkte Licia nachdenklich.

Shweet nickte, und sein Vogelkopf bewegte sich dabei im Gleichtakt mit dem Fey-Kopf. »Waffen habe ich nicht gesehen. Die Häuser sind aus Felsgestein gemauert. Nur eins ist merkwürdig: Der Stein scheint seine Farbe zu ändern, wenn man ihn aus dem Berg bricht. Im Gebirge ist er rot und in der Stadt grau.«

»Hast du so etwas schon einmal gesehen?« erkundigte sich Licia.

»Nein«, meinte Shweet, »aber in meiner Familie erzählte man sich Geschichten über die Eccrasischen Berge, in denen dieses Phänomen erwähnt wurde.«

»Das bedeutet also, daß es auch in dieser Gegend Magie geben muß.«

»Ja. Ein paar von den kleineren Vögeln, aber nicht ich selbst, haben sie in den Luftströmungen gespürt.«

»Und es war kein Nebeneffekt der Luftströmungen selbst?«

»Das kann ich dir nicht sagen«, seufzte Shweet.

Natürlich nicht. Er besaß nicht die nötigen Fähigkeiten.

»Die Falkenreiter berichten, daß sich eine große Gruppe Inselbewohner im Steinbruch aufhält«, fuhr Shweet fort. »Sie schlagen vor, daß du eine Einheit dorthin schickst. Vom Steinbruch aus kann man die Stadt gut überblicken und sehen, wann du den Befehl zum Angriff gibst.«

Licia nickte, im stillen erfreut darüber, daß sie bereits selbst auf diese Idee gekommen war. »Gibt es Neuigkeiten von den Bergpässen?« fragte sie weiter. »Irgendwelche Inselbewohner oder weitere Fey in Sicht?«

Shweet schüttelte den Kopf.

Jetzt marschierte die dritte Reihe Soldaten auf. Sie bewegten sich fast lautlos. Offenbar waren sie gut ausgebildet. Keiner von Licias Leuten war alt genug, um in der Schlacht um Nye mitgekämpft zu haben. Bis zu diesem Tag war ein derartig durchgeplanter Angriff für sie reine Theorie gewesen.

»Sonst noch etwas?« fragte Licia.

»Die Möwenreiter behaupten, sie hätten Boteen auf dem Berg gesehen. Er reitet auf dem Rücken eines Pferdereiters einen schmalen Pfad hinauf.«

»Konnten sie feststellen, wohin er will?«

»Sie meinten, daß sich am Ende des Pfades eine Höhle

befindet, aber sie können nicht mit Bestimmtheit sagen, ob sie wirklich sein Ziel ist. Caw und den Schreiber hat er unten zurückgelassen. Den Grund dafür kennen die Möwenreiter auch nicht.«

Licia schob nachdenklich die Unterlippe vor. Es hatte sie schon vorher mißtrauisch gemacht, daß Boteen sich nur äußerst zurückhaltend über seine Entdeckung geäußert hatte. Aber sie hatte keine Zeit, länger über seine Beweggründe nachzugrübeln. »Danke, Shweet. Bleib weiterhin so wachsam und gib mir sofort Bescheid, wenn etwas Ungewöhnliches passiert.«

Der Spatzenreiter klammerte seine Krallen noch fester um ihren Finger, wie sie es als geheimes Zeichen der Zustimmung vereinbart hatten. Allerdings konnte ihn ohnehin niemand hören, so winzig, wie er war. »Ich habe einen Schwarm Kolibrireiter beauftragt, die Fußsoldaten im Auge zu behalten. Und Ay'Le auch.«

Licia nickte. Sie mochte Shweet und hatte immer gern mit ihm zusammengearbeitet. Er wußte ebensogut wie sie selbst, daß Machtkämpfe der Fey untereinander tödlich sein konnten, besonders zu einem derart prekären Zeitpunkt.

»Danke«, sagte sie leise.

»Wir werden dich von jeder Veränderung seitens der Inselbewohner oder der Fey unverzüglich unterrichten.«

»Ausgezeichnet.«

Shweet nickte knapp und flatterte auf. Licias Hand schwankte. Shweet geriet in einen Aufwind, ließ sich von ihm höher tragen und breitete die Flügel so weit aus, wie er konnte.

Dann entschwand er in den lichter werdenden Himmel.

Licia blickte ihm nach. In ihm hatte sie einen zuverlässigen Beobachter, aber das war nicht genug. In Kriegszeiten mußte man auf alles gefaßt sein. Sie hatte keine Vision über den

Verlauf dieser Schlacht gehabt, nicht einmal darüber, daß sie die Befehlshaberin sein würde. Normalerweise hätte sie das nicht gestört – sie hatte nur selten Visionen, und wenn, dann ziemlich undeutliche –, aber diesmal wünschte sie, es wäre anders.

Sie spürte, daß sie vor einer wichtigen Entscheidung stand, einer Entscheidung, die ihr ganzes Leben mit einem Schlag ändern und bei der ihr niemand helfen konnte.

Die vierte Reihe Soldaten trat vor. Nicht mehr lange, und die Armee war bereit zum Angriff.

Licia drehte sich um, beschattete die Augen mit der Linken und beobachtete die Schlange von Infanteristen, die sich den Paß hinaufwand. Die sechste und siebte Reihe war zusätzlich mit Pfeil und Bogen ausgerüstet. Diese Krieger hatten mehr Erfahrung, und man hatte sie den Umgang mit dieser Art von Inselwaffen gelehrt. Trotzdem mußte Licia sich vorher noch einmal vergewissern, daß sie auch begriffen hatten, wie man richtig zielte. Es fehlte gerade noch, daß die Fey sich aus Versehen gegenseitig Pfeile in den Rücken jagten.

Sie senkte den Blick wieder auf die Stadt im Tal. Wie winzige Insekten huschten die Einwohner geschäftig und anscheinend völlig ahnungslos durch die Gassen. Wenn die Sonne im Zenit stand, waren sie entweder tot oder ihr Leben nicht mehr wie früher.

Licia lächelte unwillkürlich. Für solche Augenblicke lebte sie. Für den Moment unmittelbar vor einer Schlacht, wo noch alles in der Schwebe war. Er verlieh ihr ein Gefühl von Macht, das Gefühl, daß die Welt ihr gehörte und sie einen berechtigten Anspruch darauf hatte. Und schon am Abend würde dieses kleine Fleckchen Erde ihr tatsächlich gehören.

Sie würde es im Namen des Schwarzen Königs erobern und besetzen.

Im Namen aller Fey.

15

Pausho stand am Rand des Marktplatzes. Ihr war übel, und sie hatte starke Kopfschmerzen. Sie fühlte sich schon den ganzen Morgen krank, obwohl es ihr beim Aufwachen noch gutgegangen war. Aber schon im nächsten Augenblick hatte sie alle Anzeichen einer Magenverstimmung gespürt. Sie konnte es sich nicht erklären, aber es fühlte sich an, als sei eine Welle des Bösen durch ihren Körper hindurch und wieder aus ihm hinausgeströmt und hätte dabei alle ihre Organe durcheinandergebracht.

Trotzdem war sie aufgestanden, hatte ihre Morgenkleider angezogen – zwei Pullover, mehrere Röcke und schwere Stiefel – und war wie jeden Tag zum Marktplatz gegangen. Aber selbst das war nach den Ereignissen vor zwei Tagen ein seltsames Gefühl. Pausho hatte Matthias auf dem Berg zur Höhle des Roca geschickt und war davongegangen. Zuletzt hatte sie gehört, daß er vor dem Eingang der Höhle fast umgekommen wäre und daß ein anderer Langer ihn beschützt hatte.

Ein Langer hatte ihm das Leben gerettet.

Das war nun schon das zweite Mal.

Es konnte nur bedeuten, daß der Berg etwas anderes mit Matthias vorhatte.

Für diesen Morgen hatte Pausho sich vorgenommen, noch einmal die Legenden über die Langen zu studieren, die den Berg öfter als einmal überlebt hatten. Sie erinnerte sich dunkel daran, während ihrer Ausbildung davon gehört zu haben, aber sie hatte die Einzelheiten vergessen. Als Weiser mußte man so vieles wissen, daß man sich nicht ständig an alles erinnern konnte. Manchmal mußte man eben die Quellen befragen, die Legenden und die Worte.

Die Worte. Auch sie mußte sie gründlich nach Hinweisen durchforsten. Seit jener Nacht vor zwei Wochen, in der Pausho mit angesehen hatte, wie Matthias und der brennende Junge sich Feuerkugeln zugeworfen hatten, war nichts mehr so wie früher. Jene Ereignisse, für die sie und die anderen Weisen ihre Vorkehrungen getroffen hatten, vor denen sie sich und ihre Stadt ihr Leben lang in acht genommen hatten, waren letztendlich doch noch eingetroffen. Die Dämonenbrut war über sie gekommen. Und nicht nur ein Abkömmling der Dämonen, sondern gleich deren zwei. Matthias und Coulters Sohn, der ebenfalls Coulter hieß.

Beider Schicksal war eng mit Paushos eigenem verknüpft. Sie war es gewesen, die Coulter als Säugling auf den Berg gebracht hatte. Aber er war am Leben geblieben, hatte die Blutklippen verlassen, sich eine Frau genommen und offenbar einen Sohn gezeugt, der ungewöhnliche Fähigkeiten besaß.

Sie war es auch gewesen, die Matthias damals auf den Berg getragen und im Schnee ausgesetzt hatte. Matthias hatte es überlebt und war im Tabernakel zu Rang und Würden gekommen, hatte sein Amt aber niedergelegt und war in seine Heimat zurückgekehrt. Pausho hatte versucht, sich mit seiner Anwesenheit abzufinden, aber er war ihr immer unheimlich geblieben. Mit seinem hohen Wuchs und den blonden Locken glich er einer Gestalt aus den alten Sagen. Sein Zorn, den er nur mühsam verbarg, machte ihn gefährlich. Und seine neu entdeckte Macht öffnete seine Seele den Dämonen, die ihn beherrschten.

Pausho zupfte ihren Pullover zurecht und wünschte sich, die Übelkeit würde endlich nachlassen. Heute morgen wimmelte es auf dem Markt von Menschen. Nach dem Zwischenfall mit den Langen vor drei Tagen war in der Stadt wieder der Alltag eingekehrt. Die Bewohner hatten die Langen mit ihren Bannsprüchen vertrieben und in die Berge gescheucht. Matthias, dem die Stadtbewohner nichts anhaben konnten, war ihnen gefolgt, und mit ihm ein ehemaliger Weiser, der Pausho an der Nase herumgeführt hatte.

Tri.

Pausho lehnte sich an eine der Marktbuden und spürte die kalte Mauer im Rücken. Ihre Blicke folgten den Vorübergehenden. Viele Einwohner von Constantia hatten die Gewohnheit, sich täglich auf dem Marktplatz zu treffen, um sich über die neuesten Ereignisse auszutauschen. Die meisten kauften nur wenig ein, gerade genug Essen für einen Tag, und die meisten von ihnen verdienten ihr Geld im Steinbruch. Aber der Steinbruch konnte nicht ewig die einzige Einnahmequelle der Einwohner bleiben. Constantia trieb zwar auch Handel mit anderen Bergdörfern, aber der Warenaustausch verlief zunehmend schleppender. Für andere Güter außer Nahrungsmittel gab es kaum Nachfrage.

Eines Tages würden sie ihre Handelsbeziehungen auf den Rest der Insel ausweiten müssen. Das wußte Pausho, und sie hatte versucht, es auch den anderen Weisen klarzumachen. Aber sie hatten ihr gar nicht richtig zuhören wollen, und sie hatten recht damit. Das Beste an Constantia und den übrigen Bergdörfern war ihre Abgeschiedenheit. Sie fühlten sich dem Rest der Insel nicht richtig zugehörig.

Auch andere Leute, die an Pausho vorübergingen, sahen kränklich aus. Die meisten waren blasser als sonst, und einige machten besonders entschlossene Gesichter, als müßten sie sich genauso zusammennehmen wie sie, um sich auf den Beinen zu halten. Vielleicht war diese Übelkeit ansteckend. Vielleicht war es eine Seuche, die die Langen vor drei Tagen eingeschleppt hatten.

Pausho seufzte. Inzwischen war alles möglich. Die Welt veränderte sich so schnell, daß sie nicht mehr folgen konnte. Früher wäre niemals jemand den Weisen beigetreten, um deren Regeln anzufechten, so wie Tri es getan hatte. Früher hätte man so jemanden auch nicht einfach wieder austreten lassen.

Er hätte sterben müssen.

Wieder drehte sich ihr der Magen um. Das starke Unwohlsein vom Morgen hatte zwar nachgelassen, aber Pausho hatte das Gefühl, daß diese erste Welle ihren Körper so aus dem Gleichgewicht gebracht hatte, daß er nicht wieder zur Ruhe kam. Zuletzt hatte sie sich vor vielen Jahren, während ihrer Schwangerschaft, so gefühlt.

Sie schreckte vor der Erinnerung zurück, aber sie war bereits von ihr überwältigt: Die Erinnerung an ihre großgewachsene, neugeborene Tochter, die sie nur einen Tag lang in den Armen hatte halten dürfen, bevor die Weisen an ihre Tür geklopft hatten.

Zwanzig Jahre war sie damals erst alt gewesen. Ihr Mann hatte sie am folgenden Tag verlassen, und sie war allein geblieben, aus Angst davor, noch einmal ein Kind zu bekommen, das vielleicht wieder so groß sein würde wie jenes niedliche, rothaarige Mädchen, das sie ihr weggenommen hatten.

Unwillkürlich füllten sich Paushos Augen mit Tränen. Sie mußte blinzeln. Das alles war schon lange her. Sie wußte gar nicht, warum es ihr gerade jetzt einfiel. Sie hatte ihr Leben gelebt, war selbst eine Weise geworden und hatte festgestellt, daß es fast schwerer für sie war, einer jungen Mutter das Neugeborene wegzunehmen, als es für die Mutter war, das Kind herzugeben.

Aber Pausho glaubte an das Gesetz. Sie mußte daran glauben. Das hatte man sie gelehrt, das war alles, was sie wußte. Und an jenem Tag, an dem sie die Höhle des Roca betreten hatte, hatte sie gemerkt, daß sie das einzig Richtige getan hatte.

»Alles in Ordnung?« Eine Frau, deren Name Pausho entfallen war, obwohl sie sie schon viele Jahre kannte, war stehengeblieben und legte der Älteren die Hand auf die Schulter.

Pausho lächelte schwach. »Ich habe einen anstrengenden Morgen hinter mir.«

»Das geht vielen so«, bestätigte die Frau. Sie war um die Vierzig und unverheiratet, wie so viele Frauen in Constantia. »An einer von den Buden wird ein Heiltee ausgeschenkt. Ganz umsonst. Ich hole gerade welchen für eine Freundin.«

Pausho fragte nicht nach, wer diese Freundin war. Dabei war sie sonst sehr neugierig. Sie ließ sich von der Frau zu der Bude führen.

Die Bude gehörte der Tochter einer ehemaligen Weisen. In dem gemauerten Herd hinter ihrem Stand flackerte ein kleines Feuer. Diese Frau war bekannt für das von ihr frisch zubereitete Essen, das sie zum größten Teil verkaufte. Die Reste verteilte sie unter jene, die zu krank oder zu alt waren, um sie sich selbst abzuholen. Sie war der gute Engel der ärmeren Stadtteile.

Jetzt reichte Paushos Führerin ihr eine Tasse, nahm selbst eine, wünschte Pausho lächelnd gute Besserung und verschwand in der Menge.

Die meisten Leute waren ungewöhnlich schweigsam an diesem Morgen, und viele von ihnen stellten sich nach Tee an. Pausho nippte, verzog bei dem bitteren Geschmack den Mund und spürte, wie eine wohltuende Ruhe sich in ihr ausbreitete. Die Übelkeit ließ nach, verschwand aber nicht ganz.

Pausho bedankte sich bei der Standinhaberin, ließ unaufgefordert eine Münze auf den Teller fallen und klemmte sich wieder ihren Korb unter den Arm.

Sie mußte ihre Einkäufe erledigen, Leute grüßen und Fragen beantworten. Danach mußte sie am Treffen der Weisen teilnehmen.

Viel zu tun.

Sie nahm den letzten Schluck Tee und stellte die Tasse zurück auf die Theke. Dann erregte etwas am Rand ihres Gesichtsfelds ihre Aufmerksamkeit.

Ein Aufblitzen.

Pausho hob den Kopf. Ihr stockte der Atem.

Der Hügelkamm sah anders aus als sonst. Irgendwie höher. Seine Oberfläche schien sich zu bewegen, als sei sie mit Vögeln bedeckt, die im Wind schwankten. Noch einmal blitzte etwas auf, und da begriff Pausho.

Das Licht der aufgehenden Sonne brach sich auf Metall.

Paushos Mund war wie ausgetrocknet, und die Übelkeit überfiel sie erneut mit voller Wucht. Sie kniff die Augen zusammen und konnte einzelne Gestalten unterscheiden.

Hochgewachsene Gestalten.

Was hatte Matthias gesagt? Daß die drei Langen vor drei Tagen nur die ersten Vorboten gewesen seien. Es gab eine ganze Armee von Langen auf der Insel, die »Fey« hießen. Und Matthias, dieser Abkömmling der Dämonen, fürchtete sich sogar vor ihnen.

Ein Langer, der sich vor anderen Langen fürchtete.

Er hatte gesagt, sie seien sehr mächtig.

Pausho fühlte sich elend. Die ganze Stadt fühlte sich elend. Hatte das etwa schon etwas mit diesen Fremden zu tun?

Zum ersten Mal in ihrem Leben wußte Pausho nicht, was sie tun sollte. So wie es aussah, waren dort oben auf dem Hügel Hunderte von Langen. Gewiß hatten sie sich nicht ohne Grund dort aufgestellt.

Sie wollten die Stadt angreifen, so wie es die Worte prophezeiten.

Pausho hatte immer angenommen, damit sei eine Bedrohung von innen, aus den eigenen Reihen, gemeint, aber die Gefahr schien von außen zu kommen. Darauf war sie nicht vorbereitet.

Sie holte tief Luft und zwang sich nachzudenken. Natürlich war sie vorbereitet. Es spielte keine Rolle, ob die Langen aus Constantia selbst kamen oder von außerhalb. Auf die Ankunft der Langen hatten sich ihre Landsleute ein Leben lang vorbereitet, ebenso wie ihre Eltern und Großeltern.

Constantia wußte genau, wie es sich angesichts der Gefahr verhalten mußte.

Pausho hielt jeden an, der vorbeikam, und befahl ihm: »Such die anderen Weisen. Bring sie zu mir. Sofort.«

Aber sie hielt den Blick dabei die ganze Zeit auf den Hügel gerichtet. Wahrscheinlich standen die Langen schon dort, seit ihr am Morgen zum ersten Mal so schrecklich übel gewesen war.

Beinahe hätten die Langen sie überrumpelt.

Aber nur beinahe.

16

Matthias haßte es, im Bett zu liegen. Aber er fühlte sich immer noch schwächer als je zuvor in seinem Leben. Marly hatte einen Berg Kissen hinter ihm aufgetürmt und ihn dann allein gelassen, damit er schlafen konnte. Matthias war tatsächlich eingenickt, aber es war ein unruhiger Schlaf gewesen. Alle seine Träume handelten von Feuer und waren so lebhaft, daß der letzte ihn wieder hatte aufschrecken lassen.

Matthias sah sich nach Marly um, aber er war allein. Wahrscheinlich war Marly in der Küche und machte Frühstück für die anderen. Matthias stieg der warme Duft von Haferbrei und Marlys Spezialtee in die Nase. Er war zwar nicht hungrig, aber das interessierte Marly ohnehin nicht. Sie würde ihn auf jeden Fall zum Essen zwingen.

Matthias hatte Denl ausgeschickt, um festzustellen, ob sein Schwächeanfall etwas mit den Fey zu tun hatte. Denl hatte die Umgebung des Hauses und den Himmel abgesucht und war mit der Meldung zurückgekehrt, daß nichts Ungewöhnliches zu sehen sei. Genaugenommen hatte er überhaupt nichts gesehen.

Aber da war es kurz vor Sonnenaufgang und noch dunkel gewesen. Sobald die anderen mit dem Frühstück fertig waren, wollte Matthias Denl ein zweites Mal losschicken.

Diese merkwürdige Schwäche war keine gewöhnliche Krankheit.

Vielleicht war es eine verspätete Reaktion darauf, daß er dort oben auf dem Berg nur mit knapper Not dem Tod entronnen war. Jewel hatte ihre Finger um seinen Hals gekrallt und ihm die Luft abgeschnürt. Fast wäre er bewußtlos geworden, vielleicht war er es tatsächlich schon gewesen. Von dem

Augenblick an, in dem er Jewels Gesicht erkannt hatte, konnte er sich an nichts mehr genau erinnern. Die Erinnerung setzte erst wieder ein, als man ihn den Berg hinuntertrug. Eine Tote, eine Frau, die er mit eigenen Händen ermordet hatte, hatte ihn fast umgebracht. Vielleicht hatte sie ihm dabei die Lebenskraft geraubt. Vielleicht war sein Lebensgeist durch seinen Hals in ihre Hände gewandert.

Die anderen hatten Jewel nicht sehen können. Vielleicht war sie ja eine Art Geist, der nur ihm erschienen war.

Aber so hatte Matthias sich beim Erwachen aus seiner Ohnmacht am Fuße des Berges eigentlich nicht gefühlt. Zerschunden und verletzt, das ja; ausgesogen und erschöpft – nein. Sein Hals schmerzte. Er war geschwollen und zerkratzt, übersät mit den Abdrücken schlanker Finger. Aber erst heute morgen in diesem Bett hatte Matthias gespürt, daß ihm etwas Wichtiges fehlte.

Matthias hob die Hand ans Gesicht und rief sich seine Verwundungen ins Gedächtnis. Seit der zweiten Ankunft der Fey waren sie zahlreich geworden. Man hatte mehrmals mit einem Messer auf ihn eingestochen und ihm Verletzungen im Gesicht beigebracht, die Marly hatte nähen müssen. Sie hatte ihm versprochen, in den nächsten Tagen die Fäden zu ziehen, und auch versprochen, daß das scheußliche Jucken dann aufhören würde. Alle diese Wunden hatte ihm eine Fey-Frau damals im Fluß beigebracht. Sie hatten ihn zwar geschwächt, aber er hatte sich wieder erholt. Danach hatte Jewel ihn fast erwürgt. Er war immer noch kurzatmig. Und jetzt diese unbekannte Krankheit.

Matthias hatte genug von alledem.

Er schlug die Decken zurück und schwang die Beine über die Bettkante. Bis jetzt war es ihm noch jedesmal gelungen, wieder zu Kräften zu kommen. Er würde es auch diesmal schaffen.

Das Aufstehen fiel ihm leichter als erwartet. Offenbar hatte der Schlaf ihm dennoch gutgetan. Er stützte sich mit einer Hand an der Wand ab, nahm eines seiner Gewänder und streifte es über den Kopf. Er hatte einen fürchterlichen Muskelkater von den Strapazen der letzten Tage, aber diese Schmerzen fand er vergleichsweise erfreulich. Er hatte schon fast vergessen, wie gern er sich bewegte.

Obwohl er immer noch nicht hungrig war, steuerte er auf die Küche zu. Essen würde ihn stärken, ob sein Körper nun danach verlangte oder nicht.

Marly stand mit verschwitztem Gesicht am Herd. In den Blutklippen war es das ganze Jahr über kühl, und es gab keine heißen Sommer, aber das Steinhaus speicherte die Wärme. Denl stand in der offenen Hintertür und nippte an einer Tasse Tee. In den wenigen Tagen seit ihrer Ankunft war sein Gesicht voller geworden. Die Bergwanderung mit Matthias schien ihn nicht im mindesten erschöpft zu haben.

Jakib, Marlys Bruder, saß am Tisch und löffelte seine Hafergrütze. Er war so gedrungen, wie Marly hochgewachsen war. Nur um die Augen herum sahen sich die beiden ähnlich. Ansonsten merkte man nur an der gegenseitigen Zuneigung, daß sie Geschwister waren.

Yasep, der offizielle Anführer der Bande, als sie sich noch als Diebe in Jahn durchgeschlagen hatten, blickte von seinem Platz am Kopfende des Tisches auf. Seine kalten, eisblauen Augen funkelten zornig. Er hatte Matthias nie leiden können, aber im Lauf der vergangenen zwei Wochen hatte er anerkennen müssen, daß Matthias nicht nur klüger als er, sondern auch der bessere Anführer war. Yasep hielt zwar den Schein aufrecht, daß er der Boß der Bande war, beugte sich aber mehr und mehr Matthias' Wünschen. Matthias hatte den heimlichen Verdacht, daß sie eines Morgens aufwachen und feststellen würden, daß Yasep sich aus dem Staub gemacht hatte.

Das Leben in Constantia war nicht halb so aufregend, wie in Jahn auf Beutezug zu gehen und sich in unterirdischen Tunnelsystemen zu verstecken.

Marly drehte sich nach ihm um. »Du sollst doch schlafen«, tadelte sie.

»Ich glaube, ich sollte etwas essen.«

Jakib stand auf und bot Matthias seinen Stuhl an. Yasep rührte sich nicht von der Stelle, obwohl er schon aufgegessen hatte.

Typisch.

Matthias murmelte einen kurzen Dank und setzte sich. Es tat gut. Der kurze Weg vom Schlafzimmer bis zur Küche war ihm endlos vorgekommen.

Marly stellte eine Schüssel dampfende Grütze vor ihn hin. Sie hatte etwas Obst hineingeschnitten, das offenbar jemand auf dem Markt besorgt hatte. Matthias löffelte langsam und fühlte mit jedem Bissen seine Kräfte zurückkehren.

Es war richtig gewesen, aufzustehen und hierherzukommen.

»Geht es Euch besser, Heiliger Herr?« erkundigte sich Denl.

Matthias nickte. Jetzt, wo er aß, merkte er erst, wie hungrig er war. Er hatte noch nicht einmal Lust, Denl zurechtzuweisen, daß er ihn wieder einmal »Heiliger Herr« genannt hatte.

»Draußen auf den Straßen is alles wie immer«, erklärte Denl. »Hab mich vor dem Frühstück noch mal umgesehn.«

»Danke«, sagte Matthias. Er wußte Denls Eifer zu schätzen, auch wenn er zu keinem Ergebnis führte.

»Glaubt Ihr, das, was gestern passiert is, hat was damit zu tun?« fragte Jakib.

Matthias schüttelte den Kopf. Er wollte ihre Aufmerksamkeit nicht noch mehr als nötig auf sich ziehen.

»'S sind bloß seine Wunden, die ihm zu schaffen machen«, meinte Yasep und schob seinen Stuhl zurück. Er reichte Marly sein Geschirr, drängte sich an Denl vorbei und ging ins Freie.

Marly sah ihm nach. »Das is nu schon der zweite Morgen, daß er es so eilig hat, hier rauszukommen.«

»Hat er etwa schon wieder Ärger gekriegt?« fragte Jakib.

»Hier?« gab Denl zurück.

»Weiß nich«, meinte Marly. »Aber komisch isses schon.«

»Stimmt«, bestätigte Denl. »Aber ohne seine kleinen Geheimnisse wär Yasep nich er selber.«

Diese Wahrheit brachte die anderen drei zum Schweigen. Matthias aß weiter. Die Obststückchen bildeten einen erfrischenden Gegensatz zu der milden Grütze.

Es klopfte. Marly machte einen Schritt zur Tür, aber Jakib packte sie am Arm und schüttelte warnend den Kopf. Jakib und Denl waren schon immer Marlys besondere Beschützer gewesen, aber seit sie aus den Klippen zurückgekehrt waren, waren sie noch wachsamer geworden. Auf ihrer kurzen Wanderung hatten sie gesehen, welche Schrecken diese Gegend barg, und sorgten sich noch mehr um Marlys Sicherheit als zuvor.

Quietschend öffnete sich die Tür, und dann sagte Jakib: »Ach, Ihr seid's?«

»Tut mir leid.« Das war Tris Stimme. Er war Matthias' langjähriger Nachbar und hatte erst vor ein paar Tagen seine kurze Mitgliedschaft bei den Weisen aufgekündigt. Er hatte Matthias, Denl und Jakib ins Gebirge begleitet und während der seltsamen Ereignisse einen kühlen Kopf bewahrt. Matthias nahm an, daß Tri sich seine eigenen Erklärungen für die Vorfälle zurechtgelegt hatte.

»Ich störe euch nur ungern so früh«, entschuldigte sich Tri, »aber ich muß mit Matthias sprechen. Wie geht es ihm?«

Die Frage klang weniger besorgt als ungeduldig.

»Mir geht's gut«, versicherte Matthias trotz seiner wunden Kehle mit kräftiger Stimme. »Ich frühstücke gerade.«

Tri trat ein, gefolgt von Jakib. Wie die meisten Inselbewohner war Tri eher klein, aber sein langes, rotes Haar wies ihn als echten Blutklippler aus. Gegen die Morgenkühle hatte er einen Umhang über die Schultern geworfen. Er war bleicher als sonst und hatte dunkle Augenringe.

»Die meisten Städter sind krank«, sagte er. »Es kam ganz plötzlich, ohne andere Anzeichen, lediglich eine allgemeine Schwäche.«

Marly warf Matthias einen überraschten Blick zu. »Also bin ich nicht der einzige«, bemerkte dieser.

Tri schüttelte den Kopf. »Mir selber ist schon den ganzen Morgen ein bißchen übel.« Er warf einen Blick auf Matthias' halbleere Schüssel. »Dir offenbar nicht.«

»Er is umgekippt«, erklärte Marly. »Als hätt ihn jemand mit 'ner Axt niedergeschlagen.«

»Wann war das?« erkundigte sich Tri.

»Vor Sonnenaufgang«, erwiderte Marly. Sie verschränkte die Arme vor der Brust. Matthias merkte, daß sie Tri nicht leiden konnte. Gab sie ihm die Schuld für alles, was Matthias seit ihrer Ankunft in Constantia zugestoßen war?

»Klingt einleuchtend«, kommentierte Tri.

Matthias sah Marly an. »Und du hast nichts gespürt?«

»Nur Sorge um dich«, gab sie zurück.

»Jakib? Denl?«

»Mir war bloß 'n bissel schwummerig«, sagte Jakib. »Aber das war nix weiter.«

»Ich hab gar nix gemerkt«, meinte Denl.

Marly runzelte nachdenklich die Stirn. »Wenn ich recht drüber nachdenk, hab ich mich auch 'n bissel schwummrig gefühlt, aber ich hab gedacht, ich wär zu schnell aus dem Bett aufgestanden.«

»Vielleicht war das ja tatsächlich der Grund«, beschwichtigte Matthias. Vielleicht aber auch nicht. Allerdings schien keiner von den anderen davon so betroffen gewesen zu sein wie er selbst. Lag das an seiner ohnehin angegriffenen Verfassung? Oder gab es noch eine andere Ursache?

Tri lehnte in der Küchentür. »Das ist ja alles sehr interessant«, bemerkte er, »aber deswegen bin ich nicht gekommen.«

Matthias schob die Schüssel von sich. Er hatte genug gegessen. Sein Magen konnte nicht noch mehr Nahrung verkraften. Sein ganzer Körper war angespannt.

»Was ist denn los?«

»Diese Langen, vor denen du uns gewarnt hast«, begann Tri. »Kann es sein, daß sie uns von den Hügeln aus beobachten?«

»Von den Hügeln?« wiederholte Matthias. Seine Rückenmuskeln verkrampften sich. Er hatte die Fey zwar erwartet, aber er hatte sich immer vorgestellt, er würde eines Morgens von ihrem Kampfgeschrei geweckt.

Die Hügel lagen westlich von Constantia. Um die Stadt zu erreichen, mußten Reisende einen der Pässe benutzen, zum Beispiel jenen, der über eine oben abgeflachte Kuppe führte. Dieser Hügel war im Norden durch den Cardidas von den Blutklippen abgeschnitten, der sein Bett in das Gelände gegraben hatte und früher einmal wahrscheinlich den ganzen Talkessel, in dem heute Constantia lag, ausgefüllt hatte. Von seiner Kuppe aus konnte man die ganze Stadt überblicken.

Aber warum sollten die Fey die Stadt beobachten und nicht angreifen?

Vor zwei Wochen hatten sie Jahn im Morgengrauen überfallen. Aber vor zwanzig Jahren hatte sich ihr Angriff einen ganzen Vormittag lang hingezogen.

Matthias erhob sich so hastig, daß er sich an der Tischkante festhalten mußte, um nicht das Gleichgewicht zu verlieren.

Marly streckte die Hand aus, aber Matthias machte eine abwehrende Kopfbewegung.

»Hast du wirklich nichts gesehen?« wandte er sich an Denl. Die Rückseite des Hauses zeigte nach Westen.

»Auf dem Hügel hab ich nich nachgeschaut«, antwortete der Mann, ging aber zur Hintertür, als sei er plötzlich neugierig geworden.

Matthias war mehr als neugierig. Er fühlte Panik in sich aufsteigen. Diesmal erwischten ihn die Fey in denkbar schlechter Verfassung. Schon in gesunden Zeiten hatte er nicht viel gegen sie ausrichten können, aber ausgerechnet jetzt hatte er überhaupt keine Kraft mehr.

Er ging ebenfalls zur Tür. Tri folgte ihm, aber eher aus Sorge um ihn, als um sich selbst zu vergewissern. Jedenfalls hatte Matthias diesen Eindruck. Sie blieben auf den Trittsteinen stehen, die zum Zaun führten. Denl war ein paar Schritte vor ihnen stehengeblieben und starrte mit offenem Mund zur Hügelkuppe hinauf.

Auch Matthias hob den Blick.

Der Hügel sah höher aus als sonst, und seine Oberfläche schien sich zu bewegen. Matthias wünschte sich schärfere Augen. Marly war hinter ihn getreten und lehnte sich an ihn.

»Was is'n das?« fragte sie.

»Menschen«, sagte Tri. »Wenn ihr lange genug hinschaut, seht ihr Metall in der Sonne funkeln.«

»Woher weißt du, daß es Fey sind?«

»Wer sollte es sonst sein?« gab Tri zurück. »Wir hätten davon erfahren, wenn so viele Menschen die Stadt gleichzeitig verlassen hätten. Ihr habt selbst gesagt, daß es auf der Insel von ihnen wimmelt, also können es auch nicht Nicholas' Leute sein.«

Matthias kniff die Augen zusammen. Er trat noch ein paar Schritte vor. Denl zitterte wie Espenlaub.

»Was glaubt ihr, wie viele es sind?« flüsterte er.

»Hunderte«, meinte Tri. »Der Hügelkamm ist lang.«

»Sehr lang«, stimmte Marly zu, »jedenfalls soweit ich mich erinner. Vielleicht sinds noch mehr als hundert. Vielleicht tausend.«

Tausend. Warum sollte der Schwarze König eine so riesige Streitmacht in diese entlegene Gegend schicken? Worauf hatte er es abgesehen?

Vielleicht war dies der letzte noch nicht eroberte Winkel der ganzen Insel.

Jetzt überlief auch Matthias ein Schauder.

»Sieht gar nich gut aus, was?« kommentierte Marly.

Matthias schüttelte den Kopf und ignorierte das leichte Schwindelgefühl, das ihn überkam. »Noch haben sie nichts unternommen. Das bedeutet, daß uns noch etwas Zeit bleibt.«

Er wandte sich ab und ging zurück ins Haus. Er mußte sich dringend hinsetzen. Marly und Tri kamen nach. Denl blieb wie angewurzelt stehen und konnte den Blick nicht von der Hügelkuppe lösen.

»Tut mir echt leid, Heiliger Herr«, murmelte er zerknirscht. »Ihr habt mich nachsehn geschickt, aber ich hab sie nich bemerkt.«

Matthias seufzte. Er würde Denl wohl nie abgewöhnen können, ihn mit »Heiliger Herr« anzureden, wie wenig er diesen Ehrentitel auch verdiente. Genausowenig wie die Ehrfurcht und Scheu, die Denl ihm gegenüber an den Tag legte. Oder die Beschämung, die Denl jetzt empfand, da er seinen Fehler zugeben mußte.

»Es ist nicht deine Schuld, Denl«, beschwichtigte Matthias. »In dieser Entfernung hatte auch ich die Fey nicht erwartet.«

Hatten die Fey etwa die seltsame Übelkeit ausgelöst? Aber das war unwahrscheinlich. So etwas hatten sie noch bei keiner Invasion gemacht. Warum also hier? Matthias wußte nicht einmal, ob sie derartige Fähigkeiten besaßen. Er ahnte nicht, wo die Grenzen ihrer Macht lagen.

Oder die Grenzen seiner eigenen Macht.

Er betrat die warme Küche. Nach der kalten Luft war die Hitze angenehm. Der Anblick des Hügels hatte Matthias so gefesselt, daß er gar nicht gemerkt hatte, wie sehr er fror.

Auch Tri kam herein und setzte sich an den Tisch. Marly goß ihnen beiden Tee ein. Nach allem, was sie gerade draußen gesehen hatten, wirkte diese Handreichung überraschend friedlich.

»Was jetzt?« fragte Tri.

Matthias beugte sich in seinem Stuhl vor und stützte die Ellenbogen auf die Tischplatte, um sich gerade zu halten. »Was für Vorkehrungen sind in Constantia in einem solchen Fall üblich? Gibt es überhaupt welche?«

»Für den Fall eines Angriffs?«

»Für irgendeine Art von Gefahr.«

»Wir setzen auf Verteidigung, nicht auf Gegenangriff«, erklärte Tri. »So haben es die Weisen vor vielen Generationen beschlossen.«

»Vor Generationen?« wiederholte Marly. »Dann taugt es jetzt nix mehr.«

»Vielleicht doch«, sagte Matthias nachdenklich. Auch die Geheimnisse wurden schließlich von Generation zu Generation weitergegeben, und eines von ihnen hatte sich im Kampf gegen die Fey als sehr nützlich erwiesen. »Was geschieht zuerst?«

»Es gibt verschiedene Vorgehensweisen«, erklärte Tri. »Wenn es an der Zeit ist, beratschlagen die Weisen miteinander und entscheiden, welche die wirkungsvollste ist.«

Matthias nippte an seinem Tee. Der heiße Trunk belebte ihn. Er konnte es gebrauchen. »Du mußt mich zu ihnen bringen.«

»Du weißt, was sie über dich denken«, warnte Tri.

»Ja«, bestätigte Matthias.

»Es is zu gefährlich«, wandte Marly ein.

»Es ist nicht weniger gefährlich, die Weisen über die Fey entscheiden zu lassen, ohne daß sie wissen, mit wem sie es zu tun haben«, widersprach Matthias. Er erhob sich langsam und wartete auf das Schwindelgefühl, das auch prompt einsetzte.

»In dieser Verfassung kannst du nicht los«, gab Tri zu bedenken.

»Stimmt«, gab Matthias zurück. »Vielleicht ist das ja genau die Absicht der Fey. Bring mich hin.«

»Wenn du jetzt bei ihnen auftauchst, halten sie dich für einen Teil des Schlachtplans der Angreifer, Matthias. Für sie bist du Dämonenbrut. Ganz egal, was du sagst, sie werden nicht auf dich hören.«

»Dann sag du's ihnen doch«, schlug Marly vor. »Du kannst Matthias' Sprecher sein.«

Tri schüttelte den Kopf. »Diese Brücke habe ich vor drei Tagen hinter mir abgebrochen. Wahrscheinlich halten sich mich für einen noch übleren Burschen als Matthias.«

»Dann geh ich eben«, entschied Marly.

»Du bist zu groß«, wandte Matthias ein. »Entweder ich gehe oder keiner von uns. Und einer muß gehen. Ich habe gesehen, wozu die Fey fähig sind, besonders in so großer Anzahl. Wahrscheinlich werden wir trotzdem alle umkommen. Aber ich möchte lieber im Kampf sterben, und zwar im Kampf mit den richtigen Waffen. Ihr nicht?«

Tri hielt seinem Blick ein paar Sekunden lang stand. »Doch«, sagte er schließlich. »Ich wahrscheinlich auch.«

»Weißt du, wo sie sich treffen?«

»Nein, das bestimmt die Anführerin.«

»Also Pausho«, seufzte Matthias. Er stützte jetzt beide Handflächen auf die Tischplatte, schwankte aber trotzdem.

»Glaubst du, daß sie die Fey überhaupt schon bemerkt haben?«

Tri sah ihn erst an und wandte dann den Blick ab.

»Du hast es außer mir noch niemandem erzählt?«

Tri zuckte die Achseln. »Ich dachte mir, du weißt am ehesten, was zu tun ist.«

»Das weiß ich allerdings«, bekräftigte Matthias. »Wir müssen Kontakt mit den Weisen aufnehmen. Wir müssen sie finden.«

Tri schluckte. »Viele Leute in Constantia haben noch nicht mitbekommen, daß ich nicht mehr Mitglied der Weisen bin. Ich kann bestimmt herausfinden, wo sie sich treffen. Dann komme ich zurück und hole dich.«

Matthias schüttelte so heftig den Kopf, daß ihm wieder schwindlig wurde. »So viel Zeit haben wir nicht. Wir gehen zusammen.«

»Sie werden nicht mit dir reden wollen.«

»Das brauchen sie auch nicht«, gab Matthias zurück. »Ich halte mich im Hintergrund.«

»Wenn du überhaupt hinkommst«, warf Marly ein. »Weißt du überhaupt, wie du aussiehst?«

»Wahrscheinlich wie ein lebender Leichnam«, konterte Matthias. »Aber das macht nichts. Wenn wir uns jetzt nicht beeilen, spielt es bald keine Rolle mehr, wie ich aussehe oder was die Einwohner dieser braven Stadt von mir halten. Nichts spielt dann mehr eine Rolle.«

Tri stieß zischend den Atem durch die Zähne. »Na schön«, willigte er ein. Zum ersten Mal, seit er hereingekommen war, sah er verängstigt aus. »Gehen wir.«

17

Gaze sah erschöpft aus. Es hatte ganz den Anschein, als habe sie die Rast, die ihr nach der Ankunft in Jahn am Morgen zuvor vergönnt gewesen war, eher noch mehr erschöpft. In ihr schmales Gesicht hatten sich tiefe Falten gegraben, die Augen lagen tief in den Höhlen. Sie hielt die Flügel eng an den Rücken gepreßt, hockte ganz vorne auf der Kante des Stuhls, den Rugad ihr zugewiesen hatte, und starrte aus dem Fenster auf das Feuer, das noch immer unkontrolliert brannte.

Mit nur ihr und Rugad darin wirkte das Turmzimmer leer und verlassen. Rugad wußte, daß das Gespräch nicht einfach werden würde, ein Gespräch, bei dem Gazes Loyalität auf dem Prüfstand stand.

Er wußte auch, daß er rasch vorgehen mußte.

»Ich möchte, daß du mir etwas beschreibst«, sagte er.

Ihre Gestalt versteifte sich. Die Flügel streiften die Stuhllehne, woraufhin sie sie noch enger an sich zog.

»Diese Höhle, in der du meinen Urenkel gesehen hast. Beschreibe sie mir.«

Sie sah ihn an und senkte dann den Blick. »Ich habe dir schon alles gesagt, was ich weiß«, sagte sie.

»Du hast mir Boteens Botschaft ausgerichtet. Aber du bist selbst bei dieser Höhle gewesen. Beschreibe sie mir.«

Sie hielt die Augen niedergeschlagen.

»Er hat dir befohlen, es nicht zu tun, habe ich recht?«

Ihr linker Flügel zitterte, und sie riß ihn an sich, als hätte er sie verraten.

»Stimmt das?«

Sie biß sich auf die Lippe.

»Und jetzt gibst du mir aus Loyalität gegenüber Boteen keine Antwort? Oder bist du mir gegenüber nicht mehr loyal? Hegst du insgeheim selbst den Wunsch nach Macht?«

Nach diesen Worten hob sie den Kopf. Rugad hielt das triumphierende Lächeln, das sich auf seinem Gesicht ausbreiten wollte, gerade noch zurück. Er wußte, wie er an seine Leute herankam.

»Er wollte dir keinen falschen Bericht zukommen lassen«, sagte sie. »Er ist jetzt dort und sieht das, was ich gesehen habe.«

»Einen falschen Bericht?«

»Er ist der Meinung, mit der Höhle habe es etwas Besonderes auf sich.« Dann weiteten sich ihre Augen. Offensichtlich fühlte sie sich nicht wohl in ihrer Haut.

Rugad hingegen empfand die Situation als höchst angemessen. Er verhörte sie, während er auf Selia wartete, und bevor er sich um seinen Plan kümmern konnte, mußte er noch ein paar andere Dinge erledigen. Es war gut, daß er mit Kendrad gesprochen hatte. Sie hatte ihm geholfen, seine Gedanken zu bündeln. Jetzt zeigten sie wieder in eine Richtung, und er fühlte sich zum ersten Mal seit dem Ausbruch dieses Feuers als Herr der Lage.

»Etwas Besonderes?« fragte er. »Wie kommt er darauf?«

»Aufgrund meiner Beschreibung«, flüsterte sie und senkte abermals den Kopf. Sie wußte, daß sie in der Klemme saß. Und sie wußte, daß ihre Loyalität Rugad gehörte, nicht Boteen. Nur daß sie dieses Mal mit Boteens vorsichtigem Verhalten übereinzustimmen schien.

»Dann möchte ich diese Beschreibung auch hören«, sagte Rugad zum dritten Mal. Er würde es so oft wiederholen, bis sie es ihm sagte.

Gaze schloß die Augen und atmete tief durch. Dann sagte sie: »In der ganzen Gegend dort existieren starke magische

Strömungen. Sie sind so stark, daß ich beinahe einer zum Opfer gefallen wäre. Beinahe wäre ich in eins von diesen Steinschwertern geflogen. Sie sind riesengroß und stecken direkt im Felsen. Genau an jener Stelle sind die Strömungen besonders heftig, wie Strudel in einem reißenden Fluß, und ich dachte schon, ich würde mich an einem der Schwerter aufspießen ...«

Ihre Stimme verebbte.

Rugad war ganz Ohr. Irgend etwas war geschehen, was Gaze schrecklich verwirrte. »Ja?« sagte er.

»Dann erschien meine Großmutter neben mir. Sie zog mich weg von den Schwertern, und plötzlich war ich in der Höhle. Sie küßte mich auf die Wange, sagte mir, ich würde bis in alle Ewigkeit geliebt und niemals vergessen werden, und dann führte sie mich eine steinerne Treppe hinab.«

»Deine Großmutter?« fragte Rugad ungläubig. Auf diesem Feldzug hatte er keine Irrlichtfänger dabei, die alt genug waren, um Gazes Großmutter zu sein. »Was hast du noch gesehen?«

»Vergib mir, Herr«, sagte sie, »aber da ist noch etwas, das du wahrscheinlich nicht weißt. Meine Großmutter ist tot. Sie starb auf Nye. Sie wurde ermordet.«

Rugad spürte, wie sich seine Nackenhaare aufstellten. Das war die Bestätigung, auf die er gewartet hatte. »Bist du sicher, daß du deine Großmutter gesehen hast?«

Gaze nickte kläglich.

Rugad beugte sich vor. »Hat sie dich geliebt?«

»Ich war alles, was ihr an Familie geblieben war«, flüsterte Gaze.

Ein Schauer überlief ihn. »Wer hat sie ermordet?« fragte er.

»Das weiß ich nicht«, hauchte sie.

Er seufzte. Das könnte ein Problem werden. Jeder hier oder

in Nye oder in Galinas hätte es sein können. Wenn es jemand von hier war, mußte er sich darum kümmern.

»Wie hieß sie denn?« fragte er sanft.

»Eklta«, flüsterte Gaze noch leiser als zuvor.

Der Name kam ihm zum Glück nicht bekannt vor.

Gaze strich eine Haarsträhne hinter eines ihrer spitzen Ohren. »Als ich dann weiter drinnen in der Höhle war, hörte ich, wie einer der Fey, der bei deinem Urenkel war, ihm die Mysterien erläuterte.«

Also hatte auch sein Urenkel ein Mysterium zu hüten. Das schien soweit schlüssig.

Aber es machte ihn auch wesentlich gefährlicher.

Gaze hob den Kopf. »Boteen hielt das für sehr wichtig.«

»Das ist es auch«, nickte Rugad.

»Er sagte, er wolle sich erst vergewissern, bevor er seine Vermutungen an dich weitergibt.«

Rugad nickte wieder. Er hoffte, daß Boteen nichts anderes im Schilde führte. Orte der Macht waren für Zaubermeister höchst gefährlich. Sie stellten Verlockungen dar, denen sie nur schwer widerstehen konnten.

»Du glaubst mir nicht«, sagte Gaze.

»Doch«, erwiderte Rugad. »Ich weiß nur nicht genau, ob ich Boteen glauben darf.«

Vielleicht würde er Boteen nicht mitteilen, daß er nicht kam. Boteen mußte seinen eigenen Ehrgeiz in Zaum halten. Rugad lächelte Gaze an.

»Ich danke dir für deine Hilfe«, sagte er.

»Bin ich entlassen?« fragte sie. »Ich dachte, du schickst mich vielleicht gleich wieder zu Boteen zurück.«

Rugad schüttelte den Kopf. Er wollte nicht, daß sie Boteen erzählte, daß sie seine Anweisungen nicht ausgeführt hatte. »Bleib hier. Ruh dich aus. Es kann gut sein, daß ich schon bald einen Irrlichtfänger brauche, der schnell über Land fliegen kann.«

Sie zog die Augenbrauen zusammen, nur ein wenig, als sei ihr sein Gesinnungswandel unverständlich. Dann nickte sie und erhob sich. Sie hatte verstanden, daß sie entlassen war. »Vielen Dank«, sagte sie.

Er lächelte sie an und wandte sich dann wieder dem Fenster zu. Der Himmel war heller geworden, und das Feuer hatte sich verändert. Es loderte immer noch sehr hoch und breit, war aber nicht mehr so gut zu sehen. Es kam ihm nicht mehr so hell vor, und er sah auch keine Funken mehr.

Wie er sich nach der Dunkelheit sehnte.

Wie er sich danach sehnte, im Mittelpunkt zu stehen.

Wie er sich danach sehnte, diesen Feldzug endlich zu Ende zu bringen.

Die Tür fiel hinter Gaze ins Schloß. Er warf einen Blick nach hinten, um sich zu vergewissern, daß sie wirklich fort war. Bevor Selia kam, blieben ihm nur noch ein paar Minuten, die er dazu benutzen wollte, um sich zu sammeln.

Gazes Aussage bestätigte, daß die Höhle ein Ort der Macht war. Er mußte nicht selbst dorthin, noch nicht. Vielleicht sollte er sich dort überhaupt nicht blicken lassen. Nicht bei all der dort geballten Macht, nicht nach dem, was heute morgen geschehen war.

Aber Nicholas war in der Höhle, wenn er Gazes Informationen Glauben schenken durfte. Sie hatte gehört, daß er und Rugads Urenkelin in Kürze eintreffen würden. Er vermutete, daß Gaze recht hatte, denn als er entlang der Verbindungen gereist war, hatte er sie in den Bergen gesehen.

Mit der Schamanin.

Abermals durchlief ihn ein Frösteln.

Die Schamanin wußte, wie man den Ort der Macht nutzte. Sogar besser als Rugad. Und ihre Loyalität galt nicht Rugad, sondern ihresgleichen und, wie sie sagte, dem Schwarzen Thron. Dem von seinen Urenkeln regierten Schwarzen Thron; jungen, unerfahrenen Leuten, die sie beeinflussen konnte.

Nicholas hatte die Schamanin auf seiner Seite und konnte dazu, dank seines Sohnes, ein Mysterium, zwei magisch begabte Kinder und den Ort der Macht für sich verbuchen.

Rugad hingegen konnte auf sein Wissen, seine Armeen und die Insel selbst zurückgreifen.

Ihre Kräfte waren einigermaßen ausgewogen.

Falls Nicholas es jedoch schaffte, den Ort der Macht für seine Zwecke einzusetzen, könnte der Vorteil leicht zu seinen Gunsten ausfallen. Rugad brauchte etwas anderes, das er für sich in die Waagschale werfen konnte. Und Kendrad hatte ihm dabei geholfen, auf den richtigen Gedanken zu kommen.

Als es an der Tür klopfte, drehte er sich um.

»Herein!« rief er.

Selia betrat den Raum. Sie war groß, selbst für eine Fey, und ihre Schönheit war der Stoff, aus dem die Fey ihre Legenden woben. Sie verneigte sich knapp vor ihm, eine Angewohnheit, die er ihr wohl niemals abgewöhnen konnte. »Du hast nach mir gerufen?« fragte sie.

»Ja«, sagte er. »Ich brauche einen Schwarzkittel.«

Sie stöhnte kaum vernehmbar auf, als wollte sie nicht glauben, was sie soeben vernommen hatte. »Verzeih, Rugad«, sagte sie dann, »aber wir haben alle Schwarzkittel umgebracht. Und sollte irgendwo auf der Blauen Insel noch einer überlebt haben ... Glaubst du wirklich, er traute sich jetzt noch hervor?«

»Trotzdem!« sagte Rugad. »Ich brauche einen, und zwar heute nachmittag. Wenn du keinen auftreiben kannst, dann besorge mir wenigstens die Dokumente aus ihrem Tabernakel.«

»Der ist niedergebrannt«, erwiderte sie etwas lauter. Er

hörte Panik in ihrer Stimme mitschwingen. Offensichtlich fand sie, daß er Unmögliches von ihr verlangte.

»Dann besorge mir Inselbewohner, jeden einzelnen, dessen du habhaft werden kannst. Ich muß unbedingt mehr über die Einzelheiten, die Legenden und die Traditionen dieser Religion erfahren.«

»Jetzt?« stieß sie hervor. »Kann das nicht warten? Wir haben so viel zu tun.«

Seine Augen wurden schmal wie Schlitze. Sie wich einen Schritt zurück.

»Selbstverständlich«, beeilte sie sich zu sagen. Zu ihrer Ehre mußte er zugeben, daß ihre Stimme nicht im geringsten zitterte, obwohl ihre Augen vor Angst weit aufgerissen waren. »Du hast sicherlich deine Gründe dafür. Entschuldige bitte meine Vermessenheit.«

»Ich habe meine Gründe«, sagte er. »Und zwar die allerbesten. Sie sorgen dafür, daß die Blaue Insel schon bald uns gehört. Die ganze Blaue Insel.«

Sie sah ihn verwundert an, als versuchte sie, seinen Gedanken zu folgen.

»Auf dieser Insel verbirgt sich wilde Magie«, sagte er.

»Ja«, flüsterte sie.

»Sie haben sie in ihrer Religion versteckt. Wir müssen nur herausfinden, wie man sie ihr wieder entlockt.«

»Meinst du, die Schwarzkittel wissen das?«

»Möglicherweise«, erwiderte er.

»Warum haben sie sie dann nicht gegen uns eingesetzt?«

»Das haben sie ja getan. Ihr Weihwasser ist ein hervorragendes Beispiel dafür.«

»Aber sonst haben sie nichts unternommen. Nicht einmal dann, als wir ihren Tabernakel niederbrannten.«

»Weil die meisten von ihnen, wie ich vermute, nichts davon

verstehen. Besorgst du mir jetzt einen Schwarzkittel oder nicht?«

»Ich tue, was ich kann«, versprach sie, holte tief Luft und drehte sich um. »Ich schicke dir auch einen Inselbewohner. Hast du daran gedacht, Dimar und die anderen Doppelgänger zu befragen? Vielleicht wissen sie genug, um dich auf die richtige Spur zu bringen.«

Rugad grinste sie an. »Allmählich begreifst du, was es heißt, meine rechte Hand zu sein«, sagte er. »Ich habe wirklich noch nicht daran gedacht. Schick mir Dimar her.«

Sie nickte, verließ den Raum und zog die Tür hinter sich zu.

Rugad lächelte noch, nachdem sie gegangen war. Wie genial. Und er hatte nicht daran gedacht. Die Aufgabe der Doppelgänger bestand darin, jeden Aspekt einer Kultur aufzunehmen, manchmal so rasch, daß der Doppelgänger selbst nicht wußte, was er alles wußte.

Rugad würde es trotzdem herausfinden. Auch wenige Bruchstücke der Religion der Inselbewohner konnten hilfreich sein. Sie würden eine Landkarte bilden, die Landkarte, die ihn durch die Magie führte, die der Ort der Macht auf dieser Insel der Bevölkerung verliehen hatte.

Es könnte der entscheidende Faktor sein, der kleine Vorsprung, der ihm die Insel sicherte, ihm seine Urenkel zurückgab und ihm den weiteren Weg zur Eroberung der restlichen Welt ebnete.

18

Der Ritt bergauf war heimtückisch gewesen. Boteen hatte sich so eng wie möglich an Threem geklammert, was diesen einmal zu dem Kommentar gereizt hatte: »Wenn du mich totdrückst, lebst du auch nicht mehr lange.«

Entgegen Threems Überzeugung war der Pfad nicht für Pferde gedacht. Allein Threems außerordentliches Gleichgewichtsgefühl und seine Intelligenz hatten dafür gesorgt, daß sie nicht vom Weg abgekommen waren. Zum Glück war gerade zur Zeit ihres Aufbruchs das erste Licht durch die Wolken gebrochen und hatte ihnen den Weg einigermaßen erhellt. Threem hatte einen Seufzer der Dankbarkeit ausgestoßen, und Boteen hatte gespürt, wie sich seine Muskeln entspannten.

Fast den ganzen Weg über hatte sich Boteen an Threems Fey-Oberkörper gelehnt. Der Ritt tat seinem Schwindelgefühl nicht gut und vermochte ihn auch sonst nicht aufzumuntern. Die Kraft, die er aus seinem kurzen, seltsamen Schlummer gezogen hatte, war mehr oder weniger eingebildet gewesen und hatte sich in dem Augenblick verflüchtigt, in dem er ihrer bedurft hätte.

Hier oben spürte er die Höhle und die von ihr ausgehende Magie wesentlich deutlicher als auf der anderen Seite des Flusses. Sie rief ihn noch immer zu sich und vermittelte ihm das Gefühl einer Heimat, die er niemals gehabt hatte, ein Gefühl, gebraucht zu werden, das Gefühl einer Wichtigkeit, das, wie er wußte, nicht echt sein konnte.

Er fragte sich, ob er es ebenso heftig empfunden hätte, wäre er nicht so schwach gewesen, aber er zweifelte daran, daß es einen großen Unterschied gemacht hätte.

Threem blieb an einer besonders engen, von Felsbrocken

und knorrigem Gestrüpp gesäumten Stelle stehen. »Hier muß ich dich leider bitten, kurz abzusteigen. Der Pfad geht hier in Stufen über, uralte, geborstene Stufen, und ich traue mich nicht, auf diese Weise weiterzuklettern.«

»Hast du schon eine betreten?« fragte Boteen. Seine Stimme kam ihm selbst sehr matt vor.

»Ja«, erwiderte Threem. »Irgendwie seltsam hier oben, was?«

Boteen antwortete nicht. Er schwang sich von Threems Rücken, torkelte ein wenig und wäre beinahe gestürzt. Threem beobachtete ihn.

»Du bist wohl noch nicht ganz auf der Höhe? Schaffst du die Stufen?«

»Ja«, sagte Boteen. Es war egal, wie es ihm ging. Er mußte das hier sehen, mußte in Erfahrung bringen, ob sie tatsächlich das große Los gezogen hatten.

Er hielt sich an einem Felsen fest, spürte seine Kälte unter den Fingern. Der Stein war rot, und dort, wo seine Finger ihn berührt hatten, wurde die Färbung intensiver. Boteen runzelte die Stirn. Er wußte etwas darüber, konnte sich jedoch an nichts Genaues erinnern. Sein Verstand war nicht so klar, wie er hätte sein sollen.

Neben ihm verwandelte sich Threem in seine Fey-Gestalt. Das Pferd schrumpfte und ging in seinem Bauch auf. Die vier Beine verschwanden, an ihrer Stelle blieben nur noch zwei. Threem war nackt, schien es aber nicht zu bemerken. Boteen wußte nicht, wie die Tierreiter das machten, wie sie der Witterung und der gesellschaftlichen Ablehnung trotzten und einfach nackt blieben, ganz egal, was sie auch taten. Vielleicht kamen sie sich niemals nackt vor, so wie man Tiere in ihrer natürlichen Gestalt auch nicht als nackt empfindet.

»Laß mich vorangehen«, schlug Threem vor.

»Nein«, erwiderte Boteen. Er wollte nicht, daß Threem jemandem oder etwas dort oben einen Schrecken einjagte. »Ich bin noch nicht so recht im Lot, um da allein hinaufzugehen.«

Threem verstand sofort, was er damit meinte, und nickte. Wenn Boteen ausrutschte, würde er ihn auffangen.

Boteen machte sich an den Aufstieg. Threems Beschreibung der Stufen erwies sich als zutreffend. Sie waren sehr flach und überall gebrochen; für kleine Füße, Fey-Füße, einigermaßen zu bewältigen, aber unmöglich für ein Pferd, schon gar nicht für ein Pferd, das sozusagen zwei Reiter trug.

Er brachte langsam eine Stufe nach der anderen hinter sich, benutzte Steine und Felswände als Handlauf und atmete gleichmäßig, um das Schwindelgefühl zu bekämpfen.

Er verabscheute diese Schwäche und haßte die Tatsache, daß er seinen Körper nicht unter Kontrolle hatte. Er kam sich ungeschützt vor, ausgerechnet in einem der wichtigsten Augenblicke seines Lebens.

Er näherte sich einem Ort der Macht.

Oben angekommen, fand er sich auf einem kleinen Plateau wieder, das er zunächst für natürlich hielt. Erst nachdem er genauer hingesehen hatte, fiel ihm auf, daß hier Stein an Stein gefügt worden war, und zwar vor so langer Zeit, daß inzwischen die Steine selbst gebrochen waren. Ein Teil des Mörtels war zerfallen und hatte überall eine dünne Staubschicht hinterlassen.

In diesem Staub zeichneten sich Fußspuren ab, und ein anderer Abschnitt der Fläche war saubergefegt worden.

Erst vor kurzem mußten sich ziemlich viele Leute hier oben aufgehalten haben.

Direkt vor sich erblickte Boteen einen Höhleneingang. Er war rund und natürlich und überhaupt nicht geheimnisvoll. Threem packte ihn am Arm, als bedürfte er einer Stütze, nicht Boteen. Auch der Pferdereiter starrte auf die Höhle.

Was sie beide zurückhielt, war nicht die Höhle, auch nicht

die von Menschenhand geschaffene Ebene, auf der sie standen – sondern die Schwerter.

Inselschwerter, groß wie Bäume, ragten aus dem Fels heraus. Zwei von ihnen wiesen von der Decke mit den Spitzen nach unten. Zwei weitere steckten mit den Spitzen seitlich im Höhleneingang. Ihre Griffe schienen darauf zu warten, in die Hand genommen zu werden. Um sie in den Stein zu rammen, mußte es unglaublicher Kraft – oder unglaublicher Magie – bedurft haben.

Das fünfte Schwert balancierte über der Mitte des Eingangs. Es stand auf der Spitze, aber seine Rückseite war in den Stein gedrückt. Es sah nicht aus, als sei es aus dem Felsen herausgehauen worden, sondern eher so, als hätte es jemand dort vergessen.

»Das hier ist ein Ort der Inselleute«, flüsterte Threem.

»Es ist ein magischer Ort«, korrigierte ihn Boteen. Er spürte die aus der Höhle wehende magische Kraft und mit ihr etwas anderes, etwas, das er schon vor einem oder zwei Tagen gespürt hatte.

Einen anderen Zaubermeister.

Das Gefühl war nur schwach, aber es war vorhanden. Boteens Finger schlossen sich fester um Threems Arm. Er war nicht in der Verfassung, einem Rivalen zu begegnen. Trotzdem wollte er noch ein bißchen näher heran, um herauszufinden, ob das Gefühl, willkommen und endlich zu Hause zu sein, noch stärker wurde.

Er machte einen Schritt auf die Höhle zu.

Threem hielt ihn zurück. »Es ist zu gefährlich.«

»Ach was«, log Boteen. »Es besteht keinerlei Gefahr.«

19

Nicholas stand vor den Fläschchen, die in dem eigenartigen Licht der Höhle schimmerten. Adrian stand neben ihm. Nicholas' Herz pochte heftig. Er wußte nicht, weshalb er so nervös war hier an diesem Ort, wo er doch kein Problem gehabt hatte, im Tabernakel vor einer ganzen Wand von Glasfläschchen zu stehen.

Vielleicht waren es die Widersprüche, die ihm zu schaffen machten, die Tatsache, daß sich diese Glasbehälter in einer Höhle befanden, oder es lag daran, daß diese Höhle ihn immer wieder aufs neue überraschte.

Adrian schien darauf zu warten, daß er den ersten Schritt machte. Nicholas fand das verständlich, schließlich war er nach wie vor der König, ob er sich nun so vorkam oder nicht. Er hatte sich sehr weit vom Palast entfernt, nicht nur geographisch, sondern auch, was sein Selbstverständnis anging.

In gewisser Weise hatte er die Regentschaft der Blauen Insel an Rugad übergeben.

Bei dem Gedanken daran versteifte sich seine Rückenmuskulatur. Bewußt hatte er diesen Gedanken noch nie gedacht, aber genau das war es, was er getan hatte. Er war mit nichts als seinen Kleidern am Leib und seiner Tochter an seiner Seite aus der Stadt geflohen, und er hatte keine Streitmacht um sich geschart. Er hatte nicht gekämpft.

Und jetzt war er hier, mit einer Handvoll Getreuer, seinem Sohn und seiner Tochter, und, erstaunlicherweise, seiner Frau, und erst jetzt kam ihm der Gedanke an Gegenwehr.

Er schluckte schwer und zwang sich dazu, sich zu konzentrieren.

Die Gefäße standen auf aus dem Fels gehauenen Simsen,

dem gleichen Marmor, der auch die Treppenstufen bedeckte. Und die Gefäße waren voll. Das Wasser bildete knapp unterhalb der geschwungenen Flaschenhälse eine gerade Linie und war bei allen Flaschen gleich, als wären sie ohne Ausnahme exakt abgemessen worden.

Adrian warf Nicholas einen fragenden Blick zu. Nicholas lächelte und streckte die Hand nach einem Fläschchen aus.

»Halt!« Das war Jewels Stimme. Sie klang unangenehm gebieterisch. Obwohl sie außer Nicholas und Gabe niemand hören konnte, hatte sie leise gesprochen. »Draußen ist jemand.«

Nicholas ließ die Hand sinken und drehte sich um. »Etwa Fey?«

»Ein Zaubermeister«, antwortete Jewel.

»Was ist los?« fragte Arianna.

Nicholas hob die Hand und gebot Schweigen. »Draußen vor der Höhle ist jemand.«

»Ich weiß«, sagte Coulter. »Ich fühle es.«

»Laßt mich nachsehen, wie viele es sind«, brummte Adrian.

»Ich gehe mit«, sagte Fledderer. »Wenn Coulter sie fühlen kann, sind es wahrscheinlich Fey.«

»Oder Matthias«, sagte Nicholas.

Jewel schüttelte den Kopf. »Das wüßte ich.«

Ihre Blicke trafen sich. Sie wüßte es. Inzwischen hatte sie einige Eigenschaften angenommen, die er nicht an ihr kannte, Dinge, die ein Teil ihres Mysteriums waren.

»Geht«, flüsterte er.

Adrian eilte über den Treppenabsatz. Fledderer blieb am Fuß der Treppe stehen und schnappte sich zwei Schwerter und zwei Messer aus seinem Waffenarsenal. Dann eilte er Adrian nach, wobei er so gut es seine kurzen Beine schafften, immer zwei Stufen auf einmal nahm. Nicholas folgte Adrian, doch Jewel rannte ihm nach und packte ihn am Arm.

»Geh nicht hinaus«, sagte sie.

»Ich will nur nachsehen«, meinte er.

»Das sollen die beiden tun. Sie sind am ehesten verzichtbar. Du bist am wertvollsten.«

Er lächelte und zog sie an sich. »In deinen Augen vielleicht«, sagte er so leise, daß die wenigen Leute weiter unten ihn nicht hören konnten. »Aber nicht in den Augen deines Großvaters.«

»O doch, du bist ihm sehr wichtig«, sagte sie. »Wichtiger, als du glaubst. Du stehst ihm im Weg.«

Nicholas war sich nicht so vorgekommen, als stünde er im Weg; es kam ihm eher so vor, als habe er den Weg freigemacht. »Komm mit«, sagte er zu Jewel. »Du kannst mich beschützen.«

»Ich kann dich nicht einmal vor dir selbst beschützen«, gab sie zurück.

Beinahe hätte er es vergessen: Immer wenn sie unterschiedlicher Meinung waren, gerieten sie aneinander.

Nur machte es ihm diesmal überhaupt nichts aus.

»Ist schon gut«, sagte er.

Adrian und Fledderer waren am Höhleneingang angekommen und duckten sich an eine Wand, als hätten sie irgend etwas entdeckt. Fledderer reichte Adrian Schwert und Messer, die sich Adrian umgürtete. Fledderers Schwert steckte bereits in der Scheide, die er ständig mit sich trug. Der kleine Fey flüsterte Adrian etwas ins Ohr, dann schlichen sie nach draußen.

Nicholas ging bis zu der Stelle, an der sie gekauert hatten. Von dort aus erblickte er zwei Männer auf dem steinernen Plateau. Beide waren Fey, einer von ihnen war nackt.

»Boteen«, flüsterte Jewel unnötigerweise. »Der Zaubermeister meines Urgroßvaters.«

»Und der andere?« flüsterte Nicholas.

»Ein Pferdereiter. Sie sind wohl gemeinsam hier heraufgeritten, bis sich der Reiter für den letzten Teil des Weges zurückverwandelt hat.«

Der Zaubermeister sah ebenso mitgenommen wie Coulter aus. Zumindest schienen die Auswirkungen, mit denen Coulter zu kämpfen hatte, andere Zaubermeister, wie Jewel ihnen versichert hatte, ebenso zu beeinträchtigen. Adrian und Fledderer saßen hinter einem Stein versteckt und beobachteten die beiden.

Der Pferdereiter hielt den Zaubermeister an der Schulter fest. Der Zaubermeister richtete noch einen langen, sehnsüchtigen Blick auf die Höhle, dann machten sich die beiden wieder an den Abstieg.

Adrian und Fledderer folgten ihnen, von einer Deckung zur anderen huschend.

Auch Nicholas wollte die Höhle verlassen, doch Jewel hielt ihn fest. »Nein«, sagte sie.

»Ich kann doch gehen«, beschwerte er sich. »Es sind nur zwei von ihnen, außerdem sind sie schon weg.«

»Und einer davon ist ein echter Zaubermeister. Ein praktizierender Zaubermeister, nicht wie der Junge da drin, der nur das zuwege bringt, was er sich auf die Schnelle ausdenkt. Boteen ist der zaubermächtigste Fey, der dir je begegnen wird.«

»Noch mächtiger als der Schwarze König?«

»Was die Magie angeht – ja«, nickte Jewel.

Nicholas schluckte. »Dann können wir wohl davon ausgehen, daß der König nicht mehr weit ist, wenn schon sein Zaubermeister hier auftaucht.«

Jewel nickte.

Er legte einen Arm um sie und zog sie an sich. »Dann wird es höchste Zeit, unsere Kräfte zu sammeln, meine Liebe. Verrate mir die Stellungen der Fey, damit ich weiß, wie ich meine Insel verteidigen kann.«

Sie lächelte, küßte ihn auf die Wange und löste sich auf. Mit einem Mal hielt er nur noch leere Luft umfangen. Er taumelte ein wenig, dann ließ er den Arm sinken.

Daran würde er sich wohl gewöhnen müssen.

In der Zwischenzeit beobachtete er Fledderer und Adrian dabei, wie sie zwischen den Felsbrocken herumkrochen und herauszufinden versuchten, was der mächtigste Zaubermeister der Fey im Schilde führte.

20

Adrian stand auf und entfernte sich von dem Felsen, hinter dem er sich versteckt hatte. Die beiden merkwürdigen Fey waren die Stufen hinuntergegangen und ihren Blicken entschwunden. Beide Männer waren älter als er gewesen, einer von ihnen sogar nackt. Der nackte Fey hatte mehr Körperbehaarung, als es Adrian jemals an einem Fey außerhalb der Schattenlande gesehen hatte. Einige der Tierreiter waren so beschaffen, daß ihre Behaarung ihrer tierischen Form entsprach.

Aber dieser andere Fey ... Ein hochgeschossener, dürrer Fey, größer und dürrer als alle Fey, die Adrian zu Gesicht bekommen hatte. Sie waren so rasch hinabgestiegen, als wüßten sie, daß sie von Adrian und Fledderer verfolgt wurden.

Adrian ging wieder über die steinerne Ebene, stets darauf bedacht, sowenig Geräusche wie möglich zu verursachen, um die Fey nicht aufzuschrecken. Die Steine waren mit der Zeit locker und bröckelig geworden, und er wollte vermeiden, daß sie gegeneinander oder gegen den Boden schlugen. Fledderer folgte dicht hinter ihm.

Als sie die Treppe erreicht hatten, sahen sie die beiden Fey weiter unten. Obwohl sie sich so rasch zurückgezogen hatten, gingen sie sehr langsam. Der große dürre Fey schien Schwierigkeiten zu haben, sich auf den Beinen zu halten.

»Los, wir gehen ihnen nach«, flüsterte Fledderer.

Adrian hielt ihn einen Augenblick zurück. Er konnte keine weiteren Fey entdecken, zumindest nicht in ihrer Nähe. Als er jedoch mit aufmerksamen Blicken den Talboden absuchte, fing sein ohnehin heftig schlagendes Herz zu rasen an.

Dort unten marschierten Fey auf einer Straße, die aus einem

tiefer gelegenen Tal heraufführte, fädelten sich durch den Paß, der den Zugang zur noch tiefer gelegenen Stadt markierte, und formierten sich auf der Hügelkette vor den Toren dieser Stadt. Auf ihren Schwertern glitzerte die Morgensonne. Hunderte, wenn nicht Tausende Fey mußten sich auf den Hügeln versammelt haben, und es kamen immer noch mehr hinzu.

Adrian zog Fledderer am Ärmel und zeigte hinunter. Fledderers Blick folgte dem seinen.

»Bei allen Mächten!« flüsterte er, und zum ersten Mal seit langer, langer Zeit vernahm Adrian so etwas wie Furcht in seiner Stimme.

»Eigentlich sollte man annehmen, daß sie zuerst hier heraufkommen«, flüsterte Adrian.

Fledderer schüttelte den Kopf. »So geht Rugad nicht vor. Er glaubt, daß sich die Inselbewohner um Nicholas scharen, deshalb will er zuerst Nicholas' Reserve vernichten, bevor er sich den Hauptpreis holt.«

Fledderers Erklärung klang vernünftig. Adrian spürte, wie es ihm eiskalt über den Rücken lief, ein Schauder, der nichts mit der kühlen Morgenluft zu tun hatte. »Wir müssen ihn unbedingt warnen.«

»Wir können nichts dagegen tun«, flüsterte Fledderer und sah wieder auf die Stufen. »Komisch, daß sie nicht bei Boteen sind. Glaubst du, er ist ebenso angeschlagen wie Coulter?«

Adrian schüttelte sich. »Jewel meinte, jeder Zaubermeister würde es spüren.«

»Gut«, brummte Fledderer, legte die Hand auf den Schwertknauf und wollte die Stufen hinuntergehen.

Adrians Hand schoß vor und erwischte ihn gerade noch am Wams. »Was hast du vor?«

»Das ist vielleicht unsere einzige Chance, einen Zaubermeister zu töten«, sagte Fledderer, entwand sich Adrians Griff und marschierte weiter.

»Du weißt nicht, was dich dort unten erwartet«, sagte Adrian.

»Das ist ja gerade der Witz daran!« Fledderers geflüsterte Antwort war kaum zu verstehen.

Zwar hatte sie niemand dazu ermächtigt, aber Fledderer hatte recht. Ein ausgebildeter Zaubermeister der Fey verfügte über weitaus größere Zauberkräfte als Coulter – und über die Fähigkeit, sie auch einzusetzen. Die Chance, einen solchen Mann in einer geschwächten Verfassung anzutreffen, war gleich null.

Es gab insgesamt nur drei Zaubermeister auf der ganzen Insel, hatte Jewel gesagt. Coulter, den Einundfünfzigsten Rocaan und diesen Fey, der sich dort mühsam den Berghang hinunterquälte. Wenn sie diesen Mann töteten, verschafften sie sich einen Vorteil gegenüber dem Schwarzen König.

Adrian holte tief Luft. Das waren die Entscheidungen, die er zu treffen hatte: sein Leben gegen die Zukunft der Insel. Doch das war keine Wahl. Zuallererst kamen die Zukunft der Insel, die Zukunft seines Sohnes, seiner Familie und seiner Freunde.

Also machte sich auch Adrian auf den Weg die Stufen hinab, in der Hoffnung, daß es ihm und Fledderer gelang, den Zaubermeister der Fey zu überrumpeln.

21

Boteen war erschöpft, und ihm war schwindlig. Nachdem er die letzten paar Stufen hinabgestolpert war, fand er Threem bereits wieder in seine Pferdegestalt verwandelt vor.

Threem warf den Pferdekopf zurück. »Ich glaube, ich habe dort oben Stimmen gehört«, sagte er. »Wir müssen uns beeilen.«

Boteen schüttelte den Kopf. »Ich kann kaum mehr stehen, schon gar nicht auf deinen Rücken steigen.«

»Daran habe ich bereits gedacht. Stell dich auf diesen Stein und nimm meine Hand, dann zieh ich dich auf meinen Rücken.«

Boteen gefiel der Vorschlag überhaupt nicht, aber ihm fiel nichts Besseres ein. Also ging er zu dem Stein, den Threem ausgesucht hatte. Er war halb so groß wie er und oben abgeflacht. Boteen wußte nicht, ob er noch genug Kraft hatte, hinaufzusteigen.

Mißtrauisch blickte er zu den Stufen hinüber. Auch er hatte etwas gespürt, vermischt mit der Verlockung der Höhle. Aber es war die Anwesenheit eines Zaubermeisters gewesen.

»Boteen«, drängte Threem.

Boteen nickte, legte die Hand auf den Stein und zog sich hoch. Threem beugte sich zu ihm hinüber und packte Boteen am Handgelenk.

»Warte«, sagte Boteen, der spürte, daß er das Gleichgewicht verlor. Das Schwindelgefühl war jetzt wieder voll da. Er wußte nicht einmal, ob er sich, falls er stürzte, irgendwie abfangen konnte.

Er bekam die Füße noch einmal unter Kontrolle, während Threem sich so dicht wie möglich an den Felsen drängte. Dann zog ihn Threem herüber, und Boteen machte einen Schritt nach vorne.

Um ein Haar hätte er ihn verfehlt, landete hart auf dem Rücken des Pferdes und wäre beinahe auf der anderen Seite wieder heruntergerutscht. Threem grunzte wie unter Schmerzen auf und stieß einen leisen Fluch aus. Boteen hielt sich mit seiner freien Hand an Threem fest, um wieder ins Gleichgewicht zu kommen.

»Beinahe hättest du uns beide umgeworfen«, sagte Threem.

Boteen, dem so schwindlig war, daß er kaum einen klaren Gedanken fassen konnte, murmelte: »Worüber beschwerst du dich? Du kannst schließlich nicht herunterfallen.«

»Da hast du recht«, antwortete Threem. »Wenn du zu heftig herumschaukelst, kippe ich einfach nur um.«

Die Vorstellung, wie sie beide den steilen Hang hinabkollerten, war wenig verheißungsvoll, schon gar nicht, wenn Boteen sich vorstellte, unter dem schweren Pferdekörper begraben zu werden.

Er lehnte den Kopf an Threems Rücken. »Reite einfach weiter«, sagte er.

»Gut festhalten«, erwiderte Threem. »Runter ist es schwieriger als rauf.«

Genauso war es. Threem suchte sich seinen Weg auf dem schmalen Pfad, wobei er sich nach hinten gegen den Hang stemmte und mit beiden Köpfen auf alle vier Hufe konzentrierte.

Einmal rutschte der Pfad weg, und Threem mit ihm, und nur mit Hilfe einer großen Portion Glück und seiner geistesgegenwärtigen Reaktion gelang es ihm, sich an einer Reihe fest im Boden verankerter Felsbrocken wieder zu fangen.

Ein echtes Pferd wäre abgestürzt.

Ein echtes Pferd hätte sich auch nie auf eine solche Kletterpartie begeben.

Boteen hielt eine Zeitlang die Augen geschlossen, doch das schien sein Schwindelgefühl nur noch zu steigern. Als er sie wieder öffnete und über das Tal und den Fluß tief unter ihnen blickte, stellte er fest, daß er an Höhenangst litt, was ihm noch nie zuvor aufgefallen war.

Er versuchte sich auf die hin und her marschierenden Armeen dort unten zu konzentrieren – genau das hatte Rugad gewollt –, aber es wurde nicht besser. Sein Magen fühlte sich flau an, seine Magie erschöpft, und sein Kopfschmerz wurde schlimmer.

»Hast du gesehen, was das war?« fragte Threem.

»Hm?« Threems Stimme schien aus einem endlosen Tunnel zu kommen.

»Hinter uns«, sagte Threem. »Hast du nichts gehört?«

»Nein«, antwortete Boteen, wandte aber trotzdem den Kopf um. Es nahm eine schemenhafte Bewegung auf dem Pfad wahr, konnte aber nicht sagen, ob sie von den Steinen herrührte, die sie selbst locker getreten hatten, oder von jemandem, der ihnen folgte.

»Siehst du jemanden?« erkundigte sich Threem.

»Nein«, sagte Boteen, hielt aber weiter Ausschau. Die Steine kollerten ein Stück weiter und blieben dann liegen. Dann bog Threem um eine Kurve, und Boteen konnte sie nicht mehr sehen.

Kurz darauf hatten sie das kleine Lager erreicht, in dem er die Möwenreiterin und den Schreiber zurückgelassen hatte. Bei Tageslicht betrachtet, sah der Ort noch schlimmer aus. Die gesamte Vegetation war weggebrannt, auch mehrere Felsbrocken wiesen Brandspuren auf. Der Geruch hing immer noch beißend in der Luft.

Die Möwenreiterin saß in ihrer Möwengestalt auf einem Steinbrocken und verfolgte Boteens und Threems Nahen. Der Schreiber lag schlafend unter den Säulen, die das Behelfslager bildeten. Boteen sah ihn nur, weil er wußte, wonach er suchte.

»Weck ihn auf. Wir gehen sofort ins Tal hinunter«, sagte Threem zur Möwenreiterin und drehte den Kopf dann zu Boteen um. »Es sei denn, du hältst es für notwendig, daß wir noch einmal zurückgehen.«

Boteen hätte das gern getan. Sehr gern sogar. Aber er wußte, daß es nicht sehr klug gewesen wäre. Nicht ohne Rugad. Oder zumindest in Begleitung einer größeren Streitmacht.

»Nein«, erwiderte er. »Jetzt geht es erst einmal wieder hinunter.«

Die Möwenreiterin kam von ihrem Aussichtspunkt geflogen, landete neben dem Kopf des Schreibers und pickte ihn vorsichtig mit dem Schnabel. Der stieß einen Angstschrei aus und schreckte wie ein geschlagenes Kind auf. Die Möwenreiterin lehnte sich nach hinten und beobachtete ihn mit einem ihrer Vogelaugen.

»Ich bin's doch nur, Dummkopf«, sagte sie. »Wir brechen auf.«

Er setzte sich auf und rieb sich die Augen. »Wir sind doch eben erst hergekommen.«

»Steh auf!« forderte ihn Threem auf. Er schien die Faxen des Schreibers ebenso leid zu sein wie Boteen.

Und dann grunzte Threem.

Das Geräusch war erschreckend, grauenvoll. Threem krümmte sich. Seine Augen – beide Paare – rollten wie wild in den Höhlen, und der Pferdereiter stieg auf den Hinterbeinen hoch, woraufhin Boteen von seinem Rücken rutschte.

Er versuchte sich noch an Threems Armen festzuhalten, doch es gelang ihm nicht, und auch den Schwanz verfehlte er.

Als er schon durch die Luft flog, versuchte er es noch mit einem Zauberspruch, irgendeinem, und verspürte lediglich eine ferne, ungewisse Regung in seinem Inneren.

Er landete so hart auf dem Rücken, daß ihm alle Luft aus den Lungen wich. Über ihm tauchte eine Rotkappe auf. Die gestauchte, breite Gestalt der Kappe war ungewöhnlich sauber, abgesehen von den frischen Blutstropfen in seinem Gesicht.

Die Kappe ließ das blutige Messer aus der Hand fallen, zog ein Schwert aus der Scheide und hielt den Griff mit beiden Händen schlagbereit seitlich neben dem Kopf.

Der Kerl grinste.

»Das wollte ich schon zeit meines Lebens tun«, sagte er auf fey, holte weit aus und schlug zu.

22

Matthias taumelte durch die Straßen von Constantia und spürte die entsetzten Blicke der Blutklippenbewohner auf sich. Mit seinem vernarbten Gesicht, dem angeschwollenen Hals und dem humpelnden Gang mußte er scheußlich aussehen. Tri hielt sich ein paar Meter vor ihm und erkundigte sich bei allen Passanten nach dem Ort, an dem sich die Weisen versammelten.

Schließlich schickte sie ein älterer Mann, der offensichtlich nicht wußte, daß Tri nicht mehr zu den Weisen gehörte, zum Markt und beschrieb ihnen obendrein das Haus, in dem sie sich treffen wollten. Tri dankte ihm und mußte fortan nicht mehr so tun, als gehöre er nicht zu Matthias. Er nahm Matthias am Arm und zog ihn mit einer Kraft weiter, die ihm Matthias nicht zugetraut hätte.

Matthias kam kaum nach. Nur sein Wissen über die Fey und die Verheerung, die sie mit sich brachten, trieb ihn weiter. Und die Erinnerung an die Stadtbewohner, die ihn vor nur wenigen Tagen hatten vertreiben wollen, sowie an das Gefühl tief in seinem Innersten, das ihm riet, die Stadt sofort wieder zu verlassen. Ein Gefühl, das sie ihm eingepflanzt hatten. In jenem Augenblick war ihm klargeworden, daß auch sie über magische Kräfte verfügten, die sie nur die ganze Zeit über verleugnet hatten.

Tri führte ihn zum Marktplatz. Am westlichen Ende erblickte er Pausho und zwei andere Weise, deren Namen zu lernen er sich nie die Mühe gemacht hatte. Die beiden bahnten sich ihren Weg durch die morgendliche Menschenmenge.

An diesem Morgen war es auf dem Markt so voll wie immer. Niemand schien besonders besorgt zu sein. Niemand schien bemerkt zu haben, daß die Fey auf den Hügeln oberhalb der Stadt aufmarschierten. Niemand bis auf Pausho und den anderen Weisen. Tris Blick schnellte wieder dort hinauf, und Matthias erging es nicht anders.

Er wußte nicht, ob es seiner fiebrigen Phantasie zuzuschreiben war, aber es kam es ihm vor, als wären es jedesmal, wenn er hinsah, mehr Fey. Die Stadtbewohner, die wußten, daß sich die Weisen versammelten, fanden es zwar seltsam, aber nicht direkt beunruhigend.

Pausho sah an diesem Morgen blaß und zerbrechlich aus. Sie stand neben einer der Marktbuden und hielt sich daran fest. Matthias hatte sie zuletzt dort oben auf dem Berg gesehen, als er diesem brennenden Inseljungen begegnet war, der sich Coulter nannte. Sie hatte Matthias gedrängt, in die Höhle zu gehen, in der sich Jewel aufhielt. Pausho hatte ihm versichert, er würde dort die Hand Gottes berühren. Matthias hatte nicht gewußt, was sie damit meinte, und er wußte es immer noch nicht.

Pausho sah sich aufgeregt um, als erwartete sie das Eintreffen der Weisen mit höchster Ungeduld. Plötzlich fiel ihr Blick hinauf auf die Hügelkuppen.

Eigentlich hatte Matthias gedacht, sie würde mit solchen Situationen besonnener umgehen. Eigentlich hätte er mehr Stärke erwartet.

Aber vielleicht hatte sie sich noch nie zuvor mit einer solchen Situation konfrontiert gesehen.

Er holte tief Luft und tauchte in die Menge ein. Er würde seine letzten Kräfte aufbringen müssen, um ihr das alles zu erklären. Tri begleitete ihn, die Hand immer noch auf Matthias' Arm, doch jetzt zog Matthias ihn.

»Pausho«, sagte Matthias. Seine Stimme tönte wie ein intensives Murmeln über das Gesumm der Menge. »Dort oben – das sind die Wesen, von denen ich dir erzählt habe. Es sind Fey.«

Sie drehte sich zu ihm um und mußte sich an der Bude festhalten. »Sie sind wirklich lang«, zischte sie. »Genau wie du.«

»Sie sind aber nicht wie ich«, sagte er. »Sie haben fast die ganze Insel erobert, und jetzt sind sie hier, um Constantia einzunehmen.«

Sie zog die Augen zusammen. »Du hast deine Botschaft überbracht«, stieß sie hervor. »Jetzt kannst du dich ihnen wieder anschließen.«

»Aber nein«, sagte er und schob sich an den Weisen neben ihr vorbei. »Du mußt mir jetzt genau zuhören. Du mußt mir vertrauen. Sie ...«

»Ich muß niemandem vertrauen«, erwiderte sie. »Und dir schon gar nicht.«

Er spürte die Ernüchterung tief in seiner Kehle. Er hatte seine letzte Kraft aufgeboten, hierherzukommen, und sie sah in ihm immer noch den Langen, nicht jemanden, der wichtige Informationen hatte. Für sie und für die Stadt.

Für die Blaue Insel.

»Bitte«, sagte er leise. »Du muß mich anhören, sonst werden alle Bewohner dieser Stadt sterben.«

»Soll das eine Drohung sein?«

Er schüttelte den Kopf. »Eine Tatsache. Jahn ist bis auf die Grundmauern niedergebrannt. Die Fey haben den Tabernakel abgefackelt. Ihre Armeen stehen auf der ganzen Insel. Es gibt nur noch wenige Landstriche, die sie noch nicht eingenommen haben. Dieser hier gehört dazu. Ihr habt nur eine einzige Chance. Vertut sie nicht.«

Sie funkelte ihn mißtrauisch an. »Ich kann nicht glauben, daß du uns helfen willst.«

»Warum nicht? Wegen dem, was du mir angetan hast? Hier ist trotzdem meine Heimat. Die Blaue Insel ist meine Heimat. Du nennst mich Dämonenbrut, aber im Vergleich mit diesen Kreaturen dort oben auf den Hügeln bin ich ein Nichts.«

»Hör ihn an«, sagte Tri. »Er hat niemals etwas getan, was euch schaden könnte. Er hat nie etwas unternommen, um diesem Ort hier zu schaden, nicht einmal damals, als er Rocaan war und die Möglichkeit dazu gehabt hätte. Du weißt es ebensogut wie ich. Der Tabernakel hat schon einige Male vorher versucht, die Weisen zu zerschlagen, aber nicht ein einziges Mal in Matthias' Amtszeit.«

»Laß ihn reden«, meldete sich eine Frau zu Wort. Sie war die Weise, die zwei Abende zuvor an Paushos Seite gewesen war.

»Wir dürfen nicht auf Dämonenbrut hören!«

Matthias stieß einen leisen Seufzer aus. Ihm war immer noch schwindelig, und der lange Marsch hatte seinen Zustand nicht gerade verbessert. »Dann müßt ihr eben sterben. Ich habe getan, was ich konnte.«

Er drehte sich um und ging davon. Er wankte ein wenig vor Schwäche, aufgrund seiner Verletzungen und eines inneren Grauens, das er längst begraben geglaubt hatte. Irgendwie mußte er Marly finden und zusammen mit ihr fliehen, und auch für Yasep und seine Gruppe, für Denl, Jakib und die anderen galt es eine sichere Zuflucht zu finden.

Einen Ort, an dem sie die Fey nicht fanden.

Er hörte Stimmen hinter sich, Tris Stimme und mehrere andere. Jemand rief: »Matthias!«

Als er sich umdrehte, verlor er das Gleichgewicht und mußte sich mit ausgestreckter Hand an einer Mauer abstützen. Schwarze Punkte tanzten vor seinen Augen.

Pausho sah ihn an. Ihre Lippen waren zusammengepreßt, ihre Augen zwei schmale Schlitze. »Also gut«, sagte sie. »Tri und die anderen haben mich dazu überredet, dir zuzuhören. Aber wenn sich alles als gelogen herausstellt und du zu diesen Langen dort oben überläufst, bringe ich dich eigenhändig um, ist das klar?«

Er nickte. Tri kam zu ihm und half ihm zurück zu den anderen.

Pausho blinzelte ihn skeptisch an. »Bist du krank?«

»Etwas ist heute morgen hier hindurchgefegt. Eine Welle oder etwas Ähnliches. Sie nahm ...« Er musterte die anderen. Sie würden es früh genug erfahren. Es war höchste Zeit zuzugeben, was ihn schon so lange bedrückte. »Sie nahm mir meine Kräfte, vor denen ihr euch so gefürchtet habt. Vermutlich ist die Ursache dafür bei den Fey zu suchen.«

Sie warf einen Blick zur Hügelkette hinüber, als ließe sich dort der Wahrheitsgehalt seiner Worte überprüfen. »Auch mir geht es seit heute morgen nicht gut«, sagte sie. »Vielleicht ist doch etwas daran. Kehren unsere Kräfte zurück?«

Er hätte beinahe gelächelt. Sie mußte schwer daran zu schlucken haben, denn sie mußte sich auf ebenjene Kräfte berufen, deretwegen sie ihn beinahe getötet hätte. »Ich glaube schon. Ich hoffe es. Gerade jetzt könnten wir sie gut gebrauchen.«

Sie holte tief Luft. »Was können wir gegen diese Langen unternehmen?«

»Ich habe einige Ideen«, antwortete er. »Alle ohne jede Garantie. Zunächst müßt ihr wissen, daß sie sterblich sind, genau wie wir. Sie sterben auf die gleiche Weise. Ein Stich ins Herz tötet sie ebenso wie einen von uns. Allerdings verfügen sie über mehr Zauberkräfte als wir.«

An dieser Stelle hielt er inne, runzelte die Stirn und dachte nach. Vielleicht stimmte das nicht mehr. Er erinnerte sich an die Macht des geflüsterten Singsangs: *Weiche! Hinfort mit dir! Weiche!* »Zumindest wissen sie mit ihrer magischen Begabung umzugehen.«

Sie nickte.

»Ruft alle Stadtbewohner zusammen. Sie sollen versuchen, den Feind mit der Macht ihrer Worte zu vertreiben, so wie ihr es neulich mit mir getan habt. Möglicherweise verfügt ihr über eine Macht, mit der die Fey nicht rechnen.«

Sie verschränkte die Arme. Sie hatte nicht gedacht, daß er wußte, wie es funktionierte.

»Und dann«, fuhr er fort, »müßt ihr mich zu den Worten bringen.«

»Nein«, erwiderte sie kategorisch. »Außer den Weisen darf dort niemand hin.«

»Pausho.« Er beugte sich vor, weil er seinen Worten auf andere Weise keine Dringlichkeit verleihen konnte. »Ich habe viele Fey mit Weihwasser getötet. Das Rezept stammt vom Roca. Wir benutzten das Rezept, bei dem Seze verwendet wird, ein Kraut aus dieser Gegend. Ich vermute, daß Varin und mehrere andere Dinge hier von den Klippen den gleichen Effekt haben. Wer hätte gedacht, daß sie mit Wasser, einfachem Weihwasser zu töten sind? Niemand. Wir haben es zufällig entdeckt, und inzwischen wissen sie sich gegen diesen Effekt zu wehren. Aber es gibt Dutzende anderer Geheimnisse. Ich kenne sie, und ich kenne auch die Rezepte dafür, doch ich hatte kaum Gelegenheit, sie auszuprobieren. Das einzige, was ich probiert habe, nämlich ein Schwert aus Varin zu schmieden, hat nicht funktioniert.«

»Es funktioniert«, sagte Pausho leise.

Freudige Erregung stieg in ihm auf. Sie *wußte* es. Er versagte sich ein Lächeln. Er traute sich nicht. »Dann sind in den ursprünglichen Worten Informationen verborgen, die wir benutzen können.«

Sie schloß die Augen. Einen Moment lang sah es aus, als würde sie ohnmächtig. Dann öffnete sie die Augen wieder. Ihr Blick richtete sich sofort auf Tri, als machte sie ihn für das alles verantwortlich.

»Ich habe mein ganzes Leben damit verbracht«, sagte sie leise, »mein Volk vor Dämonenbrut wie dir zu schützen. Und jetzt hat es den Anschein, als müßte ich mit dir gemeinsame Sache machen, um mein Volk zu retten.« Sie schluckte. »Woher soll ich wissen, daß es sich nicht um einen Trick handelt? Eine Methode, um an Wissen heranzukommen, das du dir auf keine andere Weise beschaffen kannst?«

Matthias' Herz schlug heftig. »Glaubst du im Ernst, ich wäre mit diesem Vorschlag zu dir gekommen, wenn ich die Streitmacht dort oben hierhergeführt hätte? Glaubst du nicht, ich wäre statt dessen einfach in Constantia eingeritten und hätte sämtliche Bewohner abgeschlachtet?« Er biß sich auf die Unterlippe. Er mußte ihr gegenüber absolut ehrlich sein. Etwas anderes würde sie nicht akzeptieren.

»Wären das meine Soldaten«, sagte er, »hätte ich sie in tiefster Nacht in die Stadt geführt und sie auf euch gehetzt, bevor auch nur einer von euch aus dem Schlummer erwacht wäre. Und zuallererst hätte ich sie dich, Pausho, töten lassen und anschließend gleich die restlichen Weisen.«

Er vernahm rings um sich her erstauntes Keuchen. Paushos Gesichtsausdruck veränderte sich nicht. Sie musterte ihn mit herabgezogenen Mundwinkeln und traurigen Augen. »Du glaubst also, es gibt noch ein größeres Übel als dich?«

Tri faßte ihn am Arm. Matthias schüttelte ihn ab. Jewel war tot, gestorben von seiner Hand. Burden auch. Und viele andere mehr, wenn man dem Glauben schenkte, was manche erzählten. Wenn der Sieg der Fey, ihr zweiter Sieg, seiner Verbohrtheit zuzuschreiben war, mithin der Prüfung, die er vor fünfzehn Jahren Nicholas' Ehefrau Jewel unterzogen hatte, dann hatte er einiges an Buße zu leisten.

Er konnte Pausho nur eine Antwort geben.

»Ja«, sagte er sanft. »Ich glaube, daß es ein größeres Übel als mich gibt. Es steht dort oben auf den Hügeln.«

»Und du bist der Meinung, ich müsse mich mit dir verbünden, um es unschädlich zu machen.«

»Richtig.«

»Und wenn es unschädlich gemacht ist und wir es überlebt haben«, fragte sie, »erwartest du dann Nachsicht von mir?«

»Nein«, sagte er.

»Ich kann dir das Gelernte nicht mehr nehmen. Und es wird mir nicht möglich sein, das, was ich dir beigebracht habe, aus deinem Verstand zu löschen.«

Jetzt mußte er lächeln. »Selbstverständlich kannst du das.« Er konnte den Sarkasmus nicht mehr aus seiner Stimme verbannen. »Du kennst doch die beste Methode dafür. Die, die du all die Jahre schon anwendest.«

»Matthias!« flüsterte Tri warnend.

»Du kannst mich töten«, sagte Matthias.

Auch Pausho lächelte. Ihr Lächeln wirkte so kalt, wie das seine gewirkt haben mußte. »Dann habe ich also deine Erlaubnis.«

»Das nicht«, widersprach er. »Aber du hättest mein Verständnis.«

Sie lachte und streckte ihm zu seiner Verwunderung die Hand entgegen. »Verbündete?«

Er ergriff sie. Ihre Finger waren warm und trocken. »Verbündete«, wiederholte er.

»Bis diese Langen dort auf den Hügeln besiegt sind«, sagte sie.

»Keinen Augenblick länger«, pflichtete er ihr bei.

Sie schüttelten sich die Hände, und mit dieser Geste nahm die Verteidigung von Constantia ihren Anfang.

23

Die letzte Reihe nahm Aufstellung. Licia beobachtete, wie die letzten Fey ihren zugewiesenen Platz einnahmen. Zusätzlich zu ihren Schwertern und Messern trugen sie Bögen über einem Arm und einen mit Pfeilen bestückten Köcher auf dem Rücken.

Es war ein Zugeständnis an die Kampfweise der Inselbewohner. Schon seit Nye, nachdem gefangengenommene Nye sie davor gewarnt hatten, wie gut die Inselleute mit Pfeil und Bogen umgingen, hatten sich die Fey darauf vorbereitet. Die Warnung hatte sich für den Süden der Insel als berechtigt erwiesen, und Licia hatte keinen Grund, sich hier nicht darauf einzustellen.

Sie nahm ihre Position auf einem erhöht stehenden, abgeflachten Stein ein. Von hier aus würde sie den Angriff leiten, denn er bot ihr einen vorzüglichen Blick über das Tal. Sie warf einen letzten Blick nach hinten. Der Paß spie keine weiteren Truppen mehr aus, die Sonne war höher geklettert und übergoß das Rot der Blutklippen mit ihrem gelben Licht.

Die Berge würden ihren Namen am heutigen Tag zu Recht tragen.

Dann reckte sie die rechte Hand mit geballter Faust in die Luft. Die Soldaten, die ohnehin recht leise gewesen waren, verstummten jetzt ganz. Keiner rührte sich mehr.

Eine tadellos ausgebildete Truppe.

Sie wollte ihnen zulächeln, sie wissen lassen, wie stolz sie auf sie war, auf ihre Infanterie, ungeachtet der merkwürdigen Ereignisse vom frühen Morgen. Aber das hätte sie nur irritiert. Ein Fey brüstete sich nicht schon vor der Schlacht.

Sie öffnete die Faust. Die erste Reihe zog Schwerter und Messer aus den Scheiden. Das Kratzen des Metalls stieg wie Musik in die Morgenluft. Dann ließ sie die Hand fallen und laut und vernehmlich mit der Handfläche auf den Oberschenkel knallen.

Das Geräusch von Haut auf Haut ging in dem plötzlich aufbrandenden Gebrüll unter. Die Fey stürmten vorwärts und trabten, ihren schrillen Siegesschrei ausstoßend, die Hügelflanke hinunter ins Tal.

Die Infanteriereihe blieb vorbildlich geschlossen und bewegte sich wie eine mit einer Schnur gezogene Welle auf die Stadt zu. Die Sonne funkelte auf dem Metall ihrer Schwerter.

Weiter unten sah Licia sämtliche Stadtbewohner mitten in der Bewegung verharren. Ihnen blieben nur wenige Sekunden, um sich auf ihr Ende vorzubereiten.

Sie lächelte.

Dann riß sie die Hand abermals hoch und machte sich bereit, die zweite Welle loszuschicken. Ihre Infanterie führte sich tadellos auf. Kein einziges Wort fiel in der vordersten Linie auf dem Hügel. Die Stille hier oben war wie ein lebendiges Wesen. Sie öffnete die Faust und lächelte erneut bei dem Geräusch der gezogenen Klingen.

Sie ließ die Hand fallen, und die zweite Reihe Infanterie stürmte in perfektem Gleichschritt den Hügel hinab.

Der gesamte Abhang war von Fey in ledernen Uniformen bedeckt. Der Schlachtruf erregte die Aufmerksamkeit der Inselbewohner, die sich in der Nähe des Steinbruchs aufhielten. Sie sah, wie sie sich auf den Rand ihrer riesigen Erdmulde zubewegten. Die über ihren Köpfen kreisenden Möwen verrieten ihr das gleiche.

Mit einem Fingerschnipsen entsandte sie einen kleineren Trupp Fey zu ihnen. Sie plante, den Inselbewohnern im Steinbruch ein wenig Hoffnung zu geben, das kurzzeitige Gefühl, daß sie nicht nur überleben, sondern sogar eine Schlacht gegen diese Fremden gewinnen könnten.

Dann würde sie diese Hoffnung zerschlagen, so restlos, so entschieden, so vernichtend, daß die Überlebenden nicht mehr im Traum daran dachten, sich jemals wieder einem Fey in den Weg zu stellen.

Vorausgesetzt natürlich, es gab überhaupt Überlebende.

Die erste Welle hatte den Stadtrand erreicht. Die Soldaten sahen aus wie kleine Spielzeugfiguren, die im Sand herumkrochen. Sie hieben sich den Weg durch die verdutzten Inselbewohner frei, überall um sie her spritzte und floß Blut.

Von ihrem Aussichtspunkt aus konnte Licia kaum Einzelheiten erkennen, aber das wenige, was sie sah, reichte völlig aus.

Die zweite Welle fächerte sich jetzt um die erste herum aus und drang in die Stadtteile vor, in denen noch nicht gekämpft wurde.

Diese ersten beiden Wellen würden einige Verluste zu verzeichnen haben, aber das machte ihr nichts aus. Die dritte und die vierte Welle standen als Ersatz bereit. Sie würden eingreifen, sobald die ersten beiden Wellen Ermüdungserscheinungen zeigten oder die Inselbewohner begriffen hatten, daß sie um ihr Leben kämpfen und sich entschlossener zur Wehr setzen mußten.

Hatten sie das erst einmal begriffen, würde sich ihre Gegenwehr deutlich verändern. Sie würden mit dem Mut der Verzweiflung zurückschlagen und eher eine Chance auf Erfolg haben. Die Inselbewohner, die weiter in der Stadtmitte wohnten, hatten die Gelegenheit, nach ihren wie auch immer gearteten Waffen zu greifen, und sie würden sie benutzen. Sie würden mit der Kraft des Verteidigers kämpfen, mit der Kraft der Angst und mit dem Bewußtsein, das Recht auf ihrer Seite zu haben.

Und sie würden Licias Armee einen kleinen Kratzer zufügen.

Die dritte und vierte Welle würden diesen Kratzer rasch wieder auspolieren, wenn auch nicht ganz. Die Inselbewohner könnten noch immer glauben, möglicherweise den Sieg davonzutragen.

Bis Licia die fünfte und die sechste Welle losschickte.

Jeder Inselbewohner, der versuchte, die Hügel anzugreifen, würde von Pfeilen niedergestreckt werden. Außerdem hatte sie die Vogelreiter im Einsatz, die sie rechtzeitig warnten.

Die Fußsoldaten im Tal hörten lediglich den Lärm der Schlacht, was ihren Blutdurst noch steigerte, ohne daß sie etwas dagegen tun konnten. Erst dann, wenn die Infanterie ihre Aufgabe erledigt hatte, erhielten die Fußsoldaten die Erlaubnis, ebenfalls einzugreifen und den Rest zu erledigen.

Inzwischen hatte die zweite Welle die Stadt erreicht. Die entsetzten, gellenden Schreie der Inselbewohner drangen bis auf die Hügel herauf. Sie verloren den Kampf. Sie starben.

Nach und nach begriffen sie, daß ihre wunderbaren, erbärmlichen Leben ihr Ende erreicht hatten.

Licia sah zu und wartete.

Sie würde genau den richtigen Moment abwarten und dann die nächste Welle losschicken.

Ihr Plan ging vorbildlich auf. Sie schickte ihre gesamte Streitmacht in die Stadt, in der sämtliche Bewohner abgeschlachtet wurden, und noch bevor die Sonne senkrecht über ihr stand, würde die Stadt ihr gehören.

Sie lächelte.

Sie liebte ihre Arbeit.

24

Fledderers Schlag zielte auf Boteens Kopf. Die Augen des Zaubermeisters weiteten sich, doch dann krümmte sich sein Körper in Richtung Schwert zusammen.

Die Klinge verfehlte seinen Hals nur um wenige Zentimeter.

Fledderer hätte beinahe das Gleichgewicht verloren, fing sich wieder und zog das Schwert wieder fluchend an sich. Boteen war nicht mehr in der Lage, sich aufzurichten. Hinter Fledderer bäumte sich der Pferdereiter immer noch schreiend auf. Offensichtlich hatte Fledderer, als er dem Pferd das Messer in den Bauch bohrte, das Herz nicht getroffen.

Es hätte ihm auffallen müssen, als er das Messer wieder herauszog, so wie das Blut sprudelte. Er hätte noch einmal zustoßen sollen. Es war gar nicht seine Art, das Herz zu verfehlen. Normalerweise kannten sich Rotkappen hervorragend in Anatomie aus. Wahrscheinlich hatte er es verfehlt, weil alles so schnell gehen mußte.

Er vernahm ein Krächzen von oben und sah, wie sich ein Möwenreiter auf ihn stürzte. Er rief noch: »Adrian!«, dann duckte er sich weg.

Adrian war irgendwo hinter ihm und beschäftigte sich wahrscheinlich mit dem Pferdereiter. Fledderer mußte den Kopf gesenkt halten, um die Augen vor dem Schnabel des Federviehs zu schützen. Dafür spürte er, wie er sich in seine Kopfhaut bohrte.

Er fluchte und stach blindlings nach dem Angreifer, erkannte aber sogleich, daß der Möwenreiter genau diese Reaktion bezweckte, nämlich Fledderer von seinem eigentlichen Ziel abzulenken: den Zaubermeister zu töten.

Das war ihre einzige Hoffnung.

Er schlug mit der freien Hand nach dem Vogel, was mit einem Schnabelhieb in die Handfläche quittiert wurde. Immer noch fluchend hielt er nach Boteen Ausschau, der ein Stück weiter den Pfad hinunterrobbte.

Ausgezeichnet.

Ein Zaubermeister, der im Staub kroch – so wie sie es immer von den Rotkappen verlangt hatten.

Fledderer war mit zwei Schritten bei ihm, packte das Schwert mit beiden Händen und spürte, wie der fliegende Angreifer in seine Finger pickte. Der Schmerz war immens und flammte in jeder Wunde auf, die der Möwenreiter geschlagen hatte.

Er durfte nicht daran denken.

Nicht daran denken.

Er hob das Schwert hoch über den Kopf ...

... und rammte es Boteen tief in den Rücken.

Boteen stieß einen grauenhaften, von Schmerz und wildem Zorn durchdrungenen Schrei aus und drehte sich ein wenig zur Seite, als wollte er die Klinge sehen, die ihn auf der Erde festspießte. Als er nach dem Schwert griff, sprühten kleine Flammen aus seinen Fingerspitzen, doch kurz darauf loderten die Flammen auf, und der Zaubermeister hauchte langsam sein Leben aus.

Der Möwenreiter ging verbissen auf Fledderers Augen los. Er mußte das Gesicht mit dem Unterarm schützen, doch auch dort stieß der Schnabel gnadenlos zu, durchbohrte Stoff, Haut und Muskeln.

Der Pferdereiter hinter ihm schrie immer noch. Fledderer hörte ihn ausschlagen, hörte, wie die Hufe auf den Boden trommelten. Er hoffte nur, sie trommelten nicht auf Adrian herum.

Boteen versuchte, das Schwert mit den Fingern zu erreichen, konnte sich aber nicht weit genug herumdrehen.

Fledderer zog das Messer aus dem Gürtel und ließ sich auf die Knie fallen. Er landete dicht neben dem Schwert auf Boteens Rücken und stach sofort zu. Der Möwenreiter stieß einen heiseren Schrei aus und stürzte wieder auf Fledderer herab, verkrallte sich in seinen Haaren, pickte wie wild auf seinem Kopf herum und beschimpfte ihn auf fey.

Er schlug mit der linken Hand nach dem Vogel und stach mit der rechten immer weiter zu. Blut bedeckte seine Brust und seine Beine. Boteen versuchte immer noch, an das Schwert heranzukommen. Seine Augen waren weit aufgerissen, und sein Mund bewegte sich, als murmelte er Zaubersprüche, die nichts mehr bewirkten.

Aus dem Augenwinkel sah Fledderer Adrian mit dem Schwert auf den Pferdereiter losgehen. Der Pferdeteil des Reiters war völlig in Panik, sein Fell dunkel vor Blut. Der Fey-Teil versuchte vergeblich, die Pferdehälfte unter Kontrolle zu bringen. Das Pferd bäumte sich immer wieder auf und schlug mit den Hufen nach Adrian.

Fledderers Messerstich hatte offensichtlich nicht viel bewirkt.

Der Möwenreiter rutschte ein Stück an Fledderers Schädel herab und hieb den Schnabel in Fledderers Wange. Die Rotkappe schrie vor Schmerz laut auf, wischte den Reiter mit einem Schlag von sich und spürte, wie ihm das eigene Blut warm über die Hand rann. Mit einem leisen Fluch stieß er Boteen das Messer so fest er konnte in den Rücken.

Boteen stöhnte auf. Blutschaum quoll ihm aus dem Mund. Fledderer versenkte die Klinge noch einmal, dann fiel Boteens Oberkörper nach vorne. Er zuckte noch einmal, zweimal, dann rührte er sich nicht mehr.

Seine Augen waren offen und leer, vor seinem Mund stand eine große Blutblase.

Fledderer grinste noch, als ihm der Vogel mitten ins

Gesicht prallte. Weiße Federn, Klauen und Flügel schlugen ihm seitlich gegen den Kopf, der Schnabel hatte es auf die Schädeldecke abgesehen. Fledderer konnte nicht einmal schreien. Voller Panik ließ er das Messer fallen und schlug nach dem Vogel, um ihn von seinem Kopf zu verjagen.

Das Vieh war kräftiger, als er gedacht hatte.

Die Möwe zielte auf seine Augen, auf sein Gesicht, und wenn er seine Panik nicht unter Kontrolle bekam, würde sie ihn töten.

Er würde sterben, so wie Boteen.

Fledderer schrie seinen Schmerz und seine Wut hinaus, packte dabei den Vogel bei den Füßen, die sich auf seiner Brust abstützten, und schleuderte den Angreifer von sich.

Das verschaffte ihm nur eine kurze Verschnaufpause, denn die Möwe fing sich rasch wieder und attackierte ihn unverdrossen von neuem.

Fledderer duckte sich, schnappte das zu Boden gefallene Messer und rollte sich von Boteens Rücken herunter.

Der Möwenreiter folgte ihm.

Fledderer lag auf dem Rücken und wartete darauf, daß sich der Reiter auf ihn fallen ließ. Genau das tat er, und in diesem Augenblick kümmerte sich Fledderer nicht um die flatternden Flügel und den bluttriefenden Schnabel, sondern packte abermals die Füße des Tieres mit der linken Hand und hielt sie so fest, daß seine Arme vor Anstrengung weh taten.

Mit einer Bewegung, die ewig zu dauern schien, riß er das Messer nach oben und vergrub es in der Brust des Vogels.

Die Möwe kreischte auf, der Reiter faßte nach unten, nach dem Messer, aber seine Fey-Arme waren nicht lang genug. Die Flügel schlugen auf Fledderer ein, der Vogel zerrte an seiner Hand. Überall spritzte Blut herum.

Fledderer zog das Messer wieder heraus und stieß dem

Reiter die Klinge mit einer raschen Bewegung in den Oberkörper, womit er ihn beinahe vom Vogel abtrennte.

Noch einmal bäumte sich der Vogel auf, dann wurde er still und fiel mit in Fledderers Faust zuckenden Beinen zur Seite. Er konnte ihn nicht mehr halten, so daß er auf seinem Bauch landete. Noch einmal bäumte sich der Vogelkopf auf und rammte ihm den Schnabel mit letzter Kraft in die Brust.

Fledderer brüllte auf und schleuderte das Vieh von sich.

Es landete als blutiger Federklumpen neben Boteen auf dem Boden. Sowohl seine Vogel- als auch seine Fey-Augen waren offen. Und erst in diesem Augenblick erkannte Fledderer, wen er da getötet hatte.

Caw.

Er hatte mit ihr in Nye gedient.

Sie war freundlicher als die meisten Tierreiter gewesen, zumindest einer Rotkappe gegenüber. Es tat ihm leid, daß die Umstände ihn dazu gezwungen hatten, sie umzubringen.

Als er sich mit blutüberströmter Hand durch das Haar fuhr, spürte er, daß er aus einem Dutzend Wunden blutete, drehte sich um und sah Adrian noch immer mit dem Pferdereiter kämpfen. Der Reiter war inzwischen müder geworden, bäumte sich nicht mehr so wild auf, und auch die Schreie des Fey wurden heiserer und leiser. Die Pferdeaugen rollten voller Angst in ihren Höhlen hin und her.

Fledderer schluckte schwer. Die durch den Kampf freigesetzte Energie durchströmte seinen Körper. Er schloß die Finger fest um den Messergriff und näherte sich dem Pferd von der Seite, sorgsam darauf bedacht, die ausschlagenden Hufe zu meiden.

Er haßte das, was er tun mußte, aber er wußte, daß es notwendig war.

Rings um ihn trommelten Pferdebeine auf den Boden, Hufe ließen den Boden unter seinen Füßen erbeben.

Aber er zwang sich nachzudenken.

Ruhig bleiben.

Es ging nicht anders.

Er tänzelte unter das Pferd und rief sich in Erinnerung, was er über Anatomie gelernt hatte. Wie viele Tierreiter hatte er in all den Jahren zerstückelt? Wie vielen hatte er die Haut abgezogen, sie ihrer Knochen beraubt? Ihrer kräftigen Herzen?

Ein Dutzend?

Obwohl das alles mehr als fünfzehn Jahre zurücklag, hatte die Rotkappe nichts davon vergessen.

Eine Rotkappe vergißt nichts.

Er flüsterte die Worte vor sich hin, während er unter dem wild ausschlagenden Pferd in die Hocke ging.

Eine Rotkappe vergißt nichts.

Ein Huf landete dicht neben seinem Fuß, und beinahe hätte er das Gleichgewicht verloren.

Er war zu weit hinten. Genau das war sein Fehler gewesen. Er hatte die entscheidende Stelle um gut zehn Zentimeter verfehlt und wahrscheinlich auch kein anderes Organ getroffen.

Fledderer packte den Messergriff und bat die Mächte um Führung. Hier, an diesem Ort, hielt er den Schwarzen Thron in Händen. Das, was er tat, tat er zum Wohle der Fey, obwohl er dabei Fey töten mußte.

So fest er konnte, rammte er das Messer in den Bauch des Pferdes und spürte, wie ihn noch mehr Blut besudelte.

Diesmal schrie das Pferd nicht.

Es bäumte sich noch einmal auf, kippte dann zur Seite und fiel mit einem tiefen Grunzen zu Boden. Adrian stand mit blutigem Schwert über ihm und starrte Fledderer verwundert an.

»Hast du das getan?« fragte er.

Fledderers Herz hämmerte, und sein Atem ging abgerissen. »Vergewissere dich lieber, ob er auch wirklich tot ist.«

Mit einem Mal war sein Körper so schwer, daß er sich nicht

mehr bewegen ließ. Seine Wunden taten höllisch weh. Er war mit Blut, Federn und Dreck bedeckt.

Aber er hatte einen Zaubermeister getötet.

Den Zaubermeister der Fey.

Den mächtigsten von allen.

Fledderer grinste.

Soeben hatte Rugad seinen wertvollsten Helfer verloren – an eine Rotkappe.

»Er ist tot«, sagte Adrian. »Und jetzt?«

»Jetzt erzählen wir den anderen, was wir getan haben«, erwiderte Fledderer. »Und von der Streitmacht dort unten.«

Adrian blickte ins Tal. »Großer Gott«, entfuhr es ihm.

»Genau«, nickte Fledderer. »Jetzt geht es erst richtig los.«

»Hört sich an, als würde dir das alles auch noch Spaß machen«, sagte Adrian.

Fledderers Grinsen wurde noch breiter. »Macht es mir auch«, sagte er leise. »Es macht mir richtig Spaß.«

25

Pausho eilte, nach links und rechts Anweisungen verteilend, über den Marktplatz. Die Leute machten ihr Platz, sobald sie sie sahen. Das Markttreiben war jäh unterbrochen worden, und alle sahen so beunruhigt aus, wie Pausho sich fühlte.

Wenn sie, um ihre Heimat zu retten, einen unseligen Pakt mit Matthias schließen mußte, dann würde sie es tun. Aber sie würde sicherstellen, daß ihre Heimat auch gerettet wurde.

Kurz nachdem sich Pausho und Matthias die Hand gegeben hatten, hatten die Fey die Hügelkuppen verlassen und bewegten sich jetzt in einer langgezogenen Linie und ohne besondere Hast im heller werdenden Sonnenlicht direkt auf die Stadt zu. Pausho hatte Zak, den sie als einzigen Weisen entbehren konnte, in die Außenbezirke entsandt. Tri war auf Matthias' Anweisung hin zurück zu Matthias Wohnung gegangen, um seine Freunde und, soweit Pausho das verstanden hatte, eine Frau zu holen.

Sie konnte sich Matthias nicht mit einer Frau zusammen vorstellen. Außerdem widersprach es der Philosophie des Tabernakels. Aber Matthias hatte betont, daß er mit dem Tabernakel nichts mehr zu tun habe.

Die Frau war Beweis genug.

Pausho trieb ihre Leute an und ließ sie einen Halbkreis um den Marktplatz bilden. Sie hatten Angst, sahen sie doch ganz deutlich, wie die feindlichen Soldaten von den Hügeln herabkamen. Eine zweite Linie hatte sich in Bewegung gesetzt, während die erste in den Vororten verschwunden war.

Dann drang das Geräusch von Metall gegen Metall durch die frühmorgendliche Luft zu ihnen, gefolgt von lauten

Schreien. Die Schreie waren meist einzelne Worte in der Inselsprache, und Pausho wußte, daß sie, wenn sie sich nur konzentrierte, sogar einzelne Stimmen erkennen konnte.

Warum nur mußte Matthias recht behalten?

Sie hielt inne, stützte sich mit einer Hand an einer Marktbude ab und atmete erst einmal durch. Ein junger Stadtbewohner, den sie eigentlich kaum kannte, legte seinen Arm um ihre Hüfte und sagte: »Ich hole die anderen, Alte Mutter.«

Und sie wußte, was er damit meinte. Er würde durch die Straßen gehen und soviel Leute wie möglich zusammentrommeln.

»Sie sollen es ebenso machen«, sagte sie.

Er nickte und rannte davon.

Sie hatten nur noch so wenig Zeit, und ihr war keine Kraft mehr verblieben. Als sie sich wieder aufrichtete, sah sie gerade, wie sich die nächste Welle der Langen über den Hügel ergoß. Dahinter warteten sogar noch mehr Krieger.

Der Beschwörungsgesang mußte so mächtig sein wie noch niemals zuvor. Die anderen Stadtbewohner waren nicht so angeschlagen wie sie. Vielleicht schafften sie es.

Die Gesichter rings um sie herum hatten mehr Farbe als noch bei Sonnenaufgang. Die Leute schienen mehr Kraft zu haben. Nur ein kleines bißchen Kraft reichte womöglich aus.

Solange sie ihre Stimmen im richtigen Beschwörungsgesang vereinten.

Sie hob die Arme und winkte alle in den Halbkreis. Dann hieß sie alle Leute sich umdrehen, mit den Gesichtern nach außen, obwohl sie das nicht wollten. Die halbe Stadt mußte inzwischen dort versammelt sein: fünfhundert Menschen, sechs, sieben, vielleicht sogar noch mehr Reihen tief.

»Wir singen, bis sie umkehren«, rief sie und spürte sofort die Anstrengung in ihrem Körper. »Wir legen alles hinein, was wir haben. Uns bleibt nur diese einzige Chance.«

Matthias hatte den anderen gesagt, sie sollten die Kinder damit beauftragen, sämtliche Waffen zusammenzutragen und in diesen Teil der Stadt bringen. Schon jetzt waren ein paar der Leute mit Pfeil und Bogen, Messern und aus Holzknüppeln und Steinspitzen gefertigten Keulen bewaffnet.

So hatten ihre Leute bisher noch nie ausgesehen. Noch nie hatte sie sie so wild entschlossen, so stark gesehen.

Sie würden sie mit der nötigen Kraft versehen.

Pausho kletterte auf den Verkaufsstand, an den sie sich vorher gestützt hatte. Von oben hatte sie eine hervorragende Aussicht auf die anrückenden Langen. Sie wurden erst am Stadtrand aufgehalten, wo ihre Schwerter aufblitzten und sie die Bewohner der Blutklippen niedermachten.

Dutzende von ihnen.

Mit einer Leidenschaft, wie sie sie noch nie in ihrem langen Leben verspürt hatte, stieß sie die Fäuste gen Himmel.

»Weiche«, sagte sie.

Die unter ihr versammelte Menge nahm den Schrei auf.

Weiche.

Weiche.

Weiche.

Die Worte klangen fest entschlossen. Sie klangen stark. Sie ließen die Marktbude, auf der sie stand, erbeben. Mehr Leute hoben die Fäuste.

Weiche!

Noch nie zuvor hatte sie die Stimmen ihres Volkes so kraftvoll vernommen, noch niemals eine derartige Woge von Energie verspürt. Ihr Schwindelgefühl nahm zu, aber sie kümmerte sich nicht darum. Sie würde diese Langen aus ihrer Stadt vertreiben, und wenn sie dabei ihr Leben lassen mußte.

Was durchaus möglich war.

Weiche.

Die erste Welle der Langen hielt mitten im Kampf inne.

Einige von ihnen wurden niedergemacht, als Paushos Leute sich der feindlichen Waffen bemächtigen und sich zur Wehr setzten. Andere blieben einfach stehen, als lauschten sie einer noch nie zuvor vernommenen Musik.

Weiche.

Die zweite Welle der Langen, die beinahe den Fuß der Hügelkette erreicht hatte, kam zum Stillstand und bildete eine kerzengerade Linie. Es sah fast aus, als seien sie gegen eine Wand gelaufen.

Weiche.

Auch die dritte Reihe blieb abrupt stehen. Die Langen bewegten sich nicht und wehrten sich auch nicht mehr. Sie wußte, was sich auf ihren Gesichtern abspielte: Staunen und Entsetzen, und dann würden sie sich langsam zurückziehen.

Pausho hob die andere Faust, als könne sie der Beschwörung mehr Kraft verleihen, wenn sich beide Fäuste gen Himmel reckten. Viele andere folgten ihrem Beispiel.

Weiche.

Die Langen blickten sich verwirrt um, als suchten sie die Quelle dieser Stimmen. Oben auf den Hügeln setzte sich eine weitere Welle in Bewegung, kam jedoch dort, wo schon die dritte Reihe aufgehalten worden war, zum Stillstand.

Über ihren Köpfen flogen Vögel in immer wirreren Mustern kreuz und quer. Ein großer Schwarm flatterte zurück in Richtung der Hügelkette.

Pausho fragte sich, ob sie etwas mit den Langen zu tun hatten. Hatten sie so viel Macht, daß sie sogar Vögel zähmen konnten?

Weiche.

Immer mehr ihrer Leute draußen am Stadtrand nahmen den Langen ihre Waffen ab und erschlugen sie damit an Ort und Stelle. Die Kämpfenden stimmten nicht in den Gesang ein, sondern nutzten den Vorteil, den er ihnen verschaffte. Sie gingen zum Gegenangriff über und töteten die Fey, wo sie sie antrafen.

Pausho segnete ihre Auffassungsgabe, segnete ihren Mut. Sie sahen die Langen und erkannten die Bedrohung sofort.

Sie mußte es ihnen nicht einmal erklären.

Ihre eigene Kraft schwand. Sie spürte, wie sie von ihr wich. Schon war so gut wie nichts mehr davon übrig.

Aber das spielte keine Rolle.

Es spielte überhaupt keine Rolle mehr.

Ihr Volk war dabei, den Kampf zu gewinnen.

Sie schlugen die Langen in die Flucht, obwohl Matthias es eigentlich nicht für möglich gehalten hatte, obwohl Matthias behauptet hatte, sie müßten auf die Unterstützung der Worte zurückgreifen.

Die Langen torkelten orientierungslos durcheinander oder hielten die Köpfe zur Seite geneigt, als lauschten sie den Stimmen der Bewohner der Blutklippen.

Weiche.

Der Rest ihrer Kraft wich von ihr, und sie wußte es. Schwarze Flecken tanzten vor ihren Augen.

»Nicht aufhören zu singen!« rief sie. »Nicht, ehe sie weg sind! Nicht aufhören ...«

Nur wenige Leute drehten sich zu ihr um. Einige andere nickten. Der beschwörende Gesang ertönte weiterhin, tief und fest und ungebrochen.

Weiche.

Weiche.

Weiche.

Es war das letzte, was sie hörte, bevor ihr Körper unter ihr nachgab, das letzte, was sie spürte, bevor die Dunkelheit sie umfing.

»Weiche«, flüsterte sie und verlor das Bewußtsein.

26

Was machten die dort unten?

Licia starrte auf ihre Truppe hinab, die sich keinen Schritt mehr weiterbewegte. Der Kriegsschrei war verstummt, ja, sie kämpften überhaupt nicht mehr. Die erste Welle wurde niedergemetzelt, weil die Inselbewohner den Fey die Waffen einfach aus den Händen nahmen und sie damit töteten.

In all den Jahren bei der Infanterie hatte Licia dergleichen noch nicht erlebt.

Sie hatte die dritte Welle losgeschickt, doch sie war genau dort stehengeblieben, wo schon die zweite Welle sich nicht von der Stelle rührte, so abrupt stehengeblieben, als wäre sie gegen eine unsichtbare Mauer gerannt.

Die Fey auf der Hügelkette lösten ihre perfekte Schlachtordnung auf, liefen durcheinander und fingen an zu flüstern. Eine ihnen unbekannte Furcht breitete sich aus.

Licia konnte sie förmlich riechen.

Sie hatte nicht gedacht, daß Fey jemals nach Angst riechen können.

Sie legte eine Hand an die Stirn und blickte von ihrem abgeflachten Stein ins Tal hinunter, konnte jedoch die genaue Ursache für die Probleme nicht erkennen. Kein magischer Schimmer, kein verdächtiges Licht.

Was dort unten auch geschah, es war neuartig.

Die erste Reihe war einfach durchmarschiert, hatte damit begonnen, die Inselbewohner wie befohlen niederzumachen und war dann am Stadtrand zum Stehen gekommen.

Wie unter einem unwiderstehlichen Zwang.

Licia verzog das Gesicht und blinzelte. In der Stadtmitte hatte eine große Gruppe Inselbewohner einen Halbkreis gebildet. Ihre Gesichter zeigten in Richtung der Hügel. Alle reckten die Fäuste in die Luft. Vor kurzem hatten sie noch nicht so dagestanden.

Das war es.

Sie setzten Magie ein.

Licia fluchte. Dort unten wurden ihre Soldaten abgeschlachtet. Sie wurden niedergemacht, weil sie nicht daran gewöhnt waren, gegen Zauberkraft zu kämpfen. Sie wußten, daß sie nicht einfach umkehren und davonlaufen konnten, aber dieser magische Bann hinderte sie andererseits auch daran, weiter vorzudringen.

Es waren Infanteristen. Sie verfügten nicht über die magischen Kräfte, einen solchen Bann zu brechen.

Sie mußte ihn aufheben. Eine andere Wahl blieb ihr nicht – es sei denn, sie ließ ihre Leute dort unten auf dem Feld sterben. Nicht nach der Rede, die sie an diesem Morgen vor Ay'Le, den Tierreitern, den Fußsoldaten und all den anderen der Magie Mächtigen gehalten hatte.

Allein der Stolz hielt ihren Mund verschlossen. Wollte sie wirklich einen ganzen Truppenteil ihrem Stolz opfern? Damit wäre sie keine würdige Anführerin mehr.

Sie stieß noch einen Fluch aus.

»Rückzug!« schrie sie. »Gebt Befehl zum Rückzug!«

Die Soldaten auf der Hügelkette starrten sie völlig entgeistert an. So etwas hatte sie noch nie getan. Überhaupt taten die Fey so etwas nur höchst selten, und auch dann meist nur, wenn es Teil einer zuvor ausgeklügelten Taktik war.

Die Soldaten wußten, daß das hier keine Taktik war. Es war ein echter Rückzug.

Vogelreiter kreisten über ihr. Shweet landete auf ihrer Schulter. »Es ist ein Zauberbann!« schrie ihr seine dünne Stimme ins Ohr.

»Ich weiß«, fuhr sie ihn an.

»Sehr mächtig!« fuhr er fort.

Sie wollte nichts davon hören. Sie wollte sich diesem Rückzug, dem, was er zu bedeuten hatte, und der ganzen damit zusammenhängenden Erniedrigung nicht stellen.

»Kommen denn die Fußsoldaten durch? Oder die Tierreiter?« wollte sie wissen.

»Die Vogelreiter jedenfalls nicht«, sagte er. »Ich habe so etwas noch nie gespürt. Die ganze Stadt ist geeint.«

»Ein ganzes Stadtviertel ist doch schon tot«, widersprach sie.

»Nein«, sagt er. »Unsere Leute hatten eben erst angefangen. Es sind vielleicht fünfzig Stadtbewohner tot, optimistisch geschätzt.«

»Passiert das gleiche auch im Steinbruch?«

»Eigenartigerweise nicht. Unsere Leute haben die Arbeiter dort umzingelt. Ich würde sagen, sie fangen bald damit an, sie zu töten, wenn sie nicht schon dabei sind.«

Wenigstens ein Anfang. Ein kleiner Sieg, an den sie sich angesichts dieser schrecklichen Niederlage klammern konnten.

»Ich habe den Rückzug befohlen«, sagte sie.

»Was hättest du sonst tun können?« fragte er. »Kein Fey könnte einen Bann wie diesen aussprechen. Nicht als Gruppe. Es handelt sich um eine neue Art von Magie, etwas, womit wir noch nie zu tun hatten.«

Rugad hatte sie gewarnt. Er hatte sie alle gewarnt. Immer wenn auf der Blauen Insel etwas allzu leicht schien, dann war etwas faul.

So wie hier.

Statt einen Sieg zu feiern, würde sie heute nachmittag ihre Truppe schützen und sie – falls ihr ein neuer Schlachtplan einfiel – zu einem neuen Angriff bewegen müssen. Und sie davon abhalten, sich gegenseitig an den Hals zu fahren.

Weil sie versagt hatten.

Sie schluckte schwer.

Die vierte Welle, die letzte, die sie entsandt hatte, kam mit gesenkten Köpfen und hängenden Schultern den Hang heraufgestiegen. Die Soldaten sahen völlig entmutigt aus, als wären sie im Kampf Mann gegen Mann besiegt worden; aber sie hatten keine Blutspuren vorzuweisen, keine Wunden.

Nur innere Wunden.

Licia hatte schon Armeen wie diese gesehen.

Armeen, die gegen die Fey ins Feld gezogen waren.

Sie holte tief Luft. »Shweet«, sagte sie, »unterrichte Ay'Le davon, daß wir auf einen Gegner gestoßen sind, der über ungekannte Zauberkräfte verfügt.«

»Tatsächlich?« fragte er.

»Was glaubst du denn?« fuhr sie ihn an.

Er neigte den Kopf – seinen Fey-Kopf – und blickte hinunter auf das Schlachtfeld. Die dritte Welle kam in ungeordnetem Rückzug und ziemlich hastig die Hügel herauf. Die erste und zweite Welle saß dort unten immer noch in der Falle, als hätten sie den Befehl zum Rückzug nicht mitbekommen.

»Und holt die dort unten raus«, sagte sie. »Holt sie raus.«

»Falls ich jemanden in dieses Durcheinander schicken kann.«

Sie spürte, wie sich ihre Kehle zusammenzog. »Jemand wird wohl gehen müssen.«

Ein Gemetzel. Genau das spielte sich dort unten ab. Ein Gemetzel.

»Irgendwelche Vorschläge?« blaffte sie.

Er schüttelte den Kopf. Sie war auf sich selbst angewiesen.

»Dann hol Ay'Le. *Sofort!«* Noch mehr Infanterie zu entsenden bedeutete, sie in den sicheren Tod zu schicken. Falls Ay'Le rechtzeitig hier eintraf, konnte sie den Bann mit Hilfe ihrer magischen Fähigkeiten womöglich bezwingen.

Sie konnte zum Rückzug rufen, damit auch diejenigen, die weiter drinnen im Bannkreis standen, ihn hörten.

Falls es bis dahin noch Überlebende gab.

»Sie soll auf einem Pferdereiter kommen«, sagte Licia. »Ich brauche sie sofort.«

Shweet ließ sich das nicht zweimal sagen. Er hob ab und flog mit eilig schlagenden Flügeln in Richtung Tal.

Wie schnell er dort auch ankommen mochte, es war nicht schnell genug.

Bis dahin würde das Schlachtfeld mit Toten bedeckt sein.

Mit toten Fey.

Es wird schwer werden, hatte Rugad gesagt. Aber er hatte nicht gesagt, wie schwer. Er hatte keinen seiner Anführer auf Niederlagen wie diese vorbereitet.

Mit der Hand an der Stirn sah Licia zu, wie der Großteil ihrer ersten Welle von den Inselbewohnern niedergemacht wurde. Die zweite Welle stand noch immer wie erstarrt am gleichen Fleck und wartete trotz der über die Hügel schallenden Rückzugsbefehle darauf, ebenfalls an die Reihe zu kommen.

Schon Rugads Sohn Rugar war besiegt worden und hatte zwanzig Jahre hier auf der Insel in der Falle gesessen. Vielleicht überschätzte auch Rugad seine Fähigkeiten, diese Leute, diese Inselbewohner zu besiegen.

Vielleicht hatten die Fey letztendlich doch noch ihre Meister gefunden.

DIE GEHEIMNISSE (NACHMITTAG)

27

Rugad stand vor den Südfenstern des Turmzimmers, die Hände auf dem Rücken verschränkt. Unter ihm dehnte sich die Stadt aus – kleinere Gebäude auf dieser Seite des Cardidas und zerstörte Fassaden auf der anderen. Der Tabernakel sah aus, als sei er noch in Funktion, bis auf die ehemals weißen, jetzt aber rußgeschwärzten Türme und die leeren Fensterhöhlen. Er wußte, daß der Kern der meisten Gebäude zusammengestürzt war, aber das war von diesem Ufer aus nicht zu erkennen.

Hinter dem Tabernakel erhob sich, so weit das Auge reichte, eine Wand aus Rauch über dem Land, wie eine gewaltige Wolkenbank kurz vor einem besonders schlimmen Unwetter. Das nachmittägliche Sonnenlicht hatte eine diesige, leicht graue Färbung angenommen, denn die Asche zog langsam in Richtung Norden.

Er haßte diese Art der Vergeltung. Er wußte, wie das Zentrum der Insel aussehen würde, wenn er damit fertig war. Überall Tote. Unschuldige Inselbewohner erschlagen, nur weil sich einige Narren in den Kopf gesetzt hatten, ein Widerstandsnest gegen die Fey zu bilden.

Hatten diese Narren denn nicht begriffen, daß die Fey schon seit Hunderten von Jahren kämpften, seit Hunderten von Jahren andere Länder eroberten? Ging es denn nicht in ihre Köpfe, daß auch in der Vergangenheit andere Gruppen versucht hatten, insgeheim Krieg gegen die Fey zu führen, sie bei Nacht und Nebel zu überfallen? Lag es denn nicht auf der Hand, daß die Fey wußten, wie man mit solchen Leuten verfuhr?

Rugad hätte es schneller begriffen.

Aber schließlich war er ein Krieger.

Obwohl er sich augenblicklich nicht wie einer vorkam. Es gehörte nicht zu seinem üblichen Gebaren, sich in einem befestigten Gebäude versteckt zu halten, während seine Soldaten draußen kämpften. Nicht einmal die Aufgaben dieses Morgens – er hatte erbärmliche, zu Tode geängstigte Inselbewohner verhört – hatten ihm das Gefühl vermittelt, nützlich zu sein.

Er war nur noch mißmutiger geworden.

Zuerst hatte Selia Dimar, den Doppelgänger, zu Rugad gebracht. Dimar sah inzwischen besser aus. Seine Fey-Züge waren schon fast vollständig in seiner Inselgestalt aufgegangen. Nur wenn man wußte, wonach man suchte, konnte man noch den Fey im Doppelgänger entdecken.

Er hatte Dimar über die Religion ausgefragt. Dimar wußte so manches darüber, beispielsweise, daß die Schwerter symbolische Gegenstände waren, daß der historische Religionsführer, der Roca, ein Schwert bei einer sogenannten Aufnahme benutzt hatte und daß das Weihwasser bei Segnungen und bei der Zeremonie des Mitternachtsakraments benutzt wurde. Sein Wissen jenseits dieser Tatsachen war jedoch oft von »ich glaube« und »wie ich vermute« geprägt, was Rugad sehr mißfallen hatte. Also hatte er Dimar wieder weggeschickt und Selias Inselbewohner eintreten lassen.

Nicht ein einziger Schwarzkittel war unter ihnen. Die Schwarzkittel schienen tatsächlich alle tot zu sein, was Rugad inzwischen bereute. Er hätte einen, wenigsten einen, aufsparen sollen, den er über die Gebräuche und die Geschichte dieses Tabernakels hätte ausfragen können.

Trotzdem war das, was er von der Prozession religiöser und nichtreligiöser Inselbewohner erfahren hatte, überaus faszinierend.

Wie er bereits wußte, lagen die Ursprünge der Religion

mehrere Jahrhunderte zurück. Der Roca, der Religionsgründer, war von den Bergen herabgestiegen (obwohl die meisten nicht genau wußten, von welchen Bergen), um die Inselbewohner vor den Soldaten des Feindes zu retten. Niemand schien zu wissen, um welche Soldaten es sich gehandelt hatte, aber ein älterer Mann behauptete, daß der Rocaan, der religiöse Anführer zu der Zeit, als Rugar auf der Insel landete, geglaubt habe, die Fey seien die Soldaten des Feindes, und deshalb habe er sich darangemacht, ihnen zu begegnen wie der Roca vor vielen hundert Jahren.

Seine heiligen Bestrebungen hatten versagt.

Trotzdem existierte wilde Magie auf der Insel. Nicholas selbst war ein direkter Nachkomme jenes Roca. Der Stammbaum war über all diese Jahrhunderte nicht unterbrochen worden. Also stammten Rugads Urenkel von einem heiligen Mann ab, der von den Bergen herabgestiegen war, um sein Volk zu retten.

Berge, in denen sich ein Ort der Macht befand?

Es sah ganz danach aus.

Und je mehr er erfuhr, um so wahrscheinlicher wurde es.

Andererseits fehlten ihm noch einige Antworten; Antworten auf Fragen, die auf der Hand lagen: Wie kamen die Inselbewohner dazu, bei ihren Zeremonien heiliges Gift zu verwenden? Und wie war es jenem jungen Schwarzkittel möglich gewesen, an dem Tag, an dem Rugad beinahe umgekommen wäre, so viele Fey zu töten? Er hatte ein Schwert benutzt, aber schon früher hatten Schwarzkittel mit Schwertern gegen Fey gekämpft, ohne diese verheerende Wirkung zu erzielen.

Es klopfte an der Turmtür, dann öffnete sie sich quietschend. Selia. Rugad hatte ihr erlaubt, jederzeit einzutreten.

»Ich bringe dir noch einen letzten«, sagte Selia. »Da er sich ziemlich sträubte, habe ich mehrere Wachen mitgenommen.«

Rugad drehte sich um.

Sie stand in einer unbewußten Imitation seiner Haltung mit auf dem Rücken verschränkten Händen da. Ein finsteres Stirnrunzeln entstellte ihre hübschen Züge.

»Gibt es noch etwas?« fragte er.

»Er hat sich als immun gegen Zauberformeln erwiesen, scheint aber damit vertraut zu sein.«

»Aus all den Jahren, die er in der Nachbarschaft der Versager verbracht hat?«

Sie wollte den Kopf schütteln, hielt sich jedoch zurück. »Die Inselbewohner scheinen ziemlich blind gegenüber unseren Zaubereien zu sein. Er hingegen kennt sie. Das ist ungewöhnlich.«

Rugad nickte. Genauer betrachtet, war das sogar sehr ungewöhnlich. »Und um wen handelt es sich?«

»Sein Name ist Ejil. Er ist einer der Pferdeknechte, die du behalten wolltest.«

Rugad holte leise Atem. Die Pferdeknechte. Er hatte sie völlig vergessen. Nachdem er sie der Obhut von Fey-Wachen unterstellt hatte, hatte er nicht mehr an sie gedacht. Die Fey hatten keine Pferde mitgebracht, nur Pferdereiter. Deshalb gab es niemanden, der sich nach der Eroberung des Palastes um die Pferde des Königs kümmern konnte – mit Ausnahme der königlichen Pferdeknechte.

In den vergangenen Wochen waren die Ställe sogar noch aufgefüllt worden, denn die Infanterie und die Palastwache hatten etliche herumstreunende Pferde aufgelesen. Viele von ihnen stammten aus dem Besitz anderer hochrangiger Inselbewohner, einige sogar aus einer kleinen Stallung unweit des Tabernakels. Seit der Ankunft der Fey waren die Stallburschen damit beschäftigt gewesen, Platz für die neuen Tiere zu finden und sie zu versorgen.

Rugad hatte um Fey-Pferdeburschen nach Nye schicken lassen. Je eher er die Pferde benutzen und seine eigenen Pferdereiter entlasten konnte, um so besser. Den Inselbewohnern selbst wollte er die Pferde nicht anvertrauen, egal wie gut bewacht sie auch sein mochten.

Nicht, bevor er das wahre Ausmaß der Inselmagie kannte.

»Bring ihn herein«, sagte Rugad. Wahrscheinlich wußte der Bursche auch nicht mehr als die anderen Inselleute. Die Art und Weise, wie sich die Magie hier entwickelt hatte, versetzte Rugad in Staunen. Sie war die ganze Zeit über fest in den Händen weniger Auserwählter geblieben, und diese wenigen hatten sämtliches Wissen darüber verloren. Womöglich wußte nicht einmal Nicholas, daß er wilde Inselmagie in sich trug. Zumindest hatte er es nicht gewußt, bevor seine Kinder geboren wurden.

Aber selbst wenn Nicholas über eigene Begabung verfügte – was Rugad vermutete, denn sonst könnte der König nicht so trefflich mit dem Schwert umgehen –, so war er doch nicht in der Lage, sie einzusetzen. Nicht, bevor jemand diese Begabung aus ihm herauslockte und ihn darin ausbildete.

Seine Kinder hingegen waren eine völlig andere Geschichte.

Selia kam zurück und winkte jemanden herein. Zuerst waren drei Wachen zu sehen, gefolgt von einem Inselbewohner mit gefesselten Händen. Drei weitere Wachen folgten. Selia und Rugad waren darin übereingekommen, daß niemand ohne entsprechende Vorsichtsmaßnahmen zum Schwarzen König vorgelassen wurde. Die lasche Art und Weise, mit der sie die Gefangenen auf Nye behandelt hatten, war hier nicht angebracht.

Selia nickte Rugad zu und verließ den Raum. Er hatte sie

nicht darum gebeten zu bleiben und sie tatsächlich angewiesen, jedem Inselbewohner andere Wachen zuzuweisen. Die Inselbewohner waren nicht üblicherweise Gefangene. Es war ihnen erlaubt, ihren eigenen Geschäften nachzugehen. Nur wenn sie in den Palast kamen, waren sie Gefangene.

Die Unterlippe des Stallburschen zitterte. Er hielt den Blick gesenkt, seine reche Hand war zur Faust geballt. Er entspannte sie langsam, als befürchtete er, sie könne ihn verraten.

Rugad gab den Posten mit einer seitlichen Kopfbewegung zu verstehen, sich von dem Inselbewohner zu entfernen. Er war ein typischer Inselmensch: klein, untersetzt und blond. Aber er hatte etwas an sich, das Rugad argwöhnisch machte.

»Dein Name!« sagte er, obwohl ihm Selia erzählt hatte, wie er hieß.

»Ejil, Herr«, antwortete der Bursche.

Herr. Nicht »Sire«, wie ihn die meisten Inselleute angesprochen hatten, weil sie ihn für einen König oder zumindest ihrem eigenen König gleichgestellt ansahen. Aber »Herr«?

So wurde er von den Fey angeredet.

Rugad machte einen Schritt auf ihn zu. Der Bursche, dieser Ejil, sah nicht zu ihm auf. »Ich möchte, daß du mir etwas über den Tabernakel erzählst. Kannst du das?«

»Jawohl, Herr«, sagte er Bursche. »Ich war's, der den Mann entdeckt hat, der wo ihre Ladyschaft umgebracht hat.«

Rugad runzelte die Stirn. Was auch immer er von diesem Ejil zu erfahren erwartet hatte, das war es jedenfalls nicht gewesen.

»Ihre Ladyschaft?«

»Jawohl, Herr, diese Fey-Frau. Die Gemahlin von König Nicholas.«

Jewel. Und der Tabernakel. Rugad hatte gewußt – er hatte

es gesehen –, daß Jewel durch die Hand des Religionsoberhauptes gestorben war. Er wußte jedoch nicht, daß diese Tatsache eigens entdeckt werden mußte.

»Ich hab genau gesehen, wie er das Tuch zum Weihwasser gepackt hat, Herr, und zwar mit Absicht.«

»Glaubst du, ich habe dich deshalb zu mir bringen lassen?«

Der Bursche zuckte die Achseln. »Keine Ahnung. Ich dachte nur, als Ihr was von Tabernakel sagtet ...«

»Da wolltest du dich bei den Fey einschmeicheln. Wie unpatriotisch von dir.« Rugad lächelte.

Der Bursche zuckte zusammen. Auch diese Bewegung war nur angedeutet, fast unmerklich. Aber Rugad war sie aufgefallen.

»Warum siehst du mich nicht an, Ejil?«

Der Bursche schluckte. Dann hob er den Kopf ein wenig an, hielt die Augen jedoch geschlossen. Ein leichter Schauer lief Rugad den Rücken hinunter. Wie interessant. Höchst interessant. Er wollte dieses Spielchen so lange wie nötig mitspielen.

»Was du hinsichtlich meiner Enkelin gesagt hast, ist sehr wichtig«, sagte Rugad, »aber nicht deshalb habe ich dich zu mir gerufen. Ich möchte, daß du mir etwas über deine Religion erzählst.«

»Herr?«

»Ich möchte wissen, was du darüber weißt.« Rugad wies auf einen der Stühle. »Setz dich. Mach's dir bequem. Erzähl mir etwas von den Zeremonien und vom Weihwasser, von den Schwertern und von den Ikonen.«

Der Bursche schlich auf den Stuhl zu, wobei er sich sowenig wie möglich bewegte, als könnte ihn sein eigener Körper verraten. Dann ließ er sich dankbar auf einen Stuhl sinken, hielt den Kopf jedoch immer noch gesenkt.

»Ich weiß nich, was Ihr von mir wollt«, sagte er.

»Erzähl mir ... von der Aufnahme des Roca.«

»Das wißt Ihr doch bestimmt schon von den anderen, die ...«

»Selbstverständlich«, unterbrach ihn Rugad. »Aber sie wußten nichts von der Geschichte, die dahintersteckt. Ich brauche nur eine kurze Erklärung.«

Der Stallbursche fuhr sich mit der Zunge über die Lippen. Im Gegensatz zu den anderen stellte er Rugad keine Fragen. Sie hatten wissen wollen, warum ihn das interessierte. Sie hatten wissen wollen, wozu er dieses Wissen einsetzen wollte. Und sogar nachdem er ihnen versichert hatte, er wolle lediglich mehr über ihre Kultur erfahren, hatte ihr Mißtrauen nicht nachgelassen. Sie hatten ihm nur das Allernötigste verraten.

»Ich kann die Mitternachtssakramente aufsagen«, sagte der Bursche. »Ich bin früher jeden Abend hingegangen.«

»Tatsächlich?« fragte Rugad. Der Bursche sah gar nicht danach aus. Er trug nicht einmal das kleine Schwert, das die anderen um den Hals hatten, und er schien auch nicht die instinktive Abscheu der anderen gegenüber den Fey zu besitzen. Dafür, daß er mit dem Schwarzen König redete, war er viel zu ruhig.

»Jawohl, Herr.«

»Und du hast die ganze Messe auswendig gelernt?«

»Jawohl, Herr. Wenn man da jeden Abend hingeht, geht es einem in Fleisch und Blut über, ehrlich.« Der Bursche hob ein wenig den Blick. Seine Augen waren die eines Inselbewohners. Blau. Mit einem leichten Schimmer Gold.

»Das ist dir sicher gut zu paß gekommen, als du im Tabernakel gearbeitet hast.«

»Allerdings, Herr. Aber das habe ich nicht, Herr. Ich habe die ganze Zeit im Palast gearbeitet, als Stallbursche.«

»Das glaube ich«, sagte Rugad. »Aber ich interessiere mich mehr für die Zeit, bevor du Stallbursche wurdest.« Er überlegte angestrengt. Namen waren schon immer seine schwache Seite gewesen, aber die wenigen, an die er sich erinnerte, mußten ausreichen.

Der Bursche hatte die Augen schon wieder niedergeschlagen. Ein fast unsichtbarer Schauer durchfuhr ihn.

»Wollen wir mal sehen«, sagte Rugad. »Mein Sohn hatte besonders viel für Doppelgänger übrig und immer mehrere im Einsatz. Im Schattenland haben wir aber keinen gefunden, was mir merkwürdig vorkam. Du mußt entweder Sucher oder Schattenfänger sein, oder ...«

»Ich weiß nich, was Ihr da redet, Herr«, erwiderte der Stallbursche.

»Das weißt du ganz genau!« Rugad war mit zwei schnellen Schritten bei ihm. Auch die Wachen schlossen auf. Rugad neigte sich vor, packte das kantige Kinn des Burschen und zog es nach oben. Auch dann noch hielt der Mann den Blick gesenkt, die Lider tief über die blauen Augen gezogen.

Rugads Finger gruben sich in die Haut. »Mach die Augen auf«, sagte er auf fey, »sonst reiß ich dir eins heraus, um dir zu zeigen, was ich meine.«

Der Bursche riß die Augen weit auf. Das bewies Rugad mehr noch als die goldenen Sprenkel in der Pupille, daß er ein Fey sein mußte. Die meisten Inselbewohner sprachen kein Fey. Und selbst wenn, hätte ein Inselbewohner nicht gewußt, daß Rugads Drohung keineswegs als Redewendung mißzuverstehen war.

»Tel«, flüsterte der Bursche in der gleichen Sprache. »Ich heiße Tel.«

Tel. An diesen Namen erinnerte sich Rugad nicht, aber das hatte nichts zu bedeuten. Er kannte nicht die Namen sämtlicher Fey, schon gar nicht derjenigen, die vor zwanzig Jahren zur Insel gesegelt waren.

»Du bist ein ziemlich merkwürdiger Doppelgänger«, sagte

Rugad. »Einer, der seit zwanzig Jahren bei unseren Feinden lebt.« Er hielt Tels Kinn immer noch fest im Griff. Wieder durchfuhr Tel ein Schauder, diesmal ging er jedoch tiefer.

»Ich habe Rugar mit Informationen versorgt. Ich habe den Mann erwischt, der Jewel umgebracht hat, als er aus dem Tabernakel rannte. Ich dachte, sie würden ihn töten, aber diese Inselbewohner sind nicht sehr blutrünstig. Als Rugar tot war, konnte ich niemandem mehr Bericht erstatten. Da ich nicht ins Schattenland zurückwollte, blieb ich hier, um noch mehr Informationen zu sammeln. Ich wußte, daß du früher oder später hier eintriffst, Herr.«

»Warum hast du dich dann nicht sofort bei mir gemeldet?« wollte Rugad wissen.

»Weil ich gehört habe, daß du die anderen Versager hast töten lassen.«

»Und da hattest du Angst um dein Leben?«

Tel nickte nur einmal. Der letzte Teil seiner Beichte war ehrlich, der Rest zu seinen Gunsten geschönt. Es spielte keine Rolle. Tel war ein Verräter, ein Feigling und ein Versager, der aus Angst, etwas anderes zu unternehmen, lieber unerkannt unter den Inselbewohnern gelebt hatte.

Rugad hätte beinahe vor ihm ausgespuckt.

Anscheinend sah Tel die Veränderung in Rugads Gesicht. Seine Hände verkrampften sich. »Ich ... äh ... kann dir helfen ... wenn du weitere Informationen brauchst ... was den Tabernakel angeht«, sagte Tel.

»Wirklich?« Rugads Stimme war eiskalt. Er wollte nicht, daß ihn der Versager noch länger belog.

»Ja, Herr. Bevor ich Stallbursche wurde, war ich einer von den Tabernakel-Ältesten. Ich kam im Rang gleich nach dem Rocaan. Ich habe ihre Zeremonien durchgeführt und an ihren geheimen Versammlungen teilgenommen.«

»Du hast dich dem Weihwasser genähert und bist nicht gestorben?«

»Nein, Herr, bin ich nicht«, sagte Tel. »Rugar entsandte mich in den Tabernakel, und ich blieb dort, bis sie anfingen, sämtliche Bewohner mit Weihwasser zu überprüfen.«

Der letzte Satz war wieder gelogen. Tel log nicht besonders gut. Er verdrehte dabei die Augen ein wenig, verkrampfte sich in den Schultern und schob das Kinn nach vorne. Rugad hätte beinahe gelächelt.

»Wie hast du die Zeremonien durchgeführt, ohne dabei zu sterben?«

»Ich war vorsichtig«, antwortete Tel. »Ich habe das Weihwasser gegen Flußwasser ausgetauscht.«

Also entsprach auch das der Wahrheit. Interessant. »Was kannst du mir noch berichten?«

Tel lächelte. »Ich kann die Zeremonien rezitieren. Ich kann dir die ganze Geschichte des Tabernakels erzählen.«

»Was ist mit der Magie?«

»Herr?« Offensichtlich hatte Tel die Rituale und sonstigen Vorgänge im Tabernakel noch nie mit Magie in Verbindung gebracht.

»Die Dinge, mit deren Hilfe der Tabernakel das Weihwasser überhaupt erst herstellen konnte. Die Gründe dafür, weshalb die Schwarzkittel die Schwerter um den Hals trugen. Ich rede von dieser Magie.«

»Die Geheimnisse?«

Die Haare in Rugads Nacken stellten sich auf. Endlich, endlich hatte er eine Spur. »Nennen sie es so?«

»Ja«, sagte Tel. »Aber nur der Rocaan kennt sie. Sie werden von einem Rocaan zum anderen weitergegeben, in ununterbrochener Folge. Ich wollte den Fünfzigsten Rocaan töten, um in den Besitz der Geheimnisse zu gelangen, aber ich kam nie nahe genug an ihn heran. Sucher hat es geschafft, doch gerade als er zum Fünfzigsten Rocaan geworden war, kamen die Inselbewohner und übergossen ihn mit Weihwasser. Er ist tot.«

Noch ein Versager. Aber Rugad hatte momentan weder Zeit noch Lust, über sie Buch zu führen. Er mußte sich darauf konzentrieren, was ihm der Doppelgänger zu sagen hatte.

»Der Rocaan kennt die Geheimnisse? Aber wir haben den Rocaan getötet.« Vielleicht förderte das das Wissen zutage, falls Tel überhaupt etwas wußte.

»Ihr habt den Zweiundfünfzigsten Rocaan getötet«, sagte Tel. »Der Einundfünfzigste ist noch am Leben.«

»Ich dachte, der Posten vererbt sich jeweils mit dem Tod des Vorgängers?«

»So ist es«, bestätigte Tel. »Aber Matthias, der Einundfünfzigste Rocaan, der Mann, der Jewel ermordet hat, lebt noch. Nachdem er einen weiteren Fey getötet hat, wenige Tage nach dem Mord an Jewel, ist er aus dem Tabernakel geflohen.«

»Und wo ist er jetzt?«

»Das weiß ich nicht«, sagte Tel. »Kurz bevor die Fey ... bevor ihr hierherkamt, habe ich gehört, er sei wieder in Jahn, aber mehr weiß ich nicht. Ich habe ihn nicht gesehen, weiß auch nicht, ob ich ihn wiedererkennen würde. Das ist alles schon fünfzehn Jahre her.«

»Und er ist immer noch im Besitz der Geheimnisse?«

»Als einziger.«

»Welcher Art sind diese Geheimnisse?«

Tel zuckte die Achseln. »Es gibt zwei Dutzend davon. Ich habe nur von einigen wenigen reden gehört, von denen, die in Zusammenhang mit den Zeremonien ständig gebraucht werden. Eines hat mit der Herstellung von Weihwasser zu tun, ein anderes mit dem Fest des Lebens. Ein drittes dreht sich um die Lichter des Mittags.«

»Und die anderen?«

»Von den anderen habe ich so gut wie keine Ahnung«, antwortete Tel. »Ich war nur ein Ältester, nicht der Rocaan. Die Geheimnisse wurden eifersüchtig gehütet. Obwohl sie nicht in Gebrauch waren, hielt man sie für immens wichtig.«

Wichtig. Geheimnisse. In Gewahrsam des Mannes, der als der Gottgefällige, als Gottes Vertreter auf Erden galt. Eine Stellung, die einst der Zweitgeborene des Roca innehatte. Ein Zaubermeister? Dessen Macht diejenige seines Bruder ergänzte – eines Visionärs?

Der Roca hatte den Ort der Macht aufgesucht und war verändert von dort zurückgekehrt. Er hatte zwei Söhne, von denen einer das Geschlecht der Regenten der Blauen Insel begründete und der andere am Anfang einer Ahnenreihe religiöser Führer stand.

Aber die Religionsoberhäupter wurden unter den Zweitgeborenen im gesamten Königreich ausgewählt. Eine höchst merkwürdige Geschichte.

Es sei denn, der erste Rocaan, der Sohn des Roca, war tatsächlich ein Zaubermeister, der bis zu seinem Tode regierte – verrückt, wie die meisten Zaubermeister.

Dann haben die Geistlichen womöglich aus Angst vor dieser Abstammungslinie darauf verzichtet, seine Kinder regieren zu lassen.

Aber was war dann geschehen? War es zu der Glaubensspaltung gekommen, von der einige Inselbewohner gesprochen hatten? Hatten sich die Enkel des Roca von der »offiziellen« Religion getrennt? Und wenn ja, weshalb hatte der weltliche Herrscher, der in einer Erbfolge stand, das zugelassen? Aus Angst vor der Macht, die der Religion innewohnte? Ein außer Kontrolle geratener Zaubermeister konnte so ziemlich alles und jeden in seiner Umgebung ins Verderben reißen.

Rugad stellte lediglich Vermutungen an, aber die Vermutungen kamen ihm durchaus sinnvoll vor. Das Gefühl, das ihn bereits zuvor beschlichen hatte, das Gefühl, einer Sache dicht auf der Spur zu sein, verstärkte sich.

Tel beobachtete ihn mit goldgesprenkelten, angsterfüllten Augen.

Rugad schnippte mit den Fingern. Eine der Wachen nickte ihm zu. »Hol Selia her!« befahl er.

Der Posten verneigte sich und verließ den Raum. Rugad ging auf Tel zu, kam ihm aber nicht zu nahe. Ein Doppelgänger, der schon so lange auf sich allein gestellt lebte, nutzte womöglich jede sich bietende Gelegenheit.

»Ich muß alles wissen, was du mir von dieser Religion erzählen kannst«, sagte Rugad. »Alles, woran du dich erinnerst. Rituale, Gebräuche, wie unbedeutend auch immer. Kunstgegenstände, auch wenn sie dir damals unwichtig erschienen, ebenso bestimmte Gesten, wie selten sie auch ausgeführt wurden.«

»Jawohl, Herr.«

Die Tür ging auf, und Selia kam herein. Rugad wandte sich mit einem Lächeln an sie. »Selia«, sagte er freundlich. »ich möchte dir Tel vorstellen. Er ist einer von Rugars Doppelgängern.«

Ihre Augen weiteten sich ein wenig, doch sonst ließ sie sich nichts anmerken. Sie würdigte Tel nicht einmal eines Blickes. Er war ein Versager, und sie rechnete wohl damit, daß Rugad lediglich ihre Reaktion auf die Probe stellte.

»Ich möchte, daß du ihn in dieses Verlies dort unten steckst. Niemand darf ihm zu nahe kommen, und damit meine ich wirklich niemand, weder Fey noch Inselbewohner. Er darf niemanden berühren. Niemand betritt den Zellentrakt allein, immer nur in Gruppen zu zweien oder mehr. Sein Essen bekommt er auf einem Tablett, das unter der Zellentür durchgeschoben wird.«

»Ich gehe nirgendwo hin«, sagte Tel.

Rugad starrte ihn zornig an.

Tel neigte den Kopf.

»Ich möchte, daß bei jedem, der in die Nähe seiner Zelle kommt, die Augen überprüft werden. Auch bei mir.«

»Bei dir, Herr?« fragte Selia.

»Auch bei mir.«

»Und was sollen wir tun«, fragte sie mit beinahe flüsternder Stimme, »wenn wir goldene Flecken in deinen Augen sehen?«

Er grinste. Das Dilemma war ihm ebenso klar wie ihr. Niemand konnte ihn – oder einen Doppelgänger, der wie er aussah – so leicht wie jeden anderen Fey töten.

»Meine Urenkel finden«, antwortete er, »und in der Zelle des Doppelgängers nach Knochen suchen.«

Sie nickte, und ein Lächeln umspielte ihre Lippen. Allmählich fühlte sie sich in seiner Gegenwart nicht mehr so angespannt. »Am besten, du bringst dich nicht in diese Lage, Rugad.«

»Ich werde das tun, was ich für richtig halte«, sagte er. »Unser Freund Tel hat uns einiges zu erzählen. Allem Anschein nach war er in einer früheren Gestalt ein Schwarzkittel, sogar einer der hochrangigen Schwarzkittel, und er weiß so manches, das mir von Nutzen sein könnte.«

Selia legte ihre Hand auf Rugads Arm und wandte sich dann Tel zu. Als sie den Stallburschen strahlend anlächelte, wich einer der Wachtposten zurück, als hätte ihn die Wucht von Selias Schönheit körperlich getroffen.

Tel sah zu ihr auf.

»Deine Inselgestalt steht dir gut«, sagte sie mit einer rauhen Stimme, die in Rugads Ohr verführerisch nachhallte. Es mußte ihre Hexenstimme sein. »Kein Wunder, daß du sie so lange beibehalten hast.«

»Danke schön«, sagte Tel und klang dabei, als hätte sie ihm wirklich ein Kompliment gemacht.

»Du hast Rugads Anweisungen vernommen?«

Tel nickte.

»Du wirst uns doch keinen Ärger machen, oder?«

Tel schüttelte den Kopf. Seine Augen wirkten ein wenig glasig.

»Du sehnst dich danach, wieder ein Fey zu sein. Du wirst gut mit uns zusammenarbeiten.«

»Ja«, sagte er. »Das werde ich tun.«

»Du wirst dich an alles erinnern, was du hinsichtlich des Tabernakels, des Rocaanismus und der Magie der Inselbewohner weißt.«

»Selbstverständlich.«

Sie ließ Rugads Arm los, machte einige Schritte auf Tel zu und ging vor ihm in die Hocke. »Du armer Kerl«, sagte sie mit heiserer Stimme. »Ich habe noch nie einen Doppelgänger gesehen, der es nicht leiden kann, wenn ihn jemand berührt. Körperlicher Kontakt macht dich krank, stimmt's? Die Vorstellung, das Gesicht einer anderen Person mit den Händen zu berühren, erfüllt dich mit so viel Ekel und Selbsthaß, daß du lieber sterben würdest, habe ich recht? Ach, es muß sehr schwer für dich sein.«

Eine Träne rann über Tels Gesicht. Seine Haut war fleckig. Selia streckte die Hand nach ihm aus, und er wich mit einem Aufschrei zurück, um ihrer Berührung zu entgehen.

»Tel«, flüsterte sie, und er beruhigte sich sofort wieder. »Tel, erinnerst du dich an das, was ich soeben gesagt habe?«

Seine Unterlippe zitterte. »Bitte, bitte, faß mich nicht an«, sagte er. »Wenn mich jemand anfaßt, kann ich nicht denken.« Mehr Tränen stiegen in seinen Augenwinkeln auf, aber sein Blick wirkte nicht mehr so glasig.

»Ich habe mich soeben mit dir unterhalten«, sagte Selia. »Weißt du das nicht mehr?«

Seine Unterlippe zitterte noch stärker. »Ich kann nicht denken, wenn mir jemand so nahe kommt!«

»Erinnerst du dich daran oder nicht?«

»Nein!« Er sah zu Rugad auf, als würde Rugad ihn dafür bestrafen, weil er vergessen hatte, was Selia ihm gesagt hatte. »Bitte, ich kann mich nicht ...«

»Ist schon gut«, sagte Rugad, angewidert und erfreut zugleich. Er hatte Selia noch nie in Aktion gesehen, hatte nicht einmal gewußt, was für eine hervorragende Zauberin sie war. Zwar hatte er einige Male die Ergebnisse ihrer Arbeit gesehen, aber noch nie miterlebt, wie elegant und wirkungsvoll sie ihre Opfer verführte und veränderte.

Er war froh, daß dieser Zauber bei ihm nicht wirkte, denn ihre Opfer wußten nicht einmal, daß sie verzaubert waren.

»Ich glaube nicht, daß er dir Probleme bereiten wird«, sagte sie, als sie sich erhob.

»Es sei denn, ich möchte mich eines Tages seiner Talente als Doppelgänger bedienen«, erwiderte Rugad.

Sie zuckte die Achseln. »Das ist wohl sehr zweifelhaft, oder?«

Rugad warf seinen Wachen einen Blick zu. »Bringt ihn ins Verlies«, sagte er.

»Herr, darf ich nicht wieder zurück zu den Stallungen?« fragte Tel.

»Vermißt du das Gefühl von Pferdehaut unter den Fingern?« erkundigte sich Rugad.

Tel erschauerte und blickte sich verwirrt um. »Nein, ich ...«

»Bringt ihn weg«, sagte Rugad.

Die Wachen wollten ihn packen, doch er zuckte vor ihnen zurück. »Ich kann selbst gehen!« sagte er, stemmte sich aus dem Stuhl hoch und marschierte los, dicht gefolgt von den Wachen, die sich beeilen mußten, um mit ihm Schritt halten zu können.

Selia sah ihnen mit zufriedenem Grinsen nach.

»Das hat dir Spaß gemacht, was?« fragte Rugad.

Ihr Lächeln verblaßte. »Doppelgänger sind ganz leicht zu beeinflussen, weil ihre Persönlichkeit so formbar ist.« Dann drehte sie sich zu Rugad um. »Meinst du nicht, es wäre besser, wenn ich die Informationen einfach aus ihm heraushole und ihn dann den Fußsoldaten übergebe?«

»Es kommt dir vielleicht logischer vor«, sagte Rugad. »Aber ich muß ihn selbst befragen. Ich weiß mehr über die Magie der Fey als jeder andere.«

Sie nickte. »Trotzdem. Einen Versager am Leben zu lassen, könnte die Moral der Truppe schwächen.«

»Das bezweifle ich«, widersprach Rugad. »Außerdem lebt er nicht mehr lange.«

»Bringst du ihn um, sobald du die Informationen hast?«

»Ich würde ihn auf der Stelle umbringen, wenn ich genug Doppelgänger hätte.«

»Ist das so wichtig?« fragte Selia.

Er sah sie an. Ihr schönes Gesicht war ohne Arg. Sie begriff nicht, worum es ihm ging, und doch hatte sie ihm viel geholfen, hatte ihn und seine Leute mit ihrer Zauberkunst beschützt.

»Allerdings«, sagte er. »Es ist außerordentlich wichtig. Ich glaube, daß das, was er weiß, der Schlüssel zur Eroberung der Blauen Insel ist.«

»Und wenn er nichts weiß?«

Rugad musterte sie einen Augenblick. Es war immerhin möglich. Tels Wissen war unter Umständen oberflächlich und veraltet. Darin bestand immer ein gewisses Risiko bei den Doppelgängern.

»Wenn er nichts weiß«, sagte Rugad, »müssen wir einen Inselbewohner namens Matthias finden.«

»Matthias«, wiederholte sie.

Rugad nickte. »Soweit ich weiß, kennt er sämtliche Geheimnisse der Blauen Insel.«

28

Pausho schlug die Augen auf. Sie hatte Kopfschmerzen, und ihre Arme und Beine fühlten sich seltsam taub an. Sie war hungrig, durstig und schrecklich müde.

Immerhin war ihr nicht mehr übel.

Im Zimmer war es dunkel. Niemand hatte die Vorhänge aufgezogen. Pausho bemerkte drei Silhouetten, die um den Tisch herumsaßen. Um den Tisch, auf dem sie lag.

In der Versammlungshalle.

Sie stöhnte, und alle drei sahen sie an. Zak, Tri und Matthias.

Matthias.

Pausho fröstelte, als ihr die Abmachung wieder einfiel, die sie mit ihm geschlossen hatte. Sie hatte sich mit einem Abkömmling der Dämonen verbündet und damit alles verleugnet, was sie je getan und woran sie je geglaubt hatte.

Weil sie ihre Heimatstadt retten mußte.

»Pausho?« fragte Zak unsicher.

»Es geht schon wieder«, erwiderte Pausho, obwohl sie selbst nicht recht davon überzeugt war. »Was ist passiert?«

»Sie sind weg«, sagte Zak.

»Jedenfalls für's erste.« Matthias' Stimme klang erschöpft.

Tri war aufgestanden und hielt Pausho einen Becher Wasser hin. Pausho streckte die Hand danach aus und nahm einen Schluck. Das Wasser war lauwarm und abgestanden. Wahrscheinlich hatten sie es aus der Quelle draußen vor der Tür geschöpft, bevor sie hereingekommen waren.

»Wie lange war ich bewußtlos?« fragte sie.

»Es ist schon Nachmittag«, erwiderte Zak.

»Es hat ein paar Stunden gedauert, bis sie alle ihre Truppen von Constantia abgezogen hatten«, erklärte Tri.

»Alle, die nicht geflohen sind, sind tot«, setzte Matthias hinzu.

Pausho lief es kalt den Rücken herunter. Matthias klang fast, als freue er sich über die Toten. Die Toten, die Pausho zu verantworten hatte, hatten sie nie froh gemacht.

»Wie viele?« flüsterte sie.

»Das wissen wir nicht genau«, antwortete Zak. »Vielleicht hundert, vielleicht noch mehr.«

»Wir haben ihre Gefallenen wie Ziegelsteine vor der Stadt aufgestapelt«, erläuterte Tri. »Es war Matthias' Idee.«

Pausho betastete ihre Stirn, aber sie hatte kein Fieber. »Warum?« flüsterte sie.

»Weil sie keinen Respekt vor unseren Toten haben. Wir wollen ihnen zeigen, daß wir genausowenig Respekt vor ihren haben.«

»Es gibt doch sicher noch eine andere Möglichkeit«, wandte Pausho ein.

»Gewiß«, pflichtete Matthias ihr bei. »Wir könnten es ebenso wie sie machen. Sie verstümmeln die Leichen ihrer Feinde und häuten sie wie geschlachtete Schafe. Ein grauenhafter Brauch, der ihnen sogar noch Spaß zu machen scheint.«

Pausho schauderte es, und sie fragte sich, wie sie bloß in diesen Alptraum geraten war.

»Außer dir sind noch ein paar andere Leute ohnmächtig geworden«, meinte Tri. »Wir glauben, daß es etwas mit dieser Welle zu tun hat.«

»Möglich«, murmelte Pausho.

»Ich bin der einzige von uns Weisen, dem es nicht so ergangen ist«, mischte sich Zak ein. »Aber wir alle wissen ...«

»Ja, ja«, unterbrach ihn Pausho, um ihn zum Schweigen zu

bringen. Von den anderen Weisen schien keiner im Zimmer zu sein. »Wie hoch sind unsere eigenen Verluste?«

»Von unseren Leuten hat es nur ganz zu Anfang welche erwischt«, erwiderte Matthias. »Dein Beschwörungsgesang hat gewirkt. Hier in Constantia sind besondere Kräfte am Werk, Pausho.«

»Ich weiß«, flüsterte die alte Frau.

»Die Fey würden es Magie nennen.«

»Und du?«

»Ich glaube, es ist eine ähnliche Kraft wie die meine«, antwortete Matthias, wich jedoch Paushos Blick aus, und seine Stimme klang sogar ein bißchen hoffnungsvoll. Erwartete er immer noch, daß Pausho ihn nach so vielen Jahren endlich akzeptierte? Offenbar hatte er überhaupt nichts begriffen. Sein Leben im Tabernakel hatte ihn anscheinend nur gelehrt, sich fremden Überzeugungen zu verschließen, statt sich ihnen zu öffnen. Man hatte ihn dort in seinen dämonischen Ansichten nur bestärkt.

Pausho setzte sich auf, trank den letzten Schluck Wasser und stellte den Becher neben sich auf den Tisch. »Was sollen wir jetzt tun?« fragte sie. »Lassen sie uns jetzt in Ruhe?«

»Sie haben sich hinter die Hügelkette zurückgezogen«, sagte Tri.

»Sie sind wie aufgescheuchte Hasen davongerannt und haben ihre dressierten Vögel mitgenommen«, führte Zak aus.

»Das sind keine dressierten Vögel«, widersprach Matthias. »Es sind genauso Fey wie alle anderen.«

»Klingt ziemlich unwahrscheinlich«, meinte Zak zweifelnd.

Matthias schnaubte nur.

»Matthias«, wandte sich Pausho widerstrebend an ihn. »Du scheinst eine Menge über diese Langen zu wissen ... diese Fey. Sind sie ein für allemal fort?«

»Sie haben bereits die halbe Welt erobert«, erwiderte Matthias leise. »Die halbe Welt, Pausho. Das schafft man nicht, indem man sich gleich nach der ersten Niederlage geschlagen gibt. Sie werden sich in ihr Lager zurückziehen, um neue Angriffspläne zu schmieden. Vielleicht fordern sie auch Verstärkung an. Soweit ich das beurteilen kann, besaßen diejenigen Fey, die uns heute überfallen haben, keine Zauberkraft. Die Sache wird erst richtig brenzlig, wenn uns die anderen angreifen, diejenigen, die über Magie verfügen. Auch dein Gesang wird nicht ewig vorhalten.«

»Uns bleiben immer noch unsere Schwerter«, fiel Zak ihm ins Wort, bevor Pausho etwas sagen konnte.

»Waffen sind schön und gut«, erwiderte Matthias. »In Jahn hatten wir auch Schwerter, und es hat uns überhaupt nichts genützt.«

»Aber das waren nicht solche Schwerter wie unsere«, beharrte Zak.

Plötzlich aufmerksam geworden, drehte Matthias sich nach ihm um. Pausho schloß die Augen und betete, daß dieser Tag ein Ende nahm. Er dauerte schon viel zu lange.

»Varin-Schwerter?« fragte Matthias. »Bestehen eure Schwerter etwa aus Varin?«

»Natürlich«, erwiderte Zak. »Es ist seit jeher bekannt, daß Schwerter aus Varin die besten sind. Hat man euch das im Tabernakel nicht beigebracht?«

Matthias blickte ihn stirnrunzelnd an. »Davon hast du mir nie etwas erzählt.«

»Ich weiß es erst seit kurzem«, verteidigte sich Tri. »Ich war nicht lange Mitglied der Weisen.«

»Die meisten Leute jagen lieber mit Pfeil und Bogen statt mit dem Schwert«, erklärte Pausho, die gern das Thema gewechselt hätte.

»So etwas haben wir natürlich auch«, bestätigte Zak.

»Es ist mir egal, was ihr alles habt«, unterbrach ihn Matthias barsch. »Es ist jedenfalls nicht genug.«

»Woher willst du das wissen?« fauchte Pausho. Sie hatte die Nase voll von seiner Überheblichkeit und seinen ständigen Warnungen.

»Auf der Blauen Insel gibt es inzwischen Tausende von Fey. Sie haben fast das ganze Land erobert, und falls wir uns nicht bald ergeben, holen sie vielleicht sogar noch Verstärkung. Habt ihr genug Pfeile für Tausende von Fey? Und außerdem noch welche für ihre Vögel und die anderen Tiere, die sie sich dienstbar gemacht haben? Könnt ihr eure Schwerter Tag und Nacht ohne Pause schwingen? Denn das müßtet ihr, Pausho, und das geht über eure Kräfte.«

Matthias klang sehr von sich überzeugt, und was diesen Morgen betraf, hatte er tatsächlich recht behalten. Pausho verabscheute dieses Gespräch aus tiefstem Herzen. So hatte sie sich ihren Lebensabend nicht vorgestellt.

»Was schlägst du also vor?« fragte sie.

»Kommen wir noch einmal auf die Varin-Schwerter zurück«, wandte sich Matthias wieder an Zak. »Können sie durch Knochen schneiden wie durch Wasser?«

»Die älteren von ihnen schon«, erwiderte Zak. »Die aus ...«

»Je älter sie sind«, fiel ihm Pausho ins Wort, »desto schärfer sind sie. Es scheint, daß das Geheimnis ihrer Herstellung im Lauf der Zeit in Vergessenheit geraten ist.«

Matthias nickte, als hätte er keine andere Antwort erwartet. Er drehte sich wieder zu Pausho um. Inzwischen hatten sich die Augen der alten Frau an das Dämmerlicht gewöhnt. Sie betrachtete Matthias' geschwollenen Hals, sein verbundenes Gesicht und die tiefen Falten um seinen Mund. Inzwischen waren seine Locken eher grau als blond, und wenn er nicht darauf achtete, ließ er die Schultern hängen wie ein vom Alter gebeugter Greis.

Pausho fühlte Mitleid in sich aufsteigen und wandte rasch den Blick ab. Sie durfte sich auf keinen Fall gestatten, irgend etwas für diesen Mann zu empfinden.

Diesen Abkömmling der Dämonen.

»Ihr wißt, daß die Geheimnisse des Tabernakels unter anderem eine Formel zur Herstellung von Varin-Schwertern beinhalten«, meinte Matthias. »Ich führe jetzt schon seit über einem Jahr Experimente durch. Aber jedesmal, wenn ich das Varin erhitze, explodiert es.«

»Dann benutzt du traditionelle Schmiedetechniken«, schlußfolgerte Zak.

»Zak«, warnte Pausho. Sie hatte zwar eingewilligt, mit Matthias zusammenzuarbeiten, aber das bedeutete noch lange nicht, daß er in alles eingeweiht werden mußte.

Geistesabwesend betastete Matthias seine Verbände. Er schien tief in Gedanken versunken. »Dann sind die Geheimnisse tatsächlich unvollständig«, murmelte er. »Das hatte ich bereits vermutet.«

»Die Geheimnisse«, sagte Zak mit verächtlichem Unterton.

»Zak«, zischte Pausho wieder.

Matthias sah sie an. Seine Augen waren wäßrig und kummervoll. Er schien ebenso erschöpft zu sein wie sie. »Es hat keinen Sinn, mir etwas verheimlichen zu wollen, Pausho«, tadelte er. »Die Geheimnisse und die Worte sind unsere letzte Hoffnung. Wir haben doch eine Vereinbarung getroffen. Du darfst sie jetzt nicht aufkündigen.«

Eben das hätte Pausho nur zu gern getan. Woher wußte er das? Sie ertrug den Gedanken nicht, daß jemand wie Matthias das Grabgewölbe betreten und in den alten Dokumenten herumstöbern sollte, in denen die wahre Geschichte der Insel aufgezeichnet war.

»Pausho«, mahnte Matthias.

Unwillkürlich ahmte Pausho seine Geste nach und legte die

Hand an die Stirn. Sie hatte immer noch Kopfschmerzen, aber sie fühlte sich schon kräftiger. Wie stand es geschrieben? Die Soldaten des Feindes würden mit einem riesigen Aufgebot zurückkehren, und die alten Kampftechniken würden die Rettung der Inselbewohner und zugleich ihr Verderben sein.

Das waren die ältesten bekannten Worte. Sie stammten noch aus den Tagen der Rückkehr des Roca, lange bevor er sie vor der Dämonenbrut gewarnt hatte, lange vor allen Zerwürfnissen und Kirchenspaltungen und lange bevor der Sohn des Roca von seinem Amt als Oberhaupt der Rocaanisten zurücktreten mußte.

»Bitte, Pausho«, sagte Matthias sanft. »Vertrau mir nur dies eine Mal. Du und ich, wir sind die einzigen, die tun können, was jetzt nötig ist.«

»Nicht unbedingt, mein Freund«, warf Zak ein. »Ich kann es auch. Pausho wird schon ihre Gründe haben, sich zu weigern.«

Pausho schluckte, strich sich eine Haarsträhne aus der Stirn und rutschte unbeholfen von der Tischplatte. Sie war erschreckend wacklig auf den Beinen.

»Nein«, sagte sie an Zak gewandt. »Ich muß selbst gehen. Matthias hat recht.«

»Warum?« fragte Zak. »Ich kann es ihm genausogut zeigen. Ich kenne mich in unserer Geschichte sehr gut aus.«

Aber Zak war nicht der Anführer der Weisen. Er besaß nicht die erforderliche Autorität. Anders als die Angehörigen des Tabernakels hatten die Weisen keine Geheimnisse voreinander, aber es gab gewisse Regeln, die Streitigkeiten verhindern sollten. Eine davon besagte, daß die Weisen Befehle nur von ihrem Anführer entgegennahmen.

Selbst wenn Zak Matthias ins Gewölbe führte und ihm alles zeigte, was dort zu zeigen war, konnten sie zu zweit nichts ausrichten. Sie brauchten Paushos Beistand.

Pausho seufzte. »Ich muß es tun«, erklärte sie. Sie nahm die

Hand von Zaks Schulter und drehte sich nach Matthias um. »Du mußt schwören, niemals über das zu sprechen, was du zu sehen bekommst.«

»Worauf soll ich schwören?« fragte Matthias. »Was könnte uns beiden gemeinsam heilig sein?«

Das war eine gute Frage, aber keine, über die Pausho gern nachdenken wollte. »Dein Leben«, erwiderte sie rasch. »Schwöre bei deinem Leben.«

Matthias verzog den Mund zu einem schiefen Lächeln. »Willst du damit etwa sagen, daß dir mein Leben heilig ist?« spottete er.

»Nein«, gab Pausho zu. »Aber dir.«

Matthias nahm ihre Hand. Pausho wollte sie erst wegziehen, aber Matthias legte warnend den Kopf zur Seite. Dann ergriff er auch noch ihre andere Hand und legte beide von den seinen bedeckt auf sein Herz.

»Ich schwöre«, sagte er mit seiner leisen, ruhigen Stimme, »bei allem, was mir heilig ist, niemandem zu verraten, was ich sehen werde, es sei denn, es wäre nötig, um die Stadt Constantia, die Inselbewohner oder die Blaue Insel selbst zu schützen. Dies ist ein heiliger Schwur mit dem Segen des Roca, bei der Seele meines besten Freundes, des Fünfzigsten Rocaan. Und es ist ein persönlicher Eid, den ich bei meinem eigenen Leben schwöre. Sollte ich ihn jemals brechen, dann möge ich sterben.«

Leise wiederholte er: »... dann möge ich sterben.«

In Paushos Ohren klangen Matthias' Worte zwar korrekt, aber hohl. Sie hatte keine Garantie, daß er seinen Schwur halten würde.

Matthias schien ihre Zweifel zu fühlen. Er wollte gerade etwas sagen, als sich die Tür der Versammlungshalle öffnete.

Eine große, rothaarige Frau mit einem Korb am Arm trat ein. Ihre weiten Röcke schwangen bei jedem Schritt mit. Sie war nicht nach Art der Bewohner von Constantia gekleidet und bewegte sich auch anders.

Außerdem war sie fast so groß wie Matthias.

»Tut mir leid, daß ich's nich früher geschafft hab«, entschuldigte sie sich. »Aber es war 'ne Menge zu tun. Viele Leute mußten versorgt werden, nich bloß, weil sie verletzt sind, sondern weil sie plötzlich umgekippt sind. Und ein paar von den Fey sind auch noch nich tot. Die Heiler wissen nich, was sie mit ihnen anfangen solln. Deshalb hab ich gesagt, ich geh mal vorbei und frag nach.«

Pausho starrte die Fremde verblüfft an. Sie hatte die Tür offengelassen, so daß das Sonnenlicht hereinströmte und in Paushos Augen schmerzte. Nach den Maßstäben der Klippler war die Frau sehr hübsch. Sie sprach zwar so ähnlich wie eine Sumpfbewohnerin, schien aber trotzdem aus der Gegend der Blutklippen zu stammen.

Eine der vielen, die geflohen waren.

Eine von den Langen.

Genau wie Matthias.

Jetzt hatten die beiden sich zusammengetan, wie es die alten Prophezeiungen verhießen.

»Ist das deine Frau?« erkundigte sich Pausho mit gedämpfter Stimme.

Matthias zuckte die Achseln. »Sie heißt Marly«, stellte er vor. »Sie ist Heilerin von Beruf. Ich habe sie gebeten, herzukommen und nach dir zu sehen.«

»Ich hab mit ein paar von euren Heilern zusammengearbeitet«, bemerkte die Frau. »Aber sie vertraun mir nich. Könnt Ihr nich mit ihnen reden? Ich bin schon länger Heilerin als die meisten von ihnen, und ich versteh mein Handwerk.«

»Das glaube ich dir ja«, sagte Pausho. »Aber es ist nur verständlich, daß sie dir gegenüber mißtrauisch sind.«

»Du bist eben groß«, setzte Matthias hinzu.

»Aber mit Jakib ham sie doch auch kein Problem gehabt.«

»Er ist ein ganzes Stück kleiner als wir beide«, meinte Matthias. »Außerdem versucht er nicht, sie zu heilen.«

Marly schnaufte verächtlich.

»Jakib?« fragte Pausho.

»Ihr Bruder«, erklärte Matthias. »Du weißt ja, wie das ist«, ergänzte er nach einer Pause.

Pausho senkte den Blick. O ja, das wußte sie. Immer wieder kamen in bestimmten Familien große Kinder zur Welt, aber die normal großen Geschwister ließ man am Leben. Paushos Vorgänger hatte gegen diese Regel gewettert und vorgeschlagen, die ganze Familie zu vertreiben. Das war in Paushos ersten Tagen als Mitglied der Weisen gewesen und das erste Mal, daß sie sich durchgesetzt hatte. *Wenn wir das tun*, hatte sie damals argumentiert, *dann ist Constantia bald ausgestorben.*

Ratlos legte sie die Hand an die Wange. Marly trat zu ihr. »Laßt mal sehn.«

Pausho schüttelte abwehrend den Kopf. Diesmal war es nicht dieses sonderbare Schwächegefühl, das in ihr aufstieg, sondern eine Erinnerung: das Bild von einem gerade erst einen Tag alten, kleinen Mädchen, das nackt auf den Felsen lag ...

Pausho zwang sich, tief Luft zu holen. Sie hatte keine Wahl. Sie hatte dem Roca und ihrem Amt als Anführerin der Weisen buchstäblich ihr ganzes Leben geopfert, und wenn Matthias wirklich recht hatte, würde sie das alles an einem einzigen Nachmittag verlieren.

»Zak«, sagte sie matt. »Du begleitest uns. Du kannst mir helfen.«

Zak hob den Kopf. Seine Augen waren kalt. Er hatte verstanden. Wenn irgend etwas schiefging, war es seine Aufgabe, Matthias zu töten.

»Du wirst mir wohl niemals vertrauen, nicht wahr, Pausho?« bemerkte Matthias.

Pausho schwieg. Sie streckte die Hand nach Zak aus und stützte sich auf ihn.

»Laßt Euch von mir untersuchen, bevor Ihr aufbrecht«, bat Marly.

»Nein«, lehnte Pausho ab. »Die Zeit drängt.«

»Ihr redet schon genauso wie Matthias«, meinte Marly.

Pausho zuckte zusammen, aber Matthias grinste. »Sie hat recht«, sagte er zu Marly. »Wir haben wirklich keine Zeit zu verlieren. Die Fey sind bestimmmt bald wieder da.«

»Ich hab nich dran geglaubt, als du gesagt hast, daß sie kommen, und du hast recht behalten. Ich hab nich kapiert, warum du es auf unserm Weg hierher so eilig hattest, und du hast wieder recht behalten. Dann wirst du dich wohl auch diesmal nich irren.« Marly seufzte. »Ich würd nich gern in deiner Haut stecken.«

»Ich auch nicht«, lachte Matthias.

Aber Pausho hörte den ernsten Unterton in seiner Stimme. Er haßte die Fey. Jetzt bekämpften die Langen sich gegenseitig. Der Gedanke gefiel Pausho überhaupt nicht. Gar nichts von alledem gefiel ihr.

»Kommt endlich«, drängte sie. »Es gibt auch von hier aus einen Weg ins Gewölbe.« Damit warf sie alle ihre Grundsätze über Bord und führte einen Langen zum heiligsten Ort der Blauen Insel.

29

Es war ihnen gelungen, wenigstens einige der Verwundeten ins Tal zu transportieren.

Licia hockte neben ihrem Felsen und sah zu, wie die Truppen sich wieder sammelten. Sie war mit Ay'Le übereingekommen, daß es das Beste wäre, den Soldaten etwas Zeit zur Erholung zu gönnen, um ihren Kampfgeist wieder aufzurichten und so wütend zu werden, wie echte Fey es angesichts einer solchen Niederlage sein sollten.

Die wenigen Domestiken, die sie auf diesem Feldzug begleiteten, kümmerten sich am Fuß eines Berges mit vorübergehend wirksamen Heilzaubern um die Verletzten. Leider war Licias visionäre Kraft zu gering, um ein Schattenland zu errichten, deshalb kreisten Vogelreiter am Himmel und paßten auf, ob die Inselbewohner womöglich versuchten, ins Lager einzudringen und ihr Zerstörungswerk zu vollenden.

Aber offenbar hatte Ay'Le recht: Die Inselbewohner mochten einige Erfahrung darin besitzen, sich zu verteidigen, verfügten aber über keinerlei Angriffsstrategien.

Deshalb war bis jetzt auch nichts passiert, obwohl der Rückzug der Fey schon einige Stunden zurücklag.

Die meisten Soldaten waren stumm und niedergeschlagen. Einige hockten auf den Felsen, andere kümmerten sich um die Verletzten. Die Fußsoldaten lagerten an der ins Tal führenden Straße und hofften auf die Erlaubnis, auf den Hügel zurückkehren und die Stadt in eigener Regie angreifen zu dürfen.

Die Nachmittagssonne wärmte kaum noch. Das Tal, in dem sie sich befanden, lag zwar hoch über dem Meeresspiegel, aber die Luft war trotzdem kühl. Licias Frösteln lag jedoch nicht nur am Wetter.

Ein Glück, daß wenigstens der Angriff auf den Steinbruch erfolgreich verlaufen war. Die Fey hatten über hundert Arbeiter gefangengenommen und im Steinbruch zusammengepfercht. Nur den Besitzer hatte Licia mit ins Lager genommen. Sie wollte ihn verhören, um herauszufinden, warum die Gesteinsbrocken die Farbe änderten, wenn man sie aus dem Felsen brach. Es hieß, daß das Gestein der Eccrasischen Berge, dem magische Eigenschaften zugeschrieben wurden, sich genauso verhielt.

Vielleicht war auch das Gestein in dieser Gegend etwas Besonderes.

Trotzdem konnte Licia sich einfach nicht aufraffen, mit dem Steinbruchbesitzer zu sprechen. Ihre Kehle war noch ganz wund von den vielen Befehlen, die sie während des Rückzugs gebrüllt hatte. Alle Knochen taten ihr weh, und ihr Gehirn war wie vernebelt.

Ähnliche Zustände hatte sie schon bei anderen Heerführern gesehen, aber sie hatte nie gedacht, daß so etwas auch ihr zustoßen könnte. Eine Niederlage konnte einen Anführer derartig lähmen, daß er vollkommen handlungsunfähig wurde. Rugad pflegte solche Leute einfach auszutauschen. Licia selbst hatte sich stets darüber lustig gemacht, daß jemand nicht in der Lage war, einen Mißerfolg zu verkraften.

Aber bestimmt hatte keiner der anderen Heerführer jemals so versagt wie Licia am heutigen Tag.

Sie hatte eine ganze Einheit verloren, und dazu die Hälfte der zweiten. Außerdem hatten sie die Toten auf dem Schlachtfeld zurücklassen müssen und damit Hunderte von Seelen und Häuten vergeudet, die noch zu verwenden gewesen wären, wenn die Rotkappen wie sonst ihre Arbeit hätten verrichten können.

Aber Licia wagte nicht, auch nur einen einzigen Mann zurück auf den Hügel, geschweige denn in die Nähe der Stadt selbst zu schicken.

Nicht, solange sie keinen neuen Plan hatte.

»Licia!« Shweet landete neben ihr. Die kalte Brise zauste sein Gefieder. Wie um sich an den Wind zu gewöhnen, spreizte er die Flügel und legte sie wieder an. »Komm und sieh dir an, was wir gefunden haben.«

Licia hatte keine Lust, sich irgend etwas anzusehen, aber sie wußte, daß sie mitkommen mußte. Wenn Rugad herausfand, daß sie untätig in diesem Tal herumgesessen und den Gegenangriff der Inselbewohner abgewartet hatte, war er zu allem fähig.

»Kommen sie?« flüsterte sie.

»Nein«, beruhigte sie Shweet. »Ich vermute, sie bereiten sich auf einen zweiten Angriff von unserer Seite vor.«

In seinem Tonfall schwang noch etwas anderes mit, aber Licia fragte lieber nicht nach. »Was soll ich mir denn ansehen?«

»Es ist unten im Lager. Wir treffen uns dort.« Damit erhob sich Shweet in die Luft und flog davon.

Licia beobachtete, wie er direkt auf den Paß zusteuerte, der ins Tal hinabführte, und erhob sich widerwillig.

Es war ein Trick von Shweet, damit sie sich endlich aufraffte. Denn sobald sie aufstand, konnte sie die Infanteristen, die mit vor die Gesichter geschlagenen Händen im Gras hockten, nicht länger übersehen, weder die Krieger, die sich fragten, was sie mitten im Sturmangriff aufgehalten hatte, noch die Leichtverwundeten, die sich über den Verlust ihrer Waffen wunderten.

Zwischen ihnen ging Ay'Le auf und ab und setzte ihre Zauberkraft endlich einmal für einen guten Zweck ein. Sie sprach mit jedem einzelnen und erinnerte ihn daran, daß er immer noch Soldat war. Vielleicht sollte Licia Ay'Le das Kommando über den nächsten Angriff übertragen. Licia konnte ja einen Plan entwerfen und Ay'Le die Durchführung überlassen.

Die Fey hatten den Befehl – den unmißverständlichen Befehl –, bis zum letzten Atemzug zu kämpfen. Licia lief es eiskalt den Rücken herunter. Aber das hieß nicht, daß sie sich sinnlos abschlachten lassen sollten. Sogar Rugad hätte unter den gegebenen Umständen zum Rückzug geblasen.

Allerdings hätte er unverzüglich einen zweiten, noch entschlosseneren Angriff geplant und sich auf jeden nur denkbaren Widerstand seitens der Inselbewohner vorbereitet.

Auch Licia mischte sich jetzt unter ihre Untergebenen. Sie wichen ihrem Blick aus und schienen sich ebenso zu schämen wie sie selbst. Licia hatte etwas Entscheidendes versäumt, nämlich eine anfängliche Niederlage in einen Sieg zu verwandeln. Denn sie wußte inzwischen, daß die Inselbewohner Fähigkeiten besaßen, die die Fey noch bei keinem anderen Volk angetroffen hatten.

Vielleicht sollte sie sich einfach vorstellen, die Inselbewohner seien ganz gewöhnliche Fey, die es zu besiegen galt. So hatte sie es bei den Versagern schließlich auch gemacht.

Ein Frösteln überlief sie, als sie sich daran erinnerte, wie schnell und unbarmherzig sie seinerzeit den Bewohnern des von Rugads Sohn errichteten Schattenlandes den Garaus gemacht hatten. Sie waren in das Schattenland eingedrungen und hatten die dort lebenden Fey, die zum größten Teil schon von Traumreitern außer Gefecht gesetzt worden waren, überrumpelt und niedergemetzelt. Diese Fey waren eines verhältnismäßig raschen Todes gestorben, und trotzdem war es Licia schwergefallen, ihre Gesichter zu betrachten.

Die Gesichter von Leuten, die sie gekannt hatte oder die sie hätte kennen können.

Zum dritten Mal lief ihr ein Schauder über den Rücken. Sie durfte nicht länger über Versager und Versagen nachdenken. Damit machte sie sich bloß selbst verrückt. Sie mußte sich ganz auf den bevorstehenden Sieg konzentrieren. *Wie* ein

Sieg zustande kam, war Rugad egal, Hauptsache, es *war* ein Sieg.

Inzwischen hatte auch Licia den Paß erreicht. Shweet war immer noch in seiner Vogelgestalt. Er flog auf ihre Schulter und dirigierte sie mit leisen Lauten, fast wie ein Zwitschern, in die richtige Richtung.

An einem Felsen lehnte ein Mann, und davor standen zwei Pferdereiter. Einem der Pferdereiter, einer Frau, liefen Tränen über das Gesicht. Sie blickte den Mann flehentlich an, als bäte sie ihn um Trost.

Aber es sah nicht so aus, als könnte irgend jemand diesen Mann trösten. Er war blutüberströmt. Seine Stiefel waren zerfetzt, und durch die Risse im Leder konnte Licia seine nackten, ebenfalls blutenden Füße erkennen.

Seine langen, schmalen Hände waren nicht die eines Soldaten. Sein Gesicht dagegen war so sonnenverbrannt, daß sich die Haut auf seinen Wangenknochen schälte.

Aber das alles schien er gar nicht zu bemerken.

»Licia«, begann Shweet. »Das hier ist der Schreiber, der Boteen begleitet hat.«

Licias Herz machte einen Satz. Sie war sich nicht sicher, was diese Überraschung zu bedeuten hatte.

»Wie heißt er?«

»Das hat er uns noch nicht verraten. Du weißt doch, wie Schreiber sind. Sie wollen nicht, daß man sich an sie erinnert.«

Ja, mit Schreibern kannte Licia sich aus. Sie hatte ihnen nach vielen Schlachten Bericht erstattet, damit sie die Triumphe der Fey schriftlich festhielten. Sie wußte genau, wie man ihnen eine Geschichte erzählen mußte, denn ein Schreiber notierte jedes Wort, registrierte jeden Zweifel in der Stimme des Diktierenden und veränderte keine einzige Formulierung.

»Warum sollte ich dann herkommen?«

»Weil du dir anhören mußt, was er zu sagen hat«, erwiderte Shweet.

Licia seufzte wieder. Sie wünschte, der Vogel würde nicht die ganze Zeit auf ihrer Schulter hocken. Sein unbedeutendes Gewicht war schon mehr, als sie im Moment ertragen konnte. Sie ging an den Pferdereitern vorbei, ohne der Frau noch einen Blick zu gönnen, und ging vor dem Schreiber in die Hocke.

Er stank nach Blut und Angstschweiß. Das Blut roch alt, beinahe verwest. Die Flecken auf seinen Kleidern waren bereits schwarz, und lange Kratzwunden zeigten sich unter dem zerfetzten Stoff. Trotzdem bezweifelte Licia, daß es sich um sein eigenes Blut handelte. Er sah nicht aus wie ein Verwundeter. Er wirkte bloß völlig erschöpft.

»Schreiber«, sprach sie ihn an. »Ich bin Licia, die Oberbefehlshaberin dieser Truppe.«

Der Mann nickte.

»Erzähl mir, was passiert ist.«

»Neiiiin«, zischte Shweet, aber es war schon zu spät. Der Schreiber beugte sich vor.

»Alles fing an, bevor wir die Hügelkuppe erreichten«, begann er. »Boteen sah hoch oben auf dem Berg einen Edelstein funkeln. Er befahl mir, meine Kutsche zu verlassen. Ich gehorchte. Als ich ausgestiegen war, verbeugte ich mich vor Boteen, und er sagte: ›Vor mir brauchst du dich nicht zu verbeugen, Schreiber.‹

›Verzeihung, Herr‹ erwiderte ich ...«

»Etwas weniger ausführlich, wenn ich bitten darf«, fiel ihm Licia ins Wort. Die ganze Geschichte konnte nämlich zwei Tage oder mehr in Anspruch nehmen, je nachdem, wie lange das tatsächliche Geschehen gedauert hatte. »Du brauchst mir keinen Beweis deines Talents zu liefern. Erzähl mir einfach wie ein gewöhnlicher Mensch, warum deine Kleider voller Blut sind.«

»Weil ich sie alle umgedreht habe, um zu sehen, ob sie tot sind.«

Licia erstarrte. »Wen?«

»Threem«, wieherte die Pferdereiterin klagend.

»Caw, die Möwenreiterin«, fügte Shweet hinzu.

»Und Boteen«, ergänzte der Schreiber.

»Boteen!« flüsterte Licia. »Wer könnte ihn wohl töten?«

»Eine Rotkappe«, antwortete der Schreiber.

Licia runzelte die Stirn. Das war doch Unsinn. Boteen hatte keine Rotkappe bei sich gehabt.

»Und ein Inselbewohner«, setzte der Schreiber hinzu.

»Das mußt du mir genauer erklären – aber beschränk dich dabei auf das Notwendigste. Ich habe heute nämlich noch etwas anderes zu tun«, befahl Licia streng, machte sich allerdings trotzdem auf eine endlose Geschichte gefaßt. In jeder kleinsten Einzelheit schilderte ihr der Schreiber, wie er und seine Gefährten den Berg hinaufgezogen waren, um den »Edelstein aus Licht« in Augenschein zu nehmen, und von der Welle, die Boteen so heftig getroffen hatte, daß er fast bewußtlos geworden war. Daß sie Threem vorgeschickt hatten, um festzustellen, ob der Gebirgspfad passierbar war, und von dem Versteck, in dem der Schreiber und die Möwenreiterin seine Rückkehr erwartet hatten. Wie Threem und Boteen schließlich zurückgekommen und ihnen wenige Minuten später eine Rotkappe und ein vierschrötiger, blonder Inselbewohner gefolgt waren. Wie die Rotkappe zwischen Threems Beine geschlüpft war und ihm von unten den Bauch aufgeschlitzt hatte. Wie Threem sich aufgebäumt und ausgeschlagen hatte und Caw sich auf die Rotkappe gestürzt hatte, nur um wenige Sekunden später das gleiche Schicksal zu erleiden. Und wie die Rotkappe schließlich den Zaubermeister auf bestialische Weise umgebracht hatte.

Einen Zaubermeister!

Den einzigen, den die Fey auf diesen Eroberungsfeldzug mitgenommen hatten.

Während der Schreiber noch sprach, wurden Licias Hände eiskalt. Sie hatte geglaubt, es könne nicht noch schlimmer kommen, aber sie hatte sich getäuscht. Sie hatte genug gehört. »Kamen der Inselbewohner und die Rotkappe aus der gleichen Richtung wie Boteen?«

Der Schreiber nickte.

»Hat Boteen irgend etwas darüber gesagt, ob er auf dem Berg das gefunden hat, was er vermutet hatte?«

»Threem kam zuerst und meinte, ja. Aber Boteen lebte nicht mehr lange genug, um mir davon zu berichten. Ich habe dir alles Wort für Wort wiedergegeben und nichts ausgelassen.«

»Hast du eine Vorstellung, wie viele ›andere‹ noch in der Nähe waren?« fragte Licia.

»Nein«, erwiderte der Schreiber. »Ich hatte keine Ahnung, daß jemand vor uns war, und Boteen bestimmt auch nicht.«

»Ich werde einfach nicht schlau aus der Sache«, murmelte Licia und verzog angestrengt das Gesicht. Der Schreiber hatte sie mit so vielen Details überschüttet, daß es schwer war, aus seiner Erzählung die entscheidenden Fakten herauszufiltern. »Boteen hat doch den Inselkönig und seine Kinder erwähnt. Nein. Er muß gewußt haben, daß dort oben jemand war. Er wußte genau, was er suchte. Er hat es gefunden, und deswegen mußte er sterben.«

Licia holte tief Luft. Shweet auf ihrer Schulter war ungewöhnlich schweigsam. »Und du bist ganz sicher, daß es eine Rotkappe war?«

»Absolut sicher«, bestätigte der Schreiber.

»Woher willst du das wissen?«

Der Schreiber warf ihr einen beleidigten Blick zu, als hätte sie seinen Verstand angezweifelt. »Es war unverkennbar ein

Fey, klein gewachsen, aber sauber, jedenfalls bevor er auf Threem losging.«

»Konnte er gut mit dem Messer umgehen?«

»Genausogut wie mit dem Schwert.«

»Rotkappen können nicht mit Schwertern umgehen«, wandte der männliche Pferdereiter ein.

»Unsere Rotkappen nicht«, betonte der Schreiber.

»Was für Rotkappen gibt es denn noch?« fragte Licia. »Wenn die Inselbewohner welche hätten, müßten sie blond und blauäugig sein, stimmt's? Bist du wirklich sicher, daß diese Rotkappe ein Fey war?«

»Todsicher«, bekräftigte der Schreiber.

»Warum sollte sich ein Fey denn mit einem Inselbewohner zusammentun?« fragte jetzt der Pferdereiter.

»Vielleicht war es einer von Rugars Leuten. Wer weiß?« gab der Schreiber zurück.

Licia runzelte die Stirn. Das klang einleuchtend, obwohl sie noch nie von einem Bündnis zwischen Inselbewohnern und Fey, ob es nun Rugars Leute waren oder nicht, gehört hatte.

Abgesehen von Jewels Heirat natürlich.

Abgesehen von Jewels Kindern, von denen eines eine Gestaltwandlerin war.

Aber warum sollte eine Gestaltwandlerin sich als Rotkappe tarnen? Damit man sie nicht gefangennahm?

»Hatte die Rotkappe ein Muttermal am Kinn?« erkundigte sich Licia.

Der Schreiber blickte sie überrascht an. Allerdings schien er diesmal den Sinn der Frage zu begreifen. »Ich war zu weit weg«, erklärte er. »Ich konnte nicht alles genau sehen.«

»Nach dir haben sie nicht gesucht, oder?« fragte Licia weiter.

»Sie wußten nicht, daß ich da war«, meinte der Schreiber.

»Das heißt, nachdem die Rotkappe ihrer Mordlust gefrönt hat, sind sie wieder abgezogen. Sie haben die Umgebung nicht abgesucht.«

»Nein«, bestätigte der Schreiber. »Ich habe Glück gehabt.«

»Allerdings«, stimmte Licia zu. Sie musterte ihn eingehender. Auch er hatte kein Muttermal am Kinn, und er hatte das Geschehen im Stil eines typischen Schreibers wiedergegeben – mit nervtötender Genauigkeit. Sie trat noch einen Schritt auf ihn zu und sah ihm prüfend in die Augen. Sie waren dunkel, ohne goldene Sprenkel. Ein Doppelgänger war er also auch nicht.

Der Vogel auf ihrer Schulter bewegte sich und grub eine Kralle in eine wunde Stelle auf ihrer Schulter. Licia nahm ihn herunter und setzte ihn trotz seines protestierenden Krächzens auf ihre andere Schulter.

»Wenn diese Rotkappe wirklich ein Fey ist, müssen wir wohl annehmen, daß es sich um einen von Rugars Leuten handelt. In unseren eigenen Reihen gab es bis jetzt keine Überläufer und woanders auf der Insel auch nicht, soweit ich weiß. Oder?«

Der Pferdereiter schüttelte seine beiden Köpfe. Der Schreiber blickte Licia nur stumm an.

»Davon hätten wir bestimmt gehört«, meinte Shweet.

»Wenn eine unbedeutende Rotkappe überlebt hat, sind uns vielleicht noch andere Versager durch die Lappen gegangen und haben sich unauffällig unter unsere Leute gemischt. Ab jetzt müssen wir sehr vorsichtig sein. Anscheinend haben die Inselbewohner sie auf irgendeine Art verhext, so daß sie ihnen jetzt in die Hände arbeiten.« Licia seufzte. Allmählich wurde ihr das alles entschieden zu kompliziert. Sie wandte sich wieder an den Schreiber. »Unten im Tal findest du Heiler. Sie sollen deine Wunden säubern und verbinden. Dann wirst du dich schon besser fühlen. Aber laß dir ruhig Zeit. Sie sind im Moment ein wenig überlastet.«

Damit trat Licia ein paar Schritte beiseite. Die Pferdereiterin stand am Rand des Gebirgspfades und starrte auf die roten Gipfel in der Ferne. Ihr scharfgeschnittenes Fey-Gesicht war vom vielen Weinen ganz verquollen. Offenbar war sie Threems Gefährtin gewesen. Licia überließ die Witwe ihrer Trauer.

»Shweet«, sagte Licia, sobald sie außer Hörweite der anderen waren. »Wir müssen Rugad unbedingt sofort Bericht erstatten. Hol mir zwei Irrlichtfänger und den schnellsten Vogelreiter deiner Truppe.«

»Ay'Le hat schon Nachricht von unserer Niederlage an Rugad gesandt«, erwiderte Shweet mit leiser, fast entschuldigender Stimme neben ihrem Ohr.

Licias Nackenmuskeln versteiften sich. Es war *ihre* Aufgabe, Rugad zu unterrichten. *Sie* war hier die Hauptverantwortliche. Aber Ay'Le war Licia in solchen Machtspielchen haushoch überlegen. Bestimmt wollte sie erreichen, daß Rugad Licia die Schuld an der Niederlage gab und nicht ihr selbst.

Licia mußte etwas unternehmen, und zwar unverzüglich. Falls es ihr doch noch gelang, diesen Bereich der Blauen Insel zu erobern, würde Rugad die schlechte Nachricht wieder vergessen und vielleicht sogar Ay'Le für die verfrühte Ankündigung einer Niederlage bestrafen.

»Ich brauche die Irrlichtfänger und den Vogelreiter trotzdem«, beharrte sie. »Wir müssen Verstärkung anfordern: Traumreiter, Rattenreiter und Doppelgänger. Dazu Falken- und Bärenreiter und alles, was diesen verbohrten Inselbewohnern dort unten das Blut in den Adern gefrieren läßt.«

»Geht in Ordnung«, krächzte Shweet.

»Außerdem muß Rugad von Boteens Tod erfahren. Er darf Boteens Fähigkeiten nicht länger in seine Pläne einbeziehen.«

»Sollen wir ihm auch von Boteens Entdeckung erzählen?«

»Von der Rotkappe, dem Inselbewohner und ihren Untaten schon«, sagte Licia. »Und von der Möglichkeit, daß dort oben irgend etwas ist, das die Inselbewohner gegen uns verteidigen wollen.«

Licia streckte den linken Zeigefinger aus. Shweet hüpfte von ihrer Schulter auf ihre Hand. Er legte den Vogelkopf ein wenig schief, damit sein Fey-Kopf Licia besser sehen konnte.

»Das Wort ›Niederlage‹ ist auf jeden Fall zu vermeiden. Es darf ausschließlich von Ay'Le verwendet werden. Auch ich beherrsche diese Art von Spielchen. Ich will, daß es so aussieht, als hätte Ay'Le sich vorschnell mit der Niederlage abgefunden.«

»Aber die Inselbewohner besitzen wirklich magische Fähigkeiten«, gab Shweet zu bedenken.

»Wir auch«, erwiderte Licia. »Wir dürfen uns nicht länger wie unerfahrene Grünschnäbel anstellen, sondern müssen endlich einen guten Schlachtplan entwerfen.«

»Und was ist mit Ay'Le?« fragte Shweet.

Licia lächelte. »Mit der werde ich schon fertig. Hauptsache, du bringst mir endlich die schnellsten Irrlichtfänger und den besten Vogelreiter, die du auftreiben kannst. Ich werde allen dieselbe Botschaft auftragen, und dann werden wir ja sehen, wer von ihnen zuerst bei Rugad eintrifft.«

»Vielleicht kommt Rugad ja hierher«, meinte Shweet.

»Vielleicht«, bestätigte Licia. »Aber es wäre unklug. Gegen die Unterstützung einer erfahrenen Anführerin hätte ich allerdings nichts einzuwenden, Kendrad zum Beispiel oder Onha oder wer auch immer damals den Angriff auf das Schattenland befehligt hat.«

Shweet schlug mit den Flügeln, erhob sich von Licias Hand und flatterte vor ihr auf der Stelle. Sie wechselten einen Blick.

»Flieg los«, befahl sie. »Wir haben keine Zeit zu verlieren.«

Shweet nickte, wendete in der Luft und flog davon. Licia folgte ihm mit den Augen und fühlte sich plötzlich erleichtert. Auf einmal machte ihr die Niederlage nicht mehr so zu schaffen und sogar Boteens Tod nicht.

Sie hatte eine Idee.

30

Sie bewegten sich so rasch und lautlos voran wie eine Krähe im Flug. Das war eine von Cons Redensarten, mit der er Luke ganz nervös machte. Er mußte ständig hinauf zum Himmel blicken und erwartete dort oben irgendwelche Fey zu sehen. Dabei konnten die Fey gar nicht wissen, wo er sich gerade aufhielt.

Luke bezweifelte sogar, daß die Fey ihre toten Kameraden bereits entdeckt hatten.

Con und er waren jetzt mehrere Kilometer nordwärts in Richtung Jahn gewandert. Hinter sich sahen sie das Feuer immer noch mit orangefarbenen Flammen in den grauen Himmel lodern. Auch der Gestank verfolgte sie – eine Mischung aus verbranntem Fleisch, gekochtem Essen und noch einer anderen, kräftigen und beißenden Komponente, die Luke daran erinnerte, wie er einmal an einem Baum geschnuppert hatte, in den der Blitz eingeschlagen hatte. Con behauptete, es sei der Geruch brennender Magie. Diese Vorstellung ging Luke nicht aus dem Kopf.

Magie war für Luke die einzige Erklärung dafür, daß dieses Feuer derartig lange brannte. Fledderer hatte ihm zwar erklärt, daß die Lederbeutel magischen Zwecken dienten, aber welchen genau, wußte Luke nicht. Für ihn waren es immer nur scheußliche Behälter für die abgezogene Haut und die Organe von Inselbewohnern und in seinem Falle sogar Freunden gewesen.

Gerade überquerten sie einen kleinen Bach, der zwei Gehöfte voneinander trennte. Der Mais stand hier so dicht und hoch wie auf Lukes eigenem Hof, den er wohl niemals wiedersehen würde. Sie machten einen großen Bogen um die Anpflanzungen. Den Bauern würden geknickte Blätter in den sorgfältig gepflanzten Reihen eher auffallen als zwei einsame, nach Norden wandernde Inselbewohner.

Auf diese Weise kamen sie allerdings langsamer voran, als es Con lieb war, der gern einfach geradeaus gegangen wäre. Luke orientierte sich am Stand der Sonne und fragte sich besorgt, wie er sich nach Sonnenuntergang zurechtfinden sollte. Sie gingen an bestellten Feldern entlang, schlichen sich an Bauernhäusern vorbei und stiegen Hügel hinauf und hinunter. Das Wichtigste war, außer Sichtweite der Straße zu bleiben.

Das Ausmaß des Feuers beunruhigte Luke. Bislang hatte er die Fey nur gelegentlich durch kleinere Aktionen verunsichern, aber keinesfalls ihre Aufmerksamkeit auf sich und seine Leute ziehen wollen. Jetzt wußte die ganze Gegend Bescheid, daß etwas passiert war. Die Toten auf Lukes Hof machten alles nur noch schlimmer. Luke behielt seine Bedenken für sich, aber er befürchtete, daß die Fey die ganze Gegend systematisch nach denjenigen durchkämmen würden, die die Scheune angezündet und die Wachen ermordet hatten. Zwei Inselbewohner auf dem Weg nach Norden machten sich da natürlich sofort verdächtig.

Seit sie die Kirche verlassen hatten, war Con ungewöhnlich schweigsam. Das Gebäude selbst schien ihn noch zusätzlich bedrückt zu haben. Je länger sie unterwegs waren, desto erschöpfter wirkte er. Nur sein brennender Wunsch, Sebastian, den er immer noch für den Sohn des Königs hielt, zu befreien, hielt ihn noch aufrecht.

Luke fragte sich, was wohl sein Vater Adrian, der sich dem echten Sohn des Königs angeschlossen hatte, zu alledem sagen würde. Sein Vater, der offenbar der Meinung war, daß er mehr Verantwortung für seinen Adoptivsohn Coulter trug als für Luke, seinen richtigen Sohn.

Wie sehr Luke seine Enttäuschung darüber zu unterdrükken versuchte, sie stieg immer wieder voller Bitterkeit in ihm auf. Seinen Vater und Coulter verband dieselbe Zuneigung, die Luke vor der Ankunft der Fey auf der Insel mit seinem Vater verbunden hatte. Aber seit Coulter bei ihnen wohnte, hatte Luke diese Nähe nie wieder verspürt. Er hatte das Gefühl, daß Coulter ihm im Weg stand.

Jetzt hatte Coulter ihm seinen Vater endgültig weggenommen. Aber vielleicht war es diesmal tatsächlich für alle Beteiligten so am besten.

Luke fuhr sich mit der Hand durch das struppige Haar und versuchte, sich einzureden, daß dergleichen keine Rolle mehr spielte. Höchstwahrscheinlich waren Coulter und sein Vater längst tot, und auch Luke selbst würde dieses Unternehmen wohl kaum überleben. Selbst wenn er es schaffte, sich querfeldein nach Jahn und zum Palast durchzuschlagen, würde man ihn spätestens dort fassen und töten, auch wenn er Con das Gegenteil versichert hatte.

Luke hoffte bloß, daß er vorher einen gnädigeren Tod fand.

Der Bach war nur noch ein schmales Rinnsal, das gegen Ende des Sommers völlig ausgetrocknet sein würde. Luke konnte hinüberspringen, ohne sich die Stiefel naß zu machen. Einen Augenblick lang spielte er mit dem Gedanken, einige Kilometer im Wasser zu waten, verwarf diese Überlegung dann aber wieder. Der Bach schlängelte sich von Osten nach Westen. Er würde zwar ihre Spuren verwischen, sie aber weiter von ihrem Ziel wegführen.

Con wollte ebenfalls hinüberspringen, rutschte auf einem Stein aus und wurde naß. Anders als Luke fluchte er nicht kräftig über sein Mißgeschick, sondern ging einfach weiter.

»Wir müssen etwas essen«, erinnerte ihn Luke.

Con schüttelte den Kopf. »Wir haben es eilig.«

»Wenn wir vor Hunger zusammenbrechen, hilft uns das

auch nicht weiter«, hielt Luke dagegen und sah sich nach einem bequemen, vor neugierigen Blicken geschützten Rastplatz um. Am Rand des nächstgelegenen Maisfeldes erspähte er die Ruine eines gemauerten Schornsteins. Zwar lag die Stelle relativ dicht an der Straße, aber wenn Luke und Con auf der Hut waren, würde sie dort niemand entdecken. Der Schornstein lag hinter einem Bauernhaus. Nach den geschwärzten Ziegeln zu schließen, war das frühere Hauptgebäude irgendwann einmal abgebrannt.

Luke ging voran. Aus der Nähe betrachtet, war der Schornstein ziemlich groß. Luke ließ sich auf einem Ziegelhaufen nieder und Con auf einem anderen. Dann öffnete Luke seinen Proviantbeutel und zog ein Stück Fleisch heraus, das sein Vater nach Fey-Art geräuchert hatte. Er teilte es gerecht in zwei Hälften, die ziemlich kümmerlich ausfielen, denn das Essen mußte für mehrere Tage reichen, und kaute.

Das Rauchfleisch war salzig und nahezu ungenießbar. Luke hätte gern etwas Wasser aus dem Bach geholt, um die Bissen hinunterzuspülen.

Con sah todmüde aus. Er schlang sein Essen hinunter, und dann fielen ihm auch schon die Augen zu. Trotzdem hatte er immer noch eine Hand auf dem Schwertknauf. Luke fragte sich, wie viele Nächte Con schon in dieser Haltung verbracht hatte.

Es war prächtiges Wetter, wenn auch kühler als in der vergangenen Woche. Eine leichte Brise strich durch Lukes Haar, und einen Augenblick lang wünschte er, alles wäre noch wie früher. Er wäre wieder auf seinem eigenen Hof, lauschte dem Rascheln seiner eigenen Maispflanzen und arbeitete auf seinem eigenen Grund und Boden.

Luke seufzte, beendete sein kärgliches Mahl und wollte gerade von seinem Ziegelhaufen hinunterklettern, als er plötzlich Stimmen hörte. Er erstarrte und hob langsam den

Kopf, bis das Gehöft in seinem Blickfeld erschien. Dort war nichts zu sehen.

Dann lugte er hinter dem Schornstein hervor. Die ganze Straße war voller Fey, eine komplette Infanterieeinheit, die genau in die Richtung marschierte, aus der er und Con gerade gekommen waren. Aber die Soldaten wirkten nicht besonders müde. Offenbar kamen sie aus einem der kleinen Stützpunkte, die die Fey überall in der Gegend eingerichtet hatten.

Sie hielten auf das Feuer zu. Was würden sie wohl tun, wenn sie dort ankamen? Nach den Verursachern des Brandes fahnden? Und was würden sie mit ihnen machen, wenn sie sie erwischten?

Luke überlief es eiskalt. Er hatte nicht erwartet, daß die Fey so schnell Wind von der Sache bekommen würden. Er blickte zum Himmel, aber dort waren weder Vögel noch kleine Glitzerpunkte zu sehen. So weit, so gut. Anscheinend hatte sie bis jetzt niemand entdeckt.

Mit der linken Hand rüttelte er Con vorsichtig wach. Der Junge setzte sich kerzengerade auf und umklammerte seinen Schwertknauf. Luke legte den Finger auf die Lippen und wies in Richtung Straße. Con drehte sich langsam um und wieder zurück. Sein Gesicht war totenbleich.

Lukes Herz pochte im Marschrhythmus der Fey-Stiefel. Er preßte sich gegen den Schornstein und versuchte, sich so klein und unsichtbar wie möglich zu machen. Sie saßen auf offenem Gelände in der Falle und konnten nichts anderes tun, als abzuwarten, bis die Fey vorübergezogen waren.

31

Nicholas kauerte vor dem Springbrunnen auf dem Boden und lehnte die Stirn gegen den kühlen Beckenrand. Das Geräusch des rieselnden Wassers wirkte beruhigend auf ihn.

Er wartete immer noch auf Jewels Rückkehr. Sie war schon ziemlich lange verschwunden, und Nicholas fragte sich, was das zu bedeuten hatte. Er befürchtete, daß sie womöglich nie mehr zurückkommen würde.

Arianna schlummerte auf ihrer behelfsmäßigen Lagerstatt, den zusammengeknüllten Umhang als Kissen unter dem Kopf. Neben ihr hockte Coulter wie ein Wachhund. Nicholas betrachtete den Jungen kritisch. Wahrscheinlich könnte er ihn sogar gern haben, wenn er bloß nicht so offensichtlich von Arianna fasziniert wäre.

Hatten alle Väter derartige Gefühle? Vielleicht konnte er jetzt Rugars Reaktion auf Jewels Vermählung begreifen.

Nicholas mußte lächeln. Rugar war beileibe kein typischer Vater gewesen. Kein Mitglied der Schwarzen Familie war typisch, nicht einmal Nicholas' eigene Kinder. Gabe saß auf der Treppe und unterhielt sich mit Adrian. Fledderer polierte seine Waffen, und Leen half ihm dabei. Um die Wunden der Rotkappe durfte sie sich allerdings nicht kümmern. Es waren zwar nur Abschürfungen und kleine Schnitte, aber bei seiner Rückkehr hatte Fledderer doch ziemlich mitgenommen ausgesehen.

Jeder Sieg hat seinen Preis, hatte er bloß gemeint. Der Sieg über einen Zaubermeister.

Ein Fey-Zaubermeister. Draußen vor den Toren dieses Ortes der Macht. Nicholas konnte nicht aufhören, darüber nachzugrübeln. Es verunsicherte ihn und führte ihm nur allzu deutlich vor Augen, wie heikel ihre Situation tatsächlich war. Diesmal hatten Adrian und Fledderer sie noch gerettet, aber in Zukunft? Was wäre passiert, wenn der Zaubermeister ihnen in die Höhle gefolgt wäre? Zwar besaß auch Coulter magische Fähigkeiten, aber er war jung und unerfahren. Mit einem älteren und weiseren Mann hätte er es nicht aufnehmen können.

Nicholas hatte Fledderers und Adrians Abwesenheit genutzt, um die Höhle näher zu inspizieren. Die unzähligen Glasfläschchen enthielten zwar Weihwasser, aber jetzt, da die Fey anscheinend ein Gegenmittel gefunden hatten, waren sie wertlos. Die Schwerter hingegen waren zwar alt, aber scharf wie Rasiermesser. Nicholas hatte sich versehentlich einen kleinen Schnitt neben dem Fingernagel zugezogen, als er eine Schwertspitze flüchtig mit dem Zeigefinger gestreift hatte. Die Schwerter waren durchaus eine gewisse Hilfe, aber Nicholas stand schließlich keine Armee zur Verfügung, die damit um sich schlagen konnte, sondern nur lächerliche sieben Leute, von denen vier Fey waren. Nicholas bezweifelte, daß ihnen die Schwerter überhaupt etwas nützten.

Die restlichen Gegenstände kannte er von den religiösen Zeremonien des Tabernakels: Hunderte von Kelchen, die beim Fest des Lebens zum Einsatz kamen, und Glaskugeln für die Lichter des Mittags. Dann gab es noch einige Dinge, mit denen Nicholas gar nichts anfangen konnte: dicke Knäuel Schnur, die auf eigenen Sockeln lagen; versiegelte Gefäße mit einer roten Flüssigkeit, wahrscheinlich Blut; und Teppiche, die bestimmte Abschnitte der Höhlenwand verdeckten. Wenn man sie anhob, sah man auf den Stein gemalte Worte in so veralteter Inselsprache, daß Nicholas sie nicht mehr lesen und deshalb auch nicht feststellen konnte, welchem Zweck die Teppiche dienten. Obwohl sie jahrzehntelang der feuchten Höhlenluft ausgesetzt gewesen waren, war der Stoff in ausgezeichnetem Zustand, weder staubig noch schimmlig oder vermodert.

Das war merkwürdig.

Aber das Merkwürdigste überhaupt waren die Edelsteine. Hunderte von Diamanten, alle in die gleiche Form geschliffen und so groß wie Nicholas' Daumennagel, häuften sich auf einem Steinsims. Auf dem Sims darunter lagen Rubine und darunter Smaragde. Allerdings gab es auch schwarze Steine, die, nahm man sie in die Hand, ebenso funkelten wie die Diamanten. Darunter befand sich ein Sims voller Saphire und zuunterst eines mit glitzernden grauen Steinen, die Nicholas ebenfalls noch nie gesehen hatte.

An diesem Punkt hatte er seine Bestandsaufnahme unterbrochen, obwohl es noch zahllose andere Gegenstände in der Höhle gab. Fledderer und Adrian waren hereingestürmt und hatten von ihrem Abenteuer erzählt – Fledderer in triumphierendem Ton, Adrian angesichts der Armee im Tal eher besorgt.

Auch Nicholas war besorgt.

Er ging zum Springbrunnen zurück. Als nächstes mußte er feststellen, ob das Wasser in dem Steinbecken Weihwasser war oder nicht. Aber den eigentlichen Zweck dieser Höhle hatte er noch immer nicht begriffen. Vielleicht hätte er mehr damit anzufangen gewußt, wenn Matthias ihm fünfzehn Jahre zuvor die Geheimnisse anvertraut hätte.

Arianna bewegte sich im Schlaf. Erst hatte sie sich geweigert, sich hinzulegen, aber nachdem Adrian und Fledderer gegangen waren, hatte Nicholas sie dazu überredet. Sogar die Rückkehr der beiden hatte sie nicht geweckt, und Nicholas wollte sie schlafen lassen, solange es ging. Wer konnte schon wissen, wann Arianna wieder die Gelegenheit haben würde?

Coulter hatte gemerkt, daß Nicholas ihn beobachtete. Er lächelte ihn an, und Nicholas antwortete mit einem kurzen

Nicken. Das verstand Coulter offenbar als Aufforderung. Er verließ Ariannas Lager, kam zu Nicholas herüber und deutete eine Verbeugung an.

»Verzeihung, Sire«, sagte er. »Ich kenne die Vorschriften nicht, wie man sich in Gegenwart eines Königs zu benehmen hat.«

Nicholas lächelte. Als spielte die Hofetikette jetzt noch eine Rolle! »Du hast meine Verbindung bereist und meine Tochter gerettet«, erwiderte er. »Ich habe kein Recht, dir oder den anderen Vorschriften zu machen.«

»Trotzdem«, beharrte Coulter, und Nicholas verstand plötzlich. Coulter kam nicht zu ihm als dem Vater des Mädchens, in das er verliebt war, sondern als König und Oberbefehlshaber ihrer kleinen Truppe.

»Setz dich«, forderte Nicholas ihn auf. »Was hast du auf dem Herzen?«

Coulter gehorchte und hockte sich im Schneidersitz vor Nicholas auf den Boden. »Wenn Adrian recht hat und sich im Tal eine Fey-Armee sammelt, ist es nur noch eine Frage der Zeit, bis sie hier ist.«

»Vielleicht wissen sie ja nicht, wo wir uns aufhalten«, wandte Nicholas ein.

»Vielleicht nicht«, stimmte Coulter zu. »Aber Gabe und ich haben diesen Ort dank unserer magischen Fähigkeiten entdeckt, und der Fey-Zaubermeister und Matthias offenbar ebenfalls. Diese Höhle übt auf diejenigen, die dafür empfänglich sind, eine große Anziehungskraft aus. Deshalb kommen sie auf jeden Fall.«

»Dann bleibt uns nichts anderes übrig, als uns hier zu verschanzen«, sagte Nicholas. »Wir sollten so bald wie möglich mit den Vorbereitungen beginnen. Ich weiß bloß nicht, mit welchen.«

»Darüber habe ich eben nachgedacht«, entgegnete Coulter.

»Gabe und Arianna wollen sie lebendig. Wir übrigen werden wohl getötet werden.«

»Zu diesem Schluß bin auch ich gelangt«, bestätigte Nicholas.

»Wenn wir keine Idee haben, wie wir sie von der Höhle fernhalten können, werden sie uns rücksichtslos niedermetzeln, um die beiden in ihre Gewalt zu bringen.«

»Ich weiß«, seufzte Nicholas. »Aber was können wir sechs schon gegen eine ganze Armee ausrichten? Und Aris oder Gabes Leben dürfen wir nicht aufs Spiel setzen.«

»Ist denn unter all diesem Zeug wirklich nichts Brauchbares zu finden?« Coulter deutete auf die Wände.

»Höchstens die Schwerter«, antwortete Nicholas. »Die übrigen Gegenstände können wir erst ausprobieren, wenn die Fey tatsächlich hier sind. Und selbst dann bin ich mir nicht sicher, ob wir das riskieren sollten. Sie könnten auch auf meine Kinder, Fledderer und Leen verheerende Auswirkungen haben.«

»Wohin führen diese Gänge?« fragte Coulter weiter.

Nicholas schauderte es unwillkürlich. In dem dunklen Gang, in den er die tote Schamanin gebracht hatte, hatte eine seltsam unwirkliche Atmosphäre geherrscht. Nicholas war sich dort größer als sonst, aber auch völlig verloren vorgekommen, als hätte er eine andere Welt betreten, aus der es kein Zurück gab.

»Ich schätze, dort liegt noch mehr Magie in der Luft als hier im Hauptraum«, erklärte er, »aber es ist eine Magie, die ich nicht kenne. Sie ist sehr mächtig und hilft uns wahrscheinlich nicht weiter.«

Coulter drehte sich zu Ari um. Auch Nicholas betrachtete seine Tochter. Sie lag dort still und friedlich. »Ich weiß eine ganze Menge über Fey-Magie«, verkündete Coulter. »Ich bin bei den Fey aufgewachsen. Ich hätte da ein paar Ideen.«

Er machte eine Pause. Nicholas begriff, daß Coulter ihn um Erlaubnis bat, weitersprechen zu dürfen.

»Jede Kleinigkeit kann uns weiterhelfen«, sagte Nicholas aufmunternd.

Coulter nickte. »Als ich noch ein kleiner Junge war, stellte ich fest, daß Gabe die Fähigkeit besitzt, Schattenländer zu erschaffen. Er mußte nämlich beim Tod seines Großvaters das Schattenland der Fey retten. Ich weiß nicht, ob Ihr Euch mit Schattenländern auskennt ...«

»Im Prinzip schon«, unterbrach ihn Nicholas. »Ich habe allerdings selbst nie eines betreten.«

»Ein Schattenland betritt man immer durch einen Torkreis«, belehrte ihn Coulter. »Das ist eine magische Tür, die man nur benutzen kann, wenn man magische Fähigkeiten besitzt. Ich schlage vor, daß Gabe vor dem Eingang der Höhle einen Torkreis errichtet.«

»Und dahinter ein Schattenland?«

»Eben nicht«, erwiderte Coulter. »Das ist nämlich genau das, was die Fey erwarten werden. Aber ein Torkreis ohne ein Schattenland dahinter ist ihnen noch nie untergekommen. Außerdem können sie ihn nicht betreten, wenn Gabe nur uns einen Schlüssel gibt.«

»Ist so etwas möglich?«

»Ja«, bestätigte Coulter. »Ich weiß bloß nicht, ob Gabe dazu in der Lage ist.«

Nicholas seufzte. Trotzdem klang Coulters Vorschlag für den Anfang nicht schlecht. »Was noch?«

»Arianna ist ihrem Großvater schon einmal begegnet, nicht wahr? Wenn sie sich wandeln und seine Gestalt annehmen könnte, könnte sie auch seine Truppen befehligen. Den Soldaten würde nichts auffallen, und sollte Rugad selbst eintreffen ...«

»Nein.« Das war Jewels Stimme. Nur Nicholas hatte sie gehört. Coulter redete einfach weiter.

Nicholas hob die Hand. Jewel lehnte hinter ihnen am Brunnen. Coulter drehte sich abrupt um, als spürte er plötzlich ihre Magie.

»Warum nicht?« fragte Nicholas.

»Diese Art von Magie ist zu mächtig«, erklärte Jewel.

»Ich fürchte, wir haben keine andere Wahl.«

»Willst du etwa riskieren, daß Arianna in dieser Gestalt steckenbleibt?« fragte Jewel. »Rugad ist schon einmal in ihren Geist eingedrungen. Wir wissen nicht, was er dort angerichtet hat. Er könnte es darauf abgesehen haben, daß sie sich in ihn verwandelt.«

»Was meinst du mit: ›was er dort angerichtet hat‹?«

Während Nicholas mit Jewel sprach, setzte Coulter sich kerzengerade auf und runzelte angestrengt die Stirn. Es war schwierig, einer Unterhaltung zu folgen, von der man nur die eine Hälfte hörte.

»Die Fähigkeiten eines wirklich großen Visionärs reichen weit über die Erschaffung von Schattenländern und den Blick in die Zukunft hinaus, Nicholas«, erklärte Jewel. »Rugad muß einen Grund haben, warum er versucht, sich den Geist unserer Kinder zu unterwerfen.«

»Jewel«, bat Nicholas. »Drück dich bitte klar aus.«

»Ein wirklich großer Visionär kann andere Menschen beherrschen.«

»Beherrschen? Glaubst du, Rugad beherrscht Arianna bereits?«

»Nein«, beschwichtigte Jewel. »Dafür gibt es bis jetzt keine Anzeichen. Aber um so etwas zu erreichen, gibt es ein Dutzend verschiedene Methoden. Vielleicht hat Rugad den Prozeß so eingestellt, daß er erst ab einem bestimmten Zeitpunkt wirksam wird. Vielleicht konnte er sein Werk aber auch nicht vollenden, weil er unterbrochen wurde. Aber das ist nicht so wichtig. Mein Großvater ist sehr schlau. Während er in Arianna eingeschlossen war, hat er herausgefunden, daß sie jede nur denkbare Gestalt annehmen kann. Also ist er sicher auch auf die Idee gekommen, daß sie sich in ihn verwandeln könnte. Und falls er genug Zeit hatte, hat er bestimmt vorgesorgt, daß sie in einem solchen Fall unter seinen Bann gerät und ihm hörig wird. Und zwar mit Leib und Seele.«

Nicholas' Mund wurde trocken. Jewels Worte hatten ihn so verstört, daß er sich gar nicht mehr über ihre Rückkehr freuen konnte. Er strich sich das Haar aus der Stirn. »Adrian behauptet, daß Fey-Truppen in der Nähe seien.«

»Ja, ja«, sagte Jewel. »Das ist mir nicht neu.«

»Hast du nicht versprochen, uns bei einem Verteidigungsplan zu helfen?«

»Du bist doch bis jetzt auch ohne meine Hilfe klargekommen, Nicholas.«

»Aber ich bin auch noch nie einer ganzen Armee mit lächerlichen sieben Leuten entgegengetreten, Jewel«, fuhr Nicholas sie an. Er hatte schon seit vielen Jahren nicht mehr derartig unwirsch mit ihr gesprochen und sich so schrecklich gefreut, sie wiederzusehen, daß er es auch niemals für möglich gehalten hätte.

»Ihr seid acht Leute«, korrigierte Jewel sanft, als ob das einen Unterschied machte.

Nicholas seufzte. »Coulter, hol Gabe her. Und weck Arianna auf. Wir müssen hören, was Jewel uns zu sagen hat.«

Coulter nickte, kniete sich neben Ari, berührte sie zärtlich an der Schulter und säuselte ihr etwas ins Ohr.

»Wirklich interessant«, bemerkte Jewel anzüglich.

»Leider«, knurrte Nicholas.

»Sie passen wunderbar zusammen«, widersprach Jewel. »Ein perfektes Paar. Ein Zaubermeister und eine Gestaltwandlerin. Was für Kinder wohl aus einer solchen Verbindung hervorgehen mögen?«

Nicholas schüttelte sich. Der Gedanke, daß seine Tochter von irgend jemandem Kinder bekam, war ihm zuwider. »Ein Paar, Jewel?«

Sie lächelte. »Manchmal kommt etwas Gutes dabei heraus, Nicky.«

Nicholas vergaß seinen Ärger und erwiderte ihr Lächeln. »Manchmal«, bestätigte er. Aber dann seufzte er wieder. Ihre Lage war zu ernst für Plänkeleien. »Was hast du uns zu berichten?« fragte er.

»Es ist hart«, erwiderte Jewel zögernd. »Ich weiß nicht, ob die Kinder es hören sollten.«

»Und ich finde nicht, daß es besser ist, sie vor allem zu schützen«, gab Nicholas zurück.

Jewel nickte, ergriff seine Hand und zog ihn hoch. Sie führte ihn in die Mitte des Raumes. Arianna war inzwischen aufgewacht und rieb sich verschlafen die Augen. Sie wirkte tatsächlich etwas ausgeruhter. Leen hatte ihr Wasser gebracht und Adrian etwas Tak. Gabe blickte seine Eltern an, als warte er auf ein Zeichen, die Worte seiner Mutter für die anderen zu übersetzen.

Nicholas nickte ihm auffordernd zu.

»Jewel ist wieder da«, verkündete er. »Sie sagt, sie hat Neuigkeiten.«

»Leider keine besonders guten«, ergänzte Jewel. Sie hockte sich auf die Marmorstufen und schlang die Arme um die Knie. Gabe setzte sich neben sie und ahmte ihre Haltung nach, während er wiederholte, was sie gesagt hatte. Nicholas fragte sich, ob ihm das bewußt war. »Wie ich schon erzählte, haben Adrians Sohn Luke und ein paar andere Inselbewohner die Lederbeutel der Hüter angezündet.«

»In der Nähe meines Hofes?« erkundigte sich Adrian.

Jewel musterte ihn abschätzend. »Ja. Das Ergebnis war, daß es Fledderer gelungen ist, Boteen zu töten ...«

Nicholas fiel auf, daß sie den untersetzten Fey jetzt bei seinem richtigen Namen und nicht wie bisher nur »die Rotkappe« nannte.

»... was wiederum die übrigen Fey auf der Insel mehr oder weniger verunsichert hat. Noch nie hat jemand den Fey derartig erfolgreich Widerstand geleistet.« Jewel holte tief Luft und warf Adrian einen Seitenblick zu.

Nicholas fror plötzlich.

»Aber solche Erfolge haben immer Konsequenzen, besonders wenn der Widerstand gegen meinen Großvater gerichtet ist.«

Adrian ließ sich auf die Treppe sinken, als könnten ihn seine Beine nicht länger tragen. Gabe wiederholte Jewels Worte mit zittriger Stimme. Coulter war leichenblaß.

»Luke?« flüsterte er.

»Luke lebt und versucht, sich in Begleitung von Con, einem Freund meines Golem-Sohnes, nach Jahn durchzuschlagen. Ich wünschte, ich könnte von den übrigen Mitgliedern der Widerstandstruppe dasselbe behaupten.«

Was Jewel sagte, verfehlte seine Wirkung nicht. Und in Gabes Übersetzung bekamen ihre Worte noch mehr Gewicht. Nicholas spürte, wie sich seine Nackenmuskeln anspannten.

»Rugad hat jedes einzelne Gehöft in der Gegend niederbrennen lassen. Er hat alle Menschen, ganz gleich ob Männer, Frauen oder Kinder, abschlachten lassen, ihre Seelen benutzt, um seine Lampen zu füllen, und ihre Leichen ausgeweidet. Er hat verkündet, er müsse die vernichteten Lederbeutel ersetzen. Aber er ist noch weit weg.«

»Wann hat sich das alles abgespielt?« erkundigte Nicholas sich.

»Heute früh. Er hat die ganze Infanterie in der Umgebung zusammengezogen, und sie haben unverzüglich mit ihrer schmutzigen Arbeit begonnen, aber ich fürchte, damit wird sich Rugad nicht zufriedengeben. Er hat auch die übrigen Truppen mobilisiert und ist aus Jahn aufgebrochen. Ich fürchte, er zieht auf dem Weg hierher eine Spur der Verwüstung durchs Land.«

»Ich dachte immer, Rugad legt Wert darauf, die von ihm eroberten Länder zu schonen«, wandte Fledderer ein.

»Das ist wohl wahr«, bestätigte Jewel, »aber nur, wenn niemand Scherereien macht. Luke ist etwas Entscheidendes gelungen. Er hat einen Weg gefunden, die wichtigste Waffe der Fey, nämlich ihre Zauberkraft, unschädlich zu machen. Mir ist nicht klar, ob Luke das wußte, aber Rugad weiß es. Und das stellt für ihn eine so große Bedrohung seiner Macht dar, daß er vor nichts mehr zurückschreckt.«

»Und Luke geht es wirklich gut?« fragte Adrian noch einmal. Dann blickte er verlegen in die Runde. »Tut mir leid. Ich weiß, daß eine Menge Leute umgekommen sind, aber Luke ist nun mal mein Sohn ...«

»Du brauchst dich nicht zu entschuldigen«, beschwichtigte Nicholas, dem es in Gabes Fall nicht anders gegangen wäre.

»Er ist jedenfalls noch am Leben«, erwiderte Jewel achselzuckend. »Ich habe natürlich keine Ahnung, wie lange noch. Rugad ist fest entschlossen, den Widerstand der Inselbewohner mit allen Mitteln zu brechen.«

Adrian zuckte zusammen und senkte den Blick. Nicholas schluckte. »Wird es ihm gelingen?«

»Solange du noch am Leben bist, nicht.«

»Bis jetzt sind es meine Untertanen, die Widerstand leisten«, gab Nicholas zurück. »Sie opfern ihr Leben, während ich untätig in dieser Höhle herumhocke.«

Jewel lächelte aufmunternd. »Genau. Deshalb ist es höchste Zeit, etwas zu unternehmen.«

»Mit einem armseligen Häufchen von sieben Leuten?«

»Acht«, verbesserte Jewel erneut.

Gabe hatte aufgehört zu übersetzen. Die anderen sahen verwirrt aus.

»Papa«, mischte sich Arianna ein. »Glaubst du nicht auch, daß es sich lohnt, für die Blaue Insel zu sterben?«

Nicholas betrachtete seine abgemagerte, hohlwangige Tochter. Das Muttermal an ihrem Kinn stach auffällig von ihrer graubleichen Haut ab.

»Die Antwort sollte dir nicht schwerfallen, Nicky«, bemerkte Jewel.

Seufzend legte Nicholas den Kopf in den Nacken. »Ja, es lohnt sich«, sagte er. »Ich bin erzogen worden, für die Blaue Insel zu sterben – und zu leben. Aber diese Menschen waren unschuldig. Sie haben nichts Böses getan und sind vermutlich eines qualvollen Todes gestorben. Wenn wirklich Kinder ...«

»Bestimmt sogar«, fiel ihm Jewel ins Wort. Gabe fing wieder an zu übersetzen. Nicholas fragte sich, warum der Junge eine Pause gemacht hatte. »Bestimmt haben sie alle schrecklich gelitten, besonders die Kinder. Solche Vorkommnisse hat es gegeben, seit wir Fey unseren Ort der Macht verlassen haben und aus den Eccrasischen Bergen herabgestiegen sind. Dein Volk hat mit Hilfe seiner Magie eine Religion erschaffen, so sehe ich es jedenfalls. Mein Volk hat den Krieg in die Welt gebracht. Seit unseren ersten Eroberungsfeldzügen haben wir auch Kinder umgebracht, und uns wurde von klein auf eingeprägt, derartige Grausamkeiten für völlig alltäglich zu halten.«

Mit blitzenden, dunklen Augen hob sie den Kopf. »Solange die Fey auf dem Weg nach Leutia sind, werden Menschen ihr Leben lassen. Erwachsene und Kinder. Du darfst jetzt nicht aufgeben, Nicky!«

»Ich will ja gar nicht aufgeben«, erwiderte Nicholas müde.

»O doch. Du klingst genau wie dein Vater.«

Nicholas schüttelte abwehrend den Kopf, obwohl er wußte,

daß Jewel recht hatte. Er hatte dieselben Bedenken wie sein Vater. Er erinnerte sich noch gut daran, wie er damals das Kriegszimmer betreten hatte, in dem sein Vater die Listen der Toten studierte.

Ich verstehe nicht, warum du dich selbst damit quälst, hatte Nicholas damals gesagt. *Es herrscht nun einmal Krieg.*

Krieg.

Nicholas seufzte. Er klang *tatsächlich* genau wie sein Vater. Aber er war jetzt auch genauso alt wie Alexander damals und hatte dieselbe Verantwortung zu tragen.

Er hatte sie akzeptiert.

Er allein trug die Verantwortung dafür, daß seine Untertanen umgebracht wurden. Ihr Leben war ihm anvertraut. Das war ein Teil der Abmachung zwischen König und Volk, besiegelt durch das Blut des Roca, das in seinen Adern floß.

»Sie hat recht, Papa«, sagte Arianna leise. »Du mußt dich auf die Lebenden konzentrieren, nicht auf die Toten.«

»Mein Vater ist für die Blaue Insel gestorben«, entgegnete Nicholas. »Und ich habe den Mut, ihm nachzufolgen.« Er stand auf. »Ich will nur jedes weitere sinnlose Gemetzel verhindern.«

Jewel ließ ihn nicht aus den Augen.

»Wir werden alles tun, was wir können, um die Fey aufzuhalten«, warf Adrian ein. Adrian, dessen Kleider noch immer mit Fey-Blut befleckt waren.

»Es wird noch mehr Tote geben«, holte Jewel sie auf den Boden der Tatsachen zurück. »Solange mein Großvater lebt, wird es Tote geben. Und falls nicht unsere Kinder eines Tages über das Reich der Fey herrschen, werden meine Brüder auf verhängnisvolle Weise versuchen, die Politik meines Großvaters fortzuführen.«

Nicholas kannte Jewel zu gut, daran hatte selbst ihre jahrelange Trennung nichts geändert. Bei ihren letzten Sätzen war sie seinem Blick ausgewichen und hatte mit gesenktem Kopf auf ihre Knie gestarrt.

»Was noch, Jewel?« drängte er. »Du verschweigst uns etwas.«

Jetzt hob sie den Kopf. Sie sah unglaublich jung aus. Ungefähr so alt wie Gabe, höchstens ein paar Jahre älter als Arianna. Sie sah nicht aus wie ihre Mutter. Sie sah aus wie ihre gleichaltrige Fey-Schwester.

»Auch in anderen Gegenden der Insel hat es Tote gegeben«, sagte sie leise.

Nicholas schloß die Augen. Warum hatten ihn solche Nachrichten weniger erschüttert, als er noch ein Junge gewesen war? Weil er damals noch keine Verantwortung zu tragen hatte?

Oder weil er noch nicht begriffen hatte, wie kostbar ein Menschenleben war?

»Wo?« fragte er.

»In Constantia, einem Ort am Fuß dieses Berges.«

»Die Armee!« rief Fledderer aus.

Jewel nickte. Gabe nickte ebenfalls.

»Sie haben das Städtchen angegriffen«, erklärte sie. »Aber ihr Inselbewohner habt sie in die Flucht geschlagen.«

Nicholas öffnete die Augen wieder. Hatte er sich verhört? »Wie bitte?«

Jewel sah ihn mit einem kleinen, boshaften und ein wenig traurigen Lächeln an. »Sie haben die Fey in die Flucht geschlagen.«

»Wie das denn?«

»Matthias«, sagte sie, und man merkte deutlich, wie schwer ihr der Name über die Lippen kam. Sie klang haßerfüllt und bitter, und es wurmte sie offenbar, daß Matthias einmal in seinem Leben das Richtige getan hatte. »Matthias und die Dorfbewohner haben die Weisen um Hilfe gebeten. Die haben etwas durchgeführt, was sie Beschwörungsgesang nennen. Bei den Fey heißt so etwas Bannfluch. Viele von euren Landsleuten sind heute umgekommen, aber auch viele Fey. Und jeder tote Fey schwächt das Selbstvertrauen der Überlebenden.«

Nicholas überlief es kalt. »Matthias?«

Die Schamanin hatte behauptet, Matthias sei die Person, auf die es ankomme, die Schlüsselfigur. Sie hatte noch mehr gesagt, bevor sie ihr Leben ausgehaucht hatte, aber Nicholas zog es vor, sich nur an diese eine Aussage zu erinnern. Matthias war ausersehen, dem Kampf von Schwarzem Blut gegen Schwarzes Blut ein Ende zu bereiten.

»Also«, sagte Jewel bestimmt, da sie offenbar keine Lust hatte, über den Mann zu reden, den sie versucht hatte umzubringen, nachdem die Mächte ihr die Kraft zur Rache verliehen hatten. »Ihr habt heute zwei Schlachten gewonnen und eine verloren. Und das alles ganz ohne Waffengewalt, guter König Nicholas. Dein Volk scheint tatsächlich mit dir einer Meinung zu sein, daß es sich lohnt, für die Insel zu sterben.« Sie ließ ihre Knie los und streckte die Beine aus. »Und ich, wie mir scheint, bin der gleichen Meinung.«

Nicholas straffte sich. »Du glaubst, ich tue das Falsche.«

»Nein«, erwiderte Jewel. »Nur, wenn du dich jetzt nicht endlich entschließt zu handeln.«

»Ich weiß einfach nicht, wie ich mit« – er warf ihr einen schelmischen Seitenblick zu – *»acht* Leuten gegen eine ganze Armee antreten soll.«

»Überlaß das getrost mir«, erwiderte Jewel. »Ich habe von klein auf gelernt, militärische Strategien zu entwickeln. Acht Leute an einem Ort der Macht. Vielleicht sind wir ja sogar im Vorteil.«

»Ich wüßte nicht, wieso«, warf Fledderer ein. »Auch ich bin es gewohnt, militärisch zu denken, und mir fällt absolut nichts ein.«

»Mir auch nicht«, schloß Leen sich an.

Jewel wiegte nachdenklich den Kopf. Gabe machte es ihr diesmal nicht nach. Nicholas warf ihm einen anerkennenden Blick zu. Offenbar war sein Sohn ein geborener Diplomat.

»Ihr seid auch nicht als Erben des Schwarzen Throns erzogen worden«, erwiderte Jewel. »Das ist ein großer Unterschied.«

Fledderers Augen wurden schmal. Er blickte Gabe, der die Worte wiederholt hatte, wütend an, nicht Jewel, die er nicht sehen konnte. Gabe machte eine entschuldigende Handbewegung.

Jewel grinste Fledderer ins Gesicht. Dann drehte sie sich nach Nicholas um und zog scherzhaft die Augenbrauen hoch. Sie war sich immer bewußt gewesen, daß sie ziemlich überheblich war, aber sie hatte ihm erklärt, ihr königliches Geblüt berechtige sie dazu.

Nicholas hatte erwidert, daß grundlose Überheblichkeit es einem nicht unbedingt leichter machte.

Jewel hatte bloß gegrinst. *Ist meine Überheblichkeit etwa grundlos?* hatte sie gekontert.

Beide wußten, daß sie recht hatte.

»Auch in dieser Höhle haben wir eine Armee«, sagte sie jetzt und ging dabei auf und ab.

»Sieben Leute«, murmelte Arianna verächtlich.

»Acht«, korrigierte Nicholas mit verschmitztem Lächeln.

»Eine Armee«, wiederholte Jewel, den Blick fest auf ihre Tochter geheftet. Nicholas hielt den Atem an. *Schwestern,* dachte er wieder. Eine reinrassige Fey und ein Halbblut. Die eine ausgebildet und erfahren, die andere nicht.

Hoffentlich blieb Jewel auch nach ihrem Sieg bei ihm und half ihm dabei, seine Tochter zu unterrichten. Arianna brauchte dringend einen Lehrer, der sowohl über Disziplin als auch über Zauberkraft verfügte. Solanda hatte zwar die

Zauberkraft besessen, aber nicht die Disziplin, jedenfalls nicht die Art Disziplin, die Arianna nötig hatte.

Immerhin war Solanda Arianna treu ergeben gewesen.

Der Gedanke versetzte Nicholas einen schmerzhaften Stich. So viele hatten schon ihr Leben lassen müssen. Inselbewohner oder Fey – wo war da der Unterschied? Jeder Mensch war unersetzlich.

Das hatte sein Vater ihn gelehrt.

»Nicholas?« sagte Jewel. Sie war stehengeblieben und sah ihn streng an. »Bist du noch bei der Sache?«

Nicholas nickte.

»Gut«, lobte Jewel, »denn was jetzt kommt, ist wichtig. Wir haben in dieser Höhle alles, was eine richtige Armee ausmacht. Erstens eine Rotkappe.« Sie klopfte Fledderer auf die Schulter, der zusammenzuckte, als habe er etwas gespürt.

»Ich bin ein zäher Kämpfer«, bestätigte Fledderer, nachdem Gabe übersetzt hatte.

»Klar«, stimmte Jewel zu. »Das sind alle Rotkappen.«

»Ich habe sogar einen Zaubermeister getötet.«

Jewel betrachtete ihn forschend, obwohl er ihren Blick nicht erwidern konnte. »Laß dir das nicht zu Kopf steigen. Der Mann war bereits geschwächt.«

»Und einen Hüter.«

»Darauf kannst du allerdings wirklich stolz sein.«

»Vielleicht murkse ich ja noch ein paar andere ab.«

»Vielleicht«, stimmte Jewel zu. »Aber nicht allein.« Sie trat hinter Leen und berührte sie ebenfalls an der Schulter. Leen wandte den Kopf und starrte direkt durch Jewels Hand hindurch. »Wir haben Infanterie«, fuhr Jewel mit ihrer Aufzählung fort.

Leen nickte kurz, als sei Jewels Nähe ihr unangenehm. Aber Jewel war schon zu Adrian weitergegangen.

»Wir haben ...«, diesmal legte Jewel beide Hände auf Adrians Schultern, als müßte sie ihn festhalten, und Adrian richtete sich hoch auf, als hätte sie ihm neue Kraft verliehen, »... wir haben einen Inselbewohner, der mit dem Schwert umgehen kann.«

»Ich kann mich ganz gut zur Wehr setzen«, bestätigte Adrian. Es klang ein bißchen steif, als fühlte auch er sich in Jewels Nähe nicht recht wohl.

»Mehr als das. Du bist deinen Gegnern auch geistig überlegen, genau wie dein Sohn.« Jewel beugte sich vor. Gabe mußte näher treten, um sie noch verstehen zu können. Jewel brachte ihren Mund dicht an Adrians Ohr. »Dein Sohn ist ein großer Krieger.«

»Mein Sohn hegt großen Haß gegen die Fey.«

»Das sehe ich nicht so«, widersprach Fledderer.

Aber Jewel ging unbeirrt weiter zu Coulter. Ihn faßte sie nicht an, sondern streckte die Hände über seinen Armen aus. Coulter drehte sich sofort um, und es sah aus, als versuche Jewel, ihn zu umarmen, würde aber durch eine unsichtbare Schranke daran gehindert. Coulter senkte den Kopf ein bißchen, so daß ihre Augen auf gleicher Höhe waren. Hätte Nicholas es nicht besser gewußt, hätte er angenommen, daß Coulter Jewel tatsächlich sehen konnte.

»Und zu guter Letzt haben wir einen Zaubermeister«, beendete Jewel ihre Bestandsaufnahme. »Einen zwar mächtigen, aber unerfahrenen.«

Coulters Rücken wurde steif, als Gabe das wiederholte.

»Dann laß mich an deiner Erfahrung teilhaben«, forderte er.

»Uns steht zwar nur noch begrenzte Zeit zur Verfügung, aber ich werde mein Bestes tun«, versprach Jewel.

Damit trat sie zu Arianna und schlang ihr den Arm um die Taille. Ari blickte unsicher von Gabe zu Nicholas. Offensichtlich wußte sie nicht genau, wo ihre Mutter sich befand.

»Wir haben in dieser Höhle eine ganz besondere Konstellation«, bemerkte Jewel und schob sich so dicht an Arianna heran, daß ihre Hüften sich berührten. Aber Arianna schien nichts davon zu merken. Sie ließ die Arme locker herunterhängen und neigte sich ihrer Mutter nicht wie die anderen entgegen. »Wir haben eine Gestaltwandlerin und einen Visionär, die beide keine Erfahrung haben.«

»Ich habe durchaus Erfahrung«, widersprach Arianna heftig. »Ich kann mich besser verwandeln als irgend jemand anders, den ich kenne.«

»Meinetwegen eine Gestaltwandlerin, die die Grenzen ihrer Macht nicht kennt«, seufzte Jewel, »und einen Visionär, der gerade dabei ist, ihrer Macht zu verfallen.«

»So wie du, als ich dich traf«, neckte sie Nicholas.

Jewel sah zu ihm auf. Ihre Augen funkelten belustigt. Sie wußte, daß er Arianna beschützen wollte, obwohl die Heftigkeit dieses Bedürfnisses ihn selbst überraschte. Dann wurde sie wieder ernst.

»Nein«, erwiderte sie. »Arianna ist eine fähigere Visionärin, als ich je war, wenn auch nicht so fähig wie du, Gabe.«

Sie ließ ihre Tochter wieder los, trat zu ihrem Sohn und nahm seine Hand. Er ließ es geschehen. »Du warst schon im zarten Alter von drei Jahren ein größerer Visionär als dein Großvater«, sagte sie. »Und seitdem sind deine Fähigkeiten sogar noch gewachsen. Aber ich zögere noch, mich deiner visionären Kraft zu bedienen.«

»Warum?« fragte Gabe so überrascht, daß er ganz vergaß zu übersetzen. Nicholas tat es statt seiner. Er sprach leise und schnell, damit die anderen den Faden der Unterhaltung nicht verloren.

»Weil du ein so friedliebender und freundlicher Mensch bist. Du besitzt Domestikenmagie, nicht Kriegsmagie.«

»Schamanen können keine Schattenländer erschaffen«, wandte Fledderer ein.

»Schamanen *erschaffen* keine Schattenländer«, berichtigte Jewel. »Das ist nicht dasselbe.«

»Ich bin fest entschlossen, diesen Ort zu verteidigen«, erklärte Gabe. »Hier ist mein Zuhause, hier befindet sich meine Familie ...« Dabei blickte er erst Leen, dann mit einer gewissen Scheu Coulter und zuletzt Nicholas an. »Deshalb werde ich kämpfen, wenn es sein muß.«

»Und damit vielleicht unseren größten Vorteil verspielen«, unterbrach Jewel ihn. »Der erste Ort der Macht in den Eccrasischen Bergen wird von Schamanen bewacht. Die einzige Schamanin auf der Blauen Insel ist tot.«

»Das verstehe ich nicht«, sagte Gabe.

»Das macht nichts. Jedenfalls im Moment«, gab Jewel zurück. »Du solltest jedenfalls erst kämpfen, wenn es sich nicht mehr vermeiden läßt. Bis dahin kannst du deiner Schwester beistehen. Wir brauchen nur einen Visionär.«

»Wir haben aber drei«, erinnerte Nicholas.

Jewel lächelte. »Ich bin keine richtige Visionärin mehr. Ich bin jetzt ein Mysterium.«

»Das warst du schon immer«, neckte Nicholas sie zärtlich.

Jewel nickte ihm lächelnd zu.

»Und was ist mit mir?« fragte er. »Welche Aufgabe hast du in unserer kleinen Armee für mich vorgesehen?«

»Du kannst auch ganz passabel mit dem Schwert umgehen«, meinte Jewel. Gabe übersetzte wieder. Jewel ließ seine Hände los und trat zu Nicholas. »Daran kann ich mich noch gut erinnern.«

»Ja, ich kann kämpfen«, bestätigte Nicholas.

»Bei den Fey ist der König zugleich der Oberbefehlshaber.«

»Du machst das doch hervorragend«, wehrte Nicholas ab.

»Ich berate dich nur, Nicky. Die Befehle erteilst du.« Sie kam noch näher und hakte sich bei ihm ein. Sie fühlte sich weich, warm und wirklich an. Nicholas fragte sich, warum die anderen sie nicht sehen konnten, wo sie ihm doch so lebendig schien.

»Aber allein schaffe ich es nicht«, wandte er ein.

»Dein Erbe wird dir helfen«, erwiderte Jewel.

Nicholas blickte sie stirnrunzelnd an. »Mein Erbe?«

»Dein Roca«, erklärte sie. »Sein Blut fließt in deinen Adern.«

»In Gabes und Ariannas auch.«

»Magie kann man nicht immer sehen, Nicholas«, erläuterte Jewel. »Manchmal zeigt sie sich in ganz kleinen Dingen. Zum Beispiel in der Fähigkeit, Kräfte zu wecken, die bis jetzt geschlummert haben.«

»Davon habe ich leider noch nicht allzuviel gemerkt«, seufzte Nicholas. Es war ihm peinlich, das Ausmaß seiner Fähigkeiten, oder ihr Fehlen, vor den anderen mit Jewel zu diskutieren. Aber diesmal nahm sie keine Rücksicht auf seine Empfindlichkeit.

»Es ist auch nicht ohne weiteres zu merken. Aber Arianna ...«

»Die Schamanin hat immer behauptet, die besonderen Fähigkeiten unserer Kinder rührten von ihrem gemischten Blut her«, unterbrach sie Nicholas, der nicht wollte, daß sie weitersprach, geschweige denn, daß Gabe zuhörte und übersetzte.

»Das stimmt auch«, bestätigte Jewel. »Aber die Tatsache, daß ihre Fähigkeiten so ungewöhnlich sind, zeigt, daß auch dein Geschlecht großen Einfluß besitzt.«

»Unterschwelligen Einfluß.«

»Unsichtbaren Einfluß«, gab Jewel zurück. Sie ließ den Blick über die Höhlenwände schweifen. »Wir befinden uns hier an einem Ort der Macht, Nicholas.«

Nicholas folgte ihrem Blick nicht. »Ja«, stimmte er zögernd zu.

»Alle diese Gegenstände besitzen magische Eigenschaften.«

»Religiöse Eigenschaften«, korrigierte Nicholas.

»Man hat sie zu religiösen Zwecken benutzt«, widersprach Jewel und verschränkte die Hände hinter dem Rücken. »Dein Volk verehrt das Schwert, aber es kämpft nicht damit. Ihr verehrt das geweihte Gift ...«, bei diesen Worten schüttelte sie sich leicht, »... habt es aber vor der Ankunft der Fey nie richtig eingesetzt. Erst Matthias ...«, jetzt schwang Abscheu in ihrer Stimme mit, »... erst Matthias und seine Magie haben das geweihte Gift zur Waffe gemacht. Ich schätze, auch er stammt irgendwie von eurem Roca ab.«

»Willst du damit etwa sagen, daß Matthias und ich miteinander verwandt sind?« fragte Nicholas ungläubig.

Jewel zuckte die Achseln. »Wenn der Schleier ein wenig gelüftet wird, können Mysterien die Wahrheit erkennen. Matthias stammt vom jüngeren Sohn des Roca ab, du vom älteren. Als die Fey die Insel überfielen, war er zufällig am rechten Ort. Aber er ist mit seinen Fähigkeiten zu verschwenderisch umgegangen. Magie zu besitzen, Nicky, ist nicht gleichbedeutend mit Klugheit.«

»Ich bin kein Zaubermeister«, sträubte sich Nicholas.

»Nein, das bist du nicht«, stimmte Jewel zu. »Aber vielleicht besitzt du Fähigkeiten, die in Familien, die einen Ort der Macht entdecken, einfach üblich sind. Auch du kannst vielleicht Gegenstände zu magischen Waffen umfunktionieren.«

»Wieso nur vielleicht?« fragte Arianna.

Nicholas drehte sich um. Er hatte ganz vergessen, daß seine Tochter zuhörte. Er hatte alle anderen vergessen. Er spürte, daß er rot wurde.

»Du hast doch eben behauptet, daß du die Wahrheit sehen kannst, wenn der Schleier gelüftet wird«, fuhr Arianna fort.

»Aber ich sehe nicht alles«, erwiderte Jewel freundlich. »Es ist ähnlich wie mit Visionen. Man kann sie nicht erzwingen.«

»Es muß doch furchtbar für dich sein, daß Matthias genauso ein Abkömmling des Roca ist wie König Nicholas«, warf

Adrian ein. Er schien zwar einzusehen, daß sie auf Jewels Hilfe nicht verzichten konnten, aber er konnte sie offenbar trotzdem nicht leiden. Warum sollte er auch? Was sie seiner Familie angetan hatte, war nie wiedergutzumachen.

»Unsere Herkunft ist nicht dasselbe wie unsere Bestimmung«, antwortete Jewel. »Sonst könnte ja jeder meiner Brüder den Schwarzen Thron erben.«

»Du meinst also, wir brauchen Matthias' Hilfe«, schlußfolgerte Nicholas. Dasselbe hatte seinerzeit die Schamanin gesagt. Jetzt hörte er es aus Jewels Mund zum zweiten Mal. Aber er verabscheute den Gedanken noch immer zutiefst. »Du wolltest ihn doch umbringen.«

»Ich werde ihn auch umbringen, sobald ich die Gelegenheit habe«, bestätigte Jewel.

»Aber du hast doch gerade gesagt, daß wir ihn brauchen.«

Wieder zuckte Jewel die Achseln. »So bin ich nun mal. Ich habe ihm Rache geschworen, bevor ich ein Mysterium wurde. Woher sollte ich wissen, daß Matthias uns noch einmal nützlich sein könnte?«

»Du würdest wirklich jemanden töten, der uns helfen kann?« fragte Arianna empört. »Wieso?«

»Wieso verwandelst du dich?« fragte Jewel zurück.

»Ich mach's einfach«, knurrte Arianna mürrisch.

Jewel nickte. »Mir geht es genauso.« Dann sah sie wieder Nicholas an. »Das ist auch der Grund, weshalb *du* die Befehle erteilen solltest.«

»Wenn du weißt, wo Matthias sich aufhält, warum gehst du dann nicht einfach hin und bringst ihn um?«

»Ich besitze nur in dieser Höhle körperliche Kräfte«, erklärte Jewel. »Und die brauche ich, um ihm den Garaus zu machen.«

»Das heißt, solange er nicht hierherkommt, ist er in Sicherheit«, murmelte Nicholas, der nicht wußte, ob er das gutheißen sollte, das und alles übrige.

»Er wird auf jeden Fall herkommen«, prophezeite Jewel. »Die Frage ist nur, wann.«

Nicholas sah sie an, und sie erwiderte seinen Blick, ohne auszuweichen. Sie wußte genau, daß in ihrem Verhalten ein Widerspruch lag, aber sie konnte nicht anders. Ohne ihren Treueschwur Gabe und Nicholas und ihren Racheschwur Matthias gegenüber wäre sie nicht in dieser Höhle. Sie würde alles tun, um Gabe zu beschützen, Nicholas ihre Liebe zu beweisen und Matthias zu töten.

Anders als früher hatte sie keine Wahl mehr.

Aber Nicholas hatte die Wahl.

»Du glaubst also«, sagte er langsam, »daß ich die Fähigkeit besitze, diese religiösen Gegenstände in magische Waffen zu verwandeln.«

Jewel nickte.

»Wenn er das kann«, wandte Arianna ein, »können Gabe und ich es auch. Wir sind schließlich blutsverwandt.«

»Aber ihr stammt auch zur Hälfte von den Fey ab«, widersprach Jewel. »Deshalb könnt ihr euch dieser Gegenstände vielleicht nicht bedienen, im Gegensatz zu eurem Vater.«

»Ich habe keine Ahnung, wozu alle diese Sachen gut sein sollen«, seufzte Nicholas.

»Einige davon werden sicher in eurer Überlieferung erwähnt. Bei anderen findest du es wahrscheinlich erst heraus, wenn du sie benutzt«, erwiderte Jewel.

Nicholas fuhr sich mit der Hand durchs Haar. »Das ist keine besonders klare Strategie, General«, sagte er in gezwungen scherzhaftem Ton.

»Leider nicht«, gab Jewel zu. »Unsere Strategie kann sich nur auf das stützen, was wir bereits haben und kennen. Uns selbst.«

Sie blickte in die Runde.

Alle erwiderten ihren Blick, sogar diejenigen, die sie nicht sehen konnten.

»Coulter«, sagte Jewel. »Wie steht es mit deinen Fähigkeiten?«

Coulter sah Gabe an, der die Frage wiederholte. »Sie haben gelitten«, antwortete er dann. »Aber ich werde von Tag zu Tag kräftiger.«

»Wann wirst du wieder ganz auf der Höhe sein?«

»Ich weiß nicht«, erwiderte Coulter achselzuckend. »Warum?«

»Hast du schon einmal eine Vervielfältigung durchgeführt?«

Coulter schüttelte bedächtig den Kopf. »Davon habe ich noch nie gehört.«

»Es ist eine Kunst, die nur wahrhaft große Zaubermeister beherrschen«, warf Fledderer ein. »Seit Jahrhunderten hat es niemand mehr versucht. Vielleicht ist es nur eine Legende.«

Jewel hob die Hand, um ihm Schweigen zu gebieten, aber Gabe ahmte ihre Geste nicht nach. Nicholas verschränkte die Arme. Er hörte gespannt zu, aber er hatte noch nicht begriffen, worauf Jewel hinauswollte.

»Es war auch seit Jahrhunderten nicht mehr erforderlich«, gab Jewel zurück. Sie trat näher an Coulter heran. »Du nimmst Leen und benutzt sie als Schablone für eine ganze Einheit Infanteristen. Sie werden alle ihre Bewegungen nachahmen, deshalb mußt du dir gut überlegen, wie du sie einsetzt. Sie sterben erst, wenn auch sie stirbt.«

»Aber sie kämpfen auch erst, wenn Leen kämpft«, gab Fledderer zu bedenken, »und sie können erst töten, wenn sie tötet.«

Jetzt begriff Nicholas endlich, was Jewel vorhatte. Sie wollte ihnen Zeit verschaffen. Zeit, diese Höhle und ihre Möglichkeiten zu erforschen.

»Vielleicht kommt es ja gar nicht zum Gefecht«, warf er ein.

»Vielleicht gelingt es uns ja wirklich, den Fey vorzutäuschen, wir hätten hier oben eine ganze Armee.«

»Wenn sie es für eine Fey-Armee halten, werden sie zumindest zögern, uns anzugreifen«, setzte Leen hinzu.

»Sogar wenn sie glauben, daß die Armee aus Versagern besteht?« meinte Gabe skeptisch.

Alle verstummten. Sie alle wußten von Gabes und Leens Verlusten, wußten, wie grausam Rugad alle Fey der ersten Invasion hatte abschlachten lassen. Damals, im Schattenland.

»Versager, die zu kämpfen verstehen, sind viel gefährlicher als friedliebende, unerfahrene Inselbewohner«, meinte Jewel.

»Auch manche Inselbewohner verstehen zu kämpfen«, warf Adrian ein.

Jewel nickte. »Deswegen sollte Coulter auch dich vervielfachen. Dann kannst du dich mit Leen bei der Verteidigung abwechseln. Auf diese Weise bekommt ihr beide ab und zu etwas Schlaf.«

»Glaubst du wirklich, daß wir noch Zeit haben werden zu schlafen?« fragte Leen skeptisch.

Jewel drehte sich nach ihr um. Hätte Leen ihr Gesicht sehen können, wäre sie bestimmt ein paar Schritte zurückgewichen. Nicholas kannte diesen Blick: Es war Jewels ungläubiger »Ich-kann-nicht-glauben-daß-du-so-etwas-fragst«-Blick. In bezug auf Leen bedeutete er, daß Leen sich nach Jewels Meinung nicht verhielt wie eine richtige Fey oder wie jemand, der die Bezeichnung Fey verdiente.

»Die meisten von uns haben keine Kampferfahrung«, beschwichtigte Gabe seine Mutter. Also hatte auch er Jewels Blick richtig interpretiert, obwohl er sie kaum kannte.

»Hat denn wenigstens einer von euch eine Kampfausbildung?«

»Leen«, antwortete Gabe.

»Für den Kriegszustand ausgebildet?«

»Die Blaue Insel war bis jetzt noch nie im Kriegszustand.«

Jewel wandte sich ab. Nicholas' Blick begegnete ihrem. Daß es auf der Blauen Insel bis jetzt keinen Krieg gegeben hatte, lag an ihrer Vermählung, bei der beschlossen worden war, daß die Fey so lange friedlich mit den Inselbewohnern zusammenleben und sich mit ihnen vermischen sollten, bis sie schließlich zu einem Volk geworden waren. Einem Volk, das zwar zum Imperium der Fey gehörte, sich den Fey aber nicht unterworfen hatte.

Einem Volk, das ein Abkommen mit ihnen geschlossen hatte.

Ein Abkommen, dessen Einhaltung Matthias und Jewels Vater verhindert hatten.

Jewel seufzte. Nicholas spürte, daß sie genauso traurig war wie er, wenn er an all die verpaßten Möglichkeiten dachte.

»Es herrscht immer Kriegszustand«, sagte Jewel schließlich. »Jedenfalls aus der Sicht der Fey.« Sie strich sich eine Haarsträhne aus dem Gesicht. »Das kannst du ihr ruhig übersetzen«, forderte sie Gabe auf.

Der nickte und gehorchte.

Leen verschränkte trotzig die Arme vor der Brust. »Ich verstehe nicht, warum sie mir meine Frage derartig übelnimmt«, beschwerte sie sich.

Auch Nicholas begriff das nicht ganz.

Jewel offenbar schon.

»Den Zeitpunkt einer Schlacht kann man sich nicht immer aussuchen«, sagte sie. »Wir sind hier in der Defensive. Wir befinden uns an einem Ort der Macht. Einer von uns hat einen Zaubermeister getötet. Mein Großvater wird uns nicht irgendwelche Soldaten vorbeischicken. Das kann er sich gar nicht leisten. Bestimmt weiß er, daß Nicholas und seine Urenkel hier sind. Und er wird davon ausgehen, daß auch die Schamanin noch am Leben ist. Diese Umstände erfordern einen ausgeklügelten Plan und ein äußerst geschicktes Vorgehen. Einen solchen Plan zu entwerfen kann Tage dauern.«

»Du glaubst also nicht, daß er bald hier sein wird?« fragte Fledderer ungläubig.

»Vielleicht«, erwiderte Jewel vage, »vielleicht auch nicht.«

»Aber je länger er zögert, desto besser können wir uns doch auf den Angriff vorbereiten«, wandte Adrian ein.

Jewel lächelte. »So funktioniert das nicht immer. Vielen Leuten fällt es schwer zu warten, besonders, wenn sie innerlich bereits auf einen Angriff eingestellt sind. Nach ein paar Tagen verlieren sie ihre Antriebskraft. Sie werden nervös und unvorsichtig. Außerdem gibt es an einem Ort wie diesem vielleicht nicht genug Vorräte, und auch das schwächt die Verschanzten. Wovon sollen wir leben, wenn er uns wochenlang belagert?«

»Wir haben genug zu essen«, meinte Fledderer.

»Für ein paar Wochen vielleicht«, räumte Jewel ein. »Aber für Monate? Oder für ein Jahr?«

»Rugad wird nicht ein ganzes Jahr lang abwarten«, widersprach Coulter.

»Vielleicht doch«, erwiderte Jewel. »Gerade weil wir nicht damit rechnen. Denn dann sind wir mürbe vom langen Warten und lassen jede Vorsicht außer acht, nur, um endlich zu handeln.«

Das klang alles sehr einleuchtend. Aber Nicholas war nicht überzeugt. »Er wird keinesfalls ein Jahr lang abwarten«, sagte er bestimmt.

»Warum nicht?« fragte Jewel zurück.

Nicholas dachte an den Gesichtsausdruck des Schwarzen Königs, als dieser gemerkt hatte, wie klug Arianna war. Er erinnerte sich, wie gierig er Arianna sogar in jenem Augenblick angestarrt hatte, als das Mädchen Nicholas das Schwert zugeworfen und Nicholas Rugad die Klinge in die Kehle gestoßen hatte. Überraschung und Freude darüber, daß Arianna sich als würdiges Mitglied seiner Familie erwies, hatten in seinen Augen gestanden.

Rugad konnte es kaum erwarten, seine Urenkelin nach seinen Vorstellungen zu erziehen.

»Seine Urenkel sind in dieser Höhle«, sagte Nicholas.

»Sie können hier nicht weg. Er weiß, wo sie sind. Sie sitzen in der Falle.«

»Außerdem ist dies ein Ort der Macht«, hielt Nicholas dagegen. »Ein Ort, nach dem dein Volk seit Generationen sucht. Rugad wird nicht abwarten, bis wir seine Rätsel erforscht haben.«

Jewel lächelte ihn an. »Ich habe deinen Verstand immer geschätzt, Nicky«, sagte sie. »Du hast recht. Das wird er nicht wollen. Falls er annimmt, daß wir mit derartigen Rätseln überhaupt etwas anfangen können.«

»Er weiß ja nicht, daß du hier bist«, bemerkte Adrian leise.

Jewel nickte.

»Aber er weiß, daß Arianna und Gabe hier sind«, widersprach Nicholas, »und daß sie erstaunliche Fähigkeiten besitzen. Er wird kommen, und zwar bald. Er wird verhindern wollen, daß seine Urenkel die Kräfte dieses Ortes beherrschen, bevor er seine Urenkel beherrscht.«

»Können wir die Kräfte dieses Ortes denn beherrschen, Papa?« fragte Ari.

»Ich weiß es nicht.«

»Natürlich können wir«, mischte sich Jewel ein. »Wir brauchen nur Zeit.«

»Das ist der springende Punkt, nicht wahr?« stimmte Nicholas zu. »Zeit.«

»Nur, wenn wir sie vergeuden«, sagte Adrian. Er schielte unsicher zu Nicholas hinüber, als könnte dieser seinen Einwurf ungehörig finden. Nicholas blinzelte ihm beruhigend zu.

»Also schön«, mischte sich Leen ein, als habe sie jetzt endlich begriffen, worum es ging. »Adrian und ich sollen also abwechselnd vor der Höhle Wache halten. Was noch?«

»Gabe errichtet einen Torkreis, wie Coulter vorgeschlagen hat«, erwiderte Jewel.

»Sollen Adrian und Leen die ganze Zeit draußen bleiben?« fragte Coulter.

»Ich fürchte, ja«, gestand Jewel. »Aber immer nur einer von beiden. Und wenn Gabe seine Sache gut macht, haben sie einen besonderen Schlüssel für den Torkreis, so daß sie hindurchschlüpfen können, die Leute meines Großvaters aber nicht.«

»Jederzeit?« vergewisserte sich Fledderer.

Jewel nickte. »Jederzeit.«

»Und dann?« fragte Nicholas weiter.

»Wir untersuchen inzwischen diese Höhle und machen sie zu unserer dritten Verteidigungslinie.«

Nicholas' Handflächen waren verschwitzt. Entweder war es in der Höhle wärmer geworden oder dieser Plan machte ihn nervös.

Es hing alles von seiner Entscheidung ab.

»Es ist eine reine Verteidigungsstrategie, Jewel«, wandte er ein. »Aber was ist, wenn wir unsererseits angreifen müssen?«

»Das ist schon schwieriger«, wich sie aus.

»Ich weiß«, beharrte Nicholas. »Aber wir müssen auch darüber nachdenken.«

Jewel sah ihn an. »Es gibt da einen Punkt, den wir nicht abschätzen können.«

Nicholas wartete. Aber die anderen waren ungeduldiger. Coulter schien am schnellsten zu begreifen. »Den Schwarzen König?« fragte er.

»Ja«, bestätigte Jewel. »Wir müssen ihn hierherlocken. Wenn seine Truppen die Höhle nicht beim ersten Versuch erobern, wird er persönlich in die Blutklippen kommen, um den Oberbefehl zu übernehmen.«

»Und was ist, wenn sie es schaffen?«

»Dann müssen wir uns etwas anderes ausdenken«, gab Jewel zurück.

»Wenn wir dann noch am Leben sind«, murmelte Fledderer.

Jewel warf ihm einen belustigten Blick zu. »Ich könnte auch dich nach draußen schicken, Rotkappe.«

»Warum nicht?« konterte Fledderer. »Ich bin ein guter Kämpfer.«

»Das weiß ich. Deshalb postieren wir dich mit deinem Schwert direkt hinter den Torkreis, für den Fall, daß der Falsche hindurchschlüpfen will.«

Fledderer grinste. »Stellt euch das vor: Eine Rotkappe erledigt den Schwarzen König.«

Nicholas wandte sich wieder Jewel zu. »Darauf läuft dein ganzer Plan also hinaus, nicht wahr? Rugad zu töten.«

»Es ist unsere einzige Chance«, erwiderte Jewel.

»Aber selbst wenn es uns gelingt, sind wir immer noch von einer ganzen Fey-Armee umzingelt«, gab Adrian zu bedenken.

»Solanda hat Rugar getötet«, warf Arianna ein. »Aber der Schwarze König hat die Blaue Insel trotzdem überfallen.«

Nicholas starrte seine Tochter verblüfft an. Offenbar hatte Solanda sich ihr anvertraut. Er hatte Ari jedenfalls nichts davon erzählt.

»Ja, der Schwarze König ist gekommen«, bestätigte Jewel. »Mein Vater war weder Schwarzer König, noch wäre er es jemals geworden. Erst hier auf der Insel ist mir ein Licht aufgegangen: Mein Großvater hat seinen Sohn absichtlich in den Tod geschickt. Dann wäre ich seine Nachfolgerin auf dem Schwarzen Thron geworden. Aber statt dessen habe ich meinen Vater begleitet und bin selbst ums Leben gekommen.«

Wieder gab es Nicholas einen schmerzhaften Stich. Er würde wohl niemals über ihren Tod hinwegkommen. Nicht einmal jetzt, wo sie so jung und schön vor ihm stand wie damals, als sie sich zum ersten Mal begegnet waren. All die Jahre der Trennung, all die Jahre, in denen er sie so dringend gebraucht hätte, in denen die Blaue Insel sie gebraucht hätte – diese Jahre hatte Matthias ihm geraubt.

»Das verstehe ich nicht«, sagte Arianna verwirrt.

»Der Schwarze König ist Herrscher über alle Fey«, erklärte Jewel. »Er ist auf diese Insel gekommen, damit dein Bruder sein Nachfolger wird, wenn er einmal tot ist. Aber er muß euch erst auf diese Aufgabe vorbereiten. Wenn er stirbt ...«

Sie verstummte. Gabe führte den Satz statt ihrer zu Ende. »Dann werden sich die Fey uns anschließen.«

Jewel schüttelte den Kopf. »Die Fey werden der Schwarzen Familie stets die Treue halten. Ich habe noch zwei Brüder.«

»Dann herrschen also deine Brüder nach Rugads Tod über die Fey?« fragte Arianna.

»Die Fey werden sich demjenigen anschließen, der sich als der Stärkere erweist«, sagte Jewel. »Den Schwarzen König zu töten ist eine Möglichkeit, Stärke zu demonstrieren.«

»Unsere Kinder dürfen es nicht tun«, wandte Nicholas ein, »sonst kämpft Schwarzes Blut gegen Schwarzes Blut.«

»Stimmt genau«, bestätigte Jewel. »Ich kann es auch nicht und du wahrscheinlich noch viel weniger.«

»Bleibe also noch ich«, sagte Coulter.

»Und ich«, echote Adrian.

»Und ich«, schloß Leen.

»Dann schick sie doch alle nach draußen«, schlug Fledderer vor. »Oder bedien dich ihrer Fähigkeiten, so wie du es bei Coulter vorhast. Das ist wirklich kein sehr überzeugender Plan, o großes Mysterium.«

»Auch du könntest ihn töten«, bemerkte Jewel. »Das hat du doch vorhin schon angeboten.«

»Was passiert denn mit demjenigen, der einem Schwarzen König den Garaus macht?« fragte Fledderer.

Jewel wich seinem Blick aus.

»Er muß ebenfalls sterben, nicht wahr? Auch das hast du bereits fest eingeplant.«

»Ich habe noch überhaupt nichts fest eingeplant«, verteidigte sich Jewel. »Das kann ich gar nicht. Wenn du Rugad auf mein Geheiß töten würdest, könnte das den Fluch des Schwarzen Blutes über uns alle heraufbeschwören.«

»Wir sollen also selbst entscheiden«, schlußfolgerte Fledderer.

Jewel nickte.

»Woher wissen wir überhaupt, daß Rugads Tod für uns von Vorteil ist?«

»Du bist ein Versager, Fledderer«, erwiderte Jewel. »Ein Versager, der einen Hüter und einen Zaubermeister auf dem Gewissen hat. Du solltest dir deine Frage wirklich selbst beantworten können.«

Diesmal war es Fledderer, der den Blick abwandte.

So konnte es nicht weitergehen. Jewel hatte ganz recht gehabt: Je länger sie gezwungen waren abzuwarten, desto mehr zerstritten sie sich.

»Unser Ziel ist also dasselbe, das Arianna und ich von Anfang an verfolgt haben«, brach Nicholas das feindselige Schweigen. »Uns des Schwarzen Königs endlich zu entledigen.«

Jewel lächelte. »Das sehe ich anders«, widersprach sie. »In Wirklichkeit verfolgen wir und Rugad dasselbe Ziel.«

»Wie bitte?« platzte Gabe heraus und vergaß dabei zu übersetzen.

»Wiederhole bitte, was sie gesagt hat«, mahnte Nicholas leise.

»Ja, genauso ist es«, bekräftigte Jewel, den Blick fest auf ihren Sohn geheftet. »Mein Großvater und wir haben genau dasselbe Ziel. Wir alle wollen, daß nach seinem Tod du oder Arianna über die Fey herrschen.«

»Allerdings wollen wir euch lieber selbst auf diese Aufgabe vorbereiten«, fügte Nicholas hinzu.

Jewel lächelte ihn strahlend an. Nicholas hatte ganz vergessen, wie sehr ihn ihre Schönheit noch immer überwältigte. »So ist es«, bestätigte sie. »Von Anfang an war es unser Ziel, daß unsere gemeinsamen Nachkommen dermaleinst über das Reich der Fey herrschen. Jetzt haben wir endlich Gelegenheit, unseren Traum wahr zu machen.«

32

Rugad stand im Turmzimmer am Fenster und starrte auf den Rauch, der wie eine Gewitterwolke über dem Horizont hing. Die Stadt zu seinen Füßen wirkte allmählich ausgestorben. Die meisten seiner Truppen waren ins Landesinnere oder zu den Blutklippen aufgebrochen. Die Verbliebenen waren Rugads persönliche Leibwächter und für das ungeübte Auge nahezu unsichtbar. Das war Absicht. Rugad wollte verhindern, daß Eindringlinge die Schwachstellen seiner Armee herausfanden.

Mittlerweile rechnete er fest mit Eindringlingen. Der morgendliche Angriff, zusammen mit König Nicholas' Widerstand und der mutigen Tat seiner Tochter, hatten das Bild, das Rugad sich von den Inselbewohnern gemacht hatte, gründlich durcheinandergebracht. Niemals hätte er damit gerechnet, daß sie so bereitwillig ihr Leben aufs Spiel setzen würden, um sich gegen die Fey zur Wehr zu setzen.

Dabei hätte er es sich denken können. Schließlich hatten die Inselbewohner auch seinen Sohn Rugar besiegt und seine Enkelin Jewel zu einem Bündnis gezwungen, das sie später als Liebesheirat ausgegeben hatte.

Die Inselbewohner waren längst nicht so harmlos, wie sie auf den ersten Blick wirkten.

Rugad würde den Doppelgänger verhören. Er mußte unbedingt diesen Matthias zu fassen bekommen. Rugad hatte allen seinen Generälen ausrichten lassen, daß jeder Inselbewohner namens Matthias lebendig gefangengenommen und mit der gleichen Vorsicht wie der gerissenste Zaubermeister behandelt werden sollte. Dieser Matthias kannte die Geheimnisse der Inselmagie, und Rugad war fest entschlossen, sie ihm zu entlocken, selbst wenn er damit sich und seine Leute in Gefahr brachte.

Es klopfte. Rugad antwortete nicht. Als er sich umdrehte, öffnete sich die Tür, und Selia trat ein. »Verzeihung, Herr«, sagte sie. »Ich sollte dich sofort benachrichtigen, wenn es Neuigkeiten gibt ...«

Sie brach ab, als erwartete sie einen schroffe Abfuhr. Dabei hatte sie höchstens Rugads stumme Grübeleien unterbrochen, aber das brauchte sie nicht zu wissen.

»Weiter, Selia!« befahl er.

»Eine Botin ist eingetroffen, Herr.«

»Wer?«

»Eine Irrlichtfängerin«, antwortete Selia. »Sie heißt Wirl. Sie kommt von Ay'Le.«

»Ay'Le.« Das bedeutete nichts Gutes. Ay'Le hatte ihm bereits Schleier mit der Bitte um Verstärkung gesandt. Rugad hatte die Antwort einem anderen Irrlichtfänger aufgetragen und seine Generalin Kendrad mit einer großen Streitmacht hinterhergeschickt.

Aber Kendrad konnte noch nicht sehr weit gekommen sein. Ay'Le mußte einen triftigen Grund haben, eine zweite Botin zu schicken. Rugad witterte Unheil. »Weißt du, worum es geht?«

Selia schüttelte den Kopf. »Wirl sagt, sie muß dich unter vier Augen sprechen.«

Rugad nickte. »Schick sie herein.«

Selia verließ das Zimmer. Rugad trat wieder ans Fenster. Das blasige Glas verzerrte die Sicht. Rugad legte die Hand an die Scheibe. Sie war warm. Er war schon lange nicht mehr im Freien gewesen, aber er nahm sich vor, den Palast so bald wie möglich für ein paar Stunden zu verlassen, um nicht durchzudrehen.

Am besten betrachtete er dieses Zimmer, diesen Palast und

diese Stadt einfach als sein persönliches Schattenland während einer Schlacht. Als er noch ein junger Offizier gewesen war, hatte es ihn furchtbar ungeduldig gemacht, seine Truppen von einem Schattenland aus zu befehligen, bis sein Vater ihn daran erinnert hatte, daß er ja auch draußen auf dem Schlachtfeld nicht überall zugleich sein konnte.

»Rugad«, meldete sich Selia hinter ihm abermals zu Wort.

Er drehte sich um. Neben Selia stand eine Irrlichtfängerin, mit der verglichen Schleier aussah, als wäre sie keinen einzigen Kilometer geflogen. Diese Irrlichtfängerin hier war vom Wind völlig zerzaust, und ihre Flügel hingen so kraftlos herab, als seien sie nie mehr zu gebrauchen. Die Erschöpfung stand ihr ins Gesicht geschrieben. Ihre Haut war fahl, die Augen schwarze Höhlen, die Lippen zusammengepreßt.

»Rugad«, grüßte sie und neigte leicht den Kopf. Schon diese kleine Bewegung brachte sie ins Schwanken, aber sie hielt sich noch rechtzeitig am Türknauf fest.

Rugad nickte Selia zu, die sofort hilfsbereit auf die Irrlichtfängerin zutrat, aber Wirl hob abwehrend die Hand. Sie hatte es bis hierhin geschafft, sie würde auch den Rest noch schaffen, schien ihre Geste zu besagen.

»Ich bringe Nachricht von Ay'Le.«

Rugad verschränkte die Hände hinter dem Rücken und unterdrückte den Impuls, ihr einen Stuhl anzubieten. Die Irrlichtfängerin hatte recht: Wenn sie sich jetzt ausruhte, hatte sie vielleicht keine Kraft mehr, weiterzusprechen. Auch Rugad kannte derartige Erschöpfungszustände und wußte, wie man sich dabei fühlte.

»Wir haben bei den Blutklippen eine bittere Niederlage erlitten.«

Rugad hatte es vom ersten Augenblick an gewußt, aber er hatte es sich nicht eingestehen wollen. »Eine Niederlage?« wiederholte er.

»Die Inselbewohner verfügen über wilde Magie«, fuhr die Irrlichtfängerin fort. »In jener Gegend ist sie besonders stark.«

Rugad schwieg. Mit einer Niederlage hatte er nicht gerechnet. Er hatte darauf vertraut, daß er einfach nur Ay'Le zu den Blutklippen zu schicken brauchte, damit sie die Bewohner der Gegend behexte und seine Truppen anschließend die Stadt besetzen konnten.

»Ich dachte, ein Angriff war gar nicht vorgesehen«, bemerkte er.

Wieder neigte Wirl leicht den Kopf. »Wir waren leider gezwungen, unsere Pläne zu ändern«, erklärte sie. »Der Zaubermeister Boteen hat Ay'Les Arbeit behindert. Er hat selbst mit den Dorfbewohnern gesprochen und sie vor den Kopf gestoßen. Und dann war da heute morgen noch diese ... Sache. Ein schlagartiger Verlust von Magie.«

»Ich weiß«, sagte Rugad. »Wir haben es hier ebenfalls gespürt.«

Jetzt wurde ihm plötzlich klar, warum Wirl am Ende ihrer Kraft war. Abgesehen von dem anstrengenden Flug in höchster Geschwindigkeit, den schon Schleier kaum bewältigt hatte, verfügte Wirl über keinerlei magische Reserven mehr.

Rugad mußte unbedingt dafür sorgen, daß sich die Domestiken bevorzugt um sie kümmerten und daß sie eine Belohnung erhielt. Sie war eine sehr fähige Irrlichtfängerin.

Jetzt sah sie ihn an. »Wurde diese Erscheinung denn nicht von den Inselbewohnern verursacht?«

»Doch, schon«, gab Rugad zurück. »Aber südlich von hier, nicht in den Blutklippen.«

»Die Inselbewohner haben einen Vorrat Lederbeutel angezündet«, ergänzte Selia.

»Oooh.« Es klang fast erleichtert. Rugad erschrak, denn das bedeutete, daß die Fey den Inselbewohnern bereits weitreichendere Fähigkeiten zuschrieben, als es der Wirklichkeit entsprach.

Wieder musterte Rugad die Irrlichtfängerin. Wirl holte tief Luft und wurde noch blasser. Sie streckte die Hand aus und ließ es zu, daß Selia sie ergriff und sie stützte. Ihre Flügel zuckten kraftlos.

»Komm schon«, versuchte Selia sie zu überreden. »Setz dich.«

»Nein«, flüsterte Wirl. »Ich bin noch nicht fertig.« Sie umklammerte zwar Selias Hand, rührte sich aber nicht von der Stelle. »In den Blutklippen gibt es einen magischen Ort. Boteen hat ihn aufgesucht.«

»Ich weiß«, sagte Rugad.

»Er überließ es Ay'Le, seinen Patzer auszubügeln. Sie sollte erst kämpfen, wenn sie keine andere Wahl mehr hatte.«

»Ich verstehe«, murmelte Rugad.

»Aber diese ... Sache ... heute morgen hat die Soldaten völlig verwirrt. Licia, die Befehlshaberin der Infanterie, hat Ay'Le das Kommando entrissen und die Stadt bei Morgengrauen angegriffen. Nur mit der Infanterie, die anderen Soldaten sollten sich erholen. Erst ging alles gut, aber dann ...«

Wirls Stimme brach. Selia trat besorgt einen Schritt auf sie zu. Die Irrlichtfängerin beachtete sie nicht. Auch Rugad blieb stehen, wo er war.

»Und dann?« fragte er bloß.

»Die Inselbewohner haben eine Art Bannfluch ausgesprochen. Unsere Leute sind sofort stehengeblieben, aber diejenigen, die der Fluch bereits getroffen hatte, wurden von den Inselbewohnern niedergemetzelt. Als Licia klar wurde, daß wir keine Chance hatten, hat sie den Rückzug befohlen. Aber trotzdem haben wir fast eine ganze Truppeneinheit verloren.«

Eine ganze Einheit. Wegen eines Bannfluchs. Die Inselbewohner mußten wahrhaftig über ungewöhnliche magische Fähigkeiten verfügen, um eine ganze Einheit Fey auf einen Schlag kampfunfähig zu machen, auch wenn es sich um Infanteristen handelte, die noch nicht im vollen Besitz ihrer Zauberkräfte waren.

»Ay'Le hat mich sofort losgeschickt. Sie bittet um Verstärkung, Soldaten, die über Magie verfügen, und zwar so viele, wie du nur entbehren kannst. Sie befürchtet, es wird erneut zu einer offenen Schlacht kommen, und die Fey werden arge Probleme haben, sie zu gewinnen.«

»Und was ist deine persönliche Meinung?« fragte Rugad.

Die Irrlichtfängerin blinzelte. »Meine Meinung, Herr?«

Rugad nickte knapp, eine herrische, militärische Bewegung, die ihre Wirkung auf Untergebene selten verfehlte.

»Ich persönlich glaube, daß wir überrumpelt wurden. Die Infanterie kann sich gegen derartige Waffen kaum schützen. Unsere Leute sind nicht daran gewöhnt, bei ihren Gegnern auf magische Fähigkeiten zu stoßen. Vielleicht können wir jetzt, wo wir über die Zauberkräfte der Inselbewohner Bescheid wissen ...«

»Wissen wir das denn?« unterbrach Rugad sie.

»Wissen wir *was*, Herr?«

»Wissen wir über ihre Zauberkräfte Bescheid?«

Wirl öffnete den Mund und schloß ihn wieder. Offenbar hatte sie über diese Frage noch nicht nachgedacht.

»Ein Bannfluch ist ein sehr simpler Zauber. Für mich hört es sich eher danach an, als hätten die überraschten Inselbewohner ihn aus reinem Zufall ausgesprochen, nicht, als hätten sie ihr Vorgehen sorgfältig geplant. Wir wissen nicht wirklich über ihre Fähigkeiten Bescheid, oder?«

»Ay'Le ...«

»Ay'Le ist Hexerin, keine militärische Anführerin. Mir kommt es mehr auf Licia an. Sie hat einen guten Ruf als Visionärin, wenn auch mit geringen Kräften, ebenso als ausgezeichnete Strategin. Die Lage muß schon sehr verzweifelt gewesen sein, wenn sie den Rückzug befohlen hat.«

»Aber sie hat die Stadt ausschließlich mit der Infanterie angegriffen.«

»Eine durchaus kluge Entscheidung, wenn man die schlechte Verfassung der zauberkräftigen Soldaten bedenkt, finde ich.«

»Aber die Infanteristen konnten der Magie der Inselbewohner nichts entgegensetzen«, wandte Wirl ein. Offenbar wiederholte sie eine Formulierung, die Ay'Le ihr eingetrichtert hatte. Ay'Le hatte die Irrlichtfängerin behext.

»Und du glaubst, zauberkräftige Soldaten wären besser mit der Magie der Inselbewohner fertig geworden?«

»Herr?«

»Bring diese Frau zu den Domestiken«, wandte Rugad sich an Selia. »Man hat sie behext, deswegen will sie sich nicht setzen. Sie hat Glück gehabt, daß sie den Flug überlebt hat. Danach schickst du sofort eine ausgeruhte Irrlichtfängerin zu Kendrad. Ay'Le ist auf der Stelle entlassen.«

»Ich will mich ja nicht einmischen, Herr«, sagte Selia zögernd, »aber Ay'Le ist eine ausgezeichnete Hexerin. Eine unserer besten.«

»Mag sein«, erwiderte Rugad. »Aber bei diesem Krieg können wir keine Diplomaten gebrauchen, die nicht wissen, womit sie es zu tun haben. Ich setze mein Vertrauen in Licia. Es bedarf einer unglaublichen Übermacht, um eine Anführerin wie sie zum Rückzug zu zwingen.«

»War der Rückzug denn kein Fehler, Herr?«

»Sie hat an diese fremde Magie eine ganze Einheit verloren. Ein Fehler wäre es höchstens gewesen, auch noch den Rest der Truppe aufs Spiel zu setzen. Nein«, schloß Rugad. »Nein, das war kein Fehler.«

»Herr«, wiederholte die Irrlichtfängerin. »Ay'Le bittet um Verstärkung ...«

»Ist schon unterwegs«, brummte Rugad. Dann wandte er sich wieder Selia zu. »Vergewissere dich, daß die Irrlichtfängerin, die du zu Kendrad schickst, sie über das Ausmaß der Magie in dieser Gegend informiert.«

»Jawohl, Herr«, erwiderte Selia.

»Und komm sofort wieder, wenn du Wirl bei den Domestiken abgeliefert hast.«

»Ja, Herr.« Selia drehte sich um und zog Wirl sanft zur Tür. Die Irrlichtfängerin warf Rugad noch einen letzten Blick über die Schulter zu. Ihr Gesicht war ganz eingefallen, und Rugad sah, wie der Hexenzauber sich in ihr ausbreitete. Sie hatte noch jede Menge Ausreden und Erklärungen parat: Boteen hatte sich falsch verhalten; Licia hatte einfach das Kommando an sich gerissen; nur Ay'Le hatte alles richtig gemacht.

Rugad war tief enttäuscht. Genau wie Selia hatte er Ay'Le für eine fähige Person gehalten. Aber da hatte er sich anscheinend geirrt. Rugad konnte keine Anführer gebrauchen, die jede Verantwortung für ihre eigenen Entscheidungen zurückwiesen und nicht mit Fehlern umgehen, geschweige denn sie zugeben konnten. Aber am meisten Sorgen bereitete ihm der Unterton von Wirls Bericht.

Panik.

Jene Panik, die er hier in Jahn nur mit Mühe unterdrückt hatte, als er seinen Truppen eine Visite abgestattet hatte. Die täglich stärker werdende Angst vor den Inselbewohnern und ihrer Macht.

Damit mußte ein für allemal Schluß sein.

33

Die Domestiken hatten fast den ganzen zweiten Stock des Palastes besetzt. Die Räume dort strahlten gute Schwingungen aus, wie es einer von ihnen formulierte, überwältigende Freundlichkeit und Zuneigung lagen in der Luft. Hier befanden sich einige der ehemaligen Gemächer des Königs und die Räume der übrigen Familienmitglieder. Es waren hübsche Zimmer, die meisten mit Blick auf den Palastgarten, und auch die Kinderzimmer strahlten dieselbe Wärme aus.

Seger wußte Wärme zu schätzen. Sie war Rugads persönliche Heilerin, verrichtete aber auch andere Domestikentätigkeiten. Sie war fast ständig mit irgendeiner Näh- oder Reparaturarbeit beschäftigt. Dabei konnte sie sich angenehm entspannen. Die Heilkunst aber war ihr größter Schatz, den sie eifersüchtig hütete. Erst nach jahrzehntelanger Erfahrung auf diesem Gebiet war sie zur persönlichen Heilerin des Schwarzen Königs ernannt worden. Seither ließ sie keinen anderen Heiler in seine Nähe.

Allerdings war diese ehrenvolle Aufgabe in letzter Zeit ziemlich anstrengend gewesen. Rugads Zustand stand in direkter Verbindung mit ihrem eigenen. Wenn er an einer Verwundung oder einer Krankheit starb, würde sein Nachfolger Seger höchstwahrscheinlich umbringen lassen. Seger war sich dieses Risikos durchaus bewußt. Die Mitglieder der Schwarzen Familie waren zwar nicht unsterblich, standen aber in diesem Ruf. Deshalb konnte nur jemand anders ihren Tod verschuldet haben. Rugad hingegen schien es in letzter Zeit geradezu darauf abgesehen zu haben, sich zu ruinieren.

Seger hatte sich in den früheren Kinderzimmern niedergelassen. In dem größeren Raum gab es einen Kamin, im kleineren ein Bett. Das Kaminzimmer hatte Seger zu ihrem Arbeitsraum umfunktioniert. Dort brauten sie und einige untergeordnete Heiler ihre Tränke und führten kleinere Behandlungen durch. In das Schlafzimmer allerdings ließ Seger niemanden hinein. Es war ihr Zufluchtsort, ihre Höhle. Der einzige Ort, den sie ganz für sich allein hatte.

Das war das größte Vorrecht, das sie als Heilerin des Königs genoß. Sie brauchte nicht mit den übrigen Domestiken in einem Zimmer zu schlafen. Sie wurde von ihnen auch sonst als Höhergestellte angesehen, so daß Seger sich manchmal fragte, ob sie ihr Privileg womöglich mißbrauchte.

Es war ein ruhiger Nachmittag. Die meisten Verwundeten der Schlacht um Jahn waren versorgt. Ein paar Soldaten lagen noch im Lazarett, das man in den Baracken der Palastwachen eingerichtet hatte. Obwohl Seger nicht die zuständige Heilerin war, sah sie regelmäßig nach ihnen. Aber sie kümmerte sich auch um Kleinigkeiten wie Schnitt- und Schürfwunden. Denn die Soldaten erzählten ihr entweder selbst oder durch ihre Wunden Geschichten, über die man sonst zu schweigen pflegte.

Seger wußte, in welcher Verfassung die Mehrheit der Fey war, und sie hatte Rugad gewarnt. Die Fey waren beunruhigt. Die Fey hatten Angst.

Seger war da keine Ausnahme.

Darum zog sie sich auch meistens in ihre Räumlichkeiten zurück. Auch jetzt stand sie in ihrem Schlafzimmer am Fenster und ließ den Blick über den Garten schweifen. In den wenigen Wochen, seit der Palast den Fey gehörte, hatten die Gärten sich von gepflegten Oasen der Schönheit in wahre Wüsten verwandelt. Die meisten Vögel waren geflohen. Die Zurückgebliebenen schienen zwischen den zertrampelten Pflanzen nach etwas Bestimmtem zu suchen. Sie pflügten die

Erde mit ihren Schnäbeln um, als versuchten sie, ihre zerstörte Heimat wiederaufzubauen.

Eigentlich ging es Seger ähnlich. Auch sie hatte sich noch nie in ihrem Leben so heimatlos gefühlt. Die wilde Magie dieses Landes, die schon so viel Schaden unter den Fey angerichtet hatte, war ihr ebenso unheimlich wie die Verwundung des Schwarzen Königs.

Das alles schienen ihr böse Vorzeichen zu sein.

Derartig schwere Verletzungen hatte Rugad sich in all den Jahren, die ihn Seger nun schon betreute, noch nie zugezogen. Der Schwertstoß in die Kehle, den ihm König Nicholas versetzt hatte, hätte einen weniger zähen Mann auf der Stelle umgebracht. Rugad war die ganze Zeit über geistig hellwach gewesen, auch wenn er nicht sprechen konnte. Seger und sechs andere Heiler hatten fast einen ganzen Tag gebraucht, um den schlimmsten Schaden zu beheben. Aber sie hatten ihre Arbeit nicht richtig zu Ende führen können. Rugads Kehlkopf hatte so gelitten, daß er keinen Ton herausbrachte. Eine solche Wunde konnte nur auf natürliche Weise heilen. Aber Rugad fand diesen Zustand so unerträglich, daß er nach einer Ersatzstimme verlangt hatte. Seger hatte den Kehlkopf wieder entfernen und die Muskeln neu zusammenflicken müssen. Rugads neue Stimme war nur eine blasse Imitation seiner früheren, und das Sprechen tat ihm weh. Aber er benutzte die Stimme trotzdem. Seger zuckte jedesmal zusammen. Jedes Wort, das Rugad jetzt sprach, verringerte die Chancen, seine frühere Stimme jemals wiederzubekommen.

Seger wußte noch nicht einmal ganz genau, ob Rugad seine frühere Stimme noch besaß. Sie hatte sie ihm in einem kleinen, verschlossenen Gefäß überreicht, das er sich um die Hüfte gebunden hatte, damit es niemand entwenden konnte. Als Seger Rugads Wunden von der Explosion des Golems versorgt hatte, war das Gefäß nicht mehr dagewesen, statt dessen hatte sie mehrere Schnittwunden an Rugads rechter Hüfte, wo er das Gefäß getragen hatte, entdeckt.

Seger schüttelte den Kopf. Der Golem. Er war der eigentliche Grund für ihre Nervosität, und das schon seit Tagen. Seger bewahrte einige Stücke des seltsamen Geschöpfs, die sie aus Rugads Hüfte gezogen hatte, auf einem kleinen Tisch neben ihrem Bett auf. In der ersten Nacht hatte sie die Splitter zu einem kleinen, dreieckigen Berg aufgetürmt und den kleinsten Splitter auf dessen Spitze gelegt. Am nächsten Morgen war der Berg zusammengefallen und bildete ein perfektes Quadrat auf der hölzernen Tischplatte.

Golems hatten Seger schon immer beunruhigt, wahrscheinlich, weil sie mehr über sie wußte als die meisten Heiler. Immer wieder in der Geschichte der Fey hatte es im Umkreis des Schwarzen Throns Golems gegeben. Seger hatte sich ausgiebig mit der Geschichte und den geheimen Heilmethoden vergangener Zeiten beschäftigt, was ihr letztendlich zu dem Amt verholfen hatte, das sie jetzt bekleidete. Ein Amt, von dem sie nicht mehr wußte, ob sie es eigentlich noch wollte.

Sie gestand sich ein, daß sie befürchtete, Rugad müßte sterben.

Schon die Halswunde hatte ihn fast umgebracht, aber der Angriff des Golems war nicht zu unterschätzen und die Wunden ernster, als Seger Rugad hatte merken lassen. Rugad hatte sich zwei Rippen gebrochen und zahlreiche Schürfwunden zugezogen. Aber das bereitete Seger weniger Sorgen als die Schnitte.

Aus diesen Schnitten hatte sie die Splitter des Golems entfernt, die möglicherweise ein magisches Gift in Rugads Körper verbreitet hatten. So etwas war schon anderen Leuten zugestoßen, die während der Explosion eines Golems zufällig in der Nähe gewesen waren, aber Seger wußte nicht, was man gegen die Folgen unternehmen konnte. Sie war sich nicht einmal ganz sicher, was die Symptome betraf. Und deshalb hatte sie auch die Splitter an sich genommen, wie sie Rugad erklärt hatte.

Sie hatte ihm allerdings nicht die ganze Wahrheit gesagt.

Seger wandte sich vom Fenster ab und ging zum Bett hinüber, setzte sich auf das weiche Polster und betrachtete den Tisch. Sie hatte alles außer den Steinen weggeräumt. Die Steinsplitter bildeten genau wie am Morgen ein perfektes Quadrat, obwohl die einzelnen Splitter verschieden groß waren. Hätte Seger sie in diese Form legen müssen, wäre sie schier verzweifelt. Es sah aus, als hätte jemand ein Puzzle zusammengesetzt, das die Form eines perfekten Quadrates ergab.

Aber sie hatte auch das Gefühl, als wollte ihr jemand eine Botschaft hinterlassen.

Seger wußte, daß kein Fey diesen Raum je ungebeten betrat. Sie war schließlich Domestikin, und ohne ihre Erlaubnis in ihre Privatsphäre einzudringen war gefährlich. So mancher war danach nie wieder ganz der alte gewesen, falls der Domestike seine Entschuldigung nicht akzeptiert hatte. Die meisten Fey waren zwar nicht besonders zimperlich in bezug auf körperliche Beschwerden, dafür wußten sie echtes Wohlbefinden um so mehr zu schätzen.

Nein. Wenn es sich wirklich um eine Botschaft handelte, stammte sie nicht von den Fey. Höchstens von den Mysterien selbst.

Man sagte, Golems würden von den Mysterien erschaffen. Seger glaubte allerdings nicht an diese Erklärung. Golems waren leicht herzustellen und ebenso leicht zu zerstören. Jeder beliebige Visionär konnte den Stein eines Domestiken mit seinem Geist tränken und ihn dadurch zum Leben erwecken.

Allerdings hatten nur eine Handvoll Golems in der Geschichte der Fey wirklich ein eigenes Leben geführt. Einer von ihnen hatte Rugads Großvater gehört. Dieser Golem hatte sogar so viel Lebenskraft besessen, um seinerseits einen weiteren Golem zu erschaffen. Der erste Golem hatte noch dreißig Jahre nach dem Tod von Rugads Großvater gelebt und mußte schließlich von der Schwarzen Familie mit Gewalt zerstört werden, was nicht einfach, ja fast unmöglich gewesen war. Aber nach dem letzten Versuch hatte der Golem sich nicht wieder zusammengesetzt, und man hatte angenommen, er sei ein für allemal vernichtet.

Soweit Seger wußte, hatte der Golem, der in Rugads Anwesenheit explodiert war, sich davor nur einmal wieder selbst zusammengesetzt, obwohl es Berichte gab, die besagten, daß sein Gesicht schon zwei Wochen vor seinem ersten Zerspringen von tiefen Rissen durchzogen gewesen sei. Seger war beunruhigt, daß es dem Lampenanzünder nicht gelungen war, die Essenz des Golems in dem Zimmer, in dem er zersprungen war, wieder einzufangen. Daß seine Splitter anscheinend versuchten, sich wieder zusammenzusetzen, verstärkte ihre Nervosität nur noch.

Die meisten zersprungenen Golems setzten sich nicht mehr zusammen. Und diejenigen, die es doch taten, schafften es meistens nur ein einziges Mal. Wenn sie dann erneut explodierten, zerstreute man ihre Splitter in alle vier Himmelsrichtungen und sperrte ihre Essenz in eine Fey-Lampe ein.

Auch die Überreste dieses Golems hatte man zerstreut, abgesehen von dieser Handvoll Splitter, aber seine Essenz war entwischt.

Nach Aussage der Inselbewohner, die ihn früher beaufsichtigt hatten, hatte er schon einmal versucht, den Schwarzen König anzugreifen, und ihn dabei fast getötet. Als Rugad ihn dann später allein zum Verhör zu sich bestellte, war er zersprungen und hatte den Schwarzen König schwer verwundet.

Dieser Golem, der ebenfalls zwanzig Jahre älter als ein

gewöhnlicher Golem geworden war, mußte eines jener seltenen Exemplare sein, die über besondere Fähigkeiten verfügten. Das machte ihn zu einem Teil der Mysterien. Daß seine Splitter von selbst ihre Lage veränderten, bestätigte diese Theorie in Segers Augen nur noch.

Seger hielt die Hand über das Steinquadrat, zögerte aber, es zu berühren. Sie hatte die Splitter notgedrungen nur ein einziges Mal angefaßt, nämlich als sie sie aus Rugads Wunden entfernt und auf diesen Tisch gelegt hatte. Sie scheute davor zurück, ein zweites Mal mit ihnen in Berührung zu kommen.

Trotzdem konnte Seger den Blick nicht von den Splittern lösen. Sie waren steingrau und ganz unterschiedlich geformt. Ihre Ränder waren von der gewaltsamen Explosion überaus scharfkantig. Seger erinnerte sich noch genau daran, wie sie sich in ihrer Hand angefühlt hatten – warm. Das hatte Seger dem Umstand zugeschrieben, daß sie sie eben erst aus Rugads Körper gezogen hatte. Jetzt war sie sich da nicht mehr so sicher.

Ob sie wohl immer noch warm waren?

Segers Hand zitterte. Sie zog sie weg und ließ sie neben sich auf die weiche Bettdecke fallen.

Eigentlich sollte sie Rugad von ihren Befürchtungen erzählen, aber sie konnte sich nicht dazu durchringen. An jenem Abend, als sie seine Wunden versorgte, hatte sie darüber sprechen wollen, aber Rugad hatte nicht zugehört. Man mußte ihm zugestehen, daß ihn sicherlich andere Dinge beschäftigt hatten: Weißhaars Verrat (und seine gräßliche Strafe) sowie die sinkende Moral seiner Streitmacht. Das war wichtiger gewesen als eine Handvoll Steine.

War es das wirklich?

Seger wußte nur, daß Rugad, wenn sie ihm von dem merkwürdigen Verhalten der Splitter erzählte, sie zwingen würde, sie wegzuwerfen. Und das brachte Seger nicht über sich.

Aber sie brachte es genausowenig über sich, ihm oder jemand anderem davon zu erzählen. Das war sonst gar nicht ihre Art. Sie fragte sich, ob es wirklich übertriebene Vorsicht war oder ob die Mysterien selbst die Hand im Spiel hatten.

Mysterien und Mächte hatten ihre eigenen Pläne und Beweggründe.

Ich wünsche, daß er vernichtet wird, hatte Rugad seinerzeit verlangt.

Seger hatte die Hand fest über den Splittern geschlossen. *Er könnte ein Werkzeug der Mächte sein, Rugad.*

Das ist mir egal, hatte Rugad erwidert. *Er hat versucht, mich zu töten.*

Vielleicht, hatte Seger zögernd gesagt, weil sie nicht wußte, wie Rugad einen solchen Vorwurf aufnehmen würde, *hat er geglaubt, daß du ein magisches Gesetz brechen willst.*

Aber Rugad war ruhig geblieben und nicht auf ihre Bemerkung eingegangen. Seger wußte nicht, ob er ihre Worte überhaupt gehört und verstanden hatte. Vielleicht war sie deshalb so beunruhigt. Vielleicht glaubte auch sie, daß Rugad ein magisches Gesetz gebrochen hatte. Womöglich sogar mehrere Gesetze.

Seit ihrer Ankunft auf dieser Insel war Rugad irgendwie verändert. Er war bei der Eroberung ganz anders vorgegangen als sonst. Er hatte das Land verwüstet und seine Bewohner auf eine Weise abschlachten lassen, die sogar bei den Fey unüblich war. Angeblich alles wegen seiner Urenkel. *Sie* seien der eigentliche Grund seines Kommens, hatte er behauptet, nicht die Tatsache, daß die Blaue Insel der einzige Anlaufpunkt im Infrin-Meer auf dem Weg nach Leutia war.

Rugad hatte eine Entscheidung nach der anderen getroffen, mit der Seger nicht einverstanden war. Natürlich war es nicht wichtig, ob sie einverstanden war, rief sie sich in Erinnerung.

Schließlich war Rugad der Schwarze König. Sie schuldete ihm Treue bis in den Tod.

Ohne nachzudenken, hob sie die Hand wieder. Ihre Finger zitterten. Unendlich langsam führte sie die Hand über das Steinquadrat. Dann, noch langsamer, knickte sie den Zeigefinger ab und tippte mit der Kuppe auf den Stein im Zentrum des Vierecks.

Er war warm, fast heiß.

Seger zog sofort die Hand weg und preßte sie an die Brust.

»Ihr Mächte und Mysterien, sagt mir, was ich tun soll«, flüsterte sie.

Aber die Mächte und Mysterien hatten bereits zu ihr gesprochen. Und was sie ihr befahlen, gefiel Seger ganz und gar nicht.

34

Sie fingen im hinteren Teil der Höhle an, wo es dunkler war und der eigenartig schimmernde Fels weniger Energie auszustrahlen schien. Dafür war es dort schmutzig und voller Spinnweben.

Nicholas fühlte sich in dem dämmrigen Licht unwohl, aber das spielte jetzt keine Rolle. Er hockte sich neben Adrian auf den Steinfußboden und betrachtete die Wandteppiche – wunderschöne, kunstvoll gewebte Stücke. Nicholas erinnerte sich an die Wandteppiche, die seine Großmutter gestickt hatte. Im Palast hatten sie als dekorative Vorhänge gedient. Damals hatte er weniger auf die handwerkliche Kunstfertigkeit als auf die dargestellten Szenen geachtet. Natürlich gab es ältere Stücke und auch welche neueren Datums, die seine Stiefmutter, die zweite Frau seines Vaters, angefertigt hatte. Jewel dagegen hatte sich nie mit Handarbeiten beschäftigt. Als die Hofdamen sich mit ihr über Stickmuster unterhalten wollten, hatte sie bloß gelacht.

Ich habe die Hände einer Kriegerin, hatte sie stolz erwidert. *Meine Hände taugen nicht für so feine Arbeiten.*

Trotzdem war an den fein gewirkten Stoffen hier in der Höhle etwas Besonderes. Sie hatten etwas zu bedeuten, angefangen damit, daß Nicholas überhaupt nicht beurteilen konnte, wie alt sie eigentlich waren. Die ältesten Teppiche im Palast fielen bereits auseinander. Eine der Hofdamen hatte schließlich ihre eigenen Näherinnen beauftragt, die kostbaren Stücke auszubessern, bevor sie für immer verloren waren. Nicholas hatte noch den muffigen Geruch in der Nase, spürte noch die knittrige Leinwand zwischen den Fingern. Regen und Wind hatten das Gewebe im Lauf der Jahre angegriffen, die Farben waren vom Sonnenlicht ausgeblichen.

Um die meisten Teppiche war es nicht schade gewesen: Schlachtenszenen aus der Zeit des Bauernaufstands; ein langweiliger Hochzeitsteppich nach dem anderen; Geburtsteppiche für jeden Thronerben – außer für Sebastian natürlich, denn seine Mutter hatte ja die Hände einer Kriegerin.

Nicholas runzelte die Stirn. Er hatte die Aufgabe übernommen, sich mit den Teppichen zu befassen, weil Adrian sich mit dergleichen überhaupt nicht auskannte. Adrian war auf einem Bauernhof aufgewachsen, der von einem am Ort ansässigen Daniten betreut wurde. Seine religiöse Erziehung unterschied sich grundlegend von der, die Nicholas zuteil geworden war. Nicholas hatte Religionswissenschaft so gründlich studiert, als wäre es Mathematik. Sein Vater hatte das als wichtige Voraussetzung für den zukünftigen Herrscher der Blauen Insel betrachtet.

Aber das alles lag schon zwanzig Jahre zurück. Seit Nicholas' Hochzeit mit Jewel hatte er den Tabernakel nicht mehr betreten, und nachdem Matthias Jewel ermordet hatte, hatte Nicholas jede Erwähnung des Rocaanismus innerhalb des Palastes strengstens untersagt.

Er hatte so vieles vergessen, was jetzt von Bedeutung sein konnte.

Er saß am Anfang eines Ganges, der mehrere Treppenabsätze abwärts führte. Aus der dunklen Tiefe stieg eisige Kälte auf. Nicholas wollte gern vermeiden, die Stufen allein hinunterzusteigen, es sei denn, es war absolut unumgänglich. Diese Höhle war wirklich ein erstaunlicher Ort. Die Durchgänge, Korridore und Nebenräume schienen kein Ende nehmen zu wollen. Nicholas und seine kleine Truppe hatten sich bis jetzt nur im Hauptraum aufgehalten, abgesehen von Nicholas' kurzem Abstecher in einen anderen Seitengang, wo er den Leichnam der Schamanin in Sicherheit gebracht hatte.

Er sehnte sich nach ihrem Rat. Mit ihr zu sprechen war nicht so anstrengend wie mit Jewel, und obwohl die Schamanin ihm letztendlich immer ein Rätsel geblieben war, hatte er ihr mehr vertraut als irgend jemand anderem. Natürlich konnte er sich auch auf Jewel und ihre Erfahrung in militärischen Angelegenheiten verlassen, aber Jewel kannte er zu gut. Er wußte, daß sie manche Wesenszüge der Inselbewohner nicht nachvollziehen konnte und daß sie ebenso aufgrund ihrer eigenen Vorurteile und Bedürfnisse handelte wie er aufgrund der seinen. Solange sie sich einigermaßen einig waren, würde alles glattgehen. Andernfalls ...

Darüber wollte Nicholas jetzt lieber nicht nachdenken. Schließlich war er wegen der Wandteppiche hier. Er ließ den Blick über die Wände schweifen. Er und Adrian waren ausgewählt worden, die Geheimnisse dieser Höhle zu erforschen, weil sie die einzigen waren, denen die Utensilien des Rocaanismus keinen Schaden zufügen konnten. Arianna ruhte noch immer auf ihrem improvisierten Lager, schlief aber nicht, wie Nicholas ihr geraten hatte. Gabe brachte ihr gerade bei, wie man ein Schattenland erschuf. Sie ließen kleine Kästen auf ihren Handflächen entstehen. Auf Jewels Frage hatte Gabe geantwortet, sie übten bloß.

Gabe hatte noch nie einen Torkreis ohne ein dahinterliegendes Schattenland geschaffen. Da er das ohnehin erst üben mußte, fand er, er könnte währenddessen ebensogut seine Schwester in diese Kunst einweihen.

Wenigstens hatten sie aufgehört, sich zu streiten.

Coulter lehnte an der Treppe und beobachtete die Geschwister. Auch er hätte sich eigentlich ausruhen sollen, denn es hing viel davon ab, ob er wieder im vollen Besitz seiner

Kräfte war oder nicht, aber er schien mehr an Ariannas Befinden interessiert als an seinem eigenen.

Leen und Fledderer hielten vor der Höhle Wache. Jewel war wieder verschwunden, wahrscheinlich um die Fey-Armee im Tal unbemerkt im Auge zu behalten. Sie würde ihnen Bescheid geben, falls es an der Zeit war, ihren Plan in die Tat umzusetzen.

Hoffentlich war das nicht so bald der Fall, damit Nicholas sich in Ruhe über die geeigneten Waffen klarwerden konnte. Er konnte sich kaum an die religiösen Zeremonien des Rocaanismus erinnern. Adrian erging es nicht besser. Sie waren beide ihr Leben lang sehr nachlässige Rocaanisten gewesen, und jetzt war ihre Religion plötzlich lebenswichtig für sie geworden.

Wieder heftete Nicholas den Blick auf den Wandteppich vor seiner Nase. Dessen Farben waren kräftiger als die jedes anderen Teppichs in der Höhle. Vielleicht wußten die Inselbewohner mehr über das Färben von Garnen als Nicholas' Stiefmutter und Großmutter. Die Leuchtkraft der Fäden überraschte Nicholas genauso wie die ausgeklügelte Stickerei.

Die dargestellte Szene hatte er noch nie gesehen. Sie spielte weder im Tabernakel noch im Palast. Der Roca saß umgeben von Kelchen mit gekreuzten Beinen auf einem weißen Untergrund. Die Kelche waren gefüllt, aber sonst war niemand zu sehen.

Der Hintergrund war schwarz, was auf eine Nachtszene hindeutete. Die Kelche waren goldfarben, wie diejenigen, die man beim Fest des Lebens verwendete. Aber der Teppich mußte nach dem Tod des Roca angefertigt worden sein, denn jeder Kelch war mit einem kleinen Schwert verziert.

Nicholas konnte nicht viel mit diesem Teppich anfangen. Er betrachtete den nächsten, den Adrian schon seit einer ganzen Weile anstarrte. Er war reich dekoriert, fast schon überladen. In jede Ecke war ein kleines Schwert gestickt. In der Mitte sah man eine altertümliche Kirche, ein einzeln stehendes, weißes Gebäude ohne Fenster, aber mit einer viereckigen Tür. Quer über den ganzen Teppich verlief der Cardidas – jedenfalls hielt Nicholas den dargestellten Fluß für den Cardidas. In der rechten oberen Ecke funkelte ein Edelstein. Weiter unten rechts waren grüne Büschel, die sicher irgendwelche Pflanzen darstellen sollten. Weitere Büschel rahmten den Edelstein ein.

Unter einigen der abgebildeten Gegenstände waren Wörter in der alten Inselsprache eingestickt. Nicholas erkannte die Schrift, aber er konnte sie nicht lesen. Matthias hätte sie lesen können. Matthias, der Gelehrte, Matthias, der sich der Vorteile von Sprachkenntnissen bewußt war. Als Junge hatte Nicholas sich pflichtschuldigst mit der Sprache der Nye herumgeschlagen, aber auch nur, weil er eines Tages König sein würde. Damals hatte er gedacht – hatte jeder gedacht –, daß die Handelsbeziehungen zu Nye für alle Zeit andauern und die Fey auf dem Kontinent Galinas haltmachen würden.

Wie sehr sie sich alle geirrt hatten!

Auf dem Teppich tauchten noch andere Symbole auf. Schwebende Lichtkugeln über dem Fluß, weitere Kelche und Schalen und ein Fläschchen, das aussah, als enthielte es Weihwasser. Der Fluß schien ausgehend von der Kirche in der Mitte des Teppichs in beide Richtungen zu fließen.

»Verstehst du irgend etwas?« wandte Nicholas sich an Adrian.

Adrian kniff die Augen zusammen. »Ich habe mich gerade gefragt, ob es vielleicht eine Art Landkarte ist«, erwiderte er.

Nicholas musterte den Teppich und runzelte die Stirn.

»Eine Landkarte?« fragte er.

Adrian nickte. »Der Fluß hat mich auf die Idee gebracht.«

»Ich dachte, es sei der Cardidas, aber das ist auch alles, was mich daran an eine Landkarte erinnert.«

»Mich auch«, stimmte Adrian zu. »Aber wenn wir mal annehmen, daß es sich tatsächlich um den Cardidas handelt, müßte der Edelstein unsere Höhle darstellen und die Kirche den Tabernakel.«

»Aber er befindet sich an der falschen Stelle«, wandte Nicholas ein. »Der Tabernakel ist viel weiter westlich.«

»Heutzutage schon«, bestätigte Adrian. »Aber war da nicht etwas in der Anfangszeit des Rocaanismus? Eine Art Spaltung? Und befand sich der ursprüngliche Tabernakel nicht exakt im Mittelpunkt unseres Landes?«

Etwas regte sich in Nicholas' Gedächtnis. Adrian hatte recht. Es hatte eine Kirchenspaltung gegeben. Genaugenommen hatte es mehrere Spaltungen gegeben, aber die heftigste Auseinandersetzung hatte bereits sehr früh zwischen dem Sohn des Roca und anderen Mitgliedern der aufkeimenden Religion stattgefunden. Der andere Sohn des Roca, der König, hatte die Partei der übrigen Kirchenmitglieder ergriffen, denn es hieß, der zweitgeborene Sohn des Roca, der Gründer des Tabernakels, sei wahnsinnig. Seine Kinder hatten aus dem Tabernakel fliehen müssen, und man hatte nie wieder etwas von ihnen gehört.

»Wie alt dieser Teppich wohl sein mag?« murmelte Nicholas.

»Keine Ahnung«, gab Adrian zurück. »Es gibt keine Anhaltspunkte.«

»Außer dieser verflixten Schrift«, fluchte Nicholas leise. Er wünschte sich, er hätte damals im Unterricht besser aufgepaßt. »Und was hältst du von dem dort, mit dem Roca und den vielen Kelchen?«

»Der ergibt für mich überhaupt keinen Sinn«, gestand Adrian. »Der dort« – er zeigte auf einen dritten Teppich –

»soll wahrscheinlich die Lichter des Mittags darstellen, allerdings auf eine Art, die ich noch nirgendwo anders gesehen habe.«

Nicholas sah genauer hin. Der Roca stand mit dem Rücken zu einem Abgrund, der sich offensichtlich hier in den Blutklippen befand, denn die Felsen waren rot, abgesehen von jenen Gesteinsbrocken, die hinter dem Roca über den Rand der Klippe in die schäumende Brandung stürzten. Über dem Kopf des Religionsgründers glühte eine gelbe Sonne, aber auch er selbst hielt kleinere Sonnen in beiden Händen und warf sie landeinwärts.

Nicholas runzelte wieder die Stirn. Als Kind war ihm die Zeremonie der Lichter des Mittags von allen religiösen Ritualen die liebste gewesen. Sie wurde stets am dunkelsten Tag des Jahres abgehalten, der mitten im Winter vom Rocaan selbst bestimmt wurde. Zu Beginn der Zeremonie läuteten die Glokken und riefen alle Gläubigen in den Tabernakel (Nicholas nahm allerdings an, daß die Gläubigen in den ländlichen Gegenden eher in ihre Kirchen strömten), und jedem, der über die Schwelle des Tabernakels trat, wurde eine Glaskugel ausgehändigt. In der Sakristei war es dämmrig, und das Schwert des Roca, das von der Decke herunterhing, wirkte noch größer und bedrohlicher als sonst. Nicholas und seinem Vater war eine besondere Truhe mit etwas größeren Kugeln vorbehalten.

Der Rocaan erzählte die, wie Nicholas fand, erbauliche Legende, wie der Roca eines Tages, als die Sonne sich verdunkelt hatte, das Licht gebracht und sie alle vor ewiger Finsternis gerettet hatte. Wenn sich die Geschichte dem Ende zuneigte, füllten sich die Kugeln in den Händen der Gemeinde mit Licht.

Nicholas hatte seinen Vater mit Fragen gequält, wie das funktionierte, aber Alexander hatte eisern geschwiegen.

Laß dem Tabernakel seine kleinen Geheimnisse, mein Sohn, pflegte er zu sagen. *Um so schöner ist die Zeremonie.*

Bei dieser Antwort dachte Nicholas immer, daß sein Vater selbst nicht wußte, woher das Licht kam. Als er erwachsen war, hatte Nicholas seine Kugel in den Händen hin und her gedreht und versucht, sie ohne die Worte des Rocaan zum Leuchten zu bringen. Manchmal hatte er sogar selbst einen Abschnitt der Legende rezitiert, aber ohne den Rocaan weigerte sich die Kugel zu glühen, ganz gleich, was Nicholas sagte oder tat.

»Ich wußte gar nicht, daß der Roca auf einer Klippe stand«, sagte Nicholas.

»Ich auch nicht«, meinte Adrian. »Ich dachte immer, er hätte einfach einen Spruch gesagt, und im ganzen Land wurde es hell.« Adrian streckte eine zitternde Hand aus und berührte ehrfürchtig die Lichtkugeln, die der Roca schleuderte.

»Ist dir schon aufgefallen, daß der Roca hier ganz anders aussieht als auf dem anderen Teppich?« bemerkte Nicholas.

Adrians Blick wanderte an der Wand entlang von einem Teppich zum anderen. »Er sieht auf keinen zwei gleich aus«, stimmte er zu.

»Außer, daß er groß ist«, bemerkte Nicholas.

Adrian schüttelte den Kopf. »Nicht auf allen Teppichen«, widersprach er. »Auf manchen kann man es nicht richtig erkennen.«

Er hatte recht. Auf manchen Teppichen stand oder saß der Roca allein ohne einen Menschen oder Gegenstand als Maßstab für seine Körpergröße. Auf allen Darstellungen jedoch wirkte er unnatürlich schlank, fast ausgezehrt, so wie Arianna mittlerweile.

Nicholas stand auf. Er ging quer durch die Höhle zu den Simsen mit den Glaskugeln und betrachtete sie stirnrunzelnd. Sie sahen ganz anders aus als die Kugeln im Tabernakel. Jene waren aus mundgeblasenem Glas gewesen, glatt und vollkommen rund, ohne eingeschlossene Luftbläschen. Sie waren leicht und dünnwandig, wirkten aber unzerbrechlich.

Diese Kugeln hier waren viel gröber gearbeitet. Das Glas, falls es überhaupt Glas war, war dick und voller Blasen. Auch die Rundung war nicht perfekt. Manche der Kugeln waren fast eiförmig.

Nicholas nahm eine Kugel in die Hand.

Licht flammte auf. Im Nu füllte es die ganze Höhle, gleißender als hundert Sonnen. Hinter Nicholas schrie jemand auf. Er drehte sich um ...

... und sah seine Kinder, die sich duckten und die Hände auf die Augen preßten.

»Legt dieses Ding weg!« brüllte Coulter. »Legt es weg!«

Nicholas gehorchte sofort. Fast hätte er die Kugel einfach fallen gelassen, aber er befürchtete, daß sich das Licht dadurch vielleicht noch mehr ausbreiten würde. Deshalb legte er die Kugel mit äußerster Vorsicht wieder auf das Sims zurück.

Ganz allmählich erlosch das blendende Licht. Zuletzt glühte es noch einen Augenblick im Zentrum der Kugel, schließlich erlosch es ganz.

Nicholas wischte sich hastig die Hände an der Hose ab und rannte die Treppe hinunter zu seinen Kindern.

Jewel war wieder da. Sie hob die Hand, um ihn zurückzuhalten. »Zeig mir erst deine Handflächen«, befahl sie.

Nicholas streckte sie ihr hin. Gabe und Arianna hielten noch immer die Köpfe gesenkt, hatten aber aufgehört zu schreien.

Sie hatten sich die ganze Zeit nicht von der Stelle gerührt.

Jewel inspizierte Nicholas' Hände und ließ ihre Fingerspitzen vorsichtig über die Innenflächen gleiten. »Da ist nichts«, stellte sie schließlich fest.

Nicholas zog die Hände weg und wischte sie vorsichtshalber noch einmal ab. Dann ging er vor seinen Kindern in die Hocke.

Coulter hatte beide Hände auf Ariannas Schultern gelegt. Das Mädchen wirkte wie erstarrt. Nicholas ergriff mit der rechten Hand Aris linken und mit der linken Hand Gabes rechten Oberarm.

»Es tut mir leid«, entschuldigte er sich. »Laßt mich sehen, was passiert ist.«

Beide hoben langsam den Kopf, und Nicholas' Herz setzte einen Schlag lang aus. Er hatte sich ihre Gesichter schon mit blutigen, leeren Augenhöhlen vorgestellt. Aber ihre Augen waren noch da. Tränend, gerötet und leicht geschwollen, aber sonst unversehrt.

»Könnt ihr sehen?« flüsterte er.

Arianna nickte. »Es hat weh getan, Papa«, sagte sie.

»Und wie«, stimmte Gabe zu, aber er blickte dabei seine Mutter an, die jetzt neben ihm kniete.

»Könnt ihr wirklich sehen?« fragte auch sie.

Da begriff Nicholas die Frage. *Könnt ihr wirklich sehen?*

»Keine Ahnung«, antwortete Gabe und berührte seine Augen mit der linken Hand. »Woher sollen wir das wissen?«

»Das ist ganz einfach«, erwiderte Jewel. »Baut kleine Schattenländer, so wie vorhin.«

Gabe sah Arianna an. Sie schluckte. »Du zuerst«, meinte sie dann.

Gabe streckte die geöffnete Hand mit der Innenfläche nach oben aus und schloß die Augen. Nach wenigen Sekunden erschien auf seiner Handfläche ein kleiner Kasten.

Jewel stieß zischend die angehaltene Luft aus. Dann drehte sie sich nach Nicholas um. »Jetzt soll es Arianna versuchen.«

»Ari«, sagte Nicholas. »Kannst du das auch?«

»Ich habe noch nicht lange genug geübt«, wich Arianna aus.

»Macht nichts. Versuch es einfach.«

Gabe öffnete die Augen und betrachtete ungläubig den Kasten auf seiner Hand.

Arianna holte tief Luft, dann schloß auch sie die Augen. Sie streckte die linke Hand mit der Handfläche nach oben aus und legte die Stirn vor Konzentration in Falten.

»Ganz ruhig«, flüsterte Gabe ihr zu. »Denk daran, was ich dir gesagt habe.«

Ari schluckte wieder, und die Falten auf ihrer Stirn wurden noch tiefer. Dann riß sie die Augen auf. »Ich kann das nicht ...«

Während sie noch sprach, bildete sich auch auf ihrer Handfläche ein winziger Kasten.

»Ich hab's geschafft!« rief sie aus.

»Gerade, als du aufgeben wolltest«, setzte Gabe hinzu. Sie lächelten einander an. Coulter blickte auf die beiden herunter, als erteilte er ihnen seinen Segen.

»Sie sind nicht verletzt«, flüsterte Nicholas Jewel zu. Dann bemerkte er aus dem Augenwinkel Adrian, der auf dem oberen Treppenabsatz stand.

»Wir dürfen diese Gegenstände nicht ausprobieren, solange sich jemand mit Fey-Blut in der Höhle befindet«, sagte der Inselbewohner streng.

»Eins nach dem anderen«, unterbrach ihn Nicholas. »Erst möchte ich wissen, was ihr beiden gespürt und gesehen habt.«

Arianna und Gabe wechselten einen Blick. Sie sahen einander so ähnlich, daß Nicholas eine Gänsehaut bekam.

»Es war wie ...«

»... etwas hat sich in meine Augen gebrannt ...«

»... und es war furchtbar hell ...«

»Ich habe nur noch das Licht gesehen.«

»Und dann nichts mehr.«

»Genau. Absolut nichts.«

»Und als es aufhörte ...«

»Dauerte das Brennen noch einen Moment lang an ...«

»Und dann hörte es schon wieder auf.«

»Aber ich traute mich nicht, mich zu bewegen. Der Schmerz war noch da ...«

»Als hätte ich an einem heißen Tag zu lange in die Sonne geblickt ...«

»Sonne, die auf dem Wasser funkelt ...«

»Und ich hatte Angst ...«

»Ich könnte nie mehr ...«

»Sehen.«

Das letzte Wort sprachen sie wie aus einem Mund. Davor hatten sie sich abgewechselt, als wüßten sie schon im voraus, was der andere sagen wollte. Coulter hatte die Hände von Ariannas Schultern genommen und starrte sie mit offenem Mund an. Auch Jewels Mund stand offen. Adrian hatte sich auf der obersten Treppenstufe niedergelassen, als sei ihm plötzlich alles zuviel geworden.

Nicholas glaubte nicht, daß seine Kinder merkten, wie sie redeten und wie perfekt sie sich aufeinander abgestimmt hatten. Er hielt es nicht für klug, sie jetzt schon darauf hinzuweisen.

»Aber jetzt habt ihr keine Schmerzen mehr?«

»Nein«, bestätigte Arianna.

»Was glaubt ihr, wäre passiert, wenn ich die Kugel noch länger in der Hand gehalten hätte?« fragte Nicholas.

»Dann wären wir jetzt blind« erwiderte Gabe.

»Welche Art von Sehkraft hättet ihr verloren?« mischte sich Jewel ein.

»Ich weiß nicht«, entgegnete Gabe zögernd. »Vielleicht nur die körperliche.«

»Hat sie wieder über visionäre Kraft gesprochen?« erkundigte sich Arianna.

Gabe nickte.

»Es hat sich angefühlt, als würde mir das Brennen durch die Augen direkt ins Gehirn dringen. Der Schmerz war noch etwas anderes«, meinte Arianna.

Jewel biß sich auf die Unterlippe. Sie streckte die Hand nach Ariannas Gesicht aus, hielt aber inne. »Gabe«, bat sie. »Frag deine Schwester, ob sie sich noch verwandeln kann.«

»Warum sollte sie das nicht mehr können?«

»Frag sie.«

Gabe gehorchte.

»Ich weiß nicht, ob du es versuchen solltest«, wandte sich Nicholas an Arianna, bevor sie antworten konnte. »Denk daran, wie erschöpft du bist.«

Arianna erwiderte seinen Blick. »Ich will es wissen«, sagte sie fest.

»Aber sei vorsichtig«, warnte Coulter.

Arianna senkte den Blick auf ihre Hand mit dem kleinen Kasten. Die Hand verwandelte sich in eine kleine Pfote. Der Kasten purzelte auf den Fußboden. Dann verwandelte sich die Hand zurück.

»Alles in Ordnung«, sagte Arianna leise.

Nicholas stieß einen erleichterten Seufzer aus und zog seine Tochter an sich. Sie fühlte sich furchtbar zerbrechlich an. Er sah über ihre Schulter, daß Gabe zu ihnen herüberschielte, und streckte auch den anderen Arm aus. Gabe überließ sich seiner Umarmung nur widerstrebend. Arianna trat ein Stück zur Seite, um ihrem Bruder Platz zu machen, und zum ersten Mal in seinem Leben drückte Nicholas seine beiden Kinder gleichzeitig an sich.

Dann ließ er sie wieder los, lächelte sie an und warf einen Blick auf Jewel. Sie sah traurig aus. Sie konnte ihre beiden Kinder nicht umarmen. Sie konnte es noch nicht einmal versuchen.

»Tut mir leid«, murmelte Nicholas. Er wußte nicht, ob er

Jewel oder seine Kinder meinte. »Ich hatte keine Ahnung, daß so etwas passieren würde.«

»Das konntet Ihr auch nicht ahnen«, unterbrach ihn Adrian vom oberen Treppenabsatz aus. »Es hätte mir genauso passieren können. Aber ich sage es noch einmal: Wir dürfen diese Gegenstände nicht untersuchen, solange sich jemand mit Fey-Blut in dieser Höhle aufhält.«

Nicholas überlief es kalt. Er fragte sich, was das Licht wohl für Auswirkungen auf die beiden reinblütigen Fey ihrer kleinen Truppe gehabt hätte: Fledderer und Leen.

»Du hast recht«, stimmte Jewel Adrian zu. »Aber das, was Gabe und Arianna widerfahren ist, läßt mich wieder hoffen.«

Gabe warf ihr einen entsetzten Blick zu. Nicholas runzelte die Stirn. Schon wieder dachte sie einen Schritt weiter.

Jewel bemerkte seine Verwirrung.

»Stell dir vor, über welche Macht du verfügt hättest, wenn du die Kugel noch länger festgehalten hättest. Das verschafft uns gegenüber den Fey einen entscheidenden Vorteil. Dir haben die Augen nicht weh getan, oder doch?«

»Es war sehr hell«, meinte Nicholas. Er blickte erst Adrian und dann Coulter an. Beide zuckten die Achseln.

»Ich fand es auch ziemlich hell«, meinte Coulter. »Wie ein loderndes Herdfeuer, aber mehr auch nicht.«

»Das ist eine gute Beschreibung«, schloß sich Adrian an.

»Es ist eine Waffe«, sagte Jewel atemlos. »Eine Waffe, die für Inselbewohner harmlos und für Fey äußerst schmerzhaft ist. O Nicholas, ist dir klar, was das bedeutet?«

Nicholas schüttelte den Kopf, verblüfft über Jewels plötzlichen Stimmungsumschwung. Er selbst zitterte noch immer bei dem Gedanken, was er seinen Kindern beinahe angetan hätte. Jewel dagegen war wie verzückt.

»Es bedeutet«, fuhr sie fort, »daß ich recht hatte. Jeder

Gegenstand in dieser Höhle ist eine Waffe. Jeder. Wir müssen nur herausfinden, wie man ihn benutzt.«

»Und wie wir uns selbst schützen können«, ergänzte Gabe. Seine Augen waren immer noch rot, seine Haut im Gegensatz dazu sehr blaß. Nicholas wußte nicht, ob das eine Reaktion auf den Schmerz oder auf die Worte seiner Mutter war.

»Das ist genau der Punkt«, stimmte Nicholas zu. »Wir dürfen nicht riskieren, unseren eigenen Fey Schaden zuzufügen.«

»Trotzdem hat sich meine Hoffnung erfüllt: Wir haben eine Chance.«

Daher rührte also ihre Hochstimmung. Ihren optimistischen Worten zum Trotz hatte sie sich wegen ihrer kleinen Anzahl und ihrer verzweifelten Lage genauso viele Sorgen gemacht wie er.

»Wir müssen so schnell wie möglich die anderen Gegenstände ausprobieren. Wir müssen feststellen ...«

»Das ist nicht so einfach, wie du glaubst, Jewel«, unterbrach Nicholas sie. »Verzeih, daß ich es so offen ausspreche, aber die tödliche Wirkung des Weihwassers haben wir auch erst entdeckt, als wir es an lebendigen Fey ausprobiert haben.«

Jewel erschauderte und legte unwillkürlich die Hand auf ihren Scheitel. »Ich weiß«, seufzte sie. »Die Wirkung einiger Dinge werden wir erst im Kampfgetümmel feststellen. Aber diese Kugeln leuchten offenbar unabhängig davon, ob ein Fey in der Nähe ist oder nicht.«

Das stimmte wahrscheinlich; jedenfalls war es leicht zu überprüfen. »Trotzdem müssen wir vorsichtig sein«, beharrte Nicholas.

»Mit Vorsicht kann man keinen Krieg gewinnen«, widersprach Jewel.

»Man kann auch keinen Krieg gewinnen, wenn man alles verliert«, hielt Nicholas dagegen.

Einen Augenblick lang starrten sie einander feindselig an. Die Situation erinnerte Nicholas an ihre erste Begegnung in jener Küche, in der Jewel später gestorben war. Sie hatten die Klingen gekreuzt und einander in verschiedenen Sprachen herausgefordert, während sie sich bereits zueinander hingezogen fühlten.

»Hallo«, erklang Fledderers Stimme über ihnen. »Ich weiß, daß wir nicht hereinkommen sollen, aber ich wollte wissen, was es mit diesem Licht auf sich hatte.«

Also hatten auch Leen und Fledderer das Licht gesehen. Nicholas fröstelte. Sogar draußen vor der Höhle.

»Ist mit euch alles in Ordnung?« erkundigte sich Adrian.

»Ja, aber wir haben uns gewundert. Was war das?«

»Eine neue Waffe, sagt meine Mutter«, antwortete Gabe. Fledderer blieb auf dem obersten Treppenabsatz stehen und blickte mißtrauisch herab.

Nicholas sah zu ihm hoch. »Ein weiteres Requisit der Inselreligion, das auf die Fey verheerende Wirkung haben könnte. Habt ihr wirklich keine Probleme mit den Augen?«

»Wir haben nicht direkt in das Licht geblickt.« Diesmal war es Leen, die sprach. Sie trat neben Fledderer, den sie um Haupteslänge überragte. Aus diesem Blickwinkel sah sie furchtbar dünn aus. »Ein Strahl hat den freigekratzten Edelstein an einem der Steinschwerter getroffen, und er ist aufgeflammt wie ein Blitz.«

»Aufgeflammt?« fragte Adrian.

»Aufgeflammt!« wiederholte Nicholas. Die Edelsteine. Er wandte sich nach Jewel um. Sie lächelte. Nicholas holte tief Luft. »Arianna und Gabe, ihr geht nach draußen und haltet mit Leen und Fledderer vor der Höhle Wache, bis wir euch rufen. Coulter ...«

»So geht es nicht«, fiel ihm Coulter ins Wort. »Wir dürfen nichts ausprobieren, solange sie in der Nähe sind. Wenn schon der Lichtschein aus der Höhle gedrungen ist ... Stellt euch vor, was noch alles passieren kann. Es könnte ihr Tod sein.«

»Risiko«, kommentierte Jewel knapp.

»Wir müssen das Risiko eingehen«, stimmte Gabe zu.

»Aber nicht du und Arianna«, widersprach Coulter.

»Jetzt habe ich aber genug!« unterbrach sie Arianna. »Ihr redet schon alle wie mein Vater. Es ist mein Leben, und ich entscheide selbst, ob ich es aufs Spiel setze.«

»Es ist nicht dein Leben« sagte Jewel scharf. »Übersetz ihr das, Gabe. Es ist nicht ihr Leben.«

»Wessen Leben ist es dann?« fragte Gabe zurück.

»Es gehört ihrem Land und ihrem Volk«, erklärte Jewel. »Genau wie deines.«

»Und was ist mit deinem?« konterte Gabe. »Hast du auch nur einen Gedanken darauf verschwendet, wem es gehört, als du zur Krönung meines Vaters gegangen bist?«

Jewel taumelte zurück, als hätte er sie ins Gesicht geschlagen. Nicholas trat zu ihr und zog sie an sich. »Ja, das hat sie«, sagte er. »Matthias war derjenige, der damals nicht an andere gedacht hat. Jewel hat sich einfach nur diplomatisch verhalten. Eine andere Rolle blieb ihr damals gar nicht übrig.«

»Aber sie ist ein Risiko eingegangen«, beharrte Arianna, »und sie hat nicht nur ihr eigenes Leben aufs Spiel gesetzt, sondern meines noch dazu.«

Nicholas seufzte. Er fühlte, wie Jewels Körper sich anspannte.

»Ja, sie hat recht«, seufzte Jewel schließlich. »Sie hat absolut recht. Wir alle gehen in dieser Situation ein Risiko ein. Aber wir werden tun, was wir können, um es so klein wie möglich zu halten. Vielleicht sollte Gabe noch ein zweites Schattenland errichten, um diejenigen zu schützen, die sich außerhalb der Höhle aufhalten müssen.«

Nicholas nickte zustimmend. »Gute Idee.«

»Werden die Fey es denn nicht bemerken?«

»Nur den Torkreis«, erwiderte Gabe, »und den zweiten Torkreis werden sie auf jeden Fall entdecken. Sie wissen, wo wir sind. Es ist alles nur eine Frage der Zeit.«

»Das heißt, wir sollen vor die Höhle gehen und uns in einer dieser leeren Kisten verstecken?« vergewisserte sich Arianna.

»Genau«, bestätigte Coulter. »Aber wenigstens braucht ihr nicht jahrelang darin auszuharren.«

Einen Moment lang herrschte Stille. Dann ließ Nicholas Jewel los. »Jewel hat recht«, sagte er. »So machen wir es. Arianna, Gabe, bitte geht mit Fledderer und Leen nach draußen.«

»Ich komme mit«, warf Coulter ein. »Auch Fledderer und Leen werden sich in dieses Schattenland zurückziehen müssen, und wenigstens einer von uns sollte die Armee im Tal beobachten.«

»Hauptsache, du ruhst dich dabei aus«, meinte Jewel. Sie wandte sich wieder an Gabe. »Sag ihm das. Er muß seine Kräfte sammeln.«

Gabe übersetzte.

Coulter nickte. »Mach ich. Ich kann mich ebensogut draußen erholen wie hier drinnen.«

Jewel legte Nicholas die Hand auf den Arm. »Macht schnell. Wir haben nicht mehr viel Zeit.«

»Ich weiß«, seufzte Nicholas.

»Schaffst du es, Papa?« fragte Arianna, und obwohl sie sich bemühte, tapfer zu sein, hörte Nicholas den ängstlichen Unterton in ihrer Stimme.

»Ich gehe von euch allen wahrscheinlich das kleinste Risiko ein«, gab er zurück. »Schließlich bin ich ein direkter Nachfahre des Roca.«

»Ich auch«, wandte Ari ein.

»Aber in meinen Adern fließt kein Fey-Blut«, sagte Nicholas. »Mach dir um mich keine Sorgen.«

Coulter warf Adrian einen Blick zu, den der Inselbewohner lächelnd erwiderte. »Um mich auch nicht«, fügte er hinzu. »Der Tabernakel hat mir nie geschadet, höchstens einige seiner Lehren.«

Jewel streichelte Nicholas' Wange. Ihre Finger fühlten sich kühl und tröstlich an. »Ich werde die Höhle ebenfalls verlassen«, bemerkte sie.

Nicholas genoß ihre Berührung. »Das ist ganz in meinem Sinne«, erwiderte er. »Ich weiß nicht, was einem Mysterium gefährlich werden könnte.«

»Nichts«, beschwichtigte Jewel. »Abgesehen von den Mächten. Und dies hier ist ein Ort der Macht. Aber ich will verhindern, daß man uns überrumpelt. Ich werde ebenfalls die Armee im Tal im Auge behalten und euch rechtzeitig warnen. Vielleicht gelingt es mir auch, etwas über Rugads Pläne herauszufinden.«

»Sei vorsichtig«, mahnte Nicholas.

Jewel lächelte. »Das sollte ich eher zu dir sagen.«

»Das hat Arianna schon erledigt.«

Jewels warme Lippen küßten ihn sanft. »Paß einfach gut auf dich auf.«

Nicholas nickte, aber er konnte nicht sprechen. Gabe hatte recht: Jeder von ihnen mußte ein Risiko eingehen. Auch er. Er würde die Schätze dieser Höhle erforschen. Die Kugeln waren nützlich, aber sie allein reichten als Waffen nicht aus, ebensowenig wie die Schwerter. Das Weihwasser taugte nichts mehr. Aber vielleicht konnten sie die Edelsteine einsetzen. Und wenn es ihm gelang, die Bedeutung der Wandteppiche zu ergründen, konnte auch das ihnen weiterhelfen.

»Ich tue, was ich kann«, versicherte er Jewel, aber er wußte selbst nicht, ob er seine Arbeit in der Höhle oder sein eigenes Überleben damit meinte.

Nicholas hoffte, daß er alle Rätsel dieser Höhle lösen konnte, ohne sich selbst dabei in Gefahr zu bringen, aber er bezweifelte es. Diesmal war er das nächstliegende Opfer. Arianna und Gabe konnten es auch ohne ihn schaffen, besonders, wenn Jewel ihnen beistand.

Hoffentlich kam es nicht soweit.

Aber das war leider ziemlich unwahrscheinlich.